플루타르크 영웅전

8

플루타르코스 지음 / 김병철 옮김

범우

차 례

■ 총목차

▨ 그리스 로마 명칭 대조표

그리스와 로마에서 거의 동일시되고 있는 주요 신과 인물들의 명칭을 대조하여
표시했다.

〈예〉

그리스 어 명칭	라틴 어 명칭	그 밖의 명칭
데메테르	케레스/셀레스	
디오니소스	바코스	바카스
아레스	마르스	
아르테미스	디아나	다이아나
아테네	미네르바	
아폴론	아폴로	
아프로디테	베누스	비너스
에로스	큐피드	
제우스	유피테르	주피터
크로노스	사투르누스	
포세이돈	넵투누스	넵 튠
하이데스	플루톤	플루토
헤 라	유 노	주 노
헤르메스	메르쿠리우스	머큐리
헤스티아	베스타	
헤파이스토스	불카누스	
플루타르코스		플루타르크
	알렉산드로스	알렉산더
	안토니우스	안토니
	카이사르	
호메로스		호 머
오디세우스	율리시스	
오디세이아		오디세이

마르쿠스 브루투스

기원전 85년 ? ~42년

마르쿠스 브루투스는 유니우스 브루투스의 후예다. 고대 로마 사람들은, 타르퀸 왕가를 멸망시켰던 유니우스 브루투스의 용기와 결단력을 기념하기 위하여, 카피톨에 있는 왕들의 동상 사이에 유니우스 브루투스가 칼을 뽑아 들고 있는 동상을 세웠다. 유니우스 브루투스는 뜨겁게 달구어진 강철과 같아서 격정적이고 타협할 줄 몰랐으며, 학문이나 사색을 통해 자신의 성격을 부드럽게 순화시켰던 적이 한 번도 없었다. 오히려 폭군에 대한 증오와 분노에 사로잡힌 나머지, 그와 공모하였다는 이유로 자신의 아들까지 처형하였다.

하지만 여기에 기록하는 브루투스는, 타고난 좋은 성질을 철학과 수양으로 연마하여 지극히 조화로운 인격을 이루었으며, 이러한 성품으로 공적인 일과 나라에 헌신하였다. 그러므로 카이사르의 암살에 공모하였다는 이유로 브루투스를 미워하는 적들까지도, 암살의 결과로 생긴 조금이라도 명예롭고 좋은 면은 모두 브루투스의 공으로 돌리고, 야만적이고 잔인한 면은 카시우스의 탓으로 돌렸다. 카시우스는 브루투스의 친구이며 동지였지만, 정직성이나 동기의 순수성에 있어서는 브루투스를 따라가지 못했던 것이다.

브루투스의 어머니인 세르빌리아는 유명한 아알라 세르빌리우스 가문의 후예였다. 오래 전에 스푸리우스 마일리우스가 백성들을 선동하여 반란을 일으키고 스스로 왕이 되려는 음모를 꾸미고 있을 무렵이었다. 세르빌리우스는 옷 속에 칼을 품고 광장으로 나가서, 개인적인 볼일이 있는 것처럼 스푸리우스 마일리우스에게 다가갔다. 그리고 스푸리우스 마일리우스가 귓속말을 듣기 위하여 머리를 숙였을 때, 칼을 뽑아서 그를 살해하였던 것이다. 이러한 어머니 쪽의 가문에 대해서는 모든 사람들이 공인하고 있다.

하지만 아버지의 가문에 대해서는, 카이사르의 암살로 인하여 브루투스를 증오하는 사람들에 의해 여러 가지 주장이 전해지고 있다. 그 하나가 마르쿠스 브루투스는 타르퀸 왕가를 멸망시킨 유니우스 브루투스의 후예가 아니라, 평민 브루투스의 아들이라는 것이다. 귀족 브루투스는 두 아들을 처형시킨 이후에 더 이상 자식을 남기지 않았다는 것이다. 평민 브루투스 집안은 집사를 지냈으며, 겨우 최근에 들어서면서 공직과 명예를 얻었다고 한다.

하지만 철학자 포시도니우스는 역사에 기록된 것이 진실이라고 쓰고 있다. 사람들의 존경을 받던 유니우스 브루투스의 두 아들은 처형당했지만, 아직 갓난아기에 불과했던 세번째 아들은 살아 남았다는 것이다. 그리고 이 아기가 바로 마르쿠스 브루투스라고 했다. 더구나 그 당시 브루투스 가문에는 유명한 사람들이 여러 명 있었는데, 모두 유니우스 브루투스의 동상에 새겨진 얼굴과 매우 비슷한 용모를 가지고 있었다.

브루투스는 모든 로마 인들 가운데서 철학자 카토를 가장 존경하고 모범으로 삼았다. 카토는 브루투스의 어머니인 세르빌리아와 형제간으로, 브루투스에게는 삼촌이 되었다. 그는 후에 카토의 딸인 포르키아와 결혼하였다.

브루투스는 비록 학파를 가리지는 않았지만, 특히 모든 그리스 철학 가운데 플라톤의 철학을 높이 평가하였다. 그리고 현대나 중세의 학문에는 별로 관심을 갖지 않고 고대의 학문을 연구하는 데 몰두하였다. 또한 평생 동안 아스칼론 시의 안티오코스를 열렬히 찬미하여, 그의 형제인 아리스투스를 자신의 집에 데려다가 친구처럼 지냈다. 아리스투스는 물론 학식에 있어서 다른 철학자들보다 부족한 점이 있었지만, 강직한 성품이나 변함없는 행동에 있어서는 가장 훌륭한 철학자 못지 않았다.

그 밖에도 그의 집에는 브루투스와 그의 친구들이 서신에서 종종 언급한 엠필루스라는 수사학자가 있었다. 엠필루스는 카이사르의 죽음에 관해 '브루투스'라는 제목으로 간결하고도 훌륭한 역사를 기록하여 후세에 남겼다.

브루투스는 라틴 어를 열심히 연습하여 대중연설을 훌륭하게 해낼 수 있을 정도의 실력을 쌓았다. 그리고 그리스 어에 있어서는 스파르타식의 짧고도 핵심을 찌르는 화술을 즐겨 사용하였다. 그러한 점은 그의 여러 서신에서도 나타난다. 예를 들어, 브루투스는 전쟁을 시작하면서 페르가몬 사람들에게 이렇게 편지를 썼다.

"나는 페르가몬의 시민들이 돌라벨라에게 군자금을 주었다는 이야기를 전해 들었소. 만약 당신의 뜻에 따라 기꺼이 준 것이라면, 나에게 해를 입힌 그 값을 반드시 치러야 할 것이오. 하지만 돌라벨라의 위협 때문에 어쩔 수 없이 군자금을 준 것이라면, 나에게도 그에 대응하는 정도의 군자금을 주어서 그 점을 증명해 보이시오."

또한 사모스 사람들에게 이런 편지를 보냈다.

"당신의 충고는 빛나갔고 행동은 느리오. 결과가 어떨 것 같소?"

또 다른 편지는 다음과 같다.

"크산테 사람들은 나의 친절을 의심하고 온 나라가 절망의 늪에 빠졌소. 파타레아 사람들은 나를 믿고 있으며, 모든 면에서 이전의 자유를 그대로 누리고 있소. 파타레아 사람들의 믿음과 크산테 사람들의 불행 중에서 어느 것을 선택하는가는 당신의 판단에 달렸소."

브루투스의 서신의 특징은 대개 이와 같았다.

브루투스가 아직 어린 소년이었을 때, 프톨레마이오스를 정벌하러 가는 카토를 따라 키프로스 섬에 간 적이 있었다. 이때 프톨레마이오스는 갑자기 자살을 해버리고 말았는데, 때마침 로데스 섬에 가 있던 카토는 어쩔 수 없는 사정에 의해 키프로스로 돌아올 수가 없었다. 그래서 카니디우스라는 친구를 대신 보내어 프톨레마이오스의 보물을 지키도록 하였다. 하지만 카토는 친구의 정직성이 의심되었으므로, 브루투스에게 편지를 써서 당장 팜필리아를 떠나 키프로스로 가라고 명령하였다. 그 당시 카토는 로데스 섬에 머무르면서, 병에서 갓 회복된 몸을 쉬고 있었던 것이다.

브루투스는, 카니디우스가 이렇듯 카토에게 대접받지 못하는 것이 불만스러웠고, 책과 학문에 전념하고 싶었지만 마지못해 카토의 명령을 따랐다. 마음에 썩 내키는 일은 아니었지만, 브루투스는 자기가 맡은 임무에 언제나 충실하였으며 카토의 모든 명령을 훌륭하게 수행하였다. 카토는 브루투스의 도움을 받아서 프톨레마이오스의 모든 보물들을 현금으로 교환한 다음,

그것들을 자신의 배에 싣고 로마로 귀환하였다.

그 당시에 로마는 폼페이우스와 카이사르의 두 당파로 나뉘어서 무기를 들고 서로 치열하게 싸우고 있었으므로, 로마 제국 전체가 엄청난 혼란에 빠져 있었다. 세상 사람들은 브루투스가 카이사르의 편을 들 것이라고 생각하고 있었다. 왜냐하면 브루투스의 아버지가 폼페이우스에게 살해당했기 때문이다. 하지만 브루투스는 사적인 감정보다는 모든 사람의 이익을 우선으로 하는 것이 자신의 의무라고 생각하였다. 브루투스는 오랫동안 신중하게 생각을 한 다음, 카이사르보다 더 떳떳하다고 판단되는 폼페이우스 편에 가담하였다. 그 이전에는 폼페이우스와 우연히 길에서 만나게 되더라도 일체 말을 걸거나 아는 체를 하지 않았다. 아버지를 죽인 사람과 말을 한다는 것은 큰 죄라고 생각했기 때문이다. 하지만 일단 폼페이우스를 로마의 장군으로 받아들인 브루투스는 그의 명령에 따라 충실하게 행동하였다. 그리하여 지방총독이었던 세스티우스의 부관이 되어서 킬리키아로 항해를 떠났다.

그러나 킬리키아에서는 브루투스가 특별히 처리할 만한 일이 없는데다가, 로마에서는 폼페이우스와 카이사르의 사이가 점점 악화되어서 마침내 결전을 벌일 준비까지 하고 있다는 소식이 들려 왔으므로, 브루투스는 숱한 위험을 무릅쓰고 마케도니아로 갔다. 브루투스는 마케도니아에 있는 폼페이우스를 도와주고 싶었던 것이다. 브루투스가 찾아오자, 폼페이우스는 너무나 기쁘고 뜻밖이어서 마치 상관이 방문이라도 한 것처럼 앉아 있던 자리에서 일어나 모든 장병들이 지켜보는 가운데 손수 그를 맞이하였다고 한다.

브루투스는 폼페이우스를 가까이 모실 때를 제외하고는 나머지 모든 시간을 군대의 진영에서 보내고 있었다. 그리하여 커다란 전투가 벌어지기 전날까지, 단 하루도 소홀하게 흘려 보내지 않고 독서와 학문에 전념하였다. 그 무렵은 한여름이어서 몹시 무더웠다. 폼페이우스 군대는 진지를 늪지대 근처에 설치했는데, 브루투스의 텐트를 가져오는 데 오랜 시간이 걸렸다. 이러저러한 이유로 브루투스는 최악의 상황 속에서 심한 곤란을 겪어야만 하였다. 그리하여 대부분의 사람들이 누워서 낮잠을 청하거나 공연히 트집을 잡아서 싸움이나 벌일 시간에, 비로소 브루투스는 몸에 기름을 바르고 간단한 식사를 할 수 있었다. 그리고 저녁 늦게까지 대부분의 시간을 폴리비오스의 역사를 쓰면서 보냈다.

카이사르 역시 브루투스를 매우 아꼈다고 한다. 그는 자신의 부하들에게, 전투 중에라도 브루투스만은 절대로 죽이지 말라는 특명을 내렸다고 한다. 그리고 만약 브루투스가 기꺼이 항복을 하면 자신이 있는 곳으로 안내를 하고, 끝까지 저항을 한다면 구태여 해치지 말고 차라리 놓아주라고 하였다.

카이사르가 이와 같이 명령한 것은, 브루투스의 어머니 세르빌리아에 대한 애정 때문이었다고 전해지기도 한다. 젊은 시절의 카이사르는 브루투스의 어머니 세르빌리아와 매우 가깝게 지냈으며, 그녀도 카이사르를 열렬히 사랑하고 있었다. 더구나 브루투스가 태어난 때는 바로 카이사르와 세르빌리아의 사랑이 가장 뜨거웠던 시기였으므로, 카이사르는 브루투스가 자신의 아들일지도 모른다는 믿음을 가지고 있었던 것이다.

다음과 같은 이야기가 지금까지 전해지고 있다. 공화국의 파멸을 가져올 수도 있었던 카틸리네의 음모사건에 대한 처리를 놓고 원로원에서 열띤 토론을 벌이고 있을 때였다. 카토와 카이사르는 반대되는 의견을 펼치면서 서로 대립하고 있었다. 논쟁이 치열해지고 있을 때, 작은 쪽지 하나가 외부로부터 카이사르에게 전달되었다. 카이사르는 그 쪽지를 받아 들고 아무런 말도 없이 읽어 나갔다. 이것을 보자 카토는 큰 소리로 고함을 치며, 카이사르가 공화국의 적들과 내통하려 한다고 비난하였다. 그러자 다른 많은 원로원 의원들도 이를 비난하고 나섰다.

카이사르는 자신이 받은 쪽지를 카토에게 넘겨주었다. 쪽지를 읽어본 카토는 그것이 자신의 누이인 세르빌리아로부터 온 연애편지임을 알았다. 카토는 카이사르에게 욕을 하면서 쪽지를 돌려주었다.

"이것을 가져가라. 술주정뱅이야!"

이처럼 카이사르와 세르빌리아의 사랑은 공공연히 알려져서 여러 가지 추문을 일으키기도 하였다.

폼페이우스는 파르살리아 전투에서 진영을 다시 회복할 수 없을 만큼 패배를 당하자, 배를 타고 멀리 도주하였다. 얼마 후에 카이사르의 군대가 폼페이우스의 진영을 휩쓸고 지나갔는데, 브루투스는 아무도 모르게 문을 빠져 나가서 물과 갈대로 뒤덮여 있는 늪지대로 도망쳤다. 그리고 밤새도록 걸어서 라리사까지 안전하게 도착한 브루투스는 카이사르에게 정중한 편지를 보냈다. 카이사르는 브루투스가 안전하다는 소식을 듣고 몹시 기뻐하면서, 로마로 초대하였다. 그는 브루투스를 너그럽게 용서하였을 뿐만 아니라, 자기의 휘하에 있는 장군들과 마찬가지로 후대를 하였다.

이때 폼페이우스가 어디로 도주하였는지 알고 있는 사람이 아무도 없자, 카이사르는 브루투스를 데리고 짧은 여행을 하면서 그가 간 곳이 어디인 것 같냐고 슬며시 물어보았다. 여기에 대해 여러 가지 대화가 오고 간 끝에 카이사르는 브루투스의 추측이 옳을 것이라고 믿고, 다른 모든 사람들의 생각을 무시한 채 곧장 폼페이우스를 찾아 이집트로 향하였다. 브루투스의

추측대로 폼페이우스는 이집트에 있었지만, 카이사르가 도착했
을 때에는 이미 살해당한 다음이었다.

카이사르의 신임을 받게 된 브루투스는 자신의 친구인 카시
우스에 대한 용서를 얻어 낼 수 있었다. 또한 리비아의 왕까지
변호하고 나섰으므로, 카이사르의 반대파와 공모하는 엄청난
죄를 저질렀음에도 리비아 왕은 왕국의 많은 부분을 그대로 소
유할 수가 있었다.

브루투스가 처음으로 대중연설을 하는 것을 들은 카이사르는
친구에게 이렇게 말하였다고 한다.

"나는 이 젊은 친구가 의도하는 바를 잘 모르겠네. 하지만
그의 의도가 무엇이든지간에, 진심이 들어 있다는 것은 알 수
있었네."

브루투스는 타고난 강인함과 쉽사리 굽히지 않는 정신, 그리
고 자신에게 도움을 요청하는 사람들에 대한 의무감을 지니고
있었다. 그리고 일단 합리적인 동기와 도덕적인 선택에 의하여
실행에 옮긴 일이라면, 어떤 방식으로든 효과적으로 처리하기
위하여 행동하였으므로, 목적을 달성하는 데 있어서 실패가 없
었다. 하지만 아무리 뇌물을 주어도 부당한 청탁이라면, 결코
그 청탁을 들어주지 않았다. 브루투스는, 뻔뻔스럽고 끈덕진
간청에 넘어가는 것이야말로 위대한 사람이 저지르는 가장 불
명예스러운 실수라고 생각하였던 것이다. 그리고 거절할 줄 모
르는 사람은 젊은 시절에 훌륭한 일을 할 수 없는 법이라고 항
상 말하고는 하였다.

카이사르는 카토와 스키피오를 치기 위하여 아프리카로 원정
가면서, 브루투스를 알프스 이남의 갈리아 지방 총독으로 임명
하였다. 이것은 그 지방 사람들에게는 커다란 행운이었다. 왜
냐하면 다른 지방 사람들이 총독들의 횡포와 탐욕에 시달리며

전쟁포로나 노예처럼 고통을 받고 있는 반면에, 갈리아 사람들은 브루투스의 온건한 통치 속에서 여러 가지 어려운 점들을 개선해 나갈 수 있었기 때문이다. 그리하여 브루투스의 선행에 의한 모든 칭송은 카이사르에게 돌아갔다. 이것은 카이사르에게 있어서 더할 나위 없이 반갑고 기쁜 일이었다. 로마로 귀국하여 이탈리아의 각 지방을 방문하던 카이사르는 브루투스가 통치하는 도시들을 둘러보면서, 그가 이루어 놓은 발전된 모습들을 함께 기뻐하였다.

이때에 몇 개의 정무위원 자리가 비어 있었다. 그런데 몇 개의 정무위원 자리 중에서 가장 권위 있는 자리는 로마 담당의 정무위원이었다. 모든 사람들은 브루투스가 아니면 카시우스, 둘 중에서 한 사람이 이 지위를 차지하게 될 것이라고 예측하였다. 두 사람은 그 이전부터 약간의 충돌이 있었는데, 이 일을 계기로 더욱 사이가 나빠졌다고 한다. 사실 브루투스와 카시우스는 친척이기도 하였다. 카시우스가 브루투스의 누이인 유니아와 결혼했기 때문이다. 어떤 사람들은 두 사람의 사이가 나빠진 것은 카이사르의 조작 때문이라고 주장하기도 한다. 브루투스와 카시우스 모두에게 자리를 줄 것처럼 희망을 불어넣은 뒤에, 결국에는 공개적인 경쟁까지 몰고 갔다는 것이다.

카시우스가 파르티아와 맞서 싸우면서 많은 공적을 쌓아 놓은 반면에, 브루투스가 가진 것이라고는 명예와 고결한 마음씨뿐이었다. 하지만 카이사르는 두 사람의 정견을 모두 듣고 그 문제에 대하여 많은 생각을 한 후에, 측근에게 이렇게 말했다고 한다.

"카시우스의 주장이 더욱 타당하지만, 그 자리는 브루투스가 가져야 되겠네."

결국 카시우스도 다른 정무위원 자리를 차지하기는 하였으나, 가장 높은 자리를 놓친 까닭에 카이사르에 대해 감사하는 마음보다 원망이 더욱 많았다.

이제 브루투스는 다른 모든 일에 대해서도 자신이 원하는 만큼 카이사르의 권한을 대신할 수 있게 되었다. 만약 브루투스가 원했다면 모든 동료들 중에서 최고의 실력자가 되어 모든 사람들을 통솔할 수도 있었을 것이다. 하지만 카시우스와 다른 친구들은 카이사르 곁에서 브루투스를 떼어 놓기 위하여 애를 썼다.

사실 브루투스는 두 사람 사이에 있었던 경쟁 때문에 여전히 카시우스와 완전히 화해할 마음이 별로 없었으나, 여전히 카시우스와 그의 친구들의 말에 귀를 기울이고 있었다. 그들은 브루투스에게 카이사르의 친절에 마음이 약해져서 눈이 멀면 안 된다고 끊임없이 충고하였다. 그리고 폭군의 호의와 애정은 브루투스의 고결한 인격과 가치를 높이 사서 베푸는 은혜가 아니라, 그의 힘을 묶어 놓고 뜻을 펴지 못하게 하려는 술책이라고 하였던 것이다.

카이사르도 브루투스에 대하여 전혀 의심이 없었던 것은 아니었으며, 그를 비난하는 사람들이 곁에 없었던 것은 아니었다. 카이사르는 브루투스가 지닌 고귀한 정신과 위대한 성품 그리고 많은 친구들을 두려워하고 있었지만, 한편으로는 그의 남다른 도의심을 믿고자 했다. 안토니우스와 돌라벨라가 어떤 음모를 꾸미고 있다는 말을 전해 들었을 때, 카이사르는 이렇게 말했다.

"뚱뚱하고 머리카락이나 길게 기르고 다니는 녀석들은 조금도 두렵지 않다. 하지만 저 창백하고 여윈 녀석들은 두려워."

창백하고 여윈 녀석들이란 브루투스와 카시우스를 가리키는 말이었다. 한번은 어떤 사람이 브루투스에 대한 험담을 잔뜩

늘어놓으면서 그를 경계하라고 카이사르에게 충고하였다. 그러
자 카이사르는 자신의 살집을 잡으면서 놀란 목소리로 이렇게
말했다고 한다.

"뭐라고? 브루투스가 이 보잘것없는 육신이 다할 때까지도
기다리지 못한다는 말인가?"

카이사르는 자신의 권력을 계승할 사람은 브루투스 외에는
달리 없다고 생각하였던 것 같다. 사실 브루투스가 카이사르의
이인자로서 조금만 더 참고 기다렸다면, 공화국의 최고권력자
가 되었을 것이라는 것은 의심할 여지가 없는 일이었다. 카이
사르의 권력도 절정에 달한 후에는 점차 쇠약해지고, 위대한
업적이 낳은 명성도 차츰 사라질 것이기 때문이다.

하지만 워낙 사나운 기질을 가진 카시우스는 카이사르를 증
오하였으므로, 브루투스를 자꾸만 부추기고 충동질하였다. 카
시우스가 카이사르를 미워한 것은 그가 폭군으로서 공익을 해
쳤기 때문이 아니라, 사사로운 원한에 의한 것이라고 볼 수 있
다. 브루투스는 억압적인 정치를 반대했지만, 카시우스는 지배
자 그 자체를 더욱 미워하고 있었다.

카시우스가 카이사르에 대하여 많은 적대감을 품은 데에는
여러 가지 이유들이 있다. 그 중에 하나로 카시우스가 공안관
으로 당선되었을 때, 선물받은 사자를 카이사르에게 빼앗기고
만 일을 들 수 있다. 칼레누스의 군대는 메가라 시를 점령했을
때 카시우스의 사자들을 발견하자, 모두 생포하여 카이사르에
게 가져가버렸던 것이다.

이 사자들은 메가라 인들에게 엄청난 재앙이었다고 한다. 도
시가 거의 함락될 지경에 이르자, 메가라 인들은 사자굴의 문
을 열고 쇠사슬을 풀어 도시로 진격해 들어오는 적군을 향해
사자들이 덤벼들도록 하였다. 그러나 사자들은 방향을 돌려 시

민들을 향해 돌진하였다. 그리고 아무런 무기도 없이 도망치는 사람들을 갈가리 찢어 놓았다. 이 광경이 너무나 끔찍해서 적들도 감히 바라볼 수가 없었다고 한다.

카시우스가 카이사르에 대해 음모를 꾸미게 된 것은 바로 이러한 이유 때문이라고 말하는 사람들이 많다. 하지만 그것은 틀린 생각이다. 카시우스는 젊은 시절부터 모든 폭군들에 대한 본능적인 증오심와 반감을 가지고 있었기 때문이었다. 소년시절부터, 카시우스는 그러한 기질을 보여주었다. 술라의 아들이었던 파우스투스와 같은 학교를 다닐 때였다. 통치자였던 아버지의 권세를 믿고 파우스투스가 다른 사람들 앞에서 몹시 거드름을 피우자, 카시우스는 벌떡 일어나 파우스투스에게 주먹을 날렸다. 이 이야기를 전해 들은 파우스투스의 호위병들과 친척들은 사건을 철저하게 조사하여 카시우스에게 벌을 주려고 하였다. 하지만 폼페이우스가 그들을 만류하며 두 소년을 모두 불러 직접 이 문제를 조사하기로 결정하였다. 그 당시에 카시우스는 이렇게 말했다고 한다.

"자, 파우스투스！ 여기에서도 다시 한 번 나를 화나게 해 보시지！ 이전에 했던 것처럼 다시 한 번 혼을 내주겠다."

카시우스의 성질은 이와 같았던 것이다.

하지만 브루투스의 경우에는, 가까운 친구들의 끈질긴 설득과 더불어 익명의 시민들로부터 받은 편지 때문에 마음이 움직이게 되었던 것이다. 그 옛날 왕정을 전복시켰던 조상 브루투스의 동상 아래에는 다음과 같은 글씨가 새겨지기도 하였다.

"오, 우리 곁에 지금 브루투스가 있다면！"

"오, 브루투스가 살아 있다면！"

그리고 재판관이었던 브루투스의 자리에는 아침마다 다음과 같은 글귀가 적힌 쪽지가 수북이 쌓였다.

"브루투스! 그대는 자고 있는가?"

"그대는 진정한 브루투스가 아니다."

그러나 무엇보다도 가장 커다란 이유가 되었던 것은 카이사르에게 아첨하는 무리들이 무심코 저지른 행동이었다. 이들은 카이사르에게 여러 가지 명예를 바치기 위하여, 밤중에 그의 동상 위에 커다란 왕관을 씌워 놓았다. 백성들로 하여금 카이사르를 집정관이 아닌 왕으로 받아들이게 하려는 속셈이었다. 그러나 앞서 〈카이사르 전기〉에서 상세하게 밝힌 것처럼, 그 결과는 정반대로 나타났다.

마침내 카시우스는 친구들을 찾아다니면서 카이사르를 없애려는 이 계획에 동참할 것을 권유하였다. 그런데 사람들마다 만약 브루투스가 이 일에 앞장을 선다면 기꺼이 참여하겠노라고 대답하였다. 왜냐하면 이 일에 있어서 진정 필요한 것은 수단이나 결단력이 아니라, 브루투스와 같이 덕망과 권위를 함께 지닌 인물이라고 생각했기 때문이다. 마치 브루투스의 존재가 이 계획에 종교적인 신성함을 부여하는 증표와도 같이 받아들여진 것이다. 만약 브루투스가 적극적으로 참여하지 않는다면, 이 계획을 실행할 만한 용기도 생겨나지 않을 뿐더러 사람들로부터 커다란 의혹을 사게 될 것이며, 그들의 대의가 옳고 명예로운 것이었다면, 브루투스가 절대로 거절할 이유가 없다고 사람들은 굳게 믿기 때문이었다.

카시우스는 혼자서 여러 모로 곰곰이 생각한 끝에, 드디어 브루투스의 집으로 찾아갔다. 그들의 사이가 벌어진 이후로 처음 있는 일이었다. 두 사람은 인사를 주고받으면서 오래간만에 화해를 하였다. 이렇게 새로운 우정을 다짐한 후에, 카시우스는 브루투스에게 오는 3월 초하룻날 모임에 참석할 것이냐고 물어보았다. 그리고 그 날 카이사르의 측근들이 그를 왕으로 추대하려고 한다는 소문이 돌고 있다고 말해주었다.

브루투스가 자신은 그 자리에 참석하지 않겠다고 대답하자, 카시우스는 다시 물어보았다.

"하지만 우리를 부르기 위하여 사람을 보내면 어떻게 하겠소?"

"그때가 되면 다른 할 일이 있습니다."

브루투스는 카시우스를 바라보면서, 결의에 찬 어조로 침착하게 대답하였다.

"나는 더 이상 참지 않고 용감하게 일어나, 조국의 자유를 위해 싸우다 죽을 것입니다."

그러자 카시우스는 두 손을 높이 쳐들면서 열정적으로 웅변을 토하기 시작하였다.

"하지만 무엇 때문에 로마의 시민들이 당신의 죽음을 가만히 지켜보고만 있어야 한다는 말입니까? 브루투스, 당신은 아직까지도 모르고 있다는 말입니까? 당신의 재판석 주위에 뿌려진 수많은 쪽지들은 직공이나 가게점원 따위들이 할 일 없이 쓴 것이 아니라, 로마의 권세 있고 유력한 사람들이 쓴 것이라고 생각되지 않습니까? 다른 정무위원에게서는 기껏해야 선물이나 구경거리, 혹은 격투시합을 베풀어주는 정도를 기대할 것입니다. 하지만 선조들의 위업을 물려받은 당신에게는 독재군주를 몰아내 주기를 요구하는 것입니다. 로마의 시민들은 당신을 위해서라면 어떤 어려움이라도 이겨 낼 준비가 되어 있습니다. 만약 사람들이 기대하는 대로 행동하는 당신의 모습을 보게 된다면 말입니다."

이렇게 말을 맺은 카시우스는 브루투스를 뜨겁게 끌어안았다. 그리고 두 사람은 제각기 친구들의 의중을 떠보기로 하고 헤어졌다.

폼페이우스의 친구들 중에 카이우스 리가리우스라는 사람이 있었다. 그는 일찍이 카이사르에게 반란을 일으킨 무리 중의 하나였으나, 사면을 받을 수 있었다. 하지만 리가리우스는 그렇게 용서받은 것에 대해 감사하기는 커녕, 비굴하게 용서를 구걸할 수밖에 없는 상황으로 자신을 몰아넣은 그 세력에 대해 커다란 반감을 가지고 있었다. 그리하여 카이우스 리가리우스는 카이사르에 대해 심한 적대감을 품고 있었던 것이다. 이 사람은 또한 브루투스의 가장 가까운 친구이기도 하였다.

리가리우스를 방문한 브루투스는 몸이 아파서 자리에 누워 있던 그를 보고 이렇게 말하였다.

"오, 나의 친구 리가리우스. 지금이 어떤 시기인데 그대는 자리에 누워 있는 것인가!"

이 말을 듣자 리가리우스는 자리에서 몸을 일으켜 베개에 팔꿈치를 겨우 기대면서 브루투스의 손을 잡았다.

"하지만 브루투스, 자네가 자네다운 일을 계획하고 있다면 당장이라도 내 몸은 좋아질 걸세."

그리하여 그들은 믿을 만한 친구들을 골라서 카이사르의 암살에 대한 의향을 떠보았다. 그리고 주위의 친구들에게 비밀계획을 밝히면서, 가까운 친구들뿐만 아니라 용감하고 죽음을 두려워하지 않는 사람이라면 누구든지 이 계획에 끌어들였다. 그러나 키케로에게는 이 비밀을 감추었다. 키케로는 전적으로 신임할 수 있었으며 평소에도 무척 가까운 사이였지만, 본래 조심성이 많은 성품인데다가 나이가 들면서 점점 더 쓸데없는 걱정을 하게 되어 모든 일을 세세하게 검토하려고 들었기 때문이었다. 그러므로 최대한 서둘러서 실행해야 할 이 일에 있어서까지 절대적인 안전과 확신이 없이는 단 한 발자국도 실천하지 않으려고 함으로써, 다른 동지들의 의지와 결심을 둔화시킬 수도 있다고 판단하였던 것이다.

이 밖에도 브루투스의 친구이며 에피쿠로스 학파였던 스타틸리우스와 카토를 숭배하는 파보니우스를 제외하였다. 왜냐하면 어느 날 그들과 함께 대화를 나누던 브루투스는, 은근히 그들의 마음을 떠보기 위하여 토론을 위한 주제인 것처럼 이 문제를 제기하였었다. 그때 파보니우스는 내란이야말로 합법적인 군주제보다도 더욱 나쁜 것이라는 견해를 내놓았으며, 스타틸리우스는 사악하고 어리석은 사람들을 위해서 스스로를 위험과 곤란에 빠뜨린다는 것은 지혜와 분별력을 지닌 사람에게 어울리는 행동이 아니라고 주장하였던 것이다. 하지만 그 자리에 함께 참석했던 라베오는 두 사람의 견해와는 전혀 다른 정반대의 주장을 펼쳤다. 브루투스는 이것이 매우 복잡한 문제여서 쉽게 결론지을 수 없다고 이야기하면서 가열된 토론을 중재하고 나섰다. 하지만 그 후에 라베오를 만나서 모든 비밀계획을 털어놓았으며, 라베오는 기꺼이 그 계획에 동참하였다.

또한 알비누스라는 별명을 가지고 있는 또 다른 브루투스도 카이사르의 암살계획에 가담하기로 했다. 알비누스는 용감하거나 적극적인 성격의 사람은 전혀 아니었지만, 시민들에게 구경거리를 제공하기 위한 격투사들을 많이 거느리고 있었다. 더구나 알비누스는 카이사르의 신임을 얻고 있는 인물이었다.

카시우스와 라베오가 그에게 카이사르의 암살에 대한 문제를 논의하자, 알비누스는 아무런 대답도 하지 않았다. 알비누스는 단지 브루투스와 단 둘이서 만날 수 있는 기회를 달라고 요청하였다. 그리하여 브루투스와 이야기를 나누어본 알비누스는, 브루투스가 이 일의 주동자임을 알게 되자 기꺼이 계획에 참여하겠다고 동의하였다.

많은 동지들 중에서도 이름 있는 사람들은 대부분 브루투스의 이름에 이끌려 가담한 것이었다. 그리하여 비록 서로에게 신의를 약속하는 신성한 의식을 치르거나 맹세를 주고받지는 않았지만, 모든 사람들이 끝까지 비밀을 지키면서 조용하게 일을 진행시켰던 것이다. 그렇기 때문에 여러 가지 예언이나 증표를 통해 신들이 경고해주었음에도 불구하고 카이사르는 그들의 음모를 눈치채지 못했다.

이제 브루투스는 인품이나 태생이나 용기에 있어서 로마의 가장 고귀한 인물들의 운명이 모두 자신에게 달려 있다는 사실을 느끼게 되었다. 이들은 그와 더불어 모든 어려운 상황을 함께 헤쳐나갈 사람들이었다. 그러므로 가능하면 밖에서는 자신의 마음을 감추고 태연하게 행동하고자 애를 썼지만, 집에서 지낼 때의 브루투스의 모습은 말이 아니었다. 자신도 모르게 걱정이 지나쳐 잠을 설치기도 하고, 곤란한 문제들을 거듭 생각하느라고 시간이 흘러가는 줄도 몰랐다. 결국 브루투스와 잠자리를 같이 하는 아내가 이것을 눈치채지 않을 수가 없었다. 아내는 남편이 어떤 엄청난 문제에 빠져 있거나 위험한 일로 고민하고 있다는 것을 짐작하였다.

포르키아는 앞서도 밝힌 바와 같이 카토의 딸이었다. 사촌간이었던 브루투스는 포르키아가 상당히 젊었을 때 결혼을 하였다. 하지만 포르키아는 이미 첫번째 결혼에서 남편을 잃고 아들까지 두고 있었던 상태였다. 그 아들의 이름은 비불리우스였는데, 그는 《브루투스 회상록》이라는 작은 책자까지 남겼다.

포르키아는 철학에 심취하여 있었으며, 이해심과 용기가 다른 사람보다 뛰어난 여인이었다. 포르키아는 그 무엇보다도 남편인 브루투스를 지극히 사랑하였기에, 자신의 의지를 시험해보기 전까지는 남편의 비밀을 캐내어 묻지 않기로 결심하였다. 그리하여 모든 시종들을 방에서 내보낸 뒤에, 손톱을 다듬는 작은 칼로 자신의 허벅지를 깊이 찔렀다. 허벅지에서는 많은 피가 홍수처럼 흘러내렸다. 그 상처로 인하여 포르키아는 격렬한 통증과 몸이 떨려오는 열병까지 앓아야만 하였다.

브루투스는 아내의 병으로 인하여 몹시 근심하였다. 포르키아는 고통이 절정에 달하자 마침내 남편에게 말을 하였다.

"브루투스, 저는 카토의 딸로 당신과 결혼을 하였습니다. 하지만 제가 결혼한 것은 단지 당신과 잠자리만을 함께 나누고 집안일을 거들기 위해서만이 아니라, 당신과 함께 행복과 불행을 나누기 위해서였습니다. 물론 당신이 저를 염려하기 때문이라는 것을 알고 있기에, 제가 지금 불평을 하는 것은 아닙니다. 그러나 만약 제가 당신의 감추어진 고뇌를 함께 나누지 못하고 비밀과 신뢰가 요구되는 일에 대하여 조언자가 될 수 없다면, 당신은 저로부터 어떤 사랑의 증거를 발견할 것이며 무슨 만족을 얻으실 수가 있겠습니까? 여자들이 천성적으로 약점이 많아 비밀을 지킬 수 없다는 것은 저도 잘 알고 있습니다. 하지만 브루투스, 훌륭한 가문에서 태어나 교육을 받고 존경할 만한 사람의 부인이 된다면, 그러한 습관은 고칠 수도 있는 것입니다. 저는 카토의 딸이며 브루투스의 아내라는 것을 자랑으로 삼고 있습니다. 비록 지금까지는 제가 이 두 가지 칭호를 부끄럽지 않게 할 자신이 없었다 할지라도, 이제 제 스스로를 시험해보니 어떤 고통이라도 참고 견딜 수 있다는 것을 알았습니다."

이렇게 말을 하고 포르키아는 자신의 허벅지에 나 있는 상처를 브루투스에게 보여주었다. 그리고 자신의 의지를 어떻게 시험해보았는가에 대하여 남편에게 모두 털어놓았다. 브루투스는 깜짝 놀라면서 하늘을 향해 손을 들고 신들의 도움을 요청하였다. 그리고 자신이 포르키아와 같은 훌륭한 여인의 남편이 될 만한 자격이 있는가를 반드시 증명해 보일 수 있게 해달라고 기도하였다. 그 후에 브루투스는 아내에게 카이사르의 암살계획을 알려주었다.

마침 원로원 회의날이 정해지고 카이사르가 그 회의에 참석하겠다고 하였으므로, 음모자들은 원로원 회의날에 그 일을 실행하기로 하였다. 그런 장소라면 아무런 의심도 받지 않고 일행이 한 자리에 모일 수 있으며, 일단 거사가 행해지고 나면 그 자리에 참석한 다른 로마의 귀족들과 지도자들도 즉시 공화국의 자유를 지키기 위하여 함께 동참하고 지지해줄 것으로 여겼기 때문이었다.

원로원 의원들이 모이기로 한 회의장소조차도 하늘이 그들의 목적을 도와주기 위하여 예정해 놓은 것 같았다. 이 곳은 커다란 극장에 잇대어 지은 건물의 하나로, 공화국이 세운 폼페이우스의 동상이 서 있었다. 일찍이 폼페이우스가 이 극장과 건물을 지어서 로마 시에 바쳤기 때문이었다. 3월 중순경(이 날에 대한 로마식 호칭은 3월의 이데스였다.)에 바로 이 장소에서 원로원 의원들이 소집되었으니, 이것은 마치 초인간적인 어떤 힘이 폼페이우스의 죽음에 복수하려고 사람들을 그 곳으로 불러모은 것처럼 보였다.

드디어 날이 밝아오자, 브루투스는 아내 이외에는 아무도 모르게 작은 단검을 가슴에 품고 집에서 나섰다. 나머지 사람들은 모두 카시우스의 집에 모여서 계획을 의논하였다. 그리고 마침 그 날 성인식을 올린 카시우스의 아들을 데리고 포룸으로 향하기 시작했다. 그 곳에서 카시우스 일당은 폼페이우스 동상 앞으로 몰려가 카이사르가 원로원에 도착하기만을 기다리고 있었다. 과연 이들이 어떤 일을 계획하고 있는지에 대하여 눈치를 챈 사람이 있었다면, 그토록 위험천만한 일을 앞에 두고서 조금도 흔들림이 없는 태도와 굳센 결의에 감탄하지 않을 수 없었을 것이다. 왜냐하면 그들 중에 상당수가 정무위원이었기에, 판결을 내리고 소송을 처리하는 임무를 다하지 않으면 안 되었기 때문이었다. 하지만 이들은 평상시와 조금도 다름없이 소송자들의 탄원과 변론들을 침착하게 경청하였을 뿐만 아니라, 주의와 인내를 가지고 정확하고 공정하게 판결을 내렸다.

그런데 한 사람이 브루투스의 판결에 큰 소리로 반항을 하면서 여러 가지 증거를 들어 카이사르에게 직접 탄원하겠다고 주장하였다. 그러자 브루투스는 주위의 참석자들을 한번 둘러본 다음, 이렇게 말했다.

"법률에 따라 행동하는 동안만큼은, 카이사르는 나의 판결을 방해하지 못하며 앞으로도 방해하지 못할 것입니다."

하지만 생각하지도 않았던 여러 가지 사건이 일어나 그들의 계획을 방해하였으므로 모든 것이 허사가 될 뻔하였다. 첫번째로 나타난 가장 큰 장애는, 카이사르가 한나절이 지났는데도 회의장에 나타나지 않은 일이었다. 제사 때 나타난 불길한 징조 때문에 카이사르의 부인과 예언자가 그를 집에 붙들어 놓고 나가지 못하게 하였던 것이다.

또 다른 장애는 이런 것이었다. 어떤 사람이 동지 중에 한 명이었던 카스카에게 다가와서 손을 잡으며 이렇게 말하였다.

"당신은 비밀을 끝내 숨겼지만, 브루투스가 나에게 모든 사실을 알려주었소."

이 말을 듣고 카스카는 깜짝 놀랐다. 그러자 그 사람은 웃으며 다시 말을 했다.

"무슨 수로 그렇게 갑자기 부자가 되어서, 공안관 선거에까지 나간다는 말입니까?"

하마터면 카스카는 상대방의 모호한 질문에 넘어가서 그만 카이사르의 암살에 대한 비밀을 누설할 뻔하였던 것이다. 또 한번은 원로원 의원 중의 한 사람이었던 포필리우스 라이나스가 보통 때보다도 더욱 친근한 태도를 보이면서 브루투스와 카시우스에게 가까이 다가왔다. 포필리우스는 두 사람에게 인사를 한 다음, 이렇게 말을 하였다.

"당신들이 계획하고 있는 바가 성공적으로 이루어지기를 바라는 바입니다. 하지만 정중하게 충고를 하겠는데, 더 이상·지체를 하지 마시오. 그 일은 이제 세상 사람들이 다 알고 있는 비밀이 되었소."

이렇게 말하고 나서 포필리우스 라이나스는 사라졌다. 두 사람은 계획이 잘못된 것은 아닌가 하는 커다란 의혹에 싸이게 되었다. 한편 브루투스의 집에서 아내가 위독하다는 급한 전갈이 전해졌다.

포르키아는 남편의 거사에 대하여 너무나 걱정한 나머지, 불안감을 억누르지 못하고 집안에 조용히 머물러 있을 수가 없었다. 희미한 발자국 소리나 말소리만 들려와도 바코스 축제에서 미쳐 날뛰는 사람처럼 자리에서 벌떡 일어났다. 그리고 포룸에서 돌아오는 사람들마다 붙들고 브루투스가 지금 무슨 일을 하고 있는가에 대하여 물어보았다. 그리고 시시각각 포룸으로 사람을 보내어 브루투스의 동정을 살피도록 하였던 것이다.

결국 오랜 시간 동안 초조함과 긴장 속에서 기다리던 포르키아는 기력이 다하여 더 이상 버틸 수가 없게 되었다. 그리고 완전한 두려움과 공포감에 사로잡혀, 미처 방 안으로 들어갈 틈도 없이 시녀들 사이에서 그대로 주저앉은 채 정신을 잃고 말았다. 포르키아는 얼굴이 새파랗게 질리고 인사불성이 되어 단 한 마디 말도 할 수가 없었다.

이 광경에 놀란 시종들이 비명을 지르자, 이웃사람들까지 무

슨 일인가 하면서 브루투스의 문간으로 몰려들었다. 포르키아
가 죽었다는 소문이 사방에 퍼지게 되었다. 하지만 포르키아는
시녀들의 도움을 받아서 얼마 후에 정신을 차렸다. 브루투스가
이 소식을 접했을 때 마음이 몹시 심란하였다. 하지만 사사로
운 슬픔에 휩싸여 공적인 일을 중단하지는 않았다.

그때 카이사르가 가마를 타고 원로원 회의에 참석하기 위하
여 오고 있다는 전갈이 전해졌다. 카이사르는 제사를 지낼 때
불길한 징조가 나타나자, 중대한 일은 이 날 결정하지 않고 몸
이 아프다는 핑계를 대면서 다음날까지 연기할 결심이었다.

카이사르가 가마에서 내리자마자, 방금 전에 브루투스에게
계획하는 일이 성공하기를 빈다고 말했던 포필리우스 라이나스
가 가까이 다가갔다. 그리고 오랜 시간 동안 무엇인가를 얘기
하였는데, 카이사르는 시종 심각한 얼굴로 주의 깊게 귀를 기
울이며 그 자리에 서 있었다. 음모자들은 라이나스가 하는 말
을 엿들을 수는 없었으나 괜한 자의식에 빠져서 자신들의 반란
이 발각되었구나 추측하고 마음이 흔들렸다. 그리고 서로의 얼
굴을 바라보며 은연중에 그 자리에서 붙잡히지 말고 차라리 모
두 자살하자고 결의를 맺었다.

그리하여 마침내 카시우스와 다른 동지들이 옷 아래에 감추
어 둔 칼에 손을 얹고 막 뽑아 들려고 하는 무렵이었다. 그 순
간 라이나스의 표정과 손짓을 유심히 살펴보고 있던 브루투스
는, 라이나스가 누군가를 고발하는 것이 아니라 무엇인가를 간
절하게 탄원하고 있다는 사실을 알아차렸다. 브루투스는 곧 아
무도 눈치챌 수 없도록 하면서, 음모자들에게 유쾌한 표정을
지어 보이며 용기를 내라는 신호를 보냈다.

잠시 후에 라이나스는 카이사르의 손에 입을 맞추며 물러났
다. 그의 태도는 두 사람의 대화가 전적으로 개인적인 문제와

관련된 것이었음을 보여주는 것이었다.

이윽고 원로원 의원들이 방에 들어가 자리에 앉자, 음모자들은 카이사르의 의자 가까이에 자리를 잡았다. 마치 카이사르에게 탄원할 일이라도 있는 것 같아 보였다. 카시우스는 폼페이우스의 동상 쪽으로 얼굴을 돌리고 마치 기도를 들어주는 신이라도 되는 것처럼 탄원을 올렸다. 그러는 동안 트레보니우스는 문이 있는 곳에서 안토니우스의 주의를 끌며 밖으로 나가서 이야기를 하자고 청했다.

카이사르가 방으로 들어서자, 모든 원로원 의원들은 자리에서 일어났다. 그리고 카이사르가 자리에 앉자마자 음모자들은 그를 중심으로 빙 둘러앉았다. 이윽고 동지의 한 사람인 툴리우스 킴베르가 나서서 추방당한 형제를 도와달라고 부탁하였다. 음모자들은 마치 그를 위해 함께 애원을 하는 것처럼, 카이사르의 손을 잡고 이마와 가슴에 입을 맞추었다.

카이사르는 처음부터 그들의 청탁을 단호하게 거절하였다. 하지만 끝내 툴리우스 킴베르가 뒤로 물러설 기미가 보이지 않자, 몹시 화를 내며 자리에서 벌떡 일어났다. 툴리우스는 두 손으로 카이사르의 옷자락을 붙잡으며 앞으로 잡아당겼다. 그 순간 뒤에 서 있던 카스카가 칼을 뽑아서 먼저 휘둘렀으나, 카이사르의 어깨에 경미한 상처를 입혔을 뿐이었다. 카이사르는 칼을 든 손목을 붙잡으며 라틴 어로 커다랗게 고함을 질렀다.

"이 악당 카스카야, 도대체 무슨 짓을 하려는 것이냐?"

그리고 그리스 어로 형제들을 찾으며 도움을 요청하였다. 하지만 점차 자신을 해치려는 많은 손들로 겹겹이 둘러싸여 있다는 사실을 깨닫게 되었다. 카이사르는 이 자리에서 빠져나갈 수 있는 길이 있을까 주위를 둘러보다가 손에 칼을 들고 다가오는 브루투스를 발견하였다. 그러자 카이사르는 단단하게 움켜쥐고 있던 카스카의 손목을 놓아주면서 옷으로 얼굴을 가리고 적들의 손에 순순히 자신의 몸을 맡겼다.

음모자들은 카이사르를 살해하는 일에 너무나 열중해서, 거세게 칼을 휘두르다가 서로를 다치게 하기도 하였다. 특히 브루투스는 손에 깊은 상처를 입었다. 이렇게 해서 카이사르를 살해하는 음모에 가담하였던 사람들은 모두 온통 피투성이가 되었던 것이다.

로마의 독재자 카이사르를 살해하고 나자, 브루투스는 연설을 하기 위하여 사람들이 모여 있는 장소로 걸어나갔다. 원로원 의원들을 안심시키고 다시 한 자리에 모으려는 것이었다. 하지만 카이사르가 살해되는 모습을 보면서, 겁에 질렸던 원로원 의원들은 우왕좌왕 도망치기에 바빴다. 마치 자신의 뒤를 쫓아오는 사람이라도 있는 것처럼, 문을 밀치며 서로 먼저 나가려고 난리였다. 하지만 음모자들은 카이사르 외에는 아무도 살해하지 않기로 하였으므로 다른 원로원 의원들은 아무도 해치지 않았다.

사실 카이사르와 더불어 안토니우스도 반드시 살해해야 한다는 것이 이 계획에 참여하였던 모든 사람들의 공통된 견해였다. 안토니우스는 군주제를 찬성하는 오만한 성격의 사람이었을 뿐만 아니라, 군대에서도 막강한 영향력을 행사하고 있었기 때문이었다. 안토니우스는 브루투스들에게 커다란 위협이 될 수 있는 인물이었다.

카이사르를 살해한 음모자들은 더욱 강력하게 안토니우스를 없애버릴 것을 주장하였다. 안토니우스는 카이사르의 동료였으며, 그의 도움으로 집정관이라는 명예까지 누리게 되었던 것이다. 하지만 브루투스는 그 일은 부당하며, 나중에는 안토니우스도 반드시 자신의 마음을 바꾸게 될 것이라고 말했다. 왜냐하면 안토니우스처럼 높은 재능과 신분을 지니고 영광을 열렬히 추구하는 사람이라면, 일단 카이사르의 존재가 제거된 다음에는 조국의 자유를 되찾으려는 무리 속에 가담할 것이라고 굳게 믿었기 때문이었다. 이렇게 해서 브루투스는 안토니우스의 목숨을 구해주게 되었다. 그러나 겁에 질린 안토니우스는 평민 복장을 하고 그 자리에서 재빨리 달아나버렸다.

카이사르를 살해한 브루투스와 그의 일당들은 의사당으로 향하여 걸어가면서, 피로 뒤범벅이 된 손과 칼을 사람들에게 내보이며 독재로부터 해방되었음을 선포하였다. 이 소식이 알려지자 온 도시에는 험악한 소문이 난무하였으며, 놀라움과 경악에 사로잡힌 사람들이 소동을 일으키기도 하였다. 하지만 더 이상 피를 흘리는 사람도 없고 재산을 약탈하는 일도 일어나지 않자, 원로원 의원들과 많은 사람들은 용기를 내서 의사당에 있는 무리들을 찾아갔다. 마침내 엄청난 군중들이 그 곳에 모이게 되었다.

브루투스는 모여든 군중들에게 현재 처한 국가의 상황에 대하여 조리 있고 감동적인 연설을 하였다. 모여 있던 군중들은 브루투스의 연설에 갈채를 보내면서 밑으로 내려오라고 소리를 질렀다. 그제서야 브루투스 일파들도 확신을 가지고 포럼으로 내려왔다. 일부는 여러 곳으로 흩어져 사람들 틈에 끼여들어갔지만, 대부분의 저명한 인물들은 브루투스를 공회장의 연단까지 안전하게 수행하였다. 어떤 시민들은 소동을 일으키려고 하였으나, 브루투스의 위엄 있는 모습을 보자 질서와 침묵을 지키며 그가 하려는 말을 기다렸다.

군중들은 주의 깊게 브루투스가 하는 말을 들었다. 하지만 얼마 있지 않아서 로마의 모든 시민들이 브루투스 일파의 행동을 기뻐하는 것은 아니라는 사실이 분명히 드러나게 되었다.

킨나가 카이사르를 비난하는 연설을 시작하자, 군중들은 갑자기 맹렬한 분노를 나타내며 온갖 욕설을 퍼부었던 것이다. 음모자들은 다시 카피톨로 퇴각하는 것이 좋겠다고 여길 지경이었다.

브루투스는 시민들이 카피톨을 포위할지도 모른다고 생각하였으므로, 함께 따라온 유명인사들을 모두 돌려보냈다. 이 사건에 관여하지 않은 사람들이 곤경에 처한다는 것은 부당하다고 생각했기 때문이었다.

그러나 다음날 아침, 대지의 여신을 모시는 신전에서 원로원이 소집되었다. 안토니우스와 플란쿠스 그리고 키케로, 세 사람은 브루투스 일행의 모든 행위를 잊어버리고, 카이사르를 암살한 일에 대해서 관대하게 처분할 것을 주장하였다. 그리하여 음모자들은 처벌에 대한 두려움에서 벗어나게 되었다. 그뿐만 아니라, 집정관은 이들에게 어떤 명예와 영전을 줄 것인가를 고려하도록 결의하기에 이르렀다.

이렇게 로마의 원로원이 결정을 내린 다음, 안토니우스는 자기의 아들을 인질로 삼아서 카이사르를 살해한 무리들이 있는 카피톨 산으로 보냈다. 브루투스 일파는 그제서야 안심을 하고 그 곳에서 내려와 서로 반갑게 인사를 하면서 번갈아 초대하였다. 안토니우스는 카시우스를 초대하여 커다란 연회를 베풀고, 레피두스는 브루투스를 초대하였으며, 나머지 사람들도 서로 융숭하게 대접을 하였다. 마치 그들 모두가 가까운 친구라도 된 것처럼 보였다.

다음날 아침이 밝아오자 로마의 원로원이 다시 열렸다. 원로원에서는 먼저 카이사르 암살사건을 잘 처리함으로써 내란을 미연에 방지한 안토니우스에게 감사를 표한 다음, 브루투스와 그의 동지들에게도 칭찬의 말을 하였다. 브루투스들에게는 모두 영토가 나누어졌다. 브루투스에게는 크레타 섬을, 카시우스에게는 아프리카를, 트레보니우스에게는 아시아를, 킴베르에게는 비티니아를, 그리고 또 한 사람의 브루투스에게는 포 강 일대의 갈리아가 할당되었다.

이러한 일을 순조롭게 처리한 다음에는 카이사르의 유언장에 관한 처리와, 장례식을 어떻게 진행하느냐에 대하여 논의하였다. 안토니우스는 카이사르의 유서를 로마의 모든 시민에게 공개해야 하며, 그의 유해도 일반 평민과 같은 식의 장례를 치르거나 또는 불명예스러운 매장을 해서는 안 된다고 주장하였다. 만일 그렇게 하지 않으면 시민들은 한층 더 분노하게 될 것이라고 말했다. 카시우스는 안토니우스의 의견에 맹렬히 반대했으나, 브루투스는 한 걸음 양보하여 이것을 허락하였다.

이 점에 있어서 브루투스는 두번째 실수를 저질렀다고 볼 수 있다. 첫번째로는 안토니우스를 살려줌으로써, 결과적으로 음모자들에게 가장 위험하고 무서운 적을 도와주게 된 것이다. 그런데 이번에는 카이사르의 장례식을 안토니우스가 주장하는 대로 허가함으로써 돌이킬 수 없는 잘못을 범하게 된 것이다.

왜냐하면 카이사르는 유서에서 자기가 죽으면 로마 시민 한 사람에게 75드라크마씩의 돈을 나누어주고, 또 티베르 강 건너편에 있는 자신의 정원을 일반시민들이 사용할 수 있도록 하라고 적어 놓았기 때문이다. 이 사실을 알게 된 시민들은 카이사르에 대한 뜨거운 애정으로 불타올랐으며, 그를 잃은 것을 몹시 애석하게 여기게 되었던 것이다.

카이사르의 시체가 공회장으로 운반되어 오고, 안토니우스가 관례에 따라 카이사르의 덕을 찬양하는 추도연설을 할 때였다. 그는 군중들이 자신의 연설에 감동하는 기색을 보이자, 갑자기 격분에 찬 어조로 연설을 하면서 피로 물든 카이사르의 옷을 펼쳐 보였다. 안토니우스는 칼로 찢긴 자리가 얼마나 많은가를 보여주면서 카이사르의 몸에 나 있던 상처의 수를 헤아리기도 하였다. 마침내 장내는 온통 아수라장이 되었다.

어떤 사람들은 카이사르를 살해한 살인자들을 모두 죽이라고 소리쳤으며, 어떤 사람들은 근처 상점에 있는 의자와 책상을 부수어서 만든 장작더미를 높이 쌓아 놓았다. 그리고 그 위에 카이사르의 시체를 올려놓은 다음, 불을 붙였다. 이 장소는 바로 수많은 신전들과 그 밖의 신령한 장소로 둘러싸인 광장이었으므로, 카이사르의 유해를 불태우는 것은 일종의 신성한 의식처럼 보였다.

불길이 솟아오르자, 카이사르를 추모하는 로마의 시민들이 구름처럼 광장으로 모여들었다. 그리고는 불이 붙은 나무들을 들고, 도시 곳곳에서 암살자들의 집을 찾아다니며 불을 질렀다. 그러나 음모자들은 이 일을 예상하고 미리 충분한 방비를 하였기 때문에 재난을 면할 수가 있었다.

그 당시에 별로 유명하지 않았던 킨나라는 시인이 있었다. 킨나는 음모에 가담한 일도 없을 뿐더러, 오히려 카이사르의 친구 중의 한 사람이었다. 킨나는 전날 밤에, 카이사르가 자기를 저녁 식사에 초대하는 꿈을 꾸었다. 초대를 사양하자 카이사르는 억지로 킨나의 손을 끌고 아주 캄캄한 곳으로 데리고 갔다. 그래서 킨나는 깜짝 놀라면서 억지로 끌려가게 되었다. 꿈에서 깨어난 킨나는 너무나도 괴로웠던 꿈이어서 밤새도록 열로 고생을 하였다. 그러나 아침이 되어서 카이사르의 시체를 끌고 가는 소란스러운 소리가 들리자, 가만히 집에 앉아 있기가 미안해서 밖으로 달려나가 군중 속에 어울렸다.

광장에 모여 있던 사람들은 안토니우스의 추모연설을 듣고 몹시 흥분하고 있었다. 그런데 킨나가 나타났다는 소문이 퍼지자, 시민들은 전날 카이사르를 욕하던 바로 그 킨나로 잘못 알고, 그에게 달려들어서 찢어죽였다.

안토니우스의 교묘한 계략에 의해 일어난 급작스러운 상황의 변화로, 브루투스 일파는 신변의 위험을 피하여 로마 시를 빠져 나갔다. 그들이 최초로 머무르게 된 곳은 안티움이었다. 그들은 시민들의 흥분이 가라앉고, 다시 질서를 회복하게 되면 로마로 돌아갈 생각이었다. 시민들이란 일시적인 격한 감정에 쫓겨서 지나친 행동을 하다가도 차차 사그러져 가라앉는다는 것을 그들은 잘 알고 있었다. 그리고 비록 원로원이 킨나를 찢어죽인 사람들은 처벌하지 않았으나, 브루투스와 카시우스 일파의 저택을 습격한 폭도들은 엄중수색하여 모두 체포했으므로, 원로원이 이렇게 자기들에 대해 호의를 가지고 있는 이상 시민들은 훨씬 쉽게 진정될 것이라 생각하였다.

이 무렵 로마 시민들은, 안토니우스가 스스로 권력을 독차지하여 일종의 왕정을 건설하려 한다고 의심하고 있었다. 그래서 로마 시민들은 브루투스가 정무위원으로서 귀환하기를 희망하고 있었다.

그러나 그 무렵, 과거에 카이사르의 휘하에서 전쟁에 참가하여 카이사르로부터 많은 땅과 도시를 분배받았던 제대병사들이 각지로부터 로마 시내로 모여들고 있다는 정보가 있었으므로, 브루투스는 로마로 돌아가는 모험을 하지 않기로 하였다.

그 대신 로마 시민들을 위하여 브루투스는, 성대하고 비용이 많이 드는 여러 경기대회나 관람행사를 개최하였다. 브루투스는 여러 종류의 야수들을 로마로 보내면서, 한 마리도 반환하거나 남겨 두지 말고 모두 로마 시민들의 구경거리로 이용해달라고 당부하였다. 뿐만 아니라 배우들을 고용하기 위하여 몸소 나플레스까지 찾아갔다. 그 당시에 브루투스는 카누티우스라는 배우가 매우 인기가 높다는 소문을 듣고, 그리스에 있는 네 친구들에게 편지를 보내어 그를 로마로 오게 하라고 간청하였다. 그 사람은 그리스 사람이기 때문에 강제로 로마까지 데려갈 수는 없었던 것이다. 그리고 브루투스는 키케로에게도 편지를 써서, 반드시 자기 대신에 그 행사에 참석하여 한층 그 자리를 빛내달라고 요청하였다.

그런데 이때 카이사르 조카딸의 아들이 로마에 도착하면서 갑자기 새로운 변화가 일어났다. 카이사르는 조카딸의 아들을 자신의 양자로 삼았으며, 카이사르라는 이름을 주었다. 카이사르라는 이름을 물려받은 그가, 유서에 의하여 살해당한 카이사르의 정당한 상속인으로 결정되었다. 그는 카이사르가 암살되었을 때, 아폴로니아에서 철학을 공부하고 있었다. 그는 파르티아를 정벌하러 가는 카이사르가 그 곳을 방문하기로 되어 있었으므로, 카이사르를 기다리고 있었다. 그러나 의외로 흉보가 전해지자, 그는 곧바로 로마로 달려왔던 것이다.

로마로 들어오자, 그는 민심을 얻기 위하여 카이사르라는 이름을 내세웠으며, 유언장에 의하여 물려받은 재산을 아낌없이 시민들에게 분배해줌으로써 오래지 않아 안토니우스의 명성을 능가하게 되었다. 다른 한편으로는 금전이나 선물을 주어서, 과거에 카이사르의 휘하에서 활약하던 병사들을 다시 끌어모아 자기의 심복으로 만들어버렸다. 그러자 평소에 안토니우스를 증오하던 키케로는 카이사르를 지지하고 나섰다. 그러자 브루투스는 키케로에게 편지를 보내서,

그대는 독재자 그 자체를 미워하는 것이 아니라, 자기를 미워하였던 그 독재자를 두려워하고 있었다. 그대의 연설이나 글에서 카이사르를 찬양하고 있는 것은, 필경 그대의 목

적이 안이한 노예상태에 있다는 것을 보여주는 것이다. '그러나 나의 조상들은, 친분이 있는 군주라고 하더라도 결코 독재를 감수하지 않았다.' 그리고 지금 나는 평화와 전쟁 가운데 어느 길로 나가야 할지 결단을 내리고 있지는 않으나, 다만 한 가지 확고한 사실은 절대로 노예가 되지는 않겠다는 것이다. 그리고 그대가 내란의 위험을 두려워하여 그러한 불명예스러운 평화의 굴욕을 무릅쓰는 것을 도무지 이해할 수 없다.

고 비난하였다.

그러나 로마는 완전히 두 개의 당파로 갈라져버렸다. 어떤 사람은 아폴로니아에서 찾아온 카이사르에게, 또 어떤 사람은 안토니우스 편에 참여하였다. 그리고 군대들은 마치 장터에서 경매를 붙이는 때와 같이 돈을 많이 주겠다는 쪽으로 팔려 갔다. 이런 형세를 지켜보고 있던 브루투스는, 이제 모든 것을 포기하고 본국을 떠나기로 하였다. 그는 육로로 루카니아 지방을 경유하여 엘레아 해안으로 갔다.

브루투스는 여기에서 자기의 아내 포르키아를 로마로 돌려보내는 것이 좋겠다고 생각하였다. 포르키아는 서로 헤어져야 한다는 것을 비통하게 생각했으나, 굳은 마음으로 슬픔을 참았다. 그런데 이 곳에서 우연히 한 폭의 그림을 봄으로 인해서 복받치는 슬픔을 억누를 수 없게 되었다. 그 그림은 그리스의 옛 이야기를 담은 그림이었다. 헥토르가 전쟁에 출정하기 위하여 그의 아내 안드로마케와 작별하면서 아들을 맡기자, 안드로마케가 눈물을 글썽거리며 그의 남편을 바라보고 서 있는 그림이었다. 포르키아는 이 그림을 보자 자기의 처지가 생각났으므로, 여태까지 참아 오던 눈물이 한꺼번에 쏟아졌다.

포르키아는 하루에도 몇 번씩이나 그 그림이 있는 곳으로 가
서 그것을 보고는 눈물을 흘렸다. 그리고 곁에 있던 브루투스
의 친구 아킬리우스에게, 호메로스의 시에서 안드로마케가 헥
토르에게 말한 구절을 읽어주었다.

하지만 헥토르, 당신은 나에게 있어서
아버지이자 어머니이며
동시에 오빠이자 사랑하는 남편입니다.

아킬리우스는 이것을 브루투스에게 알려주었다. 브루투스는
웃으면서 이렇게 대답하였다.
"그러나 나는 당신에게, 헥토르가 안드로마케에게 말한 것처
럼 '그대의 베틀에 마음을 졸라매고 가사를 보살펴 나가주기를
당부하오'라는 말을 할 수는 없소. 포르키아는 원래 몸이 약해
서 우리 남자들과 같이 힘드는 일은 도저히 할 수가 없소. 그
러나 국가의 행복을 위해서는 뛰어난 남자에 못지않은 씩씩하
고 굳센 정신을 가졌소."
이러한 일화는 포르키아의 아들 비불루스가 기록한 《브루투
스 회상록》 속에 들어 있는 말이다.
그 곳에서 브루투스는 배편으로 아테네로 건너가 시민들로부
터 친절한 환영을 받았다. 아테네 시민들은 환호하면서 브루투
스를 맞이하였으며, 그에게 여러 가지 명예를 주었다. 브루투
스는 친구 집에 머무르면서 아카데미 학파의 테옴네스투스와
소요학파의 크라티푸스로부터 철학에 대한 강의를 들었다.
브루투스는 두 스승을 따르면서 철학연구에 몰두하였으므로
마치 이제는 정치에 뜻을 버리고 한가롭게 독서를 즐기는 사람
처럼 보였다. 그러나 그러는 동안에도 브루투스는 은밀하게 전

쟁준비를 하고 있었다. 브루투스는 헤로스트라투스를 마케도니아로 보내어, 그 곳의 장군들을 설득시켜 자기편으로 만들도록 하였다. 그리고 브루투스 자신은 그 당시에 아테네로 찾아와서 공부를 하고 있던 모든 로마 사람들을 잘 달래고 설복시켜서 자기편으로 끌어들였다. 그런 학생들 가운데에는 키케로의 아들도 있었다. 브루투스는 키케로의 아들을 칭찬하면서, 이렇게 높은 뜻을 품고 전제정치를 증오하는 이 청년을 도저히 찬양하지 않을 수 없다고 말했다.

마침내 브루투스는 공식적인 일에 모습을 드러내기 시작했다. 그러던 중 마침 몇 척의 로마 배가 많은 재물을 가득 싣고 아시아로부터 돌아오고 있는데, 그 배의 사령관이 자기 친구라는 것을 전해 듣게 되었다. 브루투스는 그를 카리스투스 근방에서 만나기 위해 아테네를 떠났다. 다행히 그는 브루투스를 도와주기로 하였다. 마침 그 날은 브루투스의 생일이기도 했으므로 여느 때보다 성대한 축하연이 베풀어졌다.

연회가 시작되자, 브루투스를 위하여 그리고 로마의 자유를 위하여 축배를 들었다. 그러자 브루투스는 동지들에게 용기를 주는 뜻에서 더욱 커다란 잔을 가져오게 한 다음, 술을 따라 들고 큰 소리로 다음의 시구를 읊었다.

그러나 나의 운명은
레토의 아들과 힘을 합쳐서
나의 죽음을 마련했구나.

그런데 이상하게도 브루투스가 최후의 결전을 벌일 때의 암호는 '아폴로'였다. 그러므로 브루투스가 아무런 이유도 없이 이 시를 읊었던 것은 전투에 패하여 죽을 전조였다고 하겠다.

로마 선박의 사령관 안티스티우스는 이탈리아로 싣고 가던 재물 가운데, 50만 드라크마를 브루투스에게 기증하였다. 그리고 과거에 폼페이우스를 섬기다가, 전쟁에서 패배한 다음에는 테살리아 지방에 흩어져서 방황하던 모든 병사들도 기꺼이 브루투스에게로 달려와서 그의 진영에 참가했다. 브루투스는, 킨나가 아시아에 가 있는 돌라벨라에게 가지고 가던 말 500필을 빼앗았다. 그리고 데메트리아스 시를 점령하여, 안토니우스에게 보내기 위하여 저장하여 두었던 무기를 노획하였다. 이 무기들은 원래 암살된 카이사르가 파르티아 전쟁에 쓰려고 하였던 것이었다. 뒤를 이어서 마케도니아의 정무위원 호르텐시우스를 비롯해서, 그 부근의 모든 왕과 장군들도 브루투스에게 협력하고 나섰다.

브루투스가 이렇게 세력을 다지고 있을 때, 안토니우스의 형제였던 카이우스가 이탈리아로부터 건너오고 있다는 소식이 들려왔다. 카이우스는 아폴로니아에서 머무르고 있던 병사들과 합세하기 위하여 똑바로 진군하고 있었다. 브루투스는 이 소식이 전해지자, 카이우스 군보다 먼저 아폴로니아에 도착하기 위하여 병사들을 이끌고 질풍처럼 진격하였다.

브루투스의 진군은 험준한 지역과 퍼붓는 눈보라 때문에 커다란 곤란을 겪었다. 하지만 브루투스는 식량을 나르는 병사들이 뒤처질 정도로 부대를 신속하게 행군시켰다.

브루투스의 군대가 디라키움을 바로 눈앞에 바라볼 수 있는 거리까지 왔을 때, 그는 누적된 피로와 추위로 '불리미아'라는 이상한 병에 걸렸다. 이 병은 주로 차가운 눈 속에서 심한 노동을 한 사람이나 가축이 걸리는 것으로, 주위의 냉기에 응결된 열기가 모두 몸 속으로 몰려들어서, 몸에 저장되어 있는 모든 영양이 일시에 소비되는 까닭에 일어난다고 생각된다. 그리

고 눈이 녹을 때 발생되는 예리하고 미묘한 수증기가 몸에 스
며들어서 털구멍으로 발산되는 체온을 방해하기 때문에 일어나
는 것이라고도 생각된다. 왜냐하면 땀이 나는 것은 열이 외부
의 차가운 기온과 만나 그 차가운 기운이 신체의 표면에 닿는
데에서 생기는 것이라고 보여지기 때문이다. 이 문제에 관해서
는 이미 다른 글에서도 자세히 이야기한 바가 있어 이 정도로
그친다.

브루투스의 몸은 매우 쇠약해지게 되었다. 그러나 브루투스
에게 대접할 만한 음식을 가진 사람이 아무도 없었다. 모든 군
대는 거의 굶어서 죽을 지경이 되었다. 그래서 적에게 항복하
는 자들이 많아졌다. 브루투스 진영의 장병들은 병에 걸린 브
루투스를 먹이기 위해서 부득이 적군의 도움이라도 받는 수밖
에 없다고 생각하였다. 그래서 그들은 밥을 얻기 위하여 적군
의 진영으로 접근하였다. 그러나 자신들도 몹시 굶주렸으므로
간신히 적군의 성문 가까이까지 걸어가서, 거기에 근무하고 있
는 파수병에게 빵조각이라도 조금 나누어달라고 간청을 하였
다. 그리고 브루투스의 병세에 대해서도 이야기를 들려주었다.

파수병들은 브루투스가 겪고 있는 고생에 관하여 모두 듣게
되자, 자기들에게 주어진 고기와 음식을 가지고, 직접 브루투
스가 있는 곳으로 찾아갔다. 이러한 호의에 보답하기 위하여
브루투스는 나중에 이 도시를 점령했을 때, 성문을 지키던 파
수병들뿐만 아니라 모든 시민들에게 최대한 친절을 베풀었다고
한다. 브루투스는 약탈을 금지하고 도시의 시민들을 보호하도
록 명령하였던 것이다.

그러는 동안 아폴로니아에 도착한 카이우스 안토니우스는,
카이우스 자신의 군대와 아폴로니아의 병사들을 합세하자고 제
의하였다. 그러나 이미 대부분의 병사들이 브루투스의 진영에

참가하고 있었기 때문에, 카이우스의 제안은 별다른 소용이 없었다.

아폴로니아 병사들의 도움을 기대할 수 없게 된 카이우스는 어쩔 수 없이 부트로툼으로 군대의 진영을 옮겼다. 그러나 카이우스 군대가 부트로툼으로 이동하고 있을 때, 브루투스 군이 공격을 하였기 때문에 카이우스는 3개 연대의 병력을 잃어버렸다. 그래서 카이우스 안토니우스는 그 뒤에 브루투스 군이 최초로 점령했던 빌리스 시 근처에 있는 요새를 빼앗아 그 곳에 진을 치려고 하였다. 하지만 브루투스 부하인 키케로의 아들이 지휘하는 군대의 당당한 대응에 의하여 처참하게 패배하고 말았다.

브루투스는, 전투에서 패배하고 구원군과 멀리 떨어져 어느 늪가에 머무르고 있는 카이우스를 공격하기로 하였다. 카이우스의 운명은 이미 도마 위에 올려진 고기 신세가 되었다. 브루투스는 얼마 있지 않아서 적군들이 항복을 하고 모두 자기의 수중으로 들어올 것이라고 생각하였다. 그래서 기병대를 이용하여 적군을 포위하고는, 적군에게 위협을 가해도 좋지만, 사람은 되도록이면 죽이지 말라고 명령하였다. 결국 적군은, 브루투스가 처음 생각하였던 것처럼 그들의 장군까지도 모두 항복을 해 왔다. 그리하여 브루투스는 대군을 거느리게 되었다.

브루투스는 로마의 여러 사람으로부터 카이우스를 죽이라는 편지를 받고 있었다. 그러나 브루투스는 오랫동안 카이우스에게 극진한 대우를 해주었으며, 카이우스가 관직의 휘장을 몸에 달 수 있도록 허락하였다. 하지만 카이우스는 브루투스의 장교를 매수하여 병사들 사이에서 반란을 일으키도록 선동하였다. 브루투스는 카이우스를 커다란 배에 태운 다음, 엄중하게 감시하도록 하였다.

한편 카이우스에게 매수당하여 아폴로니아로 도망쳤던 일부의 병사들이 브루투스에게 편지를 보내, 브루투스와 만나서 회담을 하였으면 좋겠다고 정중하게 요청하였다. 그러나 브루투스는, 로마의 군대에는 그런 관례가 없으며 죄를 범한 자가 스스로 대장 앞으로 찾아와서 용서를 비는 것이 마땅하다고 대답했다. 그리하여 그들은 브루투스를 찾아와서 용서를 빌었으므로, 브루투스는 관대하게 그들을 용서하여주었다.

브루투스가 아시아로 이동하기 위한 준비를 하고 있을 때, 로마에서 일어난 여러 가지의 변화에 관한 보고서가 도착했다. 그것은 카이사르가 로마 원로원의 지지를 얻어 경쟁자였던 안토니우스를 이탈리아에서 몰아내고, 놀랄 만한 세력을 가지게 되었다는 소식이었다. 그는 로마의 법률로는 허락되지 않는데도 집정관의 직위를 가지기 위하여 일을 꾸미고 있으며, 여기저기서 병사를 끌어모아 지금의 국가에는 아무런 필요도 없는 대규모의 군대를 가지게 되었다는 것이다.

원로원은 이러한 사태를 좋지 않게 여겼으므로, 해외에 나가 있던 브루투스에게 눈을 돌려 몇몇 영주의 지배권을 브루투스에게 주기로 결의하였다. 그러자 여기에 맞서기 위해 카이사르는, 안토니우스가 있는 곳으로 사람을 보내서 화해와 우의를 회복할 것을 간절하게 요청하였다. 그리고 다른 한편으로는 자신의 모든 군대를 로마의 주위에 배치하였다. 브루투스의 공격에 대하여 사전에 대비하기 위해서였다.

드디어 카이사르는 자기 스스로 회상록에 기록하고 있는 것처럼, 겨우 20세 정도의 나이로 로마의 집정관으로 선임되었다. 카이사르는 집정관이 되자, 로마의 최고관직을 가진 한 사람의 지도자를 재판절차를 거치지도 않고 살해했다는 혐의로 브루투스와 그의 일파들을 재판하도록 명령했다. 브루투스를 고소하는 사람으로는 루키우스 코르니피쿠스를, 카시우스에 대해서는 마르쿠스 아그리파를 임명하였다. 고소를 맡은 루키우스 코르니피쿠스와 마르쿠스 아그리파는 법정에 출두하지 않았는데, 재판관은 그들 없이 브루투스들에게 유죄를 선고하였다.

전하는 바에 의하면, 관례대로 서기가 재판석에서 높은 소리로 브루투스의 출두를 외치자 시민들은 가느다랗게 신음 소리를 내었으며, 귀족들도 비통한 얼굴로 고개를 숙이고 있었다고 한다. 그러나 푸블리쿠스 실리키우스는 고개를 숙이지 않고 눈물을 흘렸다. 이것이 카이사르파에게 발견됨으로써 나중에 실리키우스는 사형자 명단에 오르게 되고 처참한 죽임을 당하였다.

그 후에 카이사르, 안토니우스, 레피두스 세 사람은 한 자리에 모여서 서로 화해를 하였다. 그들은 자신들이 누리고 있는 권력을 지키고 싶었던 것이다. 그들은 회의를 열어서 사형 또는 국외로 추방시킬 사람들의 명부를 만들었는데, 이 명단으로 인하여 키케로를 비롯한 200명 이상의 사람들이 처참하게 죽임을 당했다.

이러한 소식이 마케도니아에 있던 브루투스에게 전해지자, 그는 어쩔 수 없이 카이우스 안토니우스를 사형에 처하라는 명령을 적어서 호르텐시우스에게 전달하였다. 이것은 브루투스의 친척이었던 알비누스 브루투스와 그의 친구 키케로가 사형을 당한 데 대한 복수였던 것이다. 호르텐시우스는 브루투스의 명령에 따라 카이우스 안토니우스를 사형에 처했다. 나중에 안토니우스가 필리피 전투에서 브루투스 군에 참가하고 있던 호르텐시우스를 포로로 사로잡자, 자신의 동생 카이우스의 무덤으로 끌고 가서 그를 죽이게 된 이유가 되었다.

브루투스는 키케로가 죽임을 당하게 된 것에 대한 불운을 슬

퍼하기보다는, 오히려 그 원인에 대해서 더욱 부끄럽게 생각한
다고 말했다. 그리고 브루투스는, 키케로를 죽음에 이르도록
한 것은 폭군에 의해서라기보다는, 로마에 남아 있는 친구들이
스스로 자신의 노예상태를 드러냈기 때문이라고 꾸짖었다. 그
리고 브루투스 자기는 멀리서 듣기만 해도 도저히 참을 수가
없는데, 그 장소에서 직접 목격하고 있으면서도 가만히 있었던
그 친구들을 원망하였다.

브루투스는 크게 늘어난 군대를 거느리고 아시아로 이동하
여, 비티니아와 키지쿠스 부근에서 해군함대를 편성하기 시작
했다. 그러는 동안 브루투스는 육로로 군대를 거느리고 각 도
시를 두루 돌면서, 그 도시들의 질서를 회복하고 안정을 찾도
록 하는 한편, 그 주변에 있는 여러 지방의 왕들과 장군들도
만나보았다.

브루투스는 이집트로 떠났던 카시우스에게 사람을 보내서,
지금 추진하고 있는 이집트 정벌계획을 포기하고 어서 자기에
게 돌아오라고 명령했다. 브루투스가 이렇게 부지런히 움직이
면서 군대를 모으는 것은, 결코 자기들의 세력을 크게 만들고
세력의 판도를 넓히려는 것이 아니라, 오직 전제정치를 타도하
고 국가를 해방하기 위한 일이었다. 그러므로 이러한 최초의
목적을 잊지 않고 지키려 한다면, 지금처럼 로마에서 멀리 떨
어진 곳에 있지 말고, 서둘러 이탈리아로 돌아가서 동포시민들
을 압제에서 구해야 한다고 생각했던 것이다.

카시우스는 브루투스의 소환명령을 받아들였다. 이렇게 해서
카시우스와 브루투스는 스미르나에서 다시 만나게 되었다. 그
들의 재회는, 아테네의 피라이우스 항구에서 카시우스는 시리
아를 향해, 브루투스는 마케도니아를 향해 떠났던 그 날 이후
처음으로 만나는 것이었다. 카시우스와 브루투스는 서로의 손

을 마주 잡고 기뻐하였다. 뿐만 아니라 서로가 거느리고 있는
군대의 수가 대단한 것을 보고, 앞날의 성공에 대해서도 굳은
신념을 갖게 되었다. 그들이 로마에서 달아날 때에는, 마치 가
련한 유랑인처럼 동전 한 푼 지니지 못하고 무기 하나 갖추지
못하였으며, 한 척의 배나 한 명의 군사도 없었던 것이다. 그
러나 이제는 로마와 맞서 그 패권을 다툴 정도로 많은 군대와
함대, 그리고 기병과 군자금까지 가지고 다시 만난 것이다.

카시우스는 브루투스에게 최대한의 존경과 예의를 표함으로
써, 브루투스도 그에 못지않게 자기를 환대하여주기를 기대하
고 있었다. 그러나 카시우스는 브루투스보다 나이가 많았을 뿐
만 아니라 신체도 허약하였기 때문에, 브루투스가 많은 일을
처리하게 되었다. 그렇기 때문에 브루투스의 위용은 카시우스
를 능가하게 되었다. 대부분의 사람들은 카시우스가 노련한 장
군이기는 하지만 그 성격이 너무 준엄하기 때문에, 사랑과 친
절보다는 위세와 권력으로 호령하는 것을 좋아한다고 생각하였
다. 그러나 그는 허물없는 친구들과 함께 있을 때에는 곧잘 농
담을 던져 웃음을 자아내곤 했다.

이와 반대로 브루투스는 자신의 높은 덕망으로, 많은 사람에
게서 두터운 존경을 받았으며 동지들에게는 사랑을, 보다 훌륭
한 인사들로부터는 찬사를 받았다. 비록 그의 적군들이라고 하
더라도 브루투스를 미워하는 일은 없었다고 한다. 브루투스는
보기 드물게 온화하고 우아한 성질을 지니고 있었으며, 드높은
정신과 자부심을 갖고 분노와 쾌락 그리고 탐욕에 빠지는 일
없이 열심히 업무를 처리하였다. 어떤 일에 있어서 그것이 정
의라는 확신이 서면, 반드시 그 목적을 이루기 위하여 노력하
였으며 중간에 뜻을 굳히지 않는 확고부동한 성격의 사람이었
다.

또한 그가 의도하는 모든 것에는 조금이라도 사사로운 감정이 섞이지 않았기 때문에 그토록 많은 사람들로부터 존경과 사랑을 받을 수 있었던 것이다. 만약 브루투스가 카이사르를 정복했다면, 그는 집정관이라든가 왕이라는 명칭보다는 한층 부드러운 호칭으로 시민들을 안심시키고 국정에 열중하였으리라는 것은 누구나 예측할 수 있었다.

카시우스는 자기의 이익을 위해서라면 정의에 어긋나는 일도 저지르는 사람이었다. 다시 말하자면, 카시우스는 시민들에게 자유를 주기 위해서가 아니라, 자기의 이익을 위해 로마 제국을 차지하려고, 전쟁과 유랑 등의 온갖 위험과 고난을 견디고 있었다. 또한 과거 로마에 혼란을 가져왔던 킨나와 마리우스, 카르보 등은 마치 조국을 하나의 상품이나 전리품처럼 자신의 손 안에 넣기 위하여 치열하게 싸웠다는 것은 의심할 여지도 없는 사실이었다.

그러나 브루투스는, 그가 쓴 여러 편지에도 나타나 있지만 권력을 탐내서가 아니라 오직 명예와 덕망을 위해 싸웠던 것을 알 수 있다. 브루투스는 자기가 뜻하는 일의 전망은 매우 좋으며, 반드시 승리를 얻고 로마 시민들에게 자유와 정의를 회복시켜줄 수 있을 것이라고 믿었다. 하지만 만약 이 싸움에서 실패한다면 자유와 운명을 같이하여 죽을 결심을 하고 있었다. 브루투스는 이 편지들에서, 모든 것이 한치의 빈틈도 없고 안심할 수 있을 정도로 잘 진행되고 있지만, 다만 한 가지 알 수 없는 것은 과연 앞으로 자유를 누리며 살 수 있을지 그렇지 않으면 실패하고 죽게 되는지를 알 수 없을 뿐이라고 말했던 것이다.

브루투스는 다시 그 편지에서 마르쿠스 안토니우스를 평하여 이렇게 말했다.

브루투스, 카시우스, 카토 등과 같이 좋은 이름을 남길 수 있는 기회를 버리고 옥타비우스와 결탁하고 있으니, 그는 몹시 어리석은 사람이다.

브루투스와 카시우스가 스미르나에서 다시 만났을 때, 브루투스는 카시우스가 모아 놓은 군자금 가운데 그 일부를 자기에게 나누어달라고 요청하였다. 브루투스는 자신이 모아 놓은 군자금은 이미 해군함대를 만드는 일에 사용하였으며, 그것은 지중해를 자신의 세력권 안에 넣기 위해서였다고 말했다. 그러나 카시우스의 막료들은 브루투스에게 군자금을 나누어주는 것을 반대하면서 이렇게 말했다.

"카시우스 장군께서는 돈을 절약하고 함부로 낭비하지 않았습니다. 그리고 그 돈을 축적하기 위하여 온갖 질투와 말썽을 겪었습니다. 그런데 이것을 브루투스 장군에게 줌으로써, 브루투스 장군이 인기를 얻고 군대의 신망을 얻도록 만드는 것은 현명한 일이 아닙니다."

그러나 카시우스는 자기가 가진 군자금의 3분의 1을 브루투스에게 나누어주고, 두 장군은 다시 헤어지게 되었다.

카시우스는 로데스 섬을 점령한 후 시내로 들어갔다. 어떤 사람이 그를 왕이라고 부르자, 카시우스는 이렇게 대답했다고 한다.

"나는 결코 왕이나 영주가 아니라 그 왕이나 영주를 타도하고 처벌하는 사람입니다."

그러나 카시우스의 행동에서는 조금도 인자한 모습을 찾아볼 수 없었다.

브루투스는 리키아로 사람을 보내서, 군자금과 군대를 충분하게 공급해달라고 요구하였다. 그러나 리키아의 지도자 라우

크라테스는 각 도시에 명령을 내려서 브루투스 군에게 저항하
도록 하였다. 이리하여 리키아 군은 몇 군데의 산악지대를 점
령하여 브루투스 군의 행군을 막으려고 하였다.

사정이 이렇게 되자, 브루투스는 우선 기병대를 보내서 그들
을 공격하도록 명령하였다. 브루투스 군의 기병대들은 리키아
군이 마침 식사를 하고 있을 때, 불시에 기습하여 600여 명을
죽였다. 그런 다음에는 주위에 있던 작은 도시와 촌락들을 모
조리 점령하였다. 그러나 사람들에게 은혜를 베풂으로써 민심
을 돌리기 위해 모든 포로를 아무런 교환조건도 없이 석방시켜
주었다. 그러나 리키아 사람들은 브루투스가 입힌 손해만을 억
울하게 여겨서, 브루투스의 호의와 인자함을 무시하고 오히려
더욱 완강하게 저항하였다.

마침내 브루투스는 리키아의 군대 중에서도 가장 사납고 용
맹한 부대들을 추격하여 크산토스까지 따라가게 되었다. 브루
투스의 군대는 적군을 그 곳에 있는 시내에 몰아넣고 포위를
해버렸다. 시내가 포위되자 적군은 도시의 옆을 흐르는 강물을
헤엄쳐서 건너고 어떤 사람은 물 속으로 잠수하여 도망치려고
하였다.

이런 일이 있어날 것을 사전에 예상한 브루투스 군은, 그물
을 강 밑바닥까지 닿게 치고 물 위에는 방울을 달아 사람이 걸
리면 소리가 나도록 만들어 놓았다. 그렇기 때문에 도망을 치
던 적군은 모조리 브루투스 군에게 사로잡히고 말았다.

어두운 밤이 되자 크산토스 사람들은 총공격하여 공성기의
일부에 불을 질렀다. 그러나 곧 브루투스 군에게 발견되어 다
시 시내로 쫓겨 들어갔다. 이때 바람이 심하게 불어와 공성기
의 불이 인접해 있던 집으로 옮겨 붙었다. 브루투스는 시내가
다 타버릴까 염려하여, 병사들로 하여금 시민들과 함께 불을

끄도록 하였다.

그러나 리키아 사람들은 일이 이렇게 되자, 죽음을 결심한 것처럼 미친 듯이 날뛰면서 상상도 못할 행동을 하기 시작하였다. 그들은 연약한 여자나 나이 어린 아이들, 자유인이나 노예들, 늙은이나 젊은이, 부유한 사람이나 가난한 사람 할 것 없이 모두 성벽 위에 올라가서 그들을 도와주기 위하여 찾아온 브루투스의 병사들에게 필사적으로 짚, 나무, 갈대 등 불에 탈 수 있는 물건을 집어던졌다. 순식간에 리키아 시내는 불길에 뒤덮이기 시작하였다. 그들은 자기들의 시내에 불을 질렀던 것이다. 불길은 잠시도 멈추지 않고 하늘로 치솟으면서 무섭게 타올랐다.

이러한 광경을 지켜본 브루투스는 가슴이 미어지는 것처럼 몹시 슬퍼하였다. 브루투스는 말을 타고 시내 주위를 돌아다니면서 두 팔을 하늘 높이 쳐들고, 전력을 다해 시내를 구하라고 외쳤다. 하지만 크산토스 사람들은 어느 누구도 브루투스의 간청에 귀를 기울이려고 하지 않았으며, 불길은 더욱 힘차게 타오르고 있었다.

크산토스 사람들은 브루투스 군대의 도움을 모조리 거절하고 남자, 여자, 아이들 할 것 없이 앞을 다투어 타오르는 불길 속에 뛰어들어 자살하였다. 도시는 순식간에 자살한 사람들의 시체로 뒤덮이게 되었다. 브루투스 군은 불길이 완전히 꺼진 후에, 사정을 알아보기 위하여 시내로 들어가보았다. 그 곳에서는 침혹한 광경이 그들을 기다리고 있었다. 어떤 부인은 목을 매고 자살했는데, 그 목에는 어린아이가 매달려 있었으며 손에는 집에 불을 지른 횃불이 쥐어져 있었다.

브루투스는 이러한 비극적인 광경들을 차마 똑바로 바라볼 수가 없었으므로, 시내로 들어가지 않고 다만 전해 들으면서 뜨거운 눈물을 흘렸다. 그리고 크산토스 사람의 생명을 구한 병사들에게는 커다란 상을 내리겠다는 포고령을 발표하였다. 그러나 브루투스의 뜻과는 달리, 목숨을 구한 크산토스의 사람은 겨우 150명을 넘지 못했다고 한다. 크산토스 사람들은 그 옛날 페르시아 군의 침략을 받았을 때에도, 자기들의 시내를 불태우고 모두 죽어버렸다고 한다. 그러므로 그들은 오랜 시일이 지난 오늘, 이처럼 절망적인 행동을 취함으로써 다시금 조상들의 재난을 되풀이하였던 것이다.

그 후에 파타레아 사람들이 또다시 반란을 일으켰다. 그러나 브루투스는 파타레아 시민들이 그들의 도시를 끝까지 지키기 위하여 버티는 것을 보자, 두려운 마음이 생겼다. 파타레아 사람들도 크산토스 사람들처럼 정신착란증을 일으키지나 않을까 걱정이 되었던 것이다. 브루투스는 집단자살의 참상을 너무나도 생생히 기억하고 있었다.

그래서 브루투스는 파타레아 시를 포위하거나 공격하지 않고, 다만 그 당시에 포로로 잡혀 있던 여자 몇 명을 아무런 요구나 교환조건도 없이 그대로 돌려 보내주었다. 그 여자들은 파타레아 시의 최고지위에 있던 사람들의 아내나 딸들이었다. 그 여자들은 파타레아 시로 돌아가자, 브루투스가 얼마나 뛰어나고 온화하며 정의로운 인물인가를 자세하게 이야기하고, 하루 빨리 항복하여 그들의 도시를 브루투스에게 맡기는 것이 좋겠다고 권고하였다. 이렇게 하여 파타레아 시가 스스로 항복하자, 근처에 있는 도시들도 잇달아 브루투스의 휘하로 들어오게 되었다.

그들은 브루투스가, 자신들의 기대 이상으로 친절하고 인자하다는 것을 깨달았다. 왜냐하면 그 당시에 카시우스는 로데스 사람들로부터 금과 은을 빼앗다시피 하여 8천 탈렌트를 거두어들인 외에도 500탈렌트에 달하는 세금을 부과하였지만, 브루투스는 리키아 사람들로부터 겨우 150탈렌트만 거두어들인 후에는 아무런 피해도 주지 않고 이오니아로 떠났기 때문이다.

이러한 원정기간 중에 브루투스는 상과 벌을 바르게 내림으로써, 여러 가지 훌륭하고 정의로운 행위를 보여주었다. 그러나 그 가운데에서도, 자기 자신이나 로마 사람들이 가장 만족하게 생각하였던 것으로 다음과 같은 일이 있었다.

폼페이우스가 카이사르와의 싸움에서 패배를 하고, 이집트로 도망을 쳐서 펠루시움에 상륙하였을 무렵이었다. 그 당시에 이집트 왕은 아직 어렸기 때문에 그의 신하들이 어린 왕을 보필하고 있었다. 이집트 왕의 신하들은 상륙한 폼페이우스를 두고 이러한 경우에 어떻게 행동하는 것이 적당한가에 대하여 논의하였다. 그 자리에서 어떤 신하는 폼페이우스를 따뜻하게 영접하는 것이 마땅하다고 했으며, 또 어떤 신하는 폼페이우스를 이집트에서 추방해야 된다고 주장하여 의견이 쉽사리 일치하지 않았다.

그런데 키오스 사람으로, 이집트의 어린 왕에게 수사법을 가르치고 있던 테오도투스라는 사람이 이 회의에 참석하고 있었다. 그 당시의 이집트에는 별로 뛰어난 인물이 없었기 때문에 테오도투스는 회의에 참석할 수 있었던 것이다. 테오도투스는 폼페이우스를 영접하자는 의견이나 내쫓자는 의견이나 모두가 잘못된 것이라고 하였다. 테오도투스는 오직 폼페이우스를 체포하여 죽이는 것만이 지금의 처지에 알맞은 하나의 방법이라고 주장하였다.

"죽은 사람은 물지 못한다."

테오도투스는 이러한 말을 하면서 이 문제에 대한 회의를 끝내도록 하였다. 이집트의 신하들은 테오도투스의 의견에 따르

기로 하였다. 폼페이우스는 마침내 이집트의 병사들에게 체포
되어서 죽임을 당했다.

이것은 도저히 상상하지도 못할 사건으로서, 폼페이우스는
테오도투스의 수사법과 지혜로 인하여 결국 죽임을 당하게 되
었던 것이다. 테오도투스는 뻔뻔스럽게도 이러한 사실을 자랑
으로 삼고 있었다.

얼마 후에 카이사르가 이집트에 도착하였을 때, 폼페이우스
를 죽이는 일에 참가하였던 자들은 자신들의 잘못에 대한 마땅
한 대가로 비참한 최후를 맞이하게 되었다. 그러나 정작 그 일
의 주동자였던 테오도투스는 위기에서 빠져 나와 여러 지방을
돌아다니면서 궁핍한 유랑생활을 하게 되었다. 하지만 브루투
스가 아시아에서 돌아왔을 때 그의 눈에 띄어 끝내 죽음을 맞
게 되었다. 그리하여 그는 살아 있을 때보다 죽어서 이름을 날
리게 되었다.

브루투스는 사르디스에서 머무르고 있었는데, 그는 카시우스
에게 사람을 보내서 여러 가지 문제에 대하여 회담하기를 요청
하였다. 그리고는 직접 부하들을 거느리고 나가 카시우스를 맞
이하였다. 모든 군사들은 줄을 지어서 그들 두 사람에게 각각
총사령관의 이름으로 경례를 하였다.

그러나 대체로 세상의 중대한 사업을 펼치거나 많은 부하를
다수의 지도자가 지휘할 경우에 어떤 문제가 일어날 수 있는
것처럼, 브루투스와 카시우스 사이에도 다소 서로를 시기하거
나 의심하는 개인적인 고민이 남아 있었다. 그들은 다른 일을
처리하기 전에 우선 단 둘이서 별실에 들어가 회담을 갖기로
결정하였다. 이리하여 방에는 브루투스와 카시우스 두 사람만
이 남았으며, 그들 외에는 아무도 들어올 수 없도록 방문을 굳
게 닫았다.

처음에는 브루투스와 카시우스도 서로에게 조용히 충고를 하였으나, 나중에는 치열한 격론으로 바뀌어서 서로를 공격하기 시작하였다. 그러다가 감정이 더욱 격해지자 드디어는 서로에게 마구 욕설을 퍼부어 댔으며, 마지막에는 소리 높여 울기까지 하였다.

문 밖에서 대기하고 있던 두 사람의 부하들은 브루투스와 카시우스의 노기에 찬 고함 소리를 듣자, 혹시 무슨 일이라도 일어날까 봐 안절부절못했다. 그러나 그 방에는 어느 누구도 들어가지 못하도록 금지되어 있었기 때문에 감히 부하들은 두 사람 사이에 끼여들 수가 없었다.

그런데 평소에 카토를 몹시 존경하고 숭배하던 파보니우스라는 사람이 그 방으로 들어가려고 했다. 파보니우스는 철학자인 것처럼 행세하였으며, 자기의 뜻을 이루기 위해서는 무슨 일이든 사양하지 않는 성격을 가지고 있었다. 그의 야만적인 성질이 한번 날뛰기 시작하면 이것을 멈추기는 결코 쉬운 일이 아니었다.

파보니우스는 로마의 원로원 의원이었지만, 이것을 아주 하찮은 일이라고 경멸하는 사람이었다. 그뿐만이 아니라 자기 마음대로 지껄이면서 세상을 무시하고 비꼬는 것을 자랑으로 삼고 있었다.

파보니우스의 지각없는 행동과 거친 말투가 오히려 익살로 받아들여져 때로는 불쾌한 기분을 가시게 하는 경우도 많았다. 파보니우스는 브루투스와 카시우스의 부하들에게 저지당했지만 자기 앞을 가로막는 사람들을 모두 힘껏 밀어 낸 다음, 문을 박차고 방으로 들어갔다. 그런 다음에는 그리스의 유명한 시인 호메로스가 《일리아드》에서 네스토르의 입을 통해 말하였던 다음과 같은 구절을 낭독하였다.

내 명령을 들으라.
나는 그대들 두 사람보다 연장자가 아닌가.

파보니우스의 말을 들은 카시우스는 그만 웃음을 터뜨리고 말았다. 그러나 브루투스는 파보니우스를 보면서 뻔뻔스럽고 비뚤어진 철학자라고 소리지르면서 밖으로 내쫓았다. 이 일을 계기로 이들은 싸움을 그만두고, 다시 만나기로 하면서 헤어졌다. 카시우스는 그 날 밤에 만찬회를 열고, 브루투스와 손님들을 초대하였다. 초대를 받은 사람들이 자리에 앉았을 때, 파보니우스가 목욕을 마치고 그 곳으로 찾아왔다.

브루투스는 파보니우스에게, 초대하지 않았는데 찾아왔으니 가장 낮은 자리로 가라고 하였다. 그러나 파보니우스는 여기에 굴하지 않고 억지로 상좌를 차지해버렸다. 향연은 익살과 철학적인 논의로 뒤섞였으며, 만찬에 모인 사람들은 즐거운 시간을 보냈다.

향연이 벌어진 다음날이었다. 루키우스 펠라라고 하는 로마 사람이 공금을 횡령했다는 혐의로, 사르디스 시민에게 고소를 당했다. 루키우스 펠라는 브루투스의 친구이며 감찰관까지 지냈던 사람이었으나, 브루투스는 그를 파면하고 유죄를 선고하였다.

그런데 이 일은 카시우스의 입장을 대단히 난처하게 만들었다. 왜냐하면 바로 며칠 전에 카시우스의 친구 두 사람이 같은 혐의로 고소되었는데, 그때 카시우스는 사적으로는 그들을 꾸짖었으나 공적으로는 석방시켰기 때문이다. 그리고 그 후에도 자신의 친구들이 그 자리에 머물러 있도록 하였던 것이다. 그러므로 카시우스는 브루투스에게 지금은 많은 정책과 은혜를 베풀어야 하는 시기라고 하면서, 정의만을 고집하는 것은 너무

엄격하고 가혹한 일이라고 브루투스를 꾸짖었다. 그러나 브루투스는 그 말에 대해서 이렇게 대답하였다.

"우리가 카이사르를 죽였던 3월 15일을 기억하시오. 카이사르 자신이 직접 모든 시민들을 억압하고 재산을 약탈한 것은 아니지만, 그런 일을 행하던 사람들을 두둔하였기 때문에 그렇게 되지 않았소? 만약 정의를 짓밟아도 좋다는 이유가 있을 수 있다면, 자기 친구들의 죄를 용서하는 것보다 카이사르 무리들의 죄를 묻지 않는 것이 훨씬 더 나을 것이오. 왜냐하면 카이사르 무리들의 죄를 참는 것은 비겁하기 때문이라고 하면 그만이지만, 자기 친구들의 죄를 인정에 끌려서 용서해준다면, 그때에는 틀림없이 정의롭지 못한 사람이라는 비난을 면하지 못할 것이기 때문이오."

우리는 이것을 보면서 브루투스의 목적과 행동을 지배하는 규범이 과연 어떠한 것이었나를 엿볼 수 있다.

그러나 브루투스는 아시아에서 그리스로 건너올 때, 이상한 징조를 보았다고 한다. 원래 브루투스는 잠을 많이 자지 않는 데다가, 연습과 절식으로 수면시간을 아주 짧게 줄이고 있었다. 그는 일생 동안 한 번도 낮잠을 잔 일이 없었으며, 밤에도 모든 용무가 끝나고 다른 사람들이 잠들어 자기와 이야기를 할 만한 사람이 없을 때까지 깨어 있다가 잠을 잤다고 한다.

그런데 그 당시에는 이미 전쟁이 시작되어, 모든 상황에 주의를 기울여서 세밀하게 일을 처리해야 할 시기였으므로, 브루투스는 초저녁에 잠시 동안 눈을 붙인 후에는 밤새도록 아주 긴요한 사무를 처리하였다. 만약 그 일들이 신속하게 끝나고, 각 부대의 지휘관들이 자기에게 명령을 받기 위하여 찾아오는 시간까지 조금이라도 틈이 나면, 브루투스는 언제나 독서에 열중하였다.

그런데 군대를 이끌고 아시아를 떠나려고 하던 어느 날 밤이었다. 다른 사람들은 모두 잠들어서 사방은 몹시 조용하였다. 브루투스는 천막 안에서 희미한 등잔불 곁에 앉아 무엇인가에 대하여 골똘히 생각하고 있었는데, 갑자기 어떤 사람이 천막 안으로 들어오는 듯한 소리가 들렸다. 브루투스는 이상하다는 느낌이 들어서 고개를 들어보았다. 그러자 이상하고 무서운 형상을 한, 일찍이 보지 못했던 괴상한 모습이 브루투스의 곁으로 다가와서 가만히 서 있는 것이 보였다. 브루투스는 대담하게 이렇게 물어보았다.

"너는 누구냐? 인간이냐? 그렇지 않으면 신이냐? 무슨 용무가 있기에 나를 찾아왔느냐?"

이상한 형체는 이렇게 대답하였다.

"브루투스! 나는 너에게 불행을 안겨주는 신이다. 너는 필리피에서 나를 다시 만날 것이다."

브루투스는 태연스럽게 대답하였다.

"오냐, 다시 만나자!"

얼마 후에 이상한 형체가 자취도 없이 사라지자, 브루투스는 천막 밖에서 대기하고 있던 부하들을 불러서 무슨 소리를 듣거나 환영을 보지 않았는지 물어보았다. 하지만 아무도 그런 일이 없다고 대답하였다.

브루투스는 그 날 밤에 한잠도 자지 않고 밤을 지새운 다음, 카시우스를 찾아가서 지난 밤의 이야기를 들려주었다.

카시우스는 에피쿠로스 학파의 철학을 신봉하는 사람이었으며, 이런 문제에 대해서 브루투스와 가끔 토론을 벌였던 일도 있었다. 카시우스는 그 일에 대해서 이렇게 설명했다고 한다.

"우리 학파의 견해에 따르면, 브루투스! 우리가 보거나 느끼는 모든 것들이 반드시 현실이거나 진실은 아니라는 것입니다. 우리가 느끼고 있는 감각이라고 하는 것은 속임수도 있기 때문입니다. 인간의 정신이라는 것은 아주 예민한 것이어서, 이 감각에다 온갖 영향을 주어서 없는 것도 있다고 생각하고 때로는 그 형상까지도 변화시킨다고 생각합니다.

그것은 마치 우리가 초를 가지고 장난감을 만드는 것처럼 무슨 형태든지 자유롭게 만들어 낼 수가 있는 것입니다. 다시 말하자면, 인간의 영혼 속에는 형상을 만드는 재료와 형상을 만들어 내는 능력을 다 함께 가지고 있어서 그 자신의 조작에 의하여 수많은 형상과 도형이 생기는 것입니다. 이러한 일은 모두 자기 자신에게 달려 있습니다.

이것은 우리가 꿈 속에서 경험하는 급격한 변화를 생각하면 이해하기 쉬울 것입니다. 꿈을 꾸면서 우리는 온갖 괴상한 변화를 일으키며 제멋대로 날아다니지 않습니까? 꿈은 매우 작은 상상력이 원인이 되어서 일어나는 것입니다. 사람의 머리는 항상 끊임없이 움직이는 것이며, 그 움직임이 바로 공상이라든가 상상력으로 나타난다고 할 수 있습니다.

조금 전에 브루투스 장군이 말했던 모든 것은, 계속되는 군무로 몸이 피곤해졌기 때문에 자연적으로 정신이 움직여서 긴장된 이상한 상태를 갖게 되었던 것입니다. 만약 이 세상에 초자연적인 존재가 있다고 하더라도, 인간의 형상이나 음성을 가지고 있을 것이라고 믿을 이유는 아무것도 없습니다. 만약 그런 힘을 가지고 있는 존재가 있다면, 가장 정의롭고 명예로운 전쟁을 그 신의 가호에 안심하고 맡길 수 있는 일이 아니겠습니까? 그렇게 된다면 우리는 많은 무기나 말이나 선박을 장만하지 않아도 전쟁에서 이길 수 있을 것입니다."

카시우스는 이와 같은 논리를 사용하면서 브루투스의 마음을 위로하여 주었다. 그런데 브루투스의 군대가 배에 승선할 때부터 독수리들이, 앞쪽에 설치되어 있는 두 개의 군기에 내려앉아서 군사들이 던져주는 모이를 받아먹으며 필리피까지 따라오더니, 이상하게도 전투가 일어나기 전날 밤에 어디론가 날아가 버렸다.

브루투스는 전에, 이 지방과 주위에 있는 여러 도시의 대부분을 정복하였다. 또한 아직 정복하지 않고 버려 두었던 도시들도 모두 브루투스에게 항복해 왔다. 그리하여 브루투스는 타소스 섬이 건너다보이는 해안지방에 이르기까지 광대한 영토를 정복하게 된 것이다. 이 지방에 있는 심볼룸 산맥 근처에는 안토니우스가 파견한 노르바누스가 지휘하는 군대가 진을 치고 있었다. 브루투스와 카시우스는 이 군대를 포위하여 노르바누스가 진지를 버리고 달아나도록 만들었다.

그 당시에 카이사르는 열병에 걸려 뒤에 남아 있었으므로, 만약 안토니우스가 빠른 속도로 달려와 구하지 않았더라면 노르바누스 군대는 틀림없이 전멸당했을 것이다. 카이사르는 10일 뒤에야 겨우 그 곳에 도착하여 브루투스 군대와 대진하였으며, 안토니우스는 카시우스의 진영 앞에 진을 쳤다. 서로 대치하고 있는 양 진영의 군대 사이에는 필리피 들판이 위치하고 있었다.

이렇게 많은 로마 군단이, 전투를 벌이기 위하여 서로 대치하고 있는 것은 역사상 처음 있는 일이었다. 브루투스 군대는 병사의 수에 있어서 카이사르 군보다 훨씬 적었다. 그러나 브루투스 군대의 무기는 카이사르 군대보다 좋은 편으로, 그것은 브루투스가 일찍이 병사들에게 아낌없이 나누어주었던 금과 은으로 장식되어 있었기 때문이었다.

브루투스는 부하 병사들에게 절약과 검소 그리고 자기 자신을 극복하는 데에 힘쓰도록 강조하였으나, 무기에서만큼은 그렇지 않았다. 왜냐하면 병사들이 훌륭한 갑옷을 입고 귀중한 무기를 들고 싸우게 됨으로써, 명예를 위하는 자는 더욱 용기를 낼 것이며 이익을 탐내는 자는 그 값진 재산인 무기를 잃지 않으려고 더욱 용감하게 싸울 것이라고 생각하였기 때문이다.

카이사르는 참호 속에서 부정을 떨쳐버리는 제사를 올린 다음, 여러 군사들에게 약간의 곡식과 5드라크마의 돈을 나누어 주었다. 그러나 브루투스는, 제사를 올리는 카이사르의 빈약함을 가련하게 여겼는지, 그렇지 않으면 카이사르의 인색함을 경멸하였는지 모르지만 이제까지의 관례대로 모든 부하들을 들판으로 이끌고 나와서 성대하게 제사를 지냈다. 그리고 각 연대에는 충분한 가축을 나누어주고, 장병 한 사람마다 50드라크마의 돈을 주었다. 브루투스의 부대는 카이사르의 부대보다 10배나 되는 비용을 지불한 셈이었다. 따라서 병사들의 사기는 카이사르의 군대와 도저히 비교조차 되지 않을 정도로 높아졌다.

하지만 브루투스의 군대가 제사를 지내고 있을 때, 카시우스에게는 불길한 징조가 일어났다고 전해진다. 신에게 바치는 제사를 올릴 때 사용하는 월계관을 의장병이 가져와서는 카시우스에게 거꾸로 바쳤던 것이다. 그리고 엄숙한 행렬을 할 때였는데, 금으로 만든 승리의 신의 초상을 받들고 카시우스 앞에서 행진하던 의장병이 그만 잘못하여 초상을 떨어뜨렸다. 그 밖에도 육식을 하는 새의 무리가 날마다 카시우스의 진지 위를 떠돌아다니고 있었다. 그리고 참호 속의 구석에는 많은 벌떼가 집을 짓고 떠나지 않았으므로, 점치는 사람들은 다른 사람들이 이것을 못 보도록 그 장소를 군대의 진영으로부터 완전히 차단시켰다. 이런 불길한 징조들은 병사들의 용기를 꺾어 놓았으며, 에피쿠로스 철학을 배워 미신을 믿지 않는 카시우스마저 동요시켰다.

카시우스는 브루투스에게 필리피에서 결전을 벌이지 말고, 시기를 미루는 것이 좋겠다고 제안하였다. 군자금이나 군량은 비교적 우세하지만, 병사의 수나 무기의 수는 적군보다 열세하기 때문에 사정이 불리하다는 것이 이유였다.

그러나 브루투스는 서둘러 전쟁을 매듭짓고 승패를 단번에 결정지어 조국의 자유를 회복함으로써, 전쟁 비용과 부역과 징발로 괴로움을 받고 있는 많은 사람들을 하루 빨리 해방시켜주어야 한다고 주장했다. 더욱이 브루투스는 자신이 거느리고 있는 기병대들이 지금까지의 전투에서 몇 번이고 승리를 거두었으므로, 자신의 생각을 포기하려고 하지 않았다.

이때 카시우스의 진영에서는 자꾸만 병사들이 카이사르 진영으로 투항하고 있었다. 그래서 카시우스의 참모들은 지금까지의 태도를 바꾸어서 브루투스의 계획에 찬성하기로 하였다.

그런데 브루투스의 참모 가운데 한 사람인 아텔리우스가 브루투스의 의견에 반대하면서, 전쟁은 지구전으로 몰고 가야 하며 겨울까지 기다리자고 주장하였다. 그는 자신의 주장을 포기하려고 하지 않았다. 그래서 브루투스는 1년이라는 기간이 지난 다음에는 어떤 조건이 나아지겠느냐고 물어보았다. 그는 이렇게 대답하였다.

"어떤 이익을 얻는 것은 아닙니다. 하지만 우리의 목숨이 그만큼 연장되겠지요."

이 말을 듣고 카시우스는 대단히 불쾌하게 생각하였으며, 다른 장군들도 아텔리우스에게 화를 내었다. 이들은 다음날 필리피 들판에서 결전을 벌이기로 결정했다.

그 날 밤에 브루투스는 대단히 유쾌한 기분으로 희망에 차서 참모들과 저녁식사를 마친 다음, 친구들과 철학에 대하여 토론하다가 자리로 돌아갔다. 그러나 이것과는 반대로 카시우스는 몇 사람의 극히 다정한 친구들과 저녁식사를 나누었다. 카시우스의 참모 가운데 한 사람이었던 메살라의 기록에 따르면, 그날 밤 카시우스는 평소와는 다르게 깊은 생각에 잠겨 이야기도 별로 하지 않았다고 한다. 저녁식사가 끝나자 카시우스는 메살라의 손을 굳게 잡고, 다정하게 말을 할 때에는 언제나 그랬던 것처럼 그리스 어로 이렇게 말했다.

"그대를 증인으로 삼아서 말을 하지만, 메살라! 나는 폼페이우스처럼 물러설 수 없는 난처한 처지에 빠졌소. 그러나 우리는 행운을 믿으면서 용기를 갖지 않으면 안 되오. 우리의 계획이 비록 잘못되었다 하더라도, 운명을 믿지 않는 것은 올바르다고 할 수 없소."

메살라가 작별인사를 하기 전에, 카시우스가 하였던 최후의 말이었다. 메살라는 기록하기를, 그 다음날이 카시우스의 생일이었으므로 만찬 초대를 그 날 밤에 미리 받았다고 한다.

아침이 밝아 오자 브루투스와 카시우스 진영에는 진홍색의 전투신호 깃발이 높이 걸렸다. 그리고 브루투스와 카시우스는 진영의 중간에서 서로 만나게 되었다. 카시우스는 브루투스를 바라보면서 이렇게 말했다.

"브루투스 장군! 우리가 희망하는 대로, 오늘의 결전을 순조롭게 승리로 이끌어서 여생을 행복하게 보내고 싶군요. 그러나 인간의 가장 커다란 적은 미래에 대한 불확실성이라고 할 수 있어요. 만약 우리에게 행운이 따르지 않는다면, 우리 두 사람은 다시 만나기 어려울지도 모르겠소. 그렇게 되었을 때, 브루투스 장군은 어떻게 하실 결심이십니까?"

브루투스는 이렇게 대답하였다.

"내가 아직 나이가 젊고 세상경험이 적었던 시절에는, 인생의 중대한 문제도 흔히 경솔하게 생각했소. 그리하여 어떤 일

에서 철학적인 결론을 내리고는 그것으로 만족하고 있었던 것
이오. 나는 카토가 자살을 하였을 때, 운명으로부터 등을 보이
는 짓이며 하늘을 무서워하지 않는 소행을 저질렀다고 비난하
였습니다.

그러나 지금 내 자신의 운명을 생각해보니, 그 생각이 달라
지는군요. 나는 만약 운명이 지금 우리가 뜻하는 바를 들어주
지 않는다면, 더 이상의 희망이나 기대를 버리고 나의 운명에
만족하여 죽으려고 결심하였기 때문입니다. 어차피 나는 지난
3월 15일, 카이사르를 살해할 때 이미 나라를 위해 생명을 버
린 사람으로, 그 날 이후 오늘까지 자유와 영광 속에서 제2의
생명을 살아왔습니다.”

카시우스는 이 말을 듣고 부드러운 미소를 지으면서 브루투
스를 힘껏 포옹하였다.

“좋소! 브루투스 장군. 제발 그런 각오로 적군에게 돌격합
시다. 우리가 선택할 길은 이 싸움에서 승리를 하느냐, 그렇지
않으면 이긴 자를 두려워하지 않느냐, 두 가지 가운데 하나입
니다.”

그리고 카시우스와 브루투스 장군은 참모들과 함께 전투의
순서에 대하여 치밀하게 의논하였다. 그런데 브루투스는 나이
로 보나 경험으로 보나 카시우스가 맡는 것이 당연한 우익의
지휘를 자신에게 맡겨달라고 부탁하였다. 카시우스는 브루투스
의 뜻에 기꺼이 따랐을 뿐만 아니라, 자기의 군대에서 특히 용
기가 뛰어난 병사들을 메살라에게 주어서 브루투스가 맡고 있
는 우익을 돕게 하였다. 이리하여 브루투스는 찬란하게 무장한
기병대와 보병대를 이끌고 나갔다.

안토니우스 군대는 카시우스 군대가 머무르고 있는 장소와
해안 사이의 교통을 차단하기 위해서 진지 근처에 있는 늪에서

부터 들판을 가로질러 깊은 도랑을 팠다. 열병에 걸려 직접 출
전하지 못하는 카이사르는, 안토니우스의 군대를 응원하기 위
해서 그 근처에 자기 부대를 주둔시키고 있었다.

카이사르의 병사들은 브루투스의 병사들이 다가오는 것을 보
았다. 하지만 그들은 적군이 결전을 벌이기 위하여 쳐들어오리
라는 미처 생각하지 않고 있었다. 다만 브루투스의 부대가, 참
호를 파고 있는 안토니우스의 부대를 방해하기 위하여, 투창이
나 몇 개 던지기 위해 출동한 것이라고 여겼던 것이다. 그러므
로 카이사르의 부대는 그들을 향해 몰려오는 브루투스의 병사
들에게 별로 주의를 기울이지 않았다. 그리고 도랑 쪽에서 아
우성소리가 들려와도, 그저 무슨 일이 일어났을까 하면서 이상
하게 여길 따름이었다.

브루투스는 이보다 앞서 여러 장교들에게 암호를 적은 쪽지
를 보냈다. 그리고 자기 자신은 말을 타고 모든 부대를 돌아다
니면서 병사들을 격려하였다. 그러나 장교들 중에서 이 암호를
아는 사람은 얼마 되지 않았으며, 그들 대부분은 이 암호를 받
지 못한 채 그대로 적진을 향해 돌진해 들어갔다.

부르투스 군대의 무질서한 공격으로 인하여 전선은 불규칙한
혼란에 빠져들었다. 각 군단은 여기저기로 뿔뿔이 흩어져버렸
다. 그러나 메살라의 군단과 몇몇 군단들은, 카이사르 부대의
끝을 왼쪽으로 돌아서 직접 카이사르의 진지로 쳐들어갔다. 그
리고 카이사르의 마차를 창으로 무수히 찔렀으므로, 그 속에서
틀림없이 카이사르가 죽었을 것이라고 생각하였다. 그러나 이
때에는 카이사르가 진지를 떠난 뒤였다.

자신의 회상록에도 기록하고 있는 것처럼 카이사르는, 참모
였던 마르쿠스 아르토리우스가 꿈에 그 진지를 떠나라는 계시
를 받자 급히 그 곳을 떠났던 것이다.

브루투스 군대에 의하여 점령된 진지 안의 카이사르 군대는 거의 전멸을 당했다. 그리고 얼마 전에 카이사르의 군대를 응원하기 위하여 와 있던 스파르타 군도 거의 전멸당했다.

한편 카이사르의 진지를 공격하는 데 참여하지 않은 다른 부대들은 적의 정면으로 쳐들어갔다. 그들은 대혼란을 틈타서, 적의 3개 군단을 완전히 격파했다. 그리하여 승리의 기세를 몰고 패주하는 적군의 진지까지 들어갔다. 브루투스도 역시 이 부대를 지휘하고 있었다.

그러나 브루투스 군의 우익은 너무 급하게 적진 깊숙이 밀고 들어갔기 때문에, 자신들이 다른 부대와 떨어져 고립되었다는 것을 미처 깨닫지 못했다. 이것을 알아차린 적들은 재빨리 이들을 공격하기 시작했다. 그러나 브루투스 군 역시 완강하게 저항하여 왔으므로, 역시 맹렬한 전투만이 오랫동안 계속되고 있었다.

그러나 카시우스가 지휘하는 좌익의 상황은 매우 어렵게 진행되고 있었다. 카시우스의 부대는 우익에서 벌어지고 있는 전투상황을 전혀 모르고 있었으므로, 적군은 이러한 약점을 노려서 카시우스 군을 몰아쳐 그 진지를 빼앗았다.

이때 안토니우스와 카이사르는 모두 전투가 벌어지는 그 장소에 머물러 있지 않았다. 전하는 바에 의하면, 안토니우스는 전투가 시작되자마자 벌써 적군의 공격이 두려워서 가까운 늪지로 피신하였다고 한다. 그리고 카이사르는 병든 몸이었기 때문에 어디로 피신했는지 도무지 눈에 뜨이지 않았다. 그런데 병사들은 피묻은 칼을 브루투스에게 보이면서, 그들이 카이사르를 죽였다고 보고하였다.

브루투스의 본대도 카이사르의 군대를 무찔러서 많은 적군을 죽였으므로, 브루투스는 자기가 완전히 승리한 것으로 착각하

였다. 하지만 이것과 반대로 카시우스는 그들이 패배했다고 생
각하고 있었다.

이러한 생각은 그들을 파멸시키는 원인이 되었다. 브루투스
는 카시우스 역시 자기들처럼 승리자가 되었을 것이라고 믿고
그를 응원하러 가지 않았다. 그리고 카시우스는 자기들처럼 브
루투스도 싸움에 져서, 도우러 오지 못할 것이라고 짐작하였던
것이다. 그러나 이 전투의 승리는 분명히 브루투스의 것이었다
고 메살라는 말하고 있다. 그것은 브루투스의 군대가 적군의
군기를 3개나 빼앗은 반면, 적군은 단 1개의 군기도 빼앗지 못
했기 때문이었다.

카이사르의 진지를 멋대로 휩쓸고 돌아오던 브루투스는, 그
근처에 높이 솟아 있던 카시우스의 본대나 주위의 다른 진지들
이 하나도 보이지 않자 무척 이상하다는 생각을 하게 되었다.
그때는 이미 카시우스의 부대가 적군에 의하여 파괴되었기 때
문에 그들을 어느 곳에서도 찾아볼 수가 없었던 것이다. 그러
나 눈이 밝아서 멀리까지 볼 수 있는 사람들은, 카시우스의 진
지가 있던 자리에서 많은 투구와 은방패가 번쩍거리고 있다고
말했다. 그리고 그 수와 갑옷의 모양으로 보아, 아무래도 그들
이 카시우스의 본대를 지키기 위하여 남겨 두었던 아군으로는
보이지 않는다고 말했다. 그런데 만약 카시우스의 많은 군단이
패배해서 달아났다면 그 근처에는 분명히 시체도 많아야 할 것
인데, 주변에는 시체가 별로 보이지 않았다.

브루투스는 비로소 카시우스가 지금 대단히 불리한 처지에
놓여 있다는 것을 알 수 있었다. 그래서 브루투스는 적들로부
터 빼앗은 진지에 얼마간의 수비군을 남겨 둔 채, 아직까지 적
군을 추격하던 자기 군대를 불러모아 카시우스의 군대를 원조
하러 떠났다.

카시우스는, 우익을 맡았던 브루투스의 군대가 암호나 돌격 명령을 기다리지 않고 그대로 진격해버리자 몹시 화를 냈다. 그리고 승리를 거둔 브루투스 군대가 달아나는 적군을 포위할 생각은 않고 적군의 재물을 약탈하는 일에만 열중하자 더욱 울분을 참지 못했다.

카시우스는 뚜렷한 목적도 없이 그 자리에 오랫동안 대기하고 있다가 그만 적의 우익에게 포위를 당하고 말았다. 카시우스의 기병대는, 적군의 포위망을 뚫고 달아나기 위해 해안을 향하여 전속력으로 달리기 시작했다. 기병대가 달아나며 대열이 무너지자 보병들도 흩어지기 시작하였다.

이것을 본 카시우스는 달아나는 병사들을 뒤로 돌려세우기 위하여 기수로부터 군기를 빼앗아 땅에 꽂았다. 그러나 카시우스를 호위하던 기병들마저 달아났으므로, 그는 어쩔 수 없이 자신을 따르는 몇 명의 부하들을 거느리고 싸움터를 내려다볼 수 있는 작은 산으로 물러갔다.

카시우스는 자기의 진영이 대부분 파괴되었다는 것을 알고 있었다. 하지만 시력이 그렇게 좋은 편이 아니었기 때문에, 모든 것을 자세히 지켜볼 수는 없었다. 카시우스의 주위에 있던 부하들은 대규모의 기병대가 그들을 향해 몰려오는 것을 보고 곧 카시우스에게 보고하였다. 그것은 카시우스를 돕기 위해 달려오는 브루투스의 응원부대였다. 그러나 카시우스는 그 기병대가 자기를 추격해 오는 적군인 줄로 잘못 생각하였다. 카시우스는 주위에 있는 사람들 가운데 티티니우스를 뽑아서 어떻게 된 것인지 정찰을 해 오도록 보냈다.

빠르게 달려오던 브루투스의 기병대는 카시우스의 충실한 부하장교 티티니우스를 발견하자, 말에서 뛰어내려 손을 잡고 그를 얼싸안았다. 카시우스가 살아 있다는 것을 알게 된 기병대들은 환성을 지르면서 티티니우스의 주위를 둘러쌌다. 그러나 이것이 뜻하지 않은 죽음을 몰고 오는 계기가 되었다. 왜냐하면 이 광경을 멀리서 바라보고 있던 카시우스는, 자기의 잘못으로 티티니우스가 적군에게 사로잡혔다고 생각하였기 때문이었다. 그리하여 카시우스는,

"내가 지나치게 목숨을 아끼다가, 친구를 적군에게 사로잡히도록 만들었구나."

하고 탄식하면서, 해방노예였던 핀다로스를 이끌고 비어 있는 막사 안으로 들어갔다.

카시우스는 일찍이 파르티아에서 크라수스가 적에게 사로잡혀 죽는 광경을 보면서, 만약 자기에게 그런 일이 닥치면 적에게 잡히기 전에 미리 죽여달라고 핀다로스에게 부탁해 두었던 것이다. 카시우스가 겉옷을 머리에 뒤집어쓰고 목을 내밀자, 핀다로스는 힘껏 칼을 휘둘렀다.

카시우스가 죽은 다음, 핀다로스는 어디론가 사라져버렸다. 그러므로 어떤 사람은 카시우스의 명령 없이, 핀다로스가 주인을 살해한 것이 아닐까 하고 의심을 품는 사람도 있었다.

얼마 후에 카시우스의 부대는 달려오는 기병대의 정체를 확인할 수 있었다. 그들은 티티니우스가 월계관을 쓰고 카시우스의 깃발을 향하여 달려오는 모습을 바라보았다. 그러나 티티니우스는 친구들이 슬피 울며 비탄에 잠긴 것을 보고, 카시우스가 불행한 착각을 일으킴으로써 비참한 최후를 맞이한 것을 알게 되었다. 티티니우스는, 자신의 실수로 카시우스가 죽었다고 괴로워하다가 칼을 뽑아서 그만 자살해버리고 말았다.

브루투스는 카시우스의 진지 가까이 다가올 때까지도 카시우스가 자살했다는 사실을 전혀 모르고 있었다. 이윽고 진지에 도착한 브루투스는 카시우스의 시체를 안고 슬프게 울부짖었

다. 브루투스는 로마가 또다시 이와 같은 위대한 정신을 가진 사람을 낳지 못할 것이라고 생각하였다. 브루투스는 카시우스를 '로마 최후의 인물'이라고 부르면서 슬퍼하였다.

그런 다음에, 브루투스는 카시우스의 시체를 타소스 섬으로 보내서 매장하도록 명령하였다. 왜냐하면 진지에서 카시우스의 장례식을 집행한다면, 어떤 혼란이라도 생기지 않을까 염려했기 때문이었다.

브루투스는 카시우스의 병사들을 모두 불러모아서 그들을 위로하여주었다. 그리고 그들이 생활필수품이 모자라서 고생하는 것을 보자, 잃어버린 것들에 대한 보상으로 각자에게 2천 드라크마의 돈을 나누어주겠다고 약속하였다. 카시우스의 병사들은 보상금액이 막대한 것에 놀라면서, 브루투스의 말에 용기를 회복하였다. 그래서 브루투스가 자신의 진지로 돌아갈 무렵에는, 4명의 장군 가운데 패한 적이 없는 유일한 장군이라고 칭찬하면서 브루투스를 송별하였다.

그들은 브루투스가 이번 전투에서 반드시 승리할 것이라고 확신하였다. 왜냐하면 브루투스가 몇 개 되지도 않는 군단으로, 자기에게 칼끝을 들이대었던 적을 모두 격파하였기 때문이다. 그러나 만약 브루투스의 군대가 전체적으로 전투에 참가했거나, 또는 적들의 재물을 약탈하는 일에 정신을 빼앗기지만 않았더라면, 브루투스는 모든 전선에 걸쳐 적군의 대부분을 격파하였을 것이라는 사실에는 의심할 여지가 없었다.

이 전투에서 브루투스 군의 전사자는 8천 명이었다. 하지만 이것은 브루투스가 브리게스라고 부르던 노예부대의 전사자까지 합친 수였다. 메살라의 기록에 의하면, 적군의 전사자는 이 수의 갑절을 넘었다고 한다. 그렇기 때문에 적군은 브루투스보다도 더욱 크게 낙망하고 한층 사기가 꺾였다고 한다.

그런데 밤이 되자 안토니우스의 진지로, 카시우스의 하인이
었던 데메트리우스가 찾아왔다. 데메트리우스는 카시우스의 시
체에서 벗긴 옷과 칼을 안토니우스에게 보여주었다. 이것을 본
안토니우스 군은 다시 용기백배하여, 날이 밝자 전군이 전투대
형을 갖추었다.

브루투스 휘하의 병사들은 동요되었으며 혼란스러워했다. 브
루투스의 군대는 많은 포로를 사로잡았기 때문에, 그들에 대한
엄중한 감시가 필요하였다. 그리고 카시우스 군은 그들의 장군
을 잃은 슬픔과, 패전한 병사로서 승리한 병사에 대한 시기심
때문에 마음이 흔들리고 있었던 것이다. 그렇기 때문에 브루투
스는 전투대형을 갖추기는 하였지만, 싸우는 것은 뒤로 연기하
는 것이 좋겠다고 생각하였다.

브루투스는 사로잡은 포로들 가운데 노예들을 모두 다 죽이
라고 명령하였다. 그것은 작전을 수행하기 위하여 어쩔 수 없
었던 일로, 노예 중에서는 수상한 태도로 장병들 사이를 돌아
다니는 사람이 많았기 때문이다.

그러나 자유민과 시민들 중 일부는 석방시키도록 하였다. 브
루투스는 말하기를, 그들은 억울하게도 적군에게 잡혀서 일을
하다가 이제 자유를 다시 되찾은 것이므로, 석방하는 것이 마
땅하다고 했다. 다시 말하자면, 그들은 카이사르나 안토니우스
밑에서는 단순히 포로나 노예의 신세에 지나지 않으나, 부루투
스 밑에 있으면 그들은 훌륭한 로마의 자유민이요 시민이라는
것이다. 그러나 자신의 부하들이 그들에게 복수심을 품고 있었
으므로, 브루투스는 어쩔 수 없이 그들이 몰래 도망치도록 도
와주지 않으면 안 되었다.

브루투스가 사로잡은 포로 중에는 볼룸니우스라고 하는 배우
와 사쿨리오라는 광대가 있었다. 브루투스는 그들에게 관심을

두지 않고 있었으나, 그의 참모들이 두 사람을 끌고 브루투스 앞으로 찾아왔다. 그들은 볼룸니우스와 사쿨리오가 포로의 처지에 있으면서도 익살과 비천한 소리를 지껄인다고 고발하였다. 그러나 그 당시에 브루투스는 다른 일을 처리하고 있었기 때문에 그들의 고소에 대하여 한 마디의 응답도 하지 않았다.

그러자 메살라 코르비누스는, 그들을 무대 위로 끌고 가서 태형에 처하거나, 그들을 발가벗겨서 적군의 장군들에게 돌려 보내거나, 진영으로 데리고 가서 술친구나 놀이상대로 삼는 것이 어떻겠느냐고 물어보았다. 이 말을 들은 장교들 가운데 어떤 사람은 도저히 웃음을 참지 못했다. 이때 카이사르를 암살할 무렵, 그를 가장 먼저 찔렀던 푸블리우스 카스카가 말했다.

"카시우스 장군의 장례식을 집행하는 마당에, 농담이나 하면서 사람을 웃기는 것은 좋은 일이 아니라고 생각합니다. 그러니 브루투스 장군! 카시우스 장군을 조롱하거나 욕설을 퍼붓던 이 녀석들을 죽이느냐 살려 두느냐에 따라서, 장군이 카시우스 장군에 대해서 얼마나 존경심을 품고 있었는가가 나타나는 것입니다."

이 소리를 듣자, 브루투스는 몹시 화를 내면서 대답했다.

"그렇다면 카스카! 무엇 때문에 이 문제를 나에게 의논하는 것이오? 어째서 그대가 올바르다고 생각하는 대로 두 사람을 처벌하지 않았소?"

그들은 브루투스의 말을 두 광대의 사형에 대한 허락이라고 받아들였다. 그리하여 볼룸니우스와 삭쿨리오는 처형당하였다.

브루투스는 병사들에게 약속한 대로 많은 상금을 내려주었다. 하지만 암호와 지휘를 기다리지 않고 무질서하게 적군을 습격한 일에 대해서도, 병사들을 나무라며 가벼운 징계를 내렸다. 그리고 다음번 전투에서 크게 이기면, 병사들에게 테살로

니카와 라케다이몬의 두 도시를 마음대로 약탈하도록 하겠다고
약속했다.

이것은 브루투스가 전생애를 통해서 저지른 많은 잘못 가운
데서도 분명히 변명할 여지가 없을 정도로 커다란 잘못이라고
말할 수 있다. 그러나 카이사르와 안토니우스는, 브루투스와의
전쟁에서 승리를 거둔 그들의 병사들에게 더욱 잘못된 방법의
상을 주었다. 이들이 자신의 군사들에게 주었던 상은, 일반 시
민들에게는 가혹한 재앙이었던 것이다. 카이사르와 안토니우스
는, 이탈리아의 거의 모든 지역에서 옛날부터 살아온 주민들을
몰아내고, 도시와 땅을 빼앗아 자기들의 군사들에게 나누어주
었다고 해도 과언이 아니었다.

안토니우스와 카이사르가 전쟁을 계획하고 있을 때, 그들의
유일한 희망과 목적은 로마의 영토를 얻고 판도를 넓히는 데
있었다. 그러나 이와는 반대로 덕망을 갖춘 브루투스는, 적군
을 정복하는 경우에나 자기 자신을 구하는 경우에도, 정의나
명예를 위한 것이 아니라면 결코 군사를 일으키지 않았다. 더
욱이 지금은, 언제나 브루투스에게 강경한 정책을 쓰라고 권유
하던 카시우스마저 죽었으므로 더욱 그러하였다.

하지만 필리피에서 벌어진 상황은 조금 다른 것이었다. 마치
거친 폭풍우를 만난 수부들이 선박의 키가 부러졌을 때 다급한
대로 다른 나무를 연결해서 사용하는 경우처럼, 브루투스는 동
요하는 군사들을 거느리기 위해서는 자시의 소신에 어긋나는
방법을 사용하는 수밖에 없었다.

그러나 키를 대신하여 다른 나무를 사용하는 것이 위험에 대
한 충분한 대비책이 될 수 없는 것처럼, 브루투스의 경우도 역
시 마찬가지라고 할 수 있었다. 브루투수는 그렇게 많은 군대
를 거느리게 되었지만, 만족할 수 있을 정도의 능력을 갖춘 참

모가 없었던 것이다.

그래서 브루투스는 하는 수 없이 마침 지금 있는 참모들을 아쉬운 대로 쓰면서, 그들의 충고에 따르지 않을 수 없었다. 그들은 어떻게 해서라도 카시우스를 따르던 병사들의 규율을 바로잡아야 한다고 했다. 카시우스의 병사들은 명령을 내리는 계통이 완전히 흔들리고 있었으며, 그렇기 때문에 몹시 사납게 행동하였다. 또한 거만하고 불손한 반면, 지난번 전쟁에서 패배한 일을 기억하고 있었기 때문에 그들은 아주 비겁하고 용기가 없었다.

그렇지만 카이사르와 안토니우스의 형편도 결코 이것보다 낫다고는 할 수 없었다. 카이사르와 안토니우스의 진영에는 충분한 양식이 없었을 뿐만 아니라, 그들의 진지는 낮은 곳에 있었으므로 무척 괴로운 겨울을 각오해야만 하였다. 카이사르와 안토니우스의 진영은 습기가 많은 늪가에 위치하고 있었던 것이다. 한 차례의 전쟁이 끝나자, 여느 때의 가을처럼 비가 많이 쏟아졌다. 그칠 줄 모르고 쏟아지는 비 때문에 카이사르와 안토니우스의 진지는 이내 흙탕물로 가득 차게 되었다. 그리고 얼마 있지 않아서 흙탕물은, 혹독한 추위 때문에 빙판으로 변해버렸다.

카이사르와 안토니우스의 군사가 이렇게 고생하고 있을 때, 해상으로부터 그들의 함대가 패전했다는 소식이 전해졌다. 이탈리아로부터 이동하고 있던 그들의 응원부대를, 브루투스의 함대가 습격하여 완전히 격멸했던 것이다. 그 해전에서 간신히 살아 남은 소수의 병사들도, 식량이 부족해서 배의 돛과 밧줄을 삶아 먹으면서 겨우 목숨을 연명하고 있는 형편이었다.

해상에서의 패전소식이 전해지자 카이사르와 안토니우스는, 브루투스가 아직 자기 해군의 승리를 모르고 있을 때, 전쟁의 결말을 서둘러서 짓기로 했다. 우연하게도 육전과 해전은 같은 날에 있었는데, 브루투스가 자신의 해군이 승리를 거두었다는 소식을 알게 된 것은, 그로부터 20일이나 지난 다음이었다.

만약 브루투스가 이 소식을 미리 알았더라면, 그는 결코 두 번째 전투를 그렇게 서두르지 않았을 것이다. 왜냐하면 브루투스는 아무리 전쟁이 오랫동안 계속되더라도 버틸 수 있는 충분한 양의 식량을 가지고 있었으며, 그의 진지는 추위를 막을 수 있는 온갖 장비와 시설이 풍부하게 갖추어져 있었기 때문이었다. 또한 브루투스의 진지는 적군이 함부로 쳐들어오지 못할 정도로 견고하였으며, 적군이 감히 접근하지 못하는 유리한 위치에 세워져 있었다. 그리고 브루투스는 출진할 때마다 승리를 차지하였으므로, 앞길에 대한 희망과 확신으로 가득 차 있었을 것이다.

그러나 돌이켜 생각해보면, 로마의 국내정세는 이미 다수에 의한 지배보다는 필연적으로 한 사람에 의한 군주정치가 요구되고 있었는지도 모른다. 그렇기 때문에 하늘의 뜻에 따라서 브루투스는 자신의 함대가 승리를 거둔 소식을 뒤늦게 들을 수밖에 없었을 것이다. 브루투스는 로마의 권력을 한 사람이 독차지하는 것을 막고자 했던 유일한 사람이었다. 이러한 브루투스를 가로막기 위하여 하늘은 그 소식이 전해지는 것을 막았을 것이다.

그러나 해전에서 승리를 거둔 소식은 좀더 일찍 전해질 수도 있었다. 왜냐하면 전투가 시작되기 전날 밤에, 카이사르와 안토니우스의 진영에서 클로디우스라고 하는 사람이 브루투스의 진영으로 도망쳐 온 것이다.

그는, 카이사르가 자기 함대의 패전소식이 브루투스에게 알려지기 전에 서둘러서 결전을 치르려 한다는 사실을 전해주었다. 하지만 브루투스의 참모들은 클로디우스를 브루투스 앞으로 데리고 가지 않았다. 그들은 클로디우스의 이야기가 도저히 믿어지지 않았던 것이다. 브루투스의 참모들은 클로디우스가 확실하지도 않은 소문을 전하는 사람이거나, 그렇지 않으면 그들을 기분 좋게 하기 위하여 허위사실을 생각해 낸 것이라고 판단했다. 클로디우스의 보고는 이렇게 철저히 무시되었다.

전쟁이 시작되기 전날 밤에, 전에 나타났던 환영이 똑같은 형상으로 다시 브루투스를 찾아와서 아무런 말도 하지 않고 가만히 서 있다가 사라졌다고 한다. 그러나 처음부터 브루투스와 함께 전장에서 지내온 철학자 푸블리우스 볼룸니우스가 전하는 바에 의하면, 그 이야기는 이보다 약간 다른 것이었다.

여기에 대한 직접적인 기록은 없지만, 독수리 문양이 새겨져 있는 깃대에 벌떼가 달라붙었으며, 어떤 참모의 팔에서는 장미 향기가 풍기는 땀이 나기 시작했다는 것이다. 그 땀을 아무리 닦아내도 아무 소용이 없었다. 그리고 전투가 벌어지기 조금 전에, 독수리 두 마리가 하늘에서 서로 싸우기 시작하였다. 필리피 들판에 서 있던 양 진영의 군대들은 모두 침묵을 지키면서 그 광경을 바라보고 있었다. 그런데 얼마 후에 브루투스 진영의 독수리가 싸움에 지고 다른 곳으로 날아가버렸다고 한다. 그리고 가장 유명한 이야기는 에티오피아 사람에 관한 것이었다. 에티오피아 사람은, 브루투스의 군대가 깃발을 앞세우고 진지에서 나올 때 그 앞에서 어물어물하다가, 재수 없는 녀석이라는 이유로 많은 병사들의 칼에 찔려서 죽었다고 한다.

브루투스는 군대를 이끌고 앞으로 나가서 적군을 향해 전투 대형을 갖추었다. 하지만 브루투스는 명령을 내리지 않고, 잠시 동안 주저하고 있었다. 그것은 브루투스가 여러 부대를 돌아보고 있을 때 어떤 사람이 오더니, 몇몇 사람이 수상한 행동을 한다고 밀고했기 때문이다.

브루투스는 기병대의 동정을 살피기 위하여 찾아갔다. 기병대는 전투를 시작하려고 하기보다는 서로 눈치를 보았으며, 싸움에 대한 아무런 열의도 없어 보였다. 이어서 브루투스가 보병대의 동정을 살펴보고 있을 때였다. 능력 있는 인물로 평소에 브루투스가 아껴 왔던 카물라투스라는 사람이 갑자기 브루투스 옆을 지나더니 적에게 투항해버렸다.

카물라투스의 투항을 지켜본 브루투스는 심한 배반감을 느꼈으며, 몹시 당황하게 되었다. 탈주병이 더욱 늘어나지 않을까 걱정이 되었던 것이다. 그래서 더 이상의 배반이나 탈주를 막기 위하여 적군을 향하여 전군을 진격시켰다.

이때는 이미 서쪽으로 해가 기울어지기 시작하는 오후 3시경이었다. 브루투스가 직접 인솔하던 부대는 그 기세가 아주 대단하여 사나운 기세로 적군의 좌익을 밀고 들어갔다. 적은 더 이상 견디지 못하고 패주하게 되었다. 이것을 지켜보던 브루투스의 기병대도 적군이 무너지자 앞으로 달려나와 보병대와 합세하여 돌격하였다.

브루투스 군의 좌익은 전투대형을 길게 연장시켰다. 적군에게 포위되는 것을 피하기 위해서 대열을 길다랗게 늘였던 것이다. 하지만 이것은 잘못된 작전이라고 할 수 있었다. 대열을 길게 늘인 결과, 처음부터 적군에 비하여 병사 수가 적었던 브루투스의 군대는 중앙부분이 약해졌다. 그렇기 때문에 한 번의 충돌이 있자 중앙부분은 적군의 돌격을 막아 내지 못하게 되었다. 브루투스의 중앙부대가 마침내 달아나기 시작하면서 전체의 대열이 심하게 무너지고 있었다. 브루투스의 중앙부대를 깨뜨린 적군은, 곧장 브루투스가 지휘하고 있는 부대의 뒤쪽을 둘러쌌다.

노련한 장군인 브루투스는 위기를 맞이해도 조금도 당황하지 않았다. 브루투스는 기울어진 전세를 다시 회복하기 위하여 눈부신 활약을 하였다. 그러나 이 두번째 싸움에서 브루투스 군대는 많은 피해를 입으면서 패배하고 말았다. 첫번째 싸움에서는 브루투스의 군대가 적군을 여지없이 격파했고, 카시우스 군 역시 비록 도망치기는 하였지만 전사한 자는 별로 없었다. 그렇기 때문에 브루투스 진영에 유리한 싸움이 될 수 있었다. 하지만 두번째 싸움은 사정이 달랐다. 첫번째 싸움에서 패전하여 도망쳤던 카시우스 군대는 이번 전투에서 두려움을 느끼고 있었는데, 그러한 불안과 혼란은 브루투스가 직접 지휘하던 군대의 병사들에게도 전염되었던 것이다.

그러나 카토의 아들 마르쿠스는 훌륭한 가문 출신의 다른 사람들과 함께 용감하게 싸움다가 전사하였다. 마르쿠스는 한 걸음도 뒤로 물러서지 않았으며, 자기 이름을 말하면서 용감하게 적군을 맞이하여 싸웠다. 그러다가 지치고 부상당한 마르쿠스는, 아버지 카토의 이름을 자랑스럽게 외치면서 적군의 시체 위로 쓰러져 죽었다.

브루투스를 지키기 위하여 치열하게 싸우다가 용감하게 죽어간 사람들도 있었다. 브루투스의 참모로 기량이 대단히 뛰어난 루킬리우스라는 사람이 있었다. 루킬리우스는 한 무리의 기병대가 다른 사람에게는 눈도 돌리지 않고 오직 브루투스의 뒤를 바짝 따라붙으면서 추격해 오는 것을 보자, 자기의 목숨을 걸고서라도 이들을 막아야겠다고 결심했다.

루킬리우스는 타고 가던 말을 일부러 늦추면서 자기가 바로 브루투스라고 말했다. 적군의 기병대가 루킬리우스의 말을 믿게 된 것은, 그가 마치 카이사르는 못 믿지만 안토니우스만은 그래도 어느 정도 믿겠다는 듯이, 자기를 안토니우스에게 데려가달라고 요청했기 때문이었다.

적군의 기병대는, 브루투스를 사로잡은 것은 커다란 행운이라고 생각하면서 매우 자랑스러워했다. 그들은 곧 안토니우스에게 사람을 보내서 브루투스를 사로잡았다고 보고하였다. 그리고 밤이 되자 그들은 루킬리우스를 안토니우스의 진영으로 데리고 갔다.

안토니우스는 대단히 기뻐하면서 그들을 맞이하였다. 브루투스가 기병대에 의하여 사로잡혔다는 소식이 알려지자, 적군 병사들은 그를 보기 위하여 앞을 다투어 몰려들었다. 그리고 브루투스의 악운을 가엾게 여기기도 하고, 어떤 사람은 자기의 목숨이 아까워서 적군에게 사로잡혔다는 것은 브루투스에게 어울리지 않는 수치스러운 일이라고 그를 비난하였다.

안토니우스는 브루투스를 어떻게 대하는 것이 좋을까 고민하면서, 그들이 가까이 다가오기를 기다렸다. 루킬리우스는 안토니우스의 앞으로 끌려오자 침착하게 말을 꺼냈다.

"안토니우스 장군! 마르쿠스 브루투스는 어느 적군에게도 사로잡힌 적이 없습니다. 아마 앞으로도 그런 일은 결코 없을 것입니다. 하늘이여! 덕망 높은 브루투스의 운명이 패배하지 않도록 보살펴주시기를! 살아 있거나 죽임을 당하거나 브루투스는 결코 부끄러운 행동을 하지 않을 것입니다. 안토니우스 장군의 군대를 속이고 브루투스를 대신하여 잡혀온 저는 장군이 어떤 엄한 벌을 내리더라도 달게 받을 각오입니다."

루킬리우스의 말을 듣고 있던 사람들은 모두 어이가 없어서 눈을 커다랗게 뜨고 있었다. 그러나 안토니우스는 루킬리우스를 끌고 온 자들을 돌아보면서 이렇게 말했다.

"그대들은 루킬리우스에게 속아서 브루투스를 놓치게 되었다고 화를 낼 수도 있을 것이다. 그리고 루킬리우스에게 모욕을 당했다거나 손해를 입었다고 생각할 수도 있겠지만, 사실은 그렇지가 않다. 그대들은 자신이 원하는 것보다 더욱 좋은 성과를 거두었다고 여기는 것이 좋을 것이다. 왜냐하면 그대들은 나를 위하여 여기까지 친구 한 사람을 데려와주었기 때문이다. 그대들이 브루투스를 사로잡아서 이 곳으로 데리고 왔다면, 나는 그를 어떻게 대해야 할까 당황하였을지도 모르는 일이다. 그러나 그대들이 브루투스가 아니라 루킬리우스를 데리고 왔기 때문에 나는 안심하게 되었다. 이런 남자는 적으로 삼기보다는 오히려 친구로 맞이하는 것이 훨씬 좋겠다고 생각한다.”

안토니우스는 이렇게 말하면서, 루킬리우스의 어깨를 다정하게 포옹하였다. 그런 다음에 참모에게 시켜서 루킬리우스를 보호하도록 하였다. 이 일이 있은 후에, 루킬리우스는 안토니우스의 충성스러운 친구가 되었다.

전쟁에서 패배한 브루투스 일행은 바위 사이로 흐르는 강물을 건너게 되었다. 강변에는 나무가 우거지고 언덕은 높았으며, 사방은 이미 어두워지고 있었다. 브루투스 일행은 커다란 바위가 튀어나온 동굴 속에 주저앉았다. 브루투스의 뒤를 따라온 부하들은 그렇게 많지 않았다. 브루투스는 별이 총총한 하늘을 쳐다보면서 두 구절의 시를 읊었다. 그 중에 하나를 볼룸니우스가 기록해 두었다.

유피테르 신이여, 나에게 벌을 내리소서 !
화를 가져온 장본인을.

다른 한 구절의 시는 전해지지 않는다. 브루투스는 자기 눈 앞에서 전사한 친구들의 이름을 차례로 부르며 탄식하였으며, 그 중에도 플라비우스와 라베오를 잃은 것을 매우 슬퍼하였다.

라베오는 브루투스의 충실한 부관이었으며, 플라비우스는 공병 대장이었다.

브루투스 일행은 갈증을 느꼈으므로, 부하들이 물을 길어 오기 위하여 투구를 벗어들고 강으로 내려갔다. 그런데 건너편에서 이상한 소리가 들려 오고 있었다. 그래서 볼룸니우스는, 평소에 브루투스의 방패를 가지고 다니는 다르다노스와 함께 소리가 들리는 곳을 조사하기 위해 나갔다. 잠시 후에 정찰을 나갔던 볼룸니우스와 다르다노스는 돌아와서, 물이 남아 있으면 마시고 싶다고 말했다. 이 소리를 듣자 브루투스는 미소지으면서 이렇게 대답했다.

"물은 이미 모두 마시고 남아 있지 않소. 물을 더 길어 오도록 하시오."

그래서 조금 전에 물을 길어 왔던 사람들이 다시 자리에서 일어났다. 그들은 강변으로 내려갔다가 그만 적을 만나게 되어 부상을 입고 겨우 도망칠 수 있었다.

브루투스는 자기의 군대가 그렇게 많이 전사하지는 않았을 것이라고 생각하였다. 그리하여 스타틸리우스에게, 적군 사이를 뚫고 지나가서 자기 진영의 사정을 알아 오도록 명령하였다. 적군이 사방을 포위하고 있었기 때문에 다른 길이 없었던 것이다. 그런 다음에 브루투스의 진영이 무사할 경우에는 횃불로 신호를 보내라고 하였다.

얼마 후에 횃불이 솟아올랐으므로, 스타틸리우스가 브루투스의 진지까지 무사히 도착했다는 것을 알 수 있었다. 그러나 아무리 기다려도 스타틸리우스는 브루투스가 있는 곳으로 돌아오지 않았다.

"만약 스타틸리우스가 살아 있다면, 반드시 이 곳으로 돌아올 것이다."

브루투스는 스타틸리우스가 돌아오기를 기다리면서 이렇게 말했다. 그러나 스타틸리우스는 브루투스가 있는 곳으로 돌아올 수가 없었다. 스타틸리우스는 브루투스에게 돌아오다가 적군을 만나서 죽었던 것이다.

밤은 더욱 깊어 가고 있었다. 브루투스는 땅바닥에 앉아 호위병 클리투스에게 무엇이라고 속삭였다. 클리투스는 아무런 말도 하지 못하고, 그 자리에 앉아서 그저 울기만 하였다. 브루투스는 자기의 방패를 들고 다니는 다르다노스를 잠시 자기 옆으로 불러서 무엇이라고 속삭였다. 그리고 볼룸니우스와는 그리스 어로, 옛날 학문과 훈련을 받았던 시절에 대한 이야기를 나누었다.

그러다가 브루투스는 자살을 하겠으니 칼을 같이 잡고 도와달라고 요청하였다. 그러나 볼룸니우스는 도저히 그것만은 하지 못하겠다고 거절하였다. 주위에 있던 다른 사람들도 모두 브루투스의 요청을 거절하였다. 이때 한 사람이 자리에서 일어나더니 언제까지나 이렇게 앉아 있지만 말고 어서 다른 곳으로 떠나자고 말했다. 브루투스는 이 말을 듣자, 자리에서 벌떡 일어났다.

"그렇소. 물론 우리는 달아나야 하오. 하지만 발이 아니라, 손으로 달아나야 합니다."

브루투스는 이렇게 말하면서 주위에 있던 모든 사람들의 오른손을 다정하게 잡아주었다. 그는 얼굴에 기쁜 빛을 가득 담고, 어느 한 친구도 이렇게 끝까지 배신하지 않고 지켜준 우애가 그에게는 몹시 만족스럽다고 말했다. 그리고 다시 이렇게 말을 이어나갔다.

"국가의 안전을 위하여, 지금 내가 처한 운명이 몹시 원망스럽소. 하지만 나 자신에 대해서는 과거만이 아니라 지금 현재

의 경우에 있어서도 승리를 차지한 자들보다 더욱 행복하다고
확신하오. 그것은 현재의 승리자들이 그들의 온갖 무기와 재력
을 가지고서도 도저히 얻을 수 없는 미덕과 명성을 남겨 놓을
수 있었기 때문이오. 내가 이렇게 확신할 수 있는 것은 다음과
같은 이유 때문이오. 후세 사람들은, 그들이 올바르지 못하고
간악하며, 아무런 권리도 없으면서 정의롭고 선량한 사람을 모
두 파멸시키고 권력을 불법적으로 빼앗았다고 말할 것이오. 그
들은 후세 사람들이 이렇게 말하는 것을 어떠한 방법으로도 막
을 수 없을 것이오."

　브루투스는 주위의 사람들에게 각자 몸을 보전할 계획을 세
우라고 권유한 다음, 가장 친한 친구 2, 3명을 데리고 다른 곳
으로 옮겼다. 브루투스와 끝까지 함께 하였던 친구 중에는 오
래 전에 수사학을 배울 때 친교를 맺었던 스트라토도 끼여 있
었다. 브루투스는 칼을 뽑아서 두 손으로 자루를 움켜잡은 다
음, 그 위에 쓰러져서 자살하였다. 일설에 의하면, 브루투스
자신이 칼을 잡고 자살한 것이 아니라, 그의 간청에 못 이겨
스트라토가 칼을 잡고 있었다고 한다. 브루투스는 스트라토에
게 거세게 달려들었으므로, 칼은 곧 그의 가슴을 꿰뚫었다고
한다.

　그 후에 브루투스의 친구였던 메살라는 카이사르와 화해를
하게 되었다. 그러던 어느 날 메살라는 스트라토를 카이사르에
게 소개하는 자리에서, 눈물을 글썽이며 이렇게 말했다.

　"이 사람이, 사랑하는 친구 브루투스에게 최후까지 우의를
다한 사람입니다."

　그런 일이 있은 후에, 스트라토는 카이사르로부터 특별한 대
우를 받았다. 스트라토 역시 자신의 생명을 아끼지 않고 카이
사르를 위하여 여러 가지 어려운 사업을 맡아서 처리했다. 그

는 악티움 전투에서 카이사르를 위하여 용맹을 떨쳤던 그리스
사람 가운데 한 명이었다.

메살라는, 필리피 전투에서 브루투스를 위해 가장 용감하게
카이사르와 싸웠으나 나중에는 카이사르를 위해 싸우게 되었
다. 카이사르는 메살라가 악티움 전투에서 자기의 가장 가까운
친구였다고 칭찬하였다. 여기에 대해 메살라는 다음과 같이 대
답하였다.

"보신 바와 같이, 저는 언제나 가장 정당하고 선량한 쪽을
위해 싸우는 사람입니다."

브루투스의 시체는 안토니우스에게 발견되었다. 안토니우스
는 가장 좋은 붉은색 옷으로 그의 시체를 감싸도록 하였다. 나
중에 그 옷은 도둑을 맞았는데, 안토니우스는 그 도둑을 잡아
서 사형에 처했다. 브루투스의 유골은 안토니우스에 의하여 어
머니 세르빌리아에게로 보내졌다.

브루투스의 아내 포르키아에 대해서는, 철학자 니콜라우스와
역사가 발레리우스 막시무스의 기록에 따르면 다음과 같은 이
야기가 전해지고 있다. 브루투스가 죽은 후에, 포르키아도 그
의 뒤를 따라서 죽으려고 하였지만, 감시의 눈길을 돌리지 않
는 친구들 때문에 자살을 하지 못하고 있었다. 그래서 그녀는
붉게 타오르는 숯불 덩어리를 입에 문 채 질식해서 죽었다고
한다.

그런데 브루투스가 그의 친구들에게 보낸 한 통의 편지에서
는, 그녀의 죽음이 다른 모습으로 나타나 있다. 그 편지에서
브루투스는 포르키아의 죽음을 몹시 슬퍼하면서, 포르키아가
병으로 쇠약해진 나머지 자살할 때까지 그녀를 세심하게 보살
펴주지 않은 그의 친구들을 준엄하게 꾸짖고 있기 때문이다.
이 편지의 내용으로 볼 때 철학자 니콜라우스는 포르키아가 죽

음을 맞이하였던 시일을 잘못 잡고 있는 것 같다. 만약 이 편
지가 브루투스 자신에 의하여 씌어진 것이 분명하다면, 포르키
아는 남편에 대한 사랑과 병 때문에 목숨을 끊은 것이 확실하
기 때문이다.

브루투스와 디온의 비교

브루투스와 디온은 몇 가지 존경할 만한 점들을 가지고 있다. 그 중에서 가장 먼저 이야기해야 할 것은, 브루투스와 디온 모두 그렇게 강하지 않은 힘을 가지고 그처럼 위대한 이름을 떨쳤다는 것이다. 그리고 이 점에 있어서는 디온이 브루투스보다 더욱 뛰어나다고 할 수 있다. 왜냐하면 브루투스는 카시우스와 영광을 다투면서 함께 업적을 쌓았지만, 디온은 서로 영광을 다툴 만한 위대한 상대자가 없이 자기 혼자 힘으로 커다란 업적을 이룩했다고 할 수 있기 때문이다.

카시우스는 세상 사람들이 다 알고 있는 것처럼, 덕행과 명성에 있어서 브루투스와 비교할 수가 없다. 그러나 용감하고 노련한 활약을 통해 전쟁을 치름으로써 브루투스에 못지 않은 공을 세웠던 것이다.

브루투스는 카시우스의 도움으로 명성을 떨친 일이 많았다. 그러기에 어떤 역사가들은 카이사르의 암살계획이 성공한 것도, 모두 카시우스의 계획과 처리에 의한 것이라고 한다. 왜냐하면 그때까지만 해도 그런 뜻을 가지지 못했던 브루투스를, 카시우스가 선동해서 참가시켰기 때문이다.

그러나 이와는 반대로 디온은 무기, 군함, 군대뿐만이 아니라 위대한 일을 함께 할 동지들까지도 자신이 직접 규합하였던 것이다. 또한 디온은 브루투스처럼 혁명이나 전쟁에 의해서 군자금과 병력을 모은 것이 아니며, 자기 자신의 재산을 털어서 이러한 것들을 모았다. 그는 조국의 자유를 위해, 외국에 머물면서 평생을 편안하게 지낼 수 있을 만큼의 자기 재산을 아낌없이 사용했던 것이다.

그리고 또 하나 우리가 기억해야만 하는 사실이 있다. 브루투스와 카시우스는 로마를 떠난 다음, 사형이 선고되어 쫓겨다니는 몸이 되었다. 그러기에 브루투스와 카시우스는 조국과 동포를 위해서라기보다, 오히려 자기를 지키기 위해서 어쩔 수 없이 무기를 들지 않으면 안 되는 처지에 놓여 있었다. 그러나 이와는 반대로 시칠리아에서 추방된 디온은, 자신을 추방한 전제군주보다도 오히려 행복한 생활을 하고 있었지만, 조국 시칠리아를 해방시키기 위해서 자신의 생명을 거는 위험한 모험에 나섰던 것이다.

여기에서 우리는, 시라쿠사 사람들을 디오니시우스의 전제정치로부터 해방시킨 것과 로마 사람들을 카이사르로부터 해방시킨 것은 비교조차 할 수 없는 일이라는 것에 주목해야 한다. 디오니시우스는 자기 스스로가 전제군주라고 말을 하면서 시칠리아 사람들을 억압하였다. 그러나 카이사르는 로마 최고의 정권을 장악하고 있으면서도 조금도 그 반대자들에게 해를 끼치지 않았다. 뿐만 아니라 그 권력을 일단 확립한 뒤에도, 외관상으로는 전제군주와 같은 호칭을 가지고 있었으나 전제적인 잔혹한 정치를 하였던 적은 한 번도 없었다. 오히려 시대의 병폐를 치료하기 위해 군주제 정치가 필요했다는 것을 참작해볼 때, 카이사르는 하늘의 뜻으로 보내진 매우 온건한 의사였다고 할 수 있다.

그렇기 때문에 카이사르가 암살되자, 사람들은 몹시 슬퍼하며 카이사르를 암살한 일당들에게 사정없는 공격의 화살을 퍼부었던 것이다. 그러나 디온이 시라쿠사 사람으로부터 받았던 비난은, 도망치는 디오니시우스를 놓쳤다는 것과 그 선대 전제군주의 무덤을 허물지 않았다는 정도에 지나지 않았다.

그리고 디온은 실전을 치를 때에도 완벽한 장군의 모습을 보여주었다. 그는 자기 자신이 세운 작전으로 전투에 나아가 빛나는 승리를 거두었다. 또한 다른 사람들의 간계로 정세가 위태로워졌을 때에는, 곧 그것을 안전하게 수습하였다.

하지만 브루투스는 모든 것을 결정하는 최후의 전투에서도 거의 지모를 나타내지 못했으며, 일단 전쟁에서 패배한 다음에는 조금도 이것을 회복하려는 노력을 보이지 않았다. 이것을 보면 브루투스는 폼페이우스보다도 신념이 부족했다고 볼 수 있다. 사실 그 당시에 브루투스의 사정은 결코 절망적인 것은 아니었다. 아직도 많은 군대와 군자금이 남아 있었으며, 또 해상에서는 브루투스의 함대가 주도권을 잡고 있었다. 그러나 브루투스는, 모든 희망을 버린 채 옛날 폼페이우스가 하였던 것처럼 운명에 대한 마지막 승부를 겨루려고는 하지 않고, 자살을 선택했던 것이다.

브루투스에 대한 가장 커다란 비난은, 카이사르에 의해 목숨을 구하게 된 브루투스가 자신의 간절한 청을 받아들여 자기의 친구들을 살려주고, 게다가 로마의 중요한 직책까지 내려준 카이사르의 신임을 배반하고 그를 암살했다는 점이다.

그러나 디온에게는 이런 비난받을 만한 일이라고는 하나도 없었다. 디온은 처음에 디오니시우스의 친척과 친구의 자격으로 그를 도와서 열심히 일했던 것이다. 그러다가 조국 시칠리아에서 추방되고 아내가 모욕당했으며, 재산을 모두 잃게 된 뒤에야 비로소 독재자를 몰아낸다는 정당한 명분으로 전쟁을 시작했다.

하지만 이 점에 있어서는 다음과 같이 볼 수도 있지 않을까? 디온과 브루투스의 공통적인 특징은 전제정치와 사악한 것에 대한 증오와 혐오였다. 이것은 브루투스가 더욱 순수했다고 볼 수 있다. 왜냐하면 브루투스는 카이사르에 대해서 개인적으로는 아무런 원한도 없었으나, 오직 한 나라의 자유를 위해 자기 생명을 던지기로 결심했기 때문이다. 그러나 디온은 만약 자기가 해를 입지 않았다면, 결코 싸우지 않았을 것이다. 이것은 철학자 플라톤의 편지를 읽어보아도 잘 알 수 있는 사실이다. 그 편지를 보면, 디온은 디오니시우스에게 추방된 뒤에야 전쟁을 시작하여 독재자를 몰아냈다고 분명히 적혀 있다.

그러나 브루투스는 자기 아버지를 죽게 한 폼페이우스에 대한 원한은 컸지만, 폼페이우스가 더욱 정의롭다고 판단되었으므로 이러한 사실을 무시하고 그와 함께 일하기로 했다. 그 당시에 카이사르와 폼페이우스는 개인적으로나 정치적으로나 서로 적이었지만, 브루투스는 국가를 위하여 사사로운 원한을 버렸던 것이다.

디온은 디오니시우스의 사랑을 받고 있을 때에는 그를 위하여 충성을 바쳤다. 그리고 자기의 충성을 의심받게 된 다음에야 비로소 전쟁을 벌였으므로, 디온은 자기의 친한 친구들로부터도 의심을 받았다. 그들은 디온이 디오니시우스를 축출한 다음, 전제라고 하는 것보다 염증을 느끼지 않을 다른 어떤 이름을 사용함으로써, 사람들을 속이고 스스로 정권을 장악하지 않을까 하고 의심하였다. 그러나 브루투스에 관해서는 적들도,

그의 목표가 오직 로마 시민의 자유와 권리의 회복이라는 사실을 너무나도 잘 알고 있었다.

디온이 디오니시우스에게 등을 돌린 것은 브루투스가 카이사르를 적으로 삼은 것과는 비교도 되지 않는 일이었다. 디오니시우스를 가까이 대해본 사람이라면 누구나 포도주와 미인과 놀이로 계속 타락한 생활을 지내는 그를 경멸하였다. 그러나 이와는 반대로 카이사르는 지혜로웠으며 권세와 행운이 따르는 매우 두려운 존재였다. 단지 그의 이름만 들어도, 저 멀리에 있는 파르티아나 인도의 왕들이 단잠에서 깨어날 지경이었다. 이러한 카이사르를 쓰러뜨려야 하겠다는 생각이 감히 떠올랐다는 것은, 그것만으로도 브루투스가 얼마나 대담한 정신을 가지고 있었는가를 분명하게 보여준다고 할 수 있다.

디온이 시칠리아에 도착하자마자 수많은 사람들이 몰려와서, 자발적으로 디온과 결탁하고 디오니시우스를 찔렀다. 그러나 카이사르의 명성은 죽은 뒤에도 그의 일파에게 커다란 힘을 주었으며, 그의 이름을 모독하는 사람은 사형되었다. 뿐만 아니라 어린 소년을 로마의 지배자로 만들어 안토니우스의 권세와 야심을 꺾도록 만들었다.

어떤 사람은, 디온이 참담한 번뇌와 고난을 겪으면서 전제군주인 디오니시우스를 이겨 내기 위하여 치열하게 싸웠지만, 브루투스는 아무런 무장도 경계도 하지 않은 카이사르를 암살했을 뿐이라고 말할지도 모른다. 그러나 그렇게 커다란 권세를 가지고 있는 사람을, 아무런 무장도 경계도 하지 않고 있을 때 손쉽게 암살할 수 있었다는 것은, 그 계획과 작전이 얼마나 훌륭하게 짜여졌던 것인가를 증명한다. 암살은 결코 일시적인 충동이나 몇 사람만의 도움으로 이루어진 것이 아니었다. 그 계획은 오래 전부터 많은 동지들과 비밀스럽게 의논하면서 치밀하게 세워졌던 것이다.

브루투스의 친구들은 단 한 사람도 비밀을 다른 사람에게 발설하거나 배신하지 않았다. 이것은 브루투스가 가장 용감하고 정의감을 가진 사람들만을 식별해 냈기 때문이거나, 그렇지 않으면 브루투스의 선량한 점에 감화를 받아서 모두가 용감하고 정의감을 가진 사람이 되었다고밖에 말을 할 수가 없다.

그러나 이와는 반대로 디온은 자기의 잘못된 판단으로 악인을 신뢰하기도 하고, 혹은 선인을 악인으로 만들기도 하였다. 그 점에서는 지혜로운 사람의 면목을 잃었다고 말할 수 있겠다. 플라톤도, 디온은 자기를 배반할 사람을 심복으로 뽑았던 적이 있다고 하였다.

디온이 죽임을 당했을 때 그의 죽음에 복수하기 위하여 일어난 사람은 아무도 없었다. 그러나 브루투스가 죽었을 때에는 그의 적들이 성대한 장례식을 치를 수 있도록 해주었으며, 카이사르도 브루투스의 영예가 오래도록 유지되기를 원했다.

알프스의 갈리아 땅에 있는 밀란에는 오늘날까지도 브루투스의 동상이 서 있다. 브루투스가 죽은 지 몇 해가 지난 뒤에 카이사르는 우연히 그 곳을 지나가게 되었다. 카이사르는 동상을 바라보더니 걸음을 멈추고, 이 지방의 관리를 불렀다. 많은 사람들이 그 모습을 지켜보고 있었다. 카이사르는 관리에게, 이 도시가 적의 무리를 따르고 있는 것은 충성의 서약에 위배되는 일이라고 하면서 몹시 꾸짖었다. 관리들은 절대로 그런 일이 없다고 말하면서, 어찌 된 영문인지 몰라서 서로 얼굴을 쳐다보았다. 그러자 카이사르는 브루투스의 동상을 돌아다보면서 미간을 찌푸리고 물어보았다.

"저기에 서 있는 것은 우리의 적이 아니라는 것인가?"

관리들은 이 말을 듣자, 아무런 대답도 하지 못하고 고개를 숙였다. 그러자 카이사르는 미소를 지으면서 비록 친구가 망하기는 했지만, 그 친구에 대한 의리를 잃어버리지 않는 갈리아 사람을 칭찬하고 브루투스의 동상을 영구히 보존하도록 명령하였다.

아 라 투 스

기원전 271년~213년

폴리크라테스여!

철학자 크리시포스는 오래 전부터 전해져 내려오는 속담을 인용하고 있지만, 그는 본래의 구절 그대로 말하고 있지 않다. 아마도 크리시포스는 그 속담이 귀에 거슬린다고 생각하고, 누구에게나 잘 통할 수 있도록 하기 위하여 다음과 같이 고쳐서 말했을 것이다.

"관대한 자손이 아니라면, 누가 그 조상을 자랑할 것인가?"

그러나 트로이젠의 디오니소도루스는 그 잘못을 지적하고, 이것을 다시 원래대로 부활시켜서 다음과 같이 읽었다.

"타락한 자손이 아니라면, 누가 그 조상을 자랑할 것인가?"

디오니소도루스는 이 속담의 뜻이, 아무런 공적도 없는 무리들이 자기의 부족함을 감추기 위해서 조상이 행했던 훌륭한 일을 마치 자기가 한 것처럼 자랑할 때 쓰는 것이라고 우리에게 말하고 있다. 그러나 핀다로스는 이렇게 말했다.

타고난 고상한 정신을
조상으로부터 이어받은 사람

따라서 그대 또한 조상의 빛나는 영광을 본받아 일생을 살아 나가려고 하므로, 선조들이 남긴 발자취를 상기하거나 다른 사람들로부터 그러한 이야기를 듣는 것은 커다란 기쁨일 것이다. 왜냐하면 그대는 조상이 이룩한 영광과 명예를 자기것으로 받아들이고, 자기 공적을 조상들의 공적에 보탬으로써 자기 가계와 그 공적을 이룩한 조상을 받들려고 하기 때문이다.

그래서 나는 그대의 동포시민이며, 또한 그대의 조상이기도 한 아라투스의 전기를 써서 그대에게 보내려고 한다. 그대는 명성이나 권세에 있어서 아라투스를 부끄럽게 하는 자는 아니다. 그렇다고 그대가 아라투스의 행적에 관하여 당초부터 아주 충실하고도 자세하게 연구하지 않았기 때문에, 내가 그대에게 모범을 보이려고 쓰는 것 또한 아니다.

이 글은 폴리크라테스와 피토클레스가, 자기 조상의 영광스러운 일생에 대한 기록을 읽거나 다른 사람으로부터 이야기를 들음으로써, 그들이 신봉하거나 본받아야 할 조상들의 발자취를 따라가 주기를 바라는 마음으로 쓴 것이다. 사실, 이제 나는 완전하다고 생각하는 것은 자기도취에 불과한 것이지, 결코 덕을 사랑하는 것은 아니라고 본다.

시키온 시는 원래 도리아식의 귀족정치를 하고 있었는데, 협력이 부족한 지도자들의 다툼과 개인적인 투쟁 등으로 그 체제가 마침내 무너지고 말았다. 그리고 여러 명의 전제군주가 나타났다. 그러다가 마침내 전제군주 클레온이 살해되고, 시민들 중에서 가장 명망 있고 유력한 티모클리데스와 클리니아스 두 사람이 정권을 장악할 때까지 정세는 진정되지 않았다.

그러나 시키온 시가 질서를 겨우 바로잡을 무렵, 티모클리데스는 죽음을 맞이하게 되었다. 그러자 파세아스의 아들 아반티다스는 자기가 참주의 자리에 오르기 위해서 클리니아스를 죽인 후, 그의 친척과 친구들을 모조리 죽이거나 추방하였다. 잔인한 아반티다스는 다시 클리니아스의 7세 된 아들 아라투스까지 죽이려고 찾고 있었다.

어린 소년 아라투스는 집안에서 일어난 피비린내 나는 살인 사건을 보고 겁이 나서 다른 사람들과 함께 집을 빠져 나왔다. 아라투스는 보살펴주는 사람이 아무도 없었기 때문에, 그저 시내를 이리저리 방황하고 있었다. 그러다가 우연히 어떤 부인의 집으로 들어가서 몸을 숨길 수 있었다.

이 부인의 이름은 소소였는데, 그녀는 아반티다스의 누이로 클리니아스의 동생인 프로판투스와 결혼하였다. 소소는 원래 마음씨가 착하고 동정심이 많은 여자였다. 그녀는 아라투스가 숨을 곳을 찾아서 자기 집으로 들어오게 된 것은, 신이 아라투스를 구하기 위하여 안내를 하였기 때문이라고 생각하였다. 이리하여 소소는 아라투스를 숨겨 두었다가, 그 날 밤 아무도 모르게 아르고스로 보내주었다.

죽음의 위기에서 벗어난 어린 아라투스의 마음 속에는 전제 군주들을 미워하는 마음과, 그들에 대한 원망이 깊이 새겨지게 되었다. 이런 마음들은 아라투스가 장성함에 따라서 더욱 강해졌다. 아라투스는 아르고스에서 아버지 친구들의 따뜻한 보호를 받으면서 성장하였다. 아라투스는 귀한 집의 후손답게 훌륭한 교육을 받으면서 튼튼하게 자랐다.

아라투스는 운동으로 열심히 신체를 단련하였다. 그리하여 5종목의 운동경기에 참가하여, 영광의 우승을 차지하기도 했다. 아라투스의 동상에서 어떤 투사와 같은 느낌을 받는 것은, 그가 이런 운동을 통하여 자신의 신체를 튼튼하게 단련했기 때문이라고 할 수 있다. 그리고 아라투스의 총명하고 위엄 있게 보이는 얼굴은, 잘 먹고 일도 잘하며 또한 운동으로 잘 단련된 사람이었다는 것을 우리에게 말해준다.

아라투스는 이와 같이 운동에 모든 힘을 기울였으므로, 다른 정치가들과 같이 웅변술을 배우지는 못했다. 그러나 그는 세상 사람들이 생각하는 것보다는 훨씬 연설을 잘했다. 그것은 아라투스가 죽은 다음에 남긴 비망록을 읽어보아도 잘 알 수가 있다. 아라투스는 때때로 마음 속의 생각들을 떠오르는 대로 적었음에도 그토록 훌륭한 글을 남겼던 것이다.

다시 많은 세월이 흘렀다. 디니아스와 논리학자 아리스토텔레스는 아반티다스를 암살하기로 하였다. 두 사람은 광장에서 토론회를 열곤 했는데, 아반티다스는 즐겨 토론회에 참석하여 그들의 토론을 열심히 들었다. 그리하여 두 사람은 기회를 엿보아서 토론회에 온 아반티다스를 암살해버렸다.

그 뒤에 아반티다스의 아버지 파세아스가 정권을 잡기는 했으나, 그도 역시 니코클레스에게 암살당했다. 니코클레스는 자기가 시키온의 전제군주라고 선언했다. 그런데 이 사람은 키프셀로스의 아들 페리안데르와 놀랄 만큼 얼굴이 비슷하게 생겼다. 그는, 페르시아의 오론테스가 암피아라우스의 아들 알크마이온과 비슷하게 생겼고 라케다이몬의 어떤 청년이 헥토르와 비슷하게 생겼듯이, 페리안데르의 얼굴을 빼박듯이 닮고 있었다. 라케다이몬의 그 청년은, 옛날의 헥토르와 너무나 닮았기 때문에, 그를 구경하기 위하여 몰려든 사람들에게 밟혀서 죽었다고 미르실루스가 전한다.

니코클레스는 4개월 동안 정권을 잡았다. 그 동안 니코클레스는 여러 번이나 실정을 거듭하여, 아이톨리아 군에게 시키온 시를 빼앗길 뻔한 위기를 맞이하기도 하였다.

그 당시에 아라투스는 이미 장성하여 훌륭한 청년이 되어 있었다. 그는 좋은 집안에서 태어났으며 또한 타고난 성품이 남

달리 고귀하였기 때문에, 많은 사람들로부터 존경을 받았다. 아라투스는 정신과 기질에 있어서 깊이가 있고 기운이 넘쳤으며 성실하였을 뿐만 아니라, 나이에 비해 많은 지식도 갖추고 있었다. 그렇기 때문에 나라 밖으로 추방된 망명자들은 아라투스에게 커다란 주의를 기울이게 되었다.

이와 같이 아라투스의 인기가 날로 높아지자, 니코클레스는 불안해지기 시작했다. 그래서 니코클레스는 아라투스를 잘 감시하도록 정탐꾼을 보냈다. 그것은 아라투스가 무슨 음모를 꾸미거나, 비밀계획을 세울지도 모른다고 염려해서가 아니라, 다만 그가 아버지 친구나 또는 아버지와 친하게 지내던 왕들과 몰래 편지를 주고받지는 않을까 하고 의심했기 때문이었다. 니코클레스는 그런 일이 벌어지는 것이 두려웠던 것이다.

사실 아라투스도 이런 방법을 쓰지 않았던 것은 아니었다. 아라투스는 처음에 안티고노스와 손을 잡았다. 그러나 안티고노스는 도움을 주기로 약속만 해 놓고, 시일을 끌고 있었다. 그래서 아라투스는 이집트 왕 프톨레마이오스와 손을 잡는 것이 좋겠다고 생각하였다. 그러나 이것도 날짜가 너무 걸릴 것 같았으므로, 부득이 자기 혼자 힘으로 전제군주를 물리쳐야 하겠다고 굳게 결심하였다.

아라투스는 우선 아리스토마쿠스와 엑델루스에게 자기 계획을 알려주었다. 아리스토마쿠스는 시키온에서 추방된 망명자였고, 엑델루스는 아르카디아 지방의 도시인 메갈로폴리스에 살고 있었다. 엑델루스는, 아테네의 아카데미파 철학자인 아르케실라오스와 친한 철학자인 동시에 실천력 있는 투사이기도 했다.

아리스토마쿠스와 엑델루스가 아라투스의 의견에 찬성하자, 아라투스는 용기를 내어서 다시 다른 망명자들에게도 자기 계

획을 알려주었다. 그 중에 몇 사람은, 아무리 위험하다고 할지
라도 나라를 구하는 일에 참가하지 않는 것은 수치라고 생각하
였으므로, 아라투스의 계획에 적극적으로 찬성하였다. 그러나
대부분의 사람들은 아라투스를 말렸다. 그 이유는 아라투스가
아직까지 나이가 젊고 경험이 적기 때문에, 자칫하면 분별 없
이 마구 날뛰기 쉽다는 것이었다.

아라투스가, 전제군주와 전쟁을 할 경우에 시키온 지방의 어
느 장소를 근거지로 삼으면 좋을까를 연구하고 있을 때였다.
크세노클레스라는 망명자의 동생이, 시키온의 감옥에서 탈출하
여 아라투스를 찾아왔다. 그는 아라투스를 만나자 자기가 뛰어
넘은 시키온 시 성벽이, 안쪽은 편평하고 바깥쪽은 낭떠러지기
때문에 사다리를 걸치면 충분히 넘어갈 수 있다고 자신 있게
말했다.

이 말을 들은 아라투스는, 크세노클레스와 자기의 하인인 세
우타스와 테크논 세 사람을 보내서, 그 성벽을 자세하게 정찰
해 오도록 명령하였다. 그들은 성벽의 높이와 성벽 근처의 사
정들을 자세히 조사하고 돌아와서는, 성벽을 넘는 것은 그렇게
어려운 일이 아니지만 그 근처의 과수원집에 있는 개 여러 마
리가 사납게 짖어 대기 때문에, 몰래 성벽으로 접근할 수는 없
을 것 같다고 보고했다. 이 보고를 들은 아라투스는 성벽을 넘
을 준비에 착수하였다. 아라투스는 자기가 전제군주를 꺾으려
면 결코 오랫동안 끌어서는 안 되며, 단숨에 해치우는 것이 가
장 좋은 방법이라고 생각하고 있었다.

그런데 그 당시에는 각 지방의 사람들이 서로 이웃 도시를
쳐서 재물을 빼앗는 것이 예사였기 때문에 거의 누구나 무기를
지니고 있었다. 그러므로 아라투스는 무기를 쉽게 구할 수 있
었다. 그리고 에우프라노르라는 망명자는 본래 기계를 제작하

는 사람이었기 때문에, 그가 사다리를 만들고 있어도 누구 하나 그것을 의심하지 않았다. 아마 장사를 하기 위하여 사다리를 만드나보다고 생각했던 것이다.

이 일에 참여한 인원은 그렇게 많지 않았다. 아르고스의 친구들이 각기 10여 명의 사병을 주었고, 아라투스 자신의 하인 30여 명이 있었다. 이들만으로는 그 수가 부족했으므로 아라투스는, 그 당시의 이름난 도둑인 크세노필루스로부터 부하 몇명을 샀다. 이 도둑들에게는 시키온 시에 있는 왕의 말을 훔치러 간다고 적당히 둘러대었다.

그들은 모두 흩어져서 폴리그노투스 탑까지 이동하여 그들의 지휘자가 오기를 기다리라는 명령을 받았다. 그리고 아라투스는 카피시아스에게 가벼운 무장을 한 병사 4명을 데리고 먼저 길을 떠나도록 했다.

카피시아스는 밤이 되기가 무섭게 그 과수원집으로 찾아가서, 길을 가다가 날이 저물어서 그러니, 하룻밤만 재워달라고 거짓말을 하였다. 그렇게 과수원으로 들어간 그들은 주인과 개를 감금시켰다. 성벽을 넘어가자면, 과수원의 주인과 개를 우선 이렇게 해 두지 않으면 안 되었기 때문이었다. 그리고 사다리는 조립식으로 만들어서 상자 속에 넣고, 수레에 실어서 먼저 보냈다.

그런데 아르고스에는 니코클레스가 보낸 정탐꾼 몇 명이 와서 아라투스의 행동을 몰래 감시한다는 소문이 돌고 있었다. 이 소문을 들은 아라투스는 일부러 아침 일찍부터 광장으로 나가서, 내가 여기 있다는 듯이 친구들과 이야기를 주고받았다. 그리고 운동장으로 달려가서 몸에 향유를 바른 뒤에, 술친구 몇 사람과 술을 마시며 놀다가 집으로 돌아갔다.

잠시 후에 아라투스의 하인 몇 명이 광장으로 나왔다. 그들은 화관을 써보기도 하고, 불을 땔 장작을 사기도 했으며, 잔치에서 노래하고 춤을 추는 여자들과 흥정을 하기도 하였다. 이러한 모습을 본 정탐꾼들은, 아라투스가 밤을 새워가며 술을 마시려 한다고 짐작하였다. 그래서 그들은 서로의 얼굴을 쳐다보고 씩 웃으면서 이렇게 말했다.

"정말 우습군! 저렇게 커다란 도시의 주인이자 대군을 거느린 장군이면서도, 니코클레스님은 저 따위 애숭이에게 겁을 내고 있으니 말이야. 다른 나라로 쫓겨와서 많은 돈을 대낮부터 유흥에 탕진하는 저런 젊은 놈이 뭐가 무섭담?"

이렇게 속아 넘어간 정탐꾼들은 그만 어이가 없다는 듯이 본국으로 돌아가버렸다.

그러나 아라투스는 조반을 마치자마자 아르고스를 떠나서, 폴리그노투스 탑 아래서 기다리고 있는 병사들과 함께 만나 네메아까지 들어갔다. 이 곳에 도착하자 아라투스는 비로소 자기의 계획을 그들에게 말해주었다. 그리고 만약 자기가 성공을 하면 틀림없이 굉장한 상을 내리겠다고 그들에게 약속을 하면서 용기를 북돋워주었다.

그런 다음에 '무적의 아폴론'이라는 암호를 그들에게 알려주고, 그 곳을 떠나 시키온 시로 들어갔다. 그들은 희미하게 비치는 달빛을 의지해서 걸음을 재촉하였다. 이리하여 달이 서쪽으로 기울어질 무렵에야 겨우 성 밑에 있는 그 과수원에 도착하였다.

먼저 와 있던 카피시아스는 아라투스를 보자 무척 미안하다는 얼굴을 하면서, 주인은 잡아서 묶어 두었으나 개는 그만 놓쳐버렸다고 말했다. 이 소리를 듣자 대부분의 사람들은, 일은 이미 틀렸으니 중지하고 돌아가자고 말했다. 사정이 악화되는 것이 두려웠던 것이다.

그러나 아라투스는 그들에게 다시 용기를 일깨워주면서, 만약 개들이 덤벼든다면 중지하자고 굳게 약속을 했다. 아라투스는, 엑델루스와 므나시테우스에게 사다리 부대를 지휘하도록 하면서 먼저 출발하게 하였다. 그리고 아라투스는 나머지 사람들을 이끌고 조용히 앞으로 나아갔다.

개들이 엑델루스의 부대를 보고 마구 짖어 대기 시작했다. 그러나 그들은 성벽 아래쪽까지 다가가서 손쉽게 사다리를 걸쳤다. 이리하여 선두를 맡고 있던 사람이 사다리를 오르고 있을 때였다. 야간보초들과 교대를 하고 돌아가는 보초들이 종을 흔들고 횃불을 밝히면서 그 곳으로 다가왔다.

그들은 간담이 서늘해지고 온몸이 마구 떨렸다. 그래서 모든 것을 운명에 맡기고, 사다리 위에 몸을 움츠리고 앉아서 숨을 죽이고 있었다. 그러나 다행스럽게도 그들은 보초에게 들키지 않았다. 그러나 이번에는 다른 무리의 보초병들이 반대쪽에서 그들이 있는 곳으로 다가왔다.

그들은 보초들에게 발견될 것이라고 생각했다. 그러나 위태로운 순간도 아슬아슬하게 지나갔으므로, 그들은 다시 용기를 되찾게 되었다. 그래서 므나시테우스와 엑델루스는 곧바로 성벽 위로 올라가서 밖으로 통하는 통로를 점령한 후, 테크논을 보내서 아라투스의 부대를 불러오도록 하였다.

과수원에서 성벽까지는 그렇게 멀지 않았으며, 과수원 주인이 커다란 사냥개를 기르고 있는 탑도 성벽과 가까운 거리에 있었다. 그러나 어떻게 된 일인지 개들은 사다리 부대가 그 곳을 지나가도 짖지 않았다. 귀가 먹었는지, 그렇지 않으면 전날의 훈련이 고되어서 잠들었는지 알 수가 없었다. 아무튼 다행스러운 일이었다.

그런데 아라투스의 부대가 이 곳을 지나려 할 때, 과수원의 주인집에 있던 개가 자꾸만 짖어 대는 바람에 사냥개들도 눈을 뜨고 으르렁거리기 시작했다. 아라투스를 따르던 사람들은 사냥개가 짖어 대는 소리를 듣고, 온몸에 소름이 끼쳤다. 아라투스의 부대가 가만가만 그 곁을 조용히 지나가자, 개들은 더욱 커다란 소리로 짖어 댔다. 그러자 대뜸 그 다음 초소에 있는 보초병이 개를 지키는 사람을 보고는 소리를 질렀다.

"무슨 일이야? 어째서 개가 그렇게도 사납게 짖어 대고 있지? 거기에 무슨 일이라도 생긴 거야?"

개를 지키는 사람이 대답했다.

"아닙니다. 지금 보초병들이 종을 흔들며 횃불을 들고 지나갔는데, 아마 그 소리를 듣고 개들이 짖어 대는 것 같습니다."

이 대답을 들은, 아라투스의 부하들은, 개를 지키는 사람이 그들을 보지 못했을 리가 없는데, 아마 그들을 돕기 위하여 거짓말을 한 것이라고 생각하였다. 그리고 시내로 들어가면, 개를 지키는 사람처럼 많은 사람들 역시 그들을 도와줄 것이라는 생각이 들었다. 그러자 그들의 마음은 몹시 편안해지면서 자신들의 용기가 대견해지고 힘이 저절로 솟아났다.

그러나 사다리를 타고 성으로 올라가는 일에는 상당한 시간이 걸렸다. 그것은 대단히 위험하기도 했는데, 급히 만든 사다리는 한 사람씩 조용히 오르지 않으면 무척 위태롭게 흔들렸기 때문이다. 시간은 자꾸 흘러 벌써 닭이 울고, 얼마 후에는 시골 사람들이 시장에 팔 물건들을 가지고 시내로 들어올 시간이 되었다. 마음이 조급해진 아라투스는 더 이상 기다리지 못하고 자기가 먼저 올라갔다. 그때까지 성벽에 올라간 사람은 40명이었다. 나머지는 아직도 사다리를 오르고 있었으므로, 아라투스는 그들이 모두 올라오기를 기다렸다.

이리하여 그들이 모두 성벽 위로 기어오르자, 아라투스는 곧 니코클레스의 저택과 장교숙소로 향했다. 그리고 거기에 머무르고 있는 용병대를 즉각 습격하였다. 용병대는 너무도 뜻밖의 일을 당하자, 정신이 어리둥절하여 손도 채 쓰지 못하고 고스란히 아라투스의 포로가 되어버렸다. 아라투스는 시내에 있는 동지들에게 급히 집합하라고 연락했다. 아라투스의 연락이 전해지자, 순식간에 사방에서 동지들이 달려왔다.

날이 밝자 극장에는 시민들이 구름처럼 모여들었다. 그들은 영문도 모르고 다만 아우성을 치면서, 불안한 마음을 억누르고 있었다. 잠시 후에 전령이 나타나서 사정을 알려주었다.

"클리니아스의 아들 아라투스가 동포를 구하러 왔으니, 시민들은 모두 떨치고 일어나 그와 함께 자유를 되찾자."

시민들은 전령의 말을 듣고, 자신들이 오래도록 기다렸던 것이 왔다는 기쁨에 넘쳐, 손과 손을 흔들며 일제히 환성을 질렀다. 그리고는 무리를 지어 전제군주의 저택으로 달려가서 불을 질렀다. 그 불길이 얼마나 높게 치솟았던지, 멀리 코린트 시에서도 바라보였다. 코린트 시민들은 거세게 타오르는 불길을 보자, 시키온 시가 온통 불에 타는 줄만 알고 도와주기 위하여 달려오려고 하였다.

니코클레스는 몰래 지하도를 이용해서 시외로 간신히 도망칠 수 있었다. 그의 군대는 시민들과 협력하여 불을 끄고, 전제군주의 재산을 빼앗았다. 아라투스는 이러한 행동을 막지 않고, 오히려 전제군주의 재물들을 거두어 시민들에게 아낌없이 나누어주었다.

이 사건에서 아라투스가 가장 칭찬받을 만한 점은, 죽은 사람이 한 사람도 없었다는 것이다. 이것은 적도 마찬가지였다. 운명의 신은, 시민들이 한 방울의 피도 흘리지 않도록 하였던 것이다. 아라투스는 전제군주를 쫓아 내는 영광스러운 일을 홀

륭하게 이룩했다.

아라투스는 자신의 계획이 성공하자 니코클레스에게 쫓겨났던 망명자들을 다시 나라 안으로 불러들였는데, 그 수가 자그마치 80명이나 되었다. 아라투스는 니코클레스 이전의 전제군주들에게 추방된 망명자들도 돌아오도록 하였다. 그 수도 약 500명이나 되었으며, 이들 중에는 50년 동안이나 외국에서 망명생활을 하였던 사람도 있었다.

해외에서 되돌아온 망명객들은 대부분이 무척 가난하였기 때문에 거지와 조금도 다름이 없는 신세였다. 그러므로 그들은 돌아오자마자 옛날의 자기 재산과 집을 다시 내놓으라고 끈덕지게 요구하였다. 이러한 혼란의 와중에서 아라투스는 무척 고민하였다. 이리하여 나라 밖에서는 민주정권을 세운 것을 미워하고 시샘하는 안티고노스가 노려보고 있었고, 안으로는 무질서와 소동이 그칠 사이가 없었다.

아라투스는 어지러운 시기에 시키온을 구할 수 있는 길은, 오직 아카이아 동맹에 시키온을 가입시키는 길밖에 없다고 생각했다. 그래서 시키온 사람은 원래 도리아 족이었으나, 자진해서 아카이아 사람들의 정책을 받아들이기로 했다. 그 당시에 아카이아 사람들은 시키온 사람들보다 이름도 세력도 그렇게 높지 않았다. 이 사람들은 대부분이 산골에서 살았으며, 메마른 땅에 작은 마을을 이루고 살았다. 그리고 해안지방에는 배를 정박시킬 수 있는 항구도 없어서, 언제나 파도가 밀려와서 때리는 바위만이 해안을 둘러싸고 있었다.

그러나 이런 곳에서 사는 아카이아 사람들은, 그리스의 어느 사람들보다 질서 있고 화목했으며, 훌륭한 장군만 있으면 이 세상에서 당할 사람이 없다는 것을 증명하여주었다. 아카이아 사람들은, 옛날 그리스의 영광에 비하면 보잘것이 없었으며,

그 당시의 커다란 도시 정도의 힘도 없었다. 그러나 덕망이 있는 훌륭한 지도자만 있으면, 결코 질투하지 않고 잘 따를 수 있는 훌륭한 사람들이었다.

그렇기 때문에 그들은 여러 강대국 사이에 끼여 있으면서도 오늘날까지 그들의 독립을 지켜 올 수 있었다. 뿐만 아니라 그들은 그리스의 다른 나라들까지 도와주어서, 거듭되는 침략을 막아 내고 자유를 되찾아 지긋지긋한 노예생활에서 해방시켜주었다.

아라투스는 그 성격이나 행동에 있어서 진정한 정치가였다. 그는 성질이 몹시 차분하고, 사사로운 자기의 일보다 다른 사람들의 이익을 위해서 더욱 많은 힘을 기울였으며, 전제군주를 자신의 적으로 생각하였다. 그리하여 여러 종족들의 화목과 도시 사이의 친교를 더욱 굳게 하고, 다스리는 사람도 다스림을 받는 사람들도 모두 한 마음이 되어서 협력하도록 가르쳤다. 이것은 아라투스가 가장 열망하는 것이었다.

아라투스는 무기를 사용하거나 병력을 움직여서 전투를 하는 일에는 별로 자신이 없었다. 그러나 몰래 자기 계획을 이룩하거나, 다른 사람이 미처 모르는 사이에 도시와 그 집권자들을 지략으로써 넘어뜨리는 일에서는 놀랄 만큼 재치 있고 재빠르게 행동하였다. 따라서 아라투스는 무모하다고 생각되는 여러 가지 계획에서 기대 이상의 성공을 거두기도 했다. 반면 쉽게 이기리라고 생각되던 전투에서는 터무니없이 무너지기도 했던 것이다.

짐승의 경우를 볼 때, 어떤 종류는 밤에 눈이 밝아서 분명하게 볼 수 있지만, 반대로 낮이 되면 아무것도 보지 못하는 짐승이 있다. 그것은 눈이 너무 반짝거려서 대낮의 밝은 햇빛 아래에서는 사물을 보지 못하기 때문인지도 모른다. 이것과 비슷한 경우로, 대낮에 싸울 때에는 가슴이 두근거리지만, 몰래 계획을 세우거나 깊은 밤에 적을 습격할 때에는 이상하게 용기가 치솟는 사람이 있다.

위대한 사람이 이런 모습을 보인다는 것은, 그 사람이 철학을 갖고 있지 않기 때문이라고 하겠다. 참된 지식이 없는 덕은, 마치 가꾸지 않은 야생의 열매와 같아서 그것에 대한 예를 직접 들어 보이면 이해가 쉬울 것이다.

아라투스는 시키온 시를 아카이아 동맹에 가입시킨 다음, 스스로 기병대에 들어갔다. 그리고 기병대의 대장을 훌륭하게 섬기고 복종함으로써, 대장으로부터 사랑을 받았다. 아라투스가 이처럼 신망을 얻은 까닭은, 그가 아카이아 동맹을 위하여 대단한 공헌을 하고 있는데다가, 아카이아 동맹 장군의 명령에 복종하기를 충실한 부하와 같이 했기 때문이다. 아라투스는 비록 그 사령관이 디나이 시나 트리타이아 시, 혹은 그보다 더욱 작은 도시에서 태어났다고 하더라도 그것에 상관하지 않고 명령에 복종하였던 것이다.

그리고 아라투스가 왕으로부터 25탈렌트의 돈을 받았을 때의 일이었다. 아라투스는 이 돈을 가난한 동포시민들에게 모두 아낌없이 나누어주었다. 그리고 나머지 돈은 종으로 팔린 동포들의 몸값으로 지불하여 그들에게 자유를 찾아주었다.

한편 나라 밖으로 추방되었다가 다시 되돌아온 망명자들은, 여전히 불만이 많았다. 그들이 자기들의 땅과 집을 되찾으려고 언제나 싸움을 했기 때문에, 시키온 시는 혼란의 소용돌이를 겪고 있었다. 그래서 아라투스는 어지러운 나라를 구하기 위해서는 이집트의 프톨레마이오스 왕을 찾아가서 돈을 빌리는 수밖에 다른 도리가 없다고 생각했다.

이리하여 아라투스는 모토네 항구를 출발하여 말레아 곶을 지나 이집트로 건너가려고 하였다. 그러나 공교롭게도 높은 파도가 일고 바람이 반대쪽에서 불어왔으므로, 선장은 할 수 없이 해안가를 따라 항해하다 안드라스 섬에 배를 댔다. 그런데 이 곳은 불행하게도 안티고노스의 마케도니아 군이 주둔하고 있는 적의 땅이었다.

아라투스는 적의 눈을 피해서 티만테스라는 친구와 함께 상륙했다. 그들은 해안에서 멀리 떨어진 어느 숲에서 뜬 눈으로 불안한 하룻밤을 보냈다. 그런데 잠시 후에 이것을 눈치챈 마케도니아 군이 찾아와서, 아라투스를 잡으려고 샅샅이 조사했다. 아라투스의 호위병들은, 아라투스가 에우보이아 섬으로 떠나버렸다고 거짓말을 하였다. 그러자 적병들은 다행스럽게도 아라투스를 더 이상 찾지는 않았으나, 이번에는 배와 화물들을 모두 가져가버렸다.

아라투스는 며칠 동안 그 숲에서 숨어 지내면서 어떻게 하면 적에게 잡히지 않고 그 곳에서 무사히 도망칠 수 있을까를 걱정하고 있었다. 그러던 어느 날 아라투스에게 정말 뜻하지 않은 행운이 찾아왔다. 아라투스가 숨어 있는 곳으로 로마의 배 한 척이 들어와 정박을 하였던 것이다. 그 배는 시리아로 가는 배였다. 아라투스는 카리아까지 자기를 데려가달라고 사정하여 그 배에 올라탔다. 아라투스는 도중에 또다시 풍파를 만나 많은 고생을 했으나 마침내 카리아에 도착하였다. 그리고 곧 이집트로 출발하여 프톨레마이오스 왕이 있는 곳으로 찾아갔다.

이집트 왕은 아라투스를 아주 후하게 대접하였다. 왜냐하면 아라투스가 그리스에서 평판이 아주 좋다는 사실을 알고 있었기 때문이었다. 그리고 아라투스는 종종 그리스의 유명한 화가들의 그림을 왕에게 선사하였다. 아라투스는 평소에 그림을 매우 좋아했다. 그래서 기회가 있을 때마다, 유명한 화가들의 좋은 그림을 많이 구입해서 모아 두었다. 특히 그 중에서도 유명한 팜필로스, 멜란토스 등의 작품을 많이 구입해서, 프톨레마이오스 왕에게도 자주 선사하였던 것이다.

그 당시에 시키온 사람들의 그림은 아무리 오래 되어도 그 빛깔이 결코 변하지 않는다는 점에서 특히 유명했다. 그러기에 아펠레스는 대단히 유명한 화가였으나, 시키온으로 찾아와서 화가들의 단체에 들어가기 위해 1탈렌트의 돈을 내었다고 한다. 그것은 그림을 그리는 기술을 배우기 위해서가 아니라, 단지 유명한 시키온에서 미술공부를 했다는 소리를 듣기 위해서였다고 한다.

아라투스는 이미 앞에서 말한 바와 같이, 시키온을 해방시킨 다음에 전제군주의 초상을 모조리 없애버렸다. 그러나 필리포스 왕 시대에 이 곳의 전제군주였던 아리스트라투스의 초상화 앞에서는 한참 동안이나 망설였다고 한다. 그 그림은 승리의 여신을 태운 전차 옆에 아리스트라투스가 서 있는 모습을 그린 것으로, 유명한 멜란토스와 모든 제자들이 함께 그린 공동작품이라고 전해진다. 지리학자 폴레몬이 전하는 바에 의하면, 아펠레스도 그 그림의 일부를 그렸다는 유명한 그림이었다. 아라투스는 이 명화에 탄복하여, 처음에는 그것을 떼어 내지 못하고 망설였던 것이다.

그러나 전제군주를 미워하는 아라투스는 마침내 이 그림도 떼어버리도록 명령했다. 이때, 아라투스의 친구이며 화가였던 네아클레스는 눈물까지 흘리며 제발 그림을 없애버리지 말도록 빌었다고 한다. 그러나 아라투스가 끝내 그 부탁을 들어주지 않았으므로, 마침내 네아클레스는 이렇게 말했다.

"우리는 마땅히 전제군주와 치열하게 싸워야 합니다. 하지만 전차를 타고 있는 승리의 여신의 초상은 그대로 두는 것이 마땅합니다. 내가 이 그림에서 전제군주인 아리스트라투스의 모습을 지워버리겠습니다."

아라투스도 차마 이 청까지 거절할 수가 없어서, 그렇게 하라고 승낙했다. 네아클레스는 아리스트라투스의 모습을 그림에서 지우고, 그 자리에다 종려나무 한 그루를 그려 넣었다. 그런데 아리스트라투스의 발은 잊어버리고 지우지 않았기 때문에, 오늘날까지도 그 발이 어렴풋이 전차 아래에서 보인다고 한다.

이런 이유 등으로, 이집트의 프톨레마이오스 왕은 아라투스가 이집트에 도착하자 그를 무척 반갑게 대해주었다. 이집트 왕은 아라투스를 가까이 대하면서 그를 깊이 이해하게 되었으므로, 더욱 그를 사랑하게 되었다. 그리하여 시키온 시를 위하여 자그마치 150탈렌트를 아라투스에게 주었다. 그 중에 40탈렌트는 아라투스가 시키온으로 돌아올 때 직접 가져오고, 나머지 돈은 그 뒤에 몇 차례에 걸쳐서 보내 왔다. 이로써 아라투스는 이집트로 찾아간 목적을 어느 정도 달성한 셈이 되었다.

그가 많은 돈을 얻어다가 시민들에게 나누어준 것은 참으로 큰 공이 아닐 수 없다. 만약 그 돈이 다른 장군이나 정치가들에게 보내졌더라면, 그들은 아마 돈을 자신들의 타락된 생활에 사용했을 것이다. 그리고 이것을 계기로 비겁하게 조국을 이집트에 팔아먹는 일까지 생겼을지도 모른다.

그러나 아라투스는 이 돈을 한 푼도 자기 자신을 위해서는 쓰지 않았다. 아라투스는 다만 이 돈으로 부자와 가난한 자들을 서로 화해시켰으며, 나라의 내란을 미리 막고 나아가서는 모든 시민의 안전을 위하여 사용하였다. 아라투스는 대단한 세력을 가지고 있으면서도 언제나 겸손하게 행동했으므로, 많은 사람들로부터 절대적인 칭송과 존경을 받았다.

망명자들의 재산처리에서도, 사람들은 아라투스 혼자서 이 문제를 맡아서 하도록 특별히 위임하였다. 그러나 아라투스는 그것을 거절하고 15명의 처리위원을 선출해서 그들과 잘 협의하여 원만하게 처리했기 때문에, 시민들의 평화와 친목을 가져올 수 있었다. 이 공에 대해서 시민들은 아라투스에게 감사하였다. 또한 망명자들은 아라투스의 동상을 세우고, 그 동상에다 다음과 같은 시를 새겨 넣었다.

그리스를 위하여 세운 아라투스의 공로는
헤라클레스의 기둥까지 떨치고 있네.
아! 아라투스여, 우리도 그대가 있었기에
다른 나라의 서러운 방랑길에서
조국으로 다시 돌아오게 되었네.
우리는 아라투스의 동상을 세워서 바라보고 있네.
법의 평등과 재물의 평등
시키온은 행복을 되찾게 되었네.
신이 보낸 선물과 은혜
아라투스가 베푼 덕에 우리는 감사하네.

이리하여 아라투스는 시민들의 절대적인 존경을 받았다. 그렇기 때문에 시민들 중에서는 누구 하나 아라투스를 시기하는 사람이 없게 되었다. 그러나 아라투스가 이처럼 이름을 떨치고 세운 공이 크면 클수록, 안티고노스만은 그것이 도무지 못마땅하고 걱정스러웠다. 그러므로 안티고노스는 아라투스를 자기편으로 만들든지, 그렇지 않으면 아라투스가 프톨레마이오스 왕으로부터 의심을 받도록 이간질하기로 했다.

그래서 안티고노스는, 아라투스가 바라지도 않는 여러 가지 선물을 보냈다. 그리고 코린트 시에서 신들에게 제사를 지냈을 때는, 여러 가지 제물을 보내기도 하였다. 그리고 잔치를 여는 자리에서, 그는 많은 손님들이 들을 수 있도록 큰 소리로 이렇게 말했다.

"나는 처음에 시키온의 그 청년이 다만 자유를 존경하고 동포시민을 사랑하는 줄로 생각했소. 그런데 이제 보니, 그 청년은 왕들의 성격과 정치도 제대로 분별할 줄 아는 것 같소. 처음에는 우리들을 제쳐놓고 저 멀리 이집트의 프톨레마이오스 왕만을 왕인 줄 알더군요. 그것은 아마 프톨레마이오스가 많은 코끼리와 배를 가지고 있고, 굉장한 왕궁에서 산다는 소문을 잘못 들었던 때문인지도 모르오. 그러나 이집트로 찾아가서 내 막을 알아보고, 그것이 모두 허풍과 한날 광대놀이에 지나지 않는다는 것을 알게 되자, 아라투스는 나를 의지하게 되었소. 그래서 나는 그 사람을 나의 부하로 삼아 후하게 대우하려고 하니, 아무쪼록 그대들도 아라투스를 친구로 여겨주기 바라오."

안티고노스의 말은, 아라투스를 시기하고 아라투스가 잘못되기를 원하던 무리들의 귀에 들어갔다. 그들은 곧 프톨레마이오스 왕에게 편지를 보내서 아라투스를 중상모략하기 시작했다. 이 소식을 전해 들은 프톨레마이오스 왕은 화가 머리 끝까지 치솟았다. 그리고 아라투스가 자기를 배신했다고 여겼다. 그래서 그는 아라투스에게 편지를 보내서 신의를 지키지 않는다고 마구 욕설을 퍼부었다. 왕이 어느 누구를 특별하게 사랑하면, 그 사랑을 빼앗으려는 다른 사람들이 무리를 지어서 그 사람을 시기하고 모략하는 법이다.

아라투스는 처음으로 아카이아 동맹의 장군으로 뽑혔다. 아라투스는 해협을 사이에 두고 아카이아와 마주 바라보는 카리

돈과 로크리스 두 나라를 짓밟고, 많은 재물을 빼앗았다. 아라
투스는 1만 명의 장병을 거느리고 보이오티아를 돕기 위하여
원정하였다. 그러나 때가 너무 늦어서 아라투스가 그 곳에 도
착했을 때에는 이미 보이오티아 군이 카이로네아 근처의 전투
에서 아이톨리아 군에게 패배한 다음이었다. 이 전투에서 보이
오티아 군은 아보이오크리투스를 비롯해서 1천 명이나 전사자
를 내었다.

　아라투스는 다음해에도 다시 장군으로 선출되자, 코린트 시
에서 가장 커다란 성인 아크로코린토스를 빼앗을 계획을 세웠
다. 이것은 시키온 사람이나 아카이아 사람들만을 위해서가 아
니었다. 이 계획의 목적은 마케도니아 수비군을 몰아내는 것
이었다. 다시 말해 그리스에서 권세를 휘두르고 있던 안티고노
스의 손으로부터, 그리스를 자유롭게 해방시키기 위해서였다.

　아테네의 장군 카레스는, 자신이 마케도니아 왕의 여러 장군
들과의 싸움에서 승리를 거두었을 때 아테네 사람들에게 편지
를 보내 이렇게 말한 적이 있었다.

　"이 승리는 마라톤의 승리와 자매가 될 만한 빛나는 것이
다."

　그렇다면 아라투스가 아크로코린토스를 빼앗은 이 승리야말
로, 테베의 펠로피다스나 아테네의 트라시불루스가 각기 자기
나라의 독재자를 무찌른 그 위대한 승리와 자매가 된다고 말할
수 있다. 다만 이 두 사람이 몰아낸 독재자는 같은 민족이었던
그리스 사람이었으나, 아라투스가 몰아낸 것은 외국의 지배자
였으므로 더욱 뛰어나다고 하겠다.

　코린트 해협의 모습은, 바다와 바다 사이에 둑처럼 불쑥 솟
아 있어서 그리스 전체를 한 지점으로 집중시켜 놓은 것 같았
다. 그리고 아크로코린토스는 그리스의 중앙에 높이 솟아오른

산 위에 있었으므로, 만약 어느 군대든지 먼저 이 곳을 점령하게 되면 펠로폰네소스 전체의 통상과 교통을 장악하게 되는 것이다. 따라서 그리스 전체는 이 곳을 점령한 장군의 손아귀에 들어가게 되는 것이다. 그러므로 필리포스 왕이 코린트를 가리켜 '그리스의 심장'이라고 말한 것은, 결코 농담이 아니라고 말할 수 있다.

그러므로 언제나 많은 왕과 전제군주들이 이 곳을 빼앗기 위해 서로 다투었다. 그 중에도 특히 안티고노스는 호시탐탐 아크로코린토스를 노리고 있었다. 그러나 이 성을 드러내 놓고 빼앗는다는 것은 도저히 있을 수 없는 일이었다. 그래서 그는 이것을 슬그머니 손에 넣을 계획을 꾸미고 있었다.

이때 아크로코린토스를 점령하고 있던 알렉산드로스가 죽었다. 어떤 사람의 주장에 의하면, 안티고노스가 독약을 먹여서 죽였다고도 한다. 알렉산드로스가 죽자, 그의 아내 니카이아가 정권과 아크로코린토스를 물려받았다. 그 당시에 니카이아는 이미 시들어 가는 꽃과 같은 나이였다. 안티고노스는 젊고 아름다운 자기 아들 데메트리우스를 보내서 니카이아와 결혼하도록 했다.

이것은 남편을 잃고 늙어 가는 니카이아에게 있어서는 참으로 반갑고 기쁜 일이었는지도 모른다. 안티고노스는 그 목적을 이루기 위해서, 이처럼 아들의 결혼까지도 정치적인 미끼로 이용하여 그녀를 손에 넣었던 것이다. 그러나 니카이아는 아크로코린토스를 안티고노스에게 쉽사리 넘겨주지는 않았다. 그리고 이전과 다름없이 군대를 동원하여 영토를 굳게 지키도록 하였다.

안티고노스는 일부러 아크로코린토스에 대해서는 아무런 관심도 없다는 듯이 행동하였다. 그리고 코린트에서 정식으로 아들의 결혼식을 거행하기로 하고는, 매일같이 성대한 축하연과 축하행사를 열어서 그것들을 흥겹게 즐기는 것처럼 보이도록 했다.

하지만 운명의 순간이 마침내 다가왔다. 안티고노스는 아모이베우스의 노래를 듣기 위하여 니카이아를 안내하여 극장으로 갔다. 니카이아는 안티고노스의 속셈을 전혀 모른 채, 눈부시게 빛나는 가마를 타고 가면서 새로운 영광에 취해 있었다. 이리하여 그들이 아크로코린토스로 가는 갈림길에 도착했을 때였다. 안티고노스는 니카이아에게 먼저 극장으로 들어가라고 말했다.

그런 다음에 안티고노스는 아모이베우스의 노래도, 아들의 결혼식도 아랑곳하지 않고 늙은이답지 않은 빠른 걸음으로 아크로코린토스를 향하여 달려 올라갔다. 그러나 아크로코린토스의 성문은 굳게 닫혀 있었으므로, 안티고노스는 문을 두드리면서 어서 열라고 호령을 했다. 성문을 지키던 파수병들은 겁을 집어먹고 성문을 활짝 열었다.

아크로코린토스를 점령한 안티고노스는 너무나도 기뻐서 어쩔 줄을 몰랐다. 안티고노스는 지금까지 수많은 운명의 변화를 겪은 늙은이였지만, 이 기쁨을 도저히 속으로만 간직할 수가 없었다. 안티고노스는 취하도록 술을 마시고 거리로 뛰어나와, 머리에는 화관을 쓰고 허리에는 여자들을 낀 채 비틀비틀 돌아다녔다. 그러다가 사람을 만나면 누구든지 마구 손을 잡고 잔치자리로 끌고 들어갔다. 그러므로 흔히 말하듯이, 뜻하지 않은 기쁨은 어떤 설움이나 두려움보다도 사람의 정신을 더욱 어지럽게 만든다는 말은 결코 빈 말이 아니다.

안티고노스는 이렇게 하여 쉽게 아크로코린토스를 빼앗은 다음, 가장 믿을 수 있는 장병들에게 성문을 굳게 지키도록 명령하였다. 그리고 철학자 페르사이우스를 그 곳 정부의 관리자로 삼았다.

아라투스는 알렉산드로스가 아크로코린토스 성을 지키고 있을 때, 이것을 빼앗으려고 계획한 적이 있었다. 그런데 그 당시에 알렉산드로스는 아카이아 동맹에 가입하였으므로, 공격을 중지했다. 그러나 이제 다음과 같은 방법으로 새로운 계획을 꾸몄는데, 그 계획은 이러하다.

그 당시에 코린트 시에는 시리아 태생의 4형제가 살고 있었다. 그 중의 한 사람인 디오클레스는 성문 수비대 병사로 일하고 있었다. 나머지 세 사람은 안티고노스 왕의 금을 훔쳐서 시키온 시의 아이기아스라는 은행가에게 팔았다. 아라투스는 이 은행가를 자기의 계획에 끌어들이기로 했다.

이들 형제는 처음에는 세 명이 찾아와서 얼마간의 금덩어리를 이 은행가에게 팔았다. 그러다가 나중에는 그 중의 한 사람이었던 에르기노스라는 사람만이 가끔 혼자 찾아와서 금을 돈으로 바꾸었다. 그는 은행가 아이기아스의 말에 넘어가, 마침내 아크로코린토스 성에 대한 이야기를 하게 되었다. 그는 성에서 일하는 동생을 만나기 위하여 산으로 올라가다가, 도중에서 옆으로 갈라진 바위틈으로 길이 나 있는 것을 발견하게 되었다고 했다. 그러면서 그 길을 따라가면 성벽의 가장 낮은 곳으로 가게 된다는 새로운 정보를 전해주었다. 이 말을 듣고 아이기아스는 웃으면서 농담삼아 이렇게 말했다.

"이 사람아! 거기가 어디라고 들어가서 겨우 이렇게 새의 눈물만큼 왕의 금덩어리를 훔쳐 내는가? 슬기로운 자네가 수단만 잘 쓰면 손쉽게 큰 부자가 되는 수도 있네. 도둑질도 왕에게 반역하는 것과 같으니, 잡히는 날이면 그만 목이 달아나기는 마찬가지 아닌가?"

에르기노스는 이 말을 듣고 미소를 지었다. 아이기아스의 말 뜻을 알아차린 눈치였다. 그는 성에서 일하고 있는 디오클레스를 만나서 의논해보겠다고 말했다. 그리고 에르기노스는 나머지 두 사람은 그러한 큰일을 믿고 의논할 수가 없다고 덧붙였다.

며칠이 지난 다음에 에르기노스는 다시 찾아왔다. 그리고 아라투스를 직접 데리고 성벽이 가장 낮다는 곳으로 안내하였다. 그 성벽은 겨우 4미터 정도밖에 되지 않았다. 에르기노스는 동생 디오클레스와 함께, 있는 힘을 다하여 협력하겠다고 하였다.

이 말을 들은 아라투스는, 만약 이 일이 성공하면 60탈렌트를 주고, 실패하면 한 사람에게 집 한 채와 1탈렌트씩을 주겠다고 약속했다. 그러자 에르기노스는 그 돈을 은행가 아이기아스에게 미리 맡겨 두는 것이 좋겠다고 말했다. 그러나 아라투스는 그만한 큰 돈을 당장 가지고 있지 않았으며, 그렇다고 해서 다른 사람으로부터 빌리면 이 계획을 의심받을 것 같았다. 그래서 아라투스는 집안의 세간살이와 자기 아내의 패물들을 가져다가 아이기아스에게 맡겼다.

아라투스는 이처럼 기질이 고상하였으며 위대한 명성을 열렬하게 원하고 있었다. 옛날 포키온이나 에파미논다스 같은 사람들은 많은 뇌물을 바쳐도 이를 거절하고 자기들의 명예를 더럽히지 않았기 때문에, 그리스에서 가장 정의와 명예를 존중하는 사람이라고 불리게 되었다는 것을 아라투스는 잘 알고 있었다. 아라투스는 이 계획에 들어가는 모든 비용은 무엇보다도 자기의 재산을 팔아서 충당하는 것이 마땅하다고 생각하였다. 더욱이 자기가 무슨 일을 하고 있는지도 모르는 시민들을 위해서 생명을 걸고 일하기로 굳게 결심하였던 것이다.

이처럼 커다란 위험을 스스로 비싼 값으로 산 사람을, 오랜 세월이 흘러간 오늘날에도 누가 칭찬하지 않고 경의를 표하지 않겠는가? 어느 누가 아라투스의 의협심에 동감하지 않을 사람이 있겠는가?

아라투스는 커다란 위험을 자기 몫으로 하기 위해서 많은 돈을 지불하였다. 그리고 깊은 밤중에 적진으로 뛰어들어 싸우다가 생명을 바칠 기회를 얻기 위해서 자기의 가장 귀중한 재물을 모두 저당잡혔다. 그리고 오직 성공만을 바랄 뿐이며, 그 외에는 아무런 대가도 바라지 않았다.

이 계획은 별다른 어려움 없이 진행되었다고 하더라도, 따지고 보면 실로 위험하기 짝이 없는 일이었다. 더구나 공교롭게도 처음부터 커다란 실수를 저질렀기 때문에 더욱 위험하게 되었다. 아라투스의 부하 테크논은 그때까지 한 번도 디오클레스를 직접 본 적이 없었는데, 그의 형 에르기노스는 디오클레스가 고수머리이고 얼굴빛은 거무스름하며 수염이 없을 것이라는 이야기를 해주었다.

어느 날 테크논은 한 코린트 시외의 정해진 장소에서 에르기노스와 디오클레스를 만나기로 하였다.

그런데 그 당시에 에르기노스와 디오클레스의 형 디오니시우스가 우연하게도 오르니스라고 불리는 그 장소를 지나가고 있었다. 물론 디오니시우스는 이번 계획을 전혀 모르고 있었다. 그는 동생 디오클레스와 얼굴이 비슷하였다. 실수의 불씨는 바로 여기에서부터 생기게 되었다.

디오니시우스를 본 테크논은 이 사람이 바로 디오클레스일 것이라고 생각하고, 혹시 에르기누스와 친척이 아니냐고 물어보았다. 디오니시우스는 에르기노스와 형제간이라고 대답했다. 그러자 테크논은 이 사람이 디오클레스임에 틀림없다고 생각했

다. 그래서 디오니시우스의 이름도 묻지 않고 악수를 나누고
는, 성급하게 에르기노스와 이야기되었던 비밀에 대하여 의논
하기 시작했다.

디오니시우스는 테크논이 자기를 잘못 본 것을 교묘하게 이
용해서, 그 일에 대하여 잘 알고 있는 듯이 시치미를 뗐다. 그
리고 이야기를 나누며, 테크논이 눈치채지 못하도록 하면서 코
린트 시를 향해 걸어갔다. 이리하여 그들이 성문 가까이 접근
하였을 때, 디오니시우스는 테크논을 잡으려고 손을 내밀었다.

이때 이들은 에르기노스와 마주치게 되었다. 에르기노스는
테크논이 자기 형인 디오니시우스에게 속은 것을 알자, 테크논
에게 어서 도망치라는 눈짓을 했다. 이리하여 에르기노스와 테
크논은 급히 그 곳을 빠져 나가 아라투스에게 돌아갔다. 그러
나 아라투스는 조금도 실망하지 않고, 디오니시우스에게 돈을
주어 입을 열지 않도록 하라고 하였다. 에르기노스는 디오니시
우스를 돈으로 매수하여 아라투스에게로 데리고 왔다. 그러자
아라투스는 디오니시우스를 묶어서 가두어 놓고, 그 계획을 다
시 진행시켰다. 하마터면 계획을 실행하기도 전에 모든 것을
망칠 뻔한 아슬아슬한 사건이었다.

아라투스는 모든 준비를 빈틈없이 갖추자, 모든 장병들에게
무장을 한 채로 밤을 새우라고 명령했다. 그리고 자신은 가장
날래고 강한 400여 명의 부대를 거느리고 아크로코린토스를 향
하여 출발하였다. 그러나 어디로 가는지 그 비밀을 알고 있는
사람은 겨우 몇 명에 지나지 않았다. 아라투스는 그들을 이끌
고 헤라 신전이 있는 편의 코린트 성문을 향해 걸어갔다.

여름밤이었는데, 구름 한 점 없는 하늘에는 보름달이 환하게
비치고 있었다. 달빛을 받은 병사들의 무기가 번뜩거렸으므로,
적의 파수병에게 들킬 수 있는 위험이 많았다. 그러나 앞장 선

군대가 성에 다가갔을 무렵, 별안간 바다로부터 짙은 안개가
올라와서 시내와 그 근처를 가려버렸다. 참으로 이것은 다행한
일이었다. 성문 아래까지 기어들어간 병사들은 모두 신을 벗었
다. 맨발로 걸으면 발소리가 나지 않는데다가 사다리를 오르는
데에도 안전했기 때문이다.

에르기노스는 길을 가는 나그네 차림의 7명을 데리고 아무런
의심도 받지 않은 채, 무사히 성문으로 다가갔다. 그리고 눈
깜짝할 사이에 보초와 문지기를 죽여버렸다. 이것과 때를 같이
하여, 저 편에서는 사다리를 성벽에 기대었다. 아라투스는 100
여 명의 군대로 하여금 재빨리 사다리를 오르게 하고, 나머지
부대들도 계속해서 오르라고 명령하였다.

이리하여 그들이 완전히 성을 넘은 후에는 사다리를 올려 놓
았다. 그리고 아라투스는 가장 먼저 성벽을 넘었던 100여 명의
병사를 거느리고, 시내를 가로질러 성으로 향했다. 아라투스는
여기까지 오면서 다행스럽게 적에게 들키지 않은 것을 무척 기
뻐하면서, 성공을 거의 확신하게 되었다.

그런데 성까지는 아직도 멀었는데, 저 쪽에서 횃불을 들고
있는 파수병 4명이 다가오는 것이 보였다. 아라투스는 이것을
보고 가슴이 뜨끔하였다. 마침 달이 구름 속에 있었으므로 그
들의 눈을 피할 수도 있겠지만, 그들이 곧장 이 쪽으로 걸어온
다면 들킬 것이 분명했다. 그래서 아라투스는 부하들을 조금
후퇴시켜서 허물어진 건물과 성의 그림자 속에 숨도록 하였다.

그리고 파수병들이 가까이 다가오자, 재빨리 뛰어나가 3명을
그 자리에서 죽였다. 그러나 나머지 1명은 칼에 머리를 맞은
채, 달아나면서 소리를 질렀다.

"성 안에 적군이 들어왔다."

이 소리가 밤하늘에 울려 퍼져, 곧 나팔이 울리고 거리마다

군대가 우글거렸으며 시내와 성에는 무수한 횃불이 켜졌다. 그리고 사방에서 요란스러운 소리가 귀청을 찢을 듯 크게 들려왔다.

아라투스는 성을 향해 바위와 낭떠러지를 따라서 기어오르고 있었다. 그런데 웅덩이처럼 깊이 패어 있는 바위틈을 따라 올라가는 길이 무척 가파르고 위험해서 더 이상 나가지 못하고 있을 때였다. 신기하게도 달이 구름 속에서 다시 나와, 가장 오르기 어려운 곳에서 고생하는 그들의 길을 환하게 비추어주었다. 그 덕택으로 아라투스는 계획한 곳까지 무사히 도착할 수 있었다. 다행스럽게도 달은 다시 구름 속으로 숨어버렸다.

아라투스가 성을 넘어갈 때, 헤라 신전과 가까운 곳에서 대기하고 있던 300명의 군대는 무엇을 하고 있었는가? 그들은 소란스럽고 사방에 횃불이 밝혀져 있는 시내로 들어오기는 했지만, 먼저 출발한 부대가 어디로 갔는지조차 모르고 있었다. 그래서 그들은 불안과 두려움에 휩싸여, 낭떠러지 아래의 그늘진 곳으로 기어들어가 있었다. 그런데 아라투스와 그가 거느린 부대는 이미 성으로 올라가서 적과 싸우고 있었다. 대기하고 있던 병사들도 그 소리를 듣게 되었다. 하지만 그 소리가 산울림이 되어 여러 방향에서 들려 왔기 때문에, 소리나는 곳이 어느 쪽인지 분명하게 알 수가 없었다. 그래서 그들은 어디로 가야 할지를 몰라 마음만 졸이고 있었다.

이때 안티고노스의 지휘관 아르켈라오스가 함성과 나팔 소리와 함께 많은 군대를 이끌고 나왔다. 그들은 아라투스의 군대를 공격하러 가는 길로, 어둠 속에 숨어 있던 300명의 부대 앞을 지나갔다. 아라투스의 부하들은 일제히 뛰어나가서 다가온 적을 죽이고, 겁에 질린 적군의 지휘관 아르켈라오스와 그 부하들을 뒤쫓아 시내로 들어갔다. 이 바람에 적군은 패주하여 뿔뿔이 흩어지고 말았다.

바로 그때였다. 에르기노스가 산 위에서 싸우다가 빠져 나와서, 지금 아라투스가 공격하고 있는 적이 끈질기게 저항하고 있으니, 빨리 올라가서 도와주라고 고함쳤다. 이리하여 그들은 에르기노스의 안내를 받으며 산길을 달리면서, 아라투스들에게 소리를 질러 그들이 도우러 간다는 사실을 알려주었다.

보름달이 다시 대낮처럼 환하게 밝아 오고 있었다. 그들은 달빛을 받아 번뜩이는 창과 칼을 들고 좁은 산길을 길게 줄이어 올라갔다. 그들은 잠시도 쉬지 않고 함성을 질렀다. 적의 수비대들은 엄청난 수의 군대가 올라오는 것으로 착각하였다. 더구나 깊은 밤이었기 때문에, 그들이 지르는 함성은 몇 갑절이나 크게 들려서 온 천지를 뒤덮는 것처럼 울렸다. 그들은 아라투스 군과 서로 합세하여 적을 무찔렀으며, 마침내 성을 점령하였다.

날이 밝아 오자, 태양은 그들의 승리를 축하하기 위하여 더욱 눈부시게 비쳤다. 시키온 시에 남겨 두었던 아라투스 군의 본대도 도착하였다. 코린트 시민들은 성문을 활짝 열고 그들을 반갑게 맞이하였다. 그리고 그들과 함께 협력하여 마케도니아 수비대를 모조리 포로로 잡았다.

아라투스는 모든 것을 정리한 다음, 이제는 안전하다고 생각되자 성을 나와서 극장으로 갔다. 극장에는 이미 아라투스의 연설을 듣기 위하여 많은 사람들이 모여 있었다. 아라투스는 극장의 연단에 아카이아 장병들을 호위병으로 세워 놓았다. 아직까지도 갑옷을 벗지 않은 채 나타난 아라투스는 밤을 새워서 싸운 전투에 너무 지쳐 있었기 때문에, 얼굴은 창백하게 질려 있었다. 그러므로 마땅히 보여야 할 승리의 기쁨이나 만족함은, 오히려 피로에 억눌려서 조금도 그의 얼굴에 드러나지 않왔다.

아라투스가 연단에 나타나자, 몰려온 사람들은 천지가 떠나 갈 듯이 일제히 환성을 지르면서 반갑게 맞이하였다. 아라투스 는 창을 오른손에 옮겨 잡고, 그것에 몸을 의지하듯이 하면서 서 있었다. 그리고 잠시 동안 사람들의 환성과 박수 소리를 감 격어린 마음으로 듣고 있었다.

아라투스는 그 소리가 그치기를 기다린 다음, 몸을 일으켜 세우더니 갑자기 아카이아 동맹에 대한 연설을 시작하였다. 그 리고 코린트 사람들도 이제는 아카이아 동맹에 가입하라고 권 유하였다. 아라투스는 코린트 사람들이 필리포스 왕의 통치 이 후 지금까지 빼앗겼던 각 성문의 열쇠를 그들에게 넘겨주었다.

하지만 아직도 처리하지 않은 문제가 남아 있었다. 그것은 포로로 사로잡은 안티고노스의 여러 장군들을 처리하는 문제였 다. 여러 명의 장군 가운데 아르켈라오스는 석방하여주었다. 그러나 테오프라스투스는 자기의 관직을 끝까지 내놓지 않으려 고 고집을 부렸기 때문에 사형에 처했다. 또한 페르사이우스는 성이 점령되자 켄크레아이로 도망쳤다. 그 뒤에 페르사이우스 는 어떤 사람과 철학에 대한 이야기를 나누다가 다음과 같은 일화를 남겨 놓았다.

"현자만이 참다운 장군이 될 수 있소."

어떤 사람이 이렇게 말하자, 페르사이우스는 조금도 망설이 지 않고 이렇게 대답했다고 한다.

"그렇소. 스승의 금언 가운데 내가 가장 좋아한 것이었소. 그러나 시키온의 젊은이에게 모욕을 당한 다음에는, 이 생각이 아주 달라졌소."

페르사이우스에 관한 일화를 전하는 사람은 대단히 많다.

아라투스는 그 뒤에 헤라 신전과 레카이움 항구를 점령하였

다. 그리고 그 곳에 있던 안티고노스 왕의 군선 25척과 말 500
마리와 시리아 사람 400명을 잡아서 팔아버렸다. 한편 아크로
코린토스에는 아카이아 동맹군의 중무장 부대 400명과 이 성채
에서 길들이던 개 50마리와 그것을 부리는 개지기 50명을 남겨
두어서 그 곳을 단단히 지키도록 하였다.

로마 사람들은, 필로포이만을 칭찬하면서 마지막 그리스 사
람이라고 불렀다. 이것은 마치 그 뒤로는 그리스에서 그와 같
은 위인이 다시 태어나지 않았다고 보는 것 같다. 그러나 우리
는 아크로코린토스를 빼앗은 아라투스야말로 '마지막 그리스 사
람인 동시에 가장 커다란 공을 세운 사람'이라고 할 만하다. 그
것은 아크로코린토스를 점령할 때 따랐던 많은 위험과 하늘의
도움을 생각해보면 알 수 있을 것이다. 그 결과를 생각해보더
라도 가장 위대한 업적의 하나라고 말하지 않을 수 없다. 왜냐
하면 이 일이 벌어진 후에, 메가리아는 안티고노스를 배반하고
아라투스를 찾아왔다. 그리고 트로이젠과 에피다우리아 사람들
도 아카이아 동맹에 가입하게 되었기 때문이었다.

아라투스는 나라 밖으로 나가서 아티카를 침입한 다음, 다시
살라미스 섬으로 건너가서 그 곳을 점령하였다. 그때까지 펠로
폰네소스 반도에 갇혀 있던 아카이아 동맹군은, 이제 자유의
밀물처럼 본토를 휩쓸었다. 아라투스는 포로로 잡은 자유민을
아무런 보상도 없이 아테네에 돌려 보냈다. 그것은 아테네와
동맹을 맺기 위한 하나의 선심공작이었다.

아라투스는 이집트의 프톨레마이오스 왕을 불러서 아카이아
동맹의 협력자가 되도록 하는 동시에, 육해군을 지휘하는 권리
를 갖도록 했다. 아라투스가 아카이아 사람들 사이에서 갖는
세력과 인기는 참으로 위대한 것이었다.

아카이아의 여러 도시는 같은 사람을 해마다 장군으로 뽑는

것이 법으로 금지되어 있었으므로, 어쩔 수 없이 한 해를 걸러
가면서 아라투스를 장군으로 뽑았다. 그러나 사실에 있어서는
항상 아라투스의 지시에 따라 모든 일을 결정했다. 왜냐하면
아라투스는, 부귀와 명예와 다른 왕들과의 우호관계 또는 자기
조국의 이익을 따지기에 앞서, 아카이아 동맹국 전체가 잘 되
고 영화롭게 되기만을 원하고 있다는 것을 사람들은 잘 알고
있었기 때문이었다.

아라투스는 여러 도시가 각각의 힘으로 일어서기에는 약하
고, 반드시 서로 공통된 이해에 의한 친밀한 관계로 단결되어
야 강해진다는 것을 알고 있었다. 이것은 마치 사람의 몸 각
부분이 서로 뭉치고 합해져야만 완전한 구실을 하면서 생명을
누릴 수 있고, 만약 이것이 제각기 떨어져 나간다면 죽은 것과
마찬가지일 것이다. 그렇기 때문에 아라투스는 나라도 이와 같
이 항상 뭉치고 단결해야만 안전하고 영화롭게 피어날 것이라
고 생각하였다.

아라투스는 이웃에 있는 주요도시들이 모두 법률과 자유를
누리고 있는데, 오직 아르고스만이 아직도 전제군주 밑에서 압
제를 받고 있는 것을 무척 걱정하였다. 그래서 아라투스는 그
들의 전제군주인 아리스토마쿠스를 몰아내려는 계획을 세웠
다. 아르고스는 원래 아라투스가 자라난 고향 도시이기도 하였
지만, 전제군주로부터 그들을 해방시켜서 자유를 되찾게 하고,
아카이아 동맹국이 되도록 하려는 생각이 들었던 것이다.

이 계획에 찬성하고 나선 아르고스 사람들은 많았다. 그 중
에서도 아이스킬로스와 예언자인 카리메네스가 특히 유명하였
다. 그러나 그들은 무기를 가지고 있지 않았다. 그들의 전제군
주 아리스토마쿠스는 보통 사람이 무기를 가지는 것을 엄격하
게 금지하고 있었기 때문이다. 그러므로 아라투스는 어쩔 수

없이 코린트 시에서 많은 단검을 구해 자루에 넣어서 말에 신고, 다른 상품들을 그 위에 실어 은밀하게 아르고스로 보냈다.

그러나 아이스킬로스와 그 일파는, 아라투스가 예언자 카리메네스를 이 계획에 참가시켰기 때문에 대단히 못마땅하게 생각하였다. 그래서 그들은 카리메네스와 모든 관계를 끊고 자기들끼리만 계획을 실행하기로 하였다. 이것을 알게 된 카리메네스는 마침내 그 분함을 참지 못하고, 적에게 그 비밀을 모두 알려주었다.

그리하여 전제군주를 공격하기 위하여 준비하고 있던 아이스킬로스 일파는 모두 코린트 시로 달아났다. 아리스토마쿠스는 그 뒤에 몇 명의 노예의 손에 암살되었다. 그러나 이어서 아리스토마쿠스보다 더욱 지독한 아리스티포스가 정권을 장악하게 되었다.

이 소식을 들은 아라투스는 청년들을 총동원하여 아르고스를 돕기 위하여 길을 떠났다. 아라투스는 그 곳으로 가면 모든 시민들이 자기편을 들어서 도와줄 것이라고 굳게 믿었다. 그러나 막상 아라투스가 아르고스에 도착하자, 그 곳 시민들은 어느 누구도 아라투스를 도와주지 않았다.

아르고스 시민들은 오랫동안 압제에 억눌려 왔기 때문에 오히려 권력자에게 복종하고 사는 것을 만족하게 생각하고 있었다. 일이 이렇게 뒤틀어지자, 아라투스는 어쩔 수 없이 그 곳에서 군대를 거두어 되돌아왔다.

그러자 아카이아 동맹은 평화로운 시절에 아무런 이유도 없이 다른 나라를 침략하였다는 비난을 들었다. 이리하여 그들은 만티네아 시에서 재판을 받게 되었다. 그러나 아라투스는 이 재판에 나가지 않았다. 그러므로 자연히 이 재판은 원고인 아리스티포스가 이겼다. 이 재판에서 패배한 아카이아 동맹은 30

미나이의 벌금을 배상하였다.

그러나 아리스티포스는 아라투스를 미워하고 무척 두려워하였다. 그래서 그는 안티고노스 왕의 도움을 받아 아라투스를 죽이기로 하였다. 그러므로 아라투스의 뒤에는 항상 무수한 암살자들이 따라다니며, 그 기회를 노리고 있었다.

대체로 어떠한 정치가라도, 그를 가장 안전하게 지켜주는 방패는 사람들의 정성어린 충성과 사랑인 것이다. 모든 사람들이 자기들의 지도자가 무슨 해를 끼치지 않을까 두려워하지 않고, 오히려 그 지도자가 무슨 해를 입지 않을까 하고 걱정하게 되면, 그 지도자는 벌써 훌륭한 지도자임에 틀림없다. 그런 지도자에게는 모든 사람들이 눈이 되고 귀가 되고 손발이 되어서 직접 움직이기 때문에, 아무리 그를 암살하려고 해도 이내 그 비밀이 드러나고 마는 법이다.

그런데 여기에서 잠깐 이야기를 멈추고, 아리스티포스가 전제군주가 되어 세상 사람들이 부러워하는 그 어마어마한 권세를 가지게 됨으로써 어떤 생활을 하게 되었는가를 이 기회에 말하고자 한다.

아리스티포스는 안티고노스 왕을 동맹자로 삼아서 손을 잡았지만, 항상 많은 호위병을 동원하여 자기를 지키도록 하였다. 그리고 아르고스 시내에는 자기에 대하여 불평을 하는 사람은 한 사람도 남겨 두지 않았다. 저택 밖의 막사에는 창을 가진 많은 호위병이 머무르도록 하고, 날마다 저녁밥만 먹으면 모든 하인들을 집 밖으로 나가게 한 후, 가장 중앙에 있는 넓은 방의 문을 모두 잠가버렸다. 그런 다음에 천장 위에 만들어 놓은 비밀문에 사다리를 걸고, 사랑하는 여자와 함께 그 위에 있는 다락으로 올라갔다. 다시 말하자면 그 곳이 아리스티포스의 침대였다. 아리스티포스는 그런 곳에서 두려움에 몸을 떨면서 잠을 잤던 것이다. 아리스티포스는 한 번이라도 제대로 잠을 편안하게 잘 수 없었을 것이다.

아리스티포스는 언제나 꿈을 꾸다가 놀라서 소스라치며 일어나고는 하였다. 그들이 다락으로 올라가면 여자의 어머니가 사다리를 들어서 다른 방에 갖다 놓고 굳게 잠갔으며, 아침이면 다시 사다리를 그 자리에 세워 놓고 내려오라고 불렀다. 그러면 전제군주 아리스티포스는 마치 짐승이 굴 속에서 기어나오는 것처럼 슬금슬금 내려왔다.

그러나 아라투스의 생활은 이와는 정반대였다. 아라투스는 결코 무력을 사용해서 얻은 것이 아니라, 정당한 덕의 힘으로 획득한 흔들리지 않는 지배권을 가지고 있었다. 아라투스는 언제나 간소한 옷을 입고 있었다. 그리고 전제군주는 어느 누구를 가리지 않고 모두 자기의 원수라고 선언하였다. 그리하여 아라투스는 오늘날에 이르도록 그리스 사람 가운데에서 가장 명망이 있는 가문을 남기고 있다. 그러나 성채를 점령하고는 많은 호위병과, 무기와 성문과 비밀문을 가지고 자기의 생명을 지키려고 했던 자들 가운데, 마치 포수에게서 도망쳐 나간 토끼처럼 뜻하지 않은 죽음을 모면한 자는 그리 많지 않다. 그리고 후세까지 추억되고 존경받을 만한 집안이나 자손, 또는 무덤을 남긴 자는 한 사람도 없다.

아라투스는 이 아리스티포스를 넘어뜨리고, 아르고스를 해방시키려고 몇 번이고 공격을 시도했다. 때로는 드러내 놓고, 때로는 몰래 음모를 꾸미는 등 갖은 수단과 방법을 가리지 않았다. 특히 어느 때에는, 어두운 밤중에 불과 몇 명의 부하만을 데리고 몰래 성으로 다가갔다. 그리고는 성벽에다 사다리를 걸고 기어올라가서, 막으려고 달려오는 수비병들을 죽였다. 날이 밝자 전제군주 아리스티포스의 군대가 사방으로부터 공격해 왔다. 그러나 자기들의 해방을 위해서 이렇게 피눈물나게 싸우는 것을 보고도, 그 곳 시민들은 마치 네메아의 경기를 심판하는 자처럼 태연하게 조용히 구경만 하고 있었다.

아라투스는 용감하게 싸우다가, 불행하게도 적이 던진 창이 허벅다리에 꽂혔다. 하지만 아라투스는 그 장소를 굳게 지키면서 적군과 치열하게 싸웠다. 아라투스는 밤이 될 때까지 뒤로 물러서지 않았다. 만약 아라투스가 그 당시에 밤이 깊을 때까지 버티면서 싸웠더라면, 그는 틀림없이 전투에서 커다란 승리를 거두었을 것이다. 왜냐하면 아리스티포스는 벌써 도망치기 위한 준비를 서두르면서, 모든 재산과 보물을 배에 싣고 있었기 때문이었다. 그러나 아르고스의 시민들은 누구 하나 이런 사실을 아라투스에게 알려주는 사람이 없었다. 그리하여 마실 물도 떨어지고 상처 때문에 힘을 쓸 수가 없게 된 아라투스는 부하 병사들을 데리고 그 곳을 물러나고 말았다.

아라투스는 이런 방법으로는 별로 큰 성과를 거둘 수 없다는 것을 알게 되었다. 그래서 아예 내놓고 아르골리스 지방으로 쳐들어가 재물을 마구 빼앗았다. 이리하여 카레스 강에서 아리스티포스 군과 커다란 싸움을 벌이게 되었다.

아라투스 군은 적을 무찔러 멀리까지 추격하고 있었다. 그러나 정작 아라투스 자신이 거느린 부대는 도리어 적에게 심한 피해를 받고 있었다. 그러므로 아라투스는 승리를 거두기는커녕 잘못하면 전멸당할 것 같은 위기를 느껴 이번에도 그만 군대를 거두었던 것이다. 이번 전투에서 아라투스는, 거의 다 얻어 놓은 승리를 잃게 하였다는 비난을 받았다. 적군을 추격하다가 돌아온 휘하부대의 장병들은, 자신들이 적을 도망치게 했을 뿐만 아니라 적의 전사자도 많이 냈는데, 아라투스 장군은 싸우지도 않고 오히려 패배한 적에게 승리의 기념비를 세우게 했다고 투덜거리면서 불평을 늘어놓았던 것이다.

이 말을 듣자 아라투스는 너무나 부끄러웠다. 그래서 그 치욕을 씻기 위하여 다음날 군대를 이끌고 다시 싸움터로 나갔다. 그러나 아라투스는 이번에도 후퇴하지 않을 수 없었다. 그것은 적군에게 새로운 증원부대가 많이 생긴데다가 사기도 전에 비하여 한층 드높았기 때문이었다. 아라투스는 이것을 보자 위험한 싸움을 굳이 하는 것보다 차라리 물러가는 것이 앞날을 위해서 더욱 낫다고 생각했다. 그래서 전사자들의 시체를 거두기 위해 휴전을 청했다.

아라투스는 이와 같이 전쟁에서 거듭 실패하였지만, 그의 동맹교섭과 정책에 관한 풍부한 경험 및 공정한 처리는 이러한 실패를 보충시킬 수가 있었다. 아라투스는 클레오나이 시를 아카이아 동맹에 가입시켰던 것이다. 그리고 네메아 경기를 클레오나이 시에서 열었다. 거기에서 이 경기를 연 까닭은, 오래 전부터 내려오는 관례에 의하면 이 경기는 여기에서 주관하였기 때문이었다.

아르고스 사람들도 이 경기에 참가하였다. 그러나 이때 처음으로 운동경기에 참가한 사람에 대한 생명의 불가침과 안전이 짓밟히게 되었다. 아카이아 동맹 사람들은 이 경기에 참가했던 아르고스 사람들이 아카이아 땅을 거쳐서 지나가자, 그들을 모조리 잡아서 노예로 팔아버렸던 것이다. 이처럼 아라투스는 전제군주라고 하면 그 나라의 사람까지도 모두 미워할 정도였다.

얼마 뒤 아라투스에게 정말 좋은 소식을 전하는 사람이 있었다. 아리스티포스가 클레오나이 시를 공격하려는 계획을 세우고 있지만, 아라투스가 두려워서 공격하지 못한다는 뜻밖의 정보였다. 여기에 새로운 힘을 얻은 아라투스는, 군대를 급히 소집하여 각자 며칠 분의 식량을 준비하도록 한 다음, 켄크레아이까지 행군하였다. 그렇게 되면 아리스티포스가 틀림없이 이 틈을 타서 클레오나이 시를 공격하러 갈 것이라고 생각했던 것 이다.

예상했던 대로 아리스티포스는 아라투스가 멀리 떨어진 켄크 레아이 시에 있는 줄로 추측하고, 군대를 이끌고 클레오나이 시를 공격하기 위하여 떠났던 것이다. 그러나 아라투스는 이것 을 미리 짐작했기 때문에, 밤을 이용하여 켄크레아이 시를 떠 나 코린트로 다시 되돌아왔다. 그리고 길마다 보초병을 세우고 자신은 아카이아 군대를 이끌고 클레오나이 시로 달려갔다.

아라투스의 부대가 얼마나 재빠르게 행동하였던지, 그 곳에 도착해서도 아직 채 날이 밝지 않았다. 아카이아 군은 규칙을 지키면서 재빠르게 행군했으므로, 아리스티포스 군에게는 들키 지 않았다. 그들은 행군을 하면서도 전투태세를 지켰으며, 클 레오나이 시로 들어온 다음에도 전투태세를 풀지 않았다. 그렇 기 때문에 아리스티포스는 아라투스의 군대가 시내에 들어와 있는 줄은 꿈에도 모르고 있었다.

아침이 밝아 오자 아라투스 군은 성문을 활짝 열고, 일제히 함성을 지르면서 적군에게 마구 덤벼들었다. 적은 뜻하지 않은 공격을 받자 여지없이 무너져서 도망치기 시작하였다. 길이 복 잡하였기 때문에, 도망칠 곳은 얼마든지 있었다. 아라투스 군 은 아리스티포스가 도망쳤을 것이라고 믿어지는 길을 따라서 곧장 뒤쫓아갔다. 디니아스의 기록에 의하면, 아라투스 군은 달아나는 적을 뒤쫓아 미케나이까지 달려갔다고 한다. 아리스 티포스는 마침 그 곳에 있었으므로, 크레타 사람 트라기스쿠스 가 달려가서 그를 죽였다는 것이다.

아리스티포스 군은 무려 1천5백 명 이상의 전사자를 냈으나, 아라투스 군대는 단 한 사람의 전사자도 내지 않았다. 그러나

이 싸움에서 빛나는 승리를 거둔 아라투스는 아르고스 시를 점령하지도, 해방시키지도 못했다. 왜냐하면 아기아스와 아리스토마쿠스가 마케도니아 군대를 이끌고 들어와서 아르고스 시를 점령하였기 때문이었다.

그래서 아라투스는, 여태까지 여러 도시의 전제군주들을 따르던 아첨자들로부터 많은 비방과 조롱 그리고 욕설을 받아 오던 것을 중지시킬 수 있게 되었다. 그들은 전제군주를 기쁘게 하기 위하여 아라투스를 비난하면서 이렇게 말하였던 것이다.

"아카이아 동맹의 장군은 싸움터에 나서기만 하면 이상하게도 설사병이 생기고, 나팔수가 곁에 서기만 해도 그만 현기증이 생긴다고 합니다. 그리고 부대장들을 소집해서 '이제는 일단 주사위가 던져졌으니, 내가 없어도 되겠지'라는 말을 하고는, 자신은 멀리 후방으로 물러가서 비겁하게도 그 결과만 기다립니다."

이러한 이야기는 많은 사람들 사이에서 나돌았다. 특히 철학자들은, 위태로움을 당할 때 가슴이 몹시 두근거리고 얼굴이 새파랗게 질리는 것이 두려움 때문인지, 그렇지 않으면 신체상의 병이나 무서운 한기 때문인지에 대하여 서로 토론할 때면 언제나 아라투스를 그 예로 들었던 것이다. 아라투스는 이름난 명장이지만, 싸움터에 나서면 어쩐 일인지 언제나 이런 증세가 나타났다고 한다.

아라투스는 아리스티포스를 죽인 다음, 메갈로폴리스 사람으로 그 곳의 전제군주가 된 리디아데스를 어떻게 처치하는 것이 좋을 것인지에 대하여 생각하고 있었다. 리디아데스는 원래 가문도 좋고 천성적으로 명예심이 강한 사람이었다. 그는 다른 지배자처럼 끝도 없는 탐욕에 쫓겨서 부정에 빠지거나 비행을 저지르지는 않았다. 다만 젊은 시절부터 명예욕에 불탔으며,

전제군주 정치가 시민들을 행복하게 만든다고 하는 허무맹랑한 주장을 아무런 비판도 없이 그대로 받아들였다. 그러다가 전제군주라는 지위에 앉아, 지배자의 권력을 누리게 되었던 것이다.

그러나 리디아데스는 아라투스가 별로 어렵지 않게 성공하는 것을 보면서 부러워하게 되었다. 그리고 다른 한편으로는 아라투스의 계획이 두렵기도 하였다. 사정이 이렇게 되자 리디아데스는 마침내 사람들의 미움과 두려움으로부터 벗어나고, 자기의 수비대와 호위병으로부터도 해방되기를 원하게 되었다. 그리고 국가와 시민의 이익을 위하여 무엇인가 봉사를 하고 싶었으므로, 아라투스에게 자기의 정권을 맡기기로 하였다. 그리고 자기의 도시를 아카이아 동맹에 가입시켰다. 아카이아 동맹 사람들은 리디아데스의 올바른 행동을 높이 칭찬하고, 마침내 그를 아카이아 동맹의 장군으로 선출하였다.

그러나 리디아데스는 아라투스보다도 더욱 빛나는 공을 세우려는 명예심 때문에, 필요하지도 않은 여러 가지 계획을 세웠다. 그 중에서 가장 커다란 문제가 되었던 것은, 라케다이몬 사람들에 대한 원정을 선언한 일이었다. 이 일에 대하여 아라투스가 반대를 하자, 시민들은 시기심 때문이라고 아라투스를 오히려 못마땅하게 여겼다. 그리하여 리디아데스는 다시 장군으로 선출되었다. 그 당시에 아라투스는 다른 사람을 내세우려고 했으나, 시민들은 그의 의견을 무시해버리고 리디아데스를 장군으로 선출했던 것이다. 아라투스는 두 해마다 한 번씩 장군으로 선출되었는데, 리디아데스는 교묘한 수단으로 아라투스와 번갈아 가면서 세 번이나 장군의 자리에 올랐다.

이렇게 하면서 조금씩 대담해진 리디아데스는 마침내 드러내 놓고 아라투스에 대한 적의를 나타냈으며, 아카이아 동맹 사람들 앞에서 아라투스를 탄핵하기 시작했다. 그래서 아라투스는 사람들에게 배척받고 원성을 듣게 되었다.

하지만 많은 사람들은, 아라투스의 덕은 진심에서 우러나온 참된 것이지만, 리디아데스의 덕은 거짓된 것이라고 하면서 그의 말을 곧이듣지 않았다. 이것은 '아이소프 이야기'에 등장하는 이야기와 같은 것이었다.

뻐꾸기가 작은 새들에게 물어보았다.

"무엇 때문에 너희들은 나를 보기만 하면 도망치느냐?"

그러자 작은 새들이 대답했다.

"당신은 언제인가 반드시 솔개가 될 것이기 때문에, 그것이 두려워서 달아나는 것이다."

이러한 이야기와 마찬가지로, 리디아데스는 비록 전제군주의 자리를 내놓았지만, 언제 어디서 또다시 사나운 전제군주로 변할지 모른다는 의심을 많은 사람들이 품고 있었던 것이다.

아라투스는 아이톨리아 사람들과 전쟁을 하면서도 크게 명성을 떨쳤다. 그 당시에 아카이아 동맹은 메가리아의 국경에서 아이톨리아 군과 전쟁하기를 원했다. 그래서 라케다이몬 왕 아기스도 많은 군대를 이끌고 아라투스의 군대를 응원하러 오고 있었다. 아기스는 아라투스에게 서둘러서 전투할 것을 독촉하였다.

하지만 아라투스는 전쟁을 벌여야 한다는 제안에 반대하였다. 그러자 많은 시민들은 아라투스에게 온갖 공격과 욕설을 퍼부었다. 아라투스는 자신의 판단이 올바르다고 생각하였으므로, 사람들의 비난을 참고 있었다. 아라투스는 아무리 욕을 들어도, 자기가 한 번 옳다고 생각하는 정책은 결코 굽히지 않았던 것이다.

아라투스는 아이톨리아 군이 게라네아를 넘어서 펠로폰네소

스 반도로 들어올 때까지 내버려 두었다. 그러나 아이톨리아
군이 펠레네를 점령했다는 소식을 듣자, 아라투스는 마치 기다
렸다는 듯이 재빠르게 행동을 개시하였다. 아라투스는 군대가
완전히 모이기를 기다리지도 않고, 서둘러서 적을 향해 공격하
였다. 적군은 싸움에 이겼다고 해서 긴장이 풀린 상태였으므
로, 아라투스는 별로 힘들이지 않고 적군을 물리칠 수 있었다.

이때 펠레네 시에 들어온 적군들은 시민들의 집으로 들어가
서 재물을 빼앗으려고 서로 싸움질을 했다. 그리고 장군과 부
대장들은 펠레네 사람들의 아내와 딸들을 닥치는 대로 잡아다
가, 자신의 투구를 여자들의 머리에 씌우고, 이것은 자기 것이
니 다른 사람들은 함부로 건드리지 말라는 징표로 삼았다.

이런 장난과 약탈을 벌이고 있을 때, 아라투스 군이 쳐들어
온다는 기별이 오자, 적군은 간담이 서늘해졌다. 성문을 지키
고 있던 사람들은 아카이아 군에게 쫓겨서 정신없이 안으로 뛰
어들어왔다. 그러므로 시내에 있던 군대는 질서를 잃어버리고
갈팡질팡하였다.

그 당시에 아이톨리아 군에게 잡혀간 여자들 가운데 에피게
테스라는 유명한 시민의 딸도 함께 끼여 있었다. 키가 크고 얼
굴이 아름다운 이 여자는, 마침 아르테미스 신전 안에 앉아 있
었다. 그 여자는 정예부대의 대장에게 잡혀서 깃털을 3층으로
꽂은 그의 투구를 쓰고 그 곳에 앉아 있었다. 그녀는 갑자기
아우성 소리가 들려 왔으므로, 무슨 일인가 하고 놀라면서 밖
으로 달려나갔다. 그녀는 깃털을 3층으로 꽂은 투구를 쓰고,
신전 정문에 기대어서 싸움하는 광경을 물끄러미 지켜보았다.
그런데 시민들에게는 그녀의 모습이 마치, 이 세상의 인간이
아닌 아르테미스 여신처럼 보였다. 적군들은 여신이 자기들에
게 벌을 주기 위하여 직접 내려온 것으로 생각하고 벌벌 떨고

있었다. 마침내 적군은 아라투스 군대와 맞서 싸울 수 있는 용기마저 잃어버리게 되었다고 한다.

펠레네 사람들이 전하는 바에 의하면, 아르테미스 여신의 모습을 새긴 나무초상은 어느 누구도 손을 댈 수 없게 되어 있었다고 한다. 다만 무슨 커다란 일이 있으면 여자 제관들이 여신의 초상을 옮겼는데, 이때에도 시민들은 감히 똑바로 쳐다보지 못하고 얼굴을 돌렸다고 한다. 왜냐하면 이 여신을 바라보기만 해도 무서운 벌을 받았으며, 이 여신이 이동하면서 지나간 곳에는 나무의 열매도 익지 않았기 때문이라고 한다. 그러므로 이 전투에서도 여자 제관들이 아르테미스 여신의 초상을 들고 나와, 그 얼굴을 아이톨리아 군이 있는 곳으로 돌려 세웠기 때문에, 그들이 정신을 차리지 못하게 되었다는 말이 전해진다.

그러나 아라투스 자신이 쓴 비망록에는 전혀 그런 말이 적혀 있지 않다. 아라투스는 다만 시내로 밀고 들어가서 적군을 몰아내고, 700여 명의 적군을 죽였다고 적어 두었다. 이 승리는 아라투스에게 가장 빛나고 영광스러운 것의 하나가 되었다. 그렇기 때문에 화가 티만테스도 이 전투의 광경을 생생하게 잘 그려서 후세 사람들에게 전하고 있다.

하지만 그 당시에 많은 민족과 강력한 군주들이 아카이아 동맹을 부수기 위하여 서로 연합군을 만들었으므로, 아라투스는 여기에 맞서 아이톨리아 동맹의 여러 도시와 우호관계를 맺었다. 그리하여 아이톨리아의 가장 유력한 지도자 판탈레온의 협력을 얻어서, 아카이아 동맹과 아이톨리아 동맹 사이에는 휴전뿐만이 아니라 동맹까지도 맺어지게 되었다.

아라투스는 아테네를 해방시키기 위하여 힘을 기울인 나머지, 그만 아카이아 동맹 사람들로부터 많은 비난을 받았다. 그것은 이미 아카이아와 마케도니아 사이에 휴전조약을 맺었음에

도 아라투스가 피라이우스 항구를 점령하려 했기 때문이다. 그
러나 아라투스는 자기 자신이 쓴 비망록 속에서, 사실은 그렇
지 않다고 말하면서 오히려 그 책임을 에르기노스에게 돌리고
있다.

에르기노스는 이미 앞에서도 말했지만, 아라투스가 아크로코
린토스 성을 점령할 때 그를 도와주었던 사람이다. 아라투스는
에르기노스가 자기 개인의 이익을 위해서 독자적으로 피라이우
스 항구를 공격하였다고 주장했다. 그리고 성을 넘어 안으로
들어가려고 하다가 사다리가 부서지자 도망쳤다는 것이다. 그
런데 도망칠 때 적군이 뒤를 쫓아오지 못하게 하기 위해서 아
라투스의 이름을 불렀다는 것이다. 그러나 이 변명은 도무지
믿기가 어렵다. 만약 아라투스가 에르기노스에게 군대와 물자
를 주고 언제 어떻게 공격하라는 것을 가르쳐주지 않았다면,
시리아 태생의 평민에 불과한 에르기노스가 그렇게 큰 일을 혼
자서 해치웠을 것이라고 생각할 수 없기 때문이다.

아라투스 자신의 행동에서도 이것을 읽을 수 있다. 아라투스
는 마치 버림받은 애인과도 같이 몇 번이고 끈덕지게 공격을
되풀이했다. 아라투스는 실패를 해도 결코 용기를 잃지 않고,
조금만 더 힘을 쓰면 된다고 하면서 다시 힘을 모아 공격했던
것이다.

그러다가 한 번은 적군에게 쫓겨 급하게 도망치다가 그만 발
을 삐었다. 여러 번이나 수술을 받았지만, 별다른 효과가 없어
서 그 후에도 오랫동안 가마를 타고 싸움터로 나갔다. 아라투
스는 이렇게 끈질긴 성격의 사람이었다.

안티고노스가 죽자, 그의 아들 데메트리우스가 왕위에 올랐
다. 그러자 아라투스는 아테네를 되찾기 위하여 이전보다 더욱
기세를 올리면서 마케도니아 군을 공격하였다. 그러다가 드디

어 필라키아 근처에서 데메트리우스가 보낸 장군 비티스와 싸우다가 패배하였다. 그렇기 때문에 틀림없이 이 전투에서 아라투스는 포로가 되지 않았으면 전사했을 것이라는 소문이 나돌았다. 이런 소문이 퍼지자, 피라이우스를 수비하고 있던 지배자 디오게네스는 코린트에 편지를 보내서, 아라투스가 죽었으니 아카이아 군은 그 곳에서 물러가라고 명령했다. 그러나 이 편지가 코린트 시에 닿을 무렵에는 아라투스가 코린트 시에서 머무르고 있었으므로, 편지를 전했던 심부름꾼은 무안과 비웃음을 당하고 돌아갔다.

마케도니아 왕 데메트리우스도, 아라투스의 시체를 사슬에 묶어서 실어 오라고 군선 한 척을 파견하였다. 그리고 아테네 사람들은 마케도니아에 아첨하기 위하여 아라투스가 전사했다는 기별을 듣자 화관을 쓰고 축하하기도 하였다. 아라투스는 이들의 소행에 몹시 분격하면서, 다시 아테네로 쳐들어갔다. 그러나 아라투스는 아카데미까지 들어갔다가, 시민들이 간청하였으므로 아무런 해도 끼치지 않고 되돌아갔다.

그 뒤에 아라투스의 덕을 올바르게 인식한 아테네 사람들은, 데메트리우스가 죽자 그들의 자유를 되찾으려는 생각에 아라투스를 찾아가서 도움을 청했다. 그 당시에 아라투스는 아카이아 동맹의 장군이 아니었으며, 중병으로 오랫동안 앓고 있었다. 그러나 이렇게 중대한 시기에 가만히 누워만 있을 수 없어서, 직접 가마를 타고 아테네로 찾아갔다.

아라투스는 마케도니아 수비대의 사령관이었던 디오게네스를 만나서 설득하였다. 그리하여 마케도니아는 150탈렌트의 돈을 받고 피라이우스, 무니키아, 살라미스, 수니움 등의 지역을 아테네에 다시 돌려주기로 하였다. 아라투스는 이때 이 일을 성사시킨 대가로 20탈렌트의 돈을 아테네 시에 기증하였다.

그 뒤 아이기네타와 헤르미오니아가 아카이아 동맹국이 되었
으며, 아르카디아의 대부분도 이 동맹에 가담하였다. 마케도니
아는 이웃 나라들과 전쟁을 하고 있었으므로, 아카이아 군에게
두 번 다시 손을 내밀지 못했다. 하지만 아카이아는 아이톨리
아와 동맹을 맺었기 때문에 그 세력이 점점 커져 가고 있었다.

아라투스는 처음부터 품어 왔던 자기의 뜻을 수행하기 위하
여 열심히 노력하였다. 그리하였으므로 아카이아 동맹국과 접
경 지역에 있는 아르고스가 아직까지도 전제군주의 모진 압박
을 받고 있는 것을 그대로 지켜볼 수가 없었다. 그래서 아라투
스는 아리스토마쿠스에게 사람을 보내서, 아르고스 시를 시민
에게 돌려주도록 설득했다. 그리고 리디아데스가 그랬던 것처
럼, 항상 사람들의 미움과 위험에 싸인 아르고스 시의 전제군
주 자리에서 물러나, 아카이아 동맹의 위대한 장군이 되라고
권했다.

아리스토마쿠스는 이러한 제안을 받자, 아라투스에게 조건부
로 한 가지 요구를 하였다. 그것은 자기가 이미 돈으로 산 용
병들에게 월급을 주어서 해산시키려고 하니, 그 비용으로 50탈
렌트의 돈을 보내달라는 것이었다.

아라투스는 그 요구를 기꺼이 받아들여서 아리스토마쿠스에
게 줄 돈을 구하고 있었다. 그때 아카이아 장군이었던 리디아
데스는, 이 조약을 마치 자기가 이룩한 것처럼 아카이아 사람
들에게 보이고 싶은 욕심이 생겼다. 그래서 리디아데스는 아리
스토마쿠스에게 말하기를, 아라투스는 전제군주라면 어느 누구
든지 무조건 싫어하고 원수처럼 여기므로, 자기에게 모든 것을
맡기라고 제안하였다. 그리고 이 일을 아카이아 정무회의에 제
출했다.

그런데 이 일에서 아카이아 정무위원들은, 그들이 아라투스

를 얼마나 존경하고 아끼는가를 분명하게 보여주었다. 왜냐하면 리디아데스의 계획을 알게 된 아라투스가 몹시 화를 내면서 아리스토마쿠스가 아카이아 동맹에 가입하는 것에 대한 반대연설을 하자, 그들 역시 정무회의를 열어 아리스토마쿠스의 가입을 맹렬하게 반대하였다. 하지만 그 뒤에 아리스토마쿠스와 아라투스가 서로 화해하고 아라투스가 아카이아 동맹 가입에 대한 찬성연설을 하였을 때에는, 정무위원들 역시 이것을 기꺼이 받아들였다. 그들은 아르기베스와 플리아시아도 함께 아카이아 동맹에 들어오게 하고, 다음해에 아리스토마쿠스를 아카이아 동맹의 장군으로 선출하였다.

아리스토마쿠스는 아카이아 사람들로부터 대단한 존경을 받게 되자, 자기의 실력을 과시하고 싶었다. 그래서 아리스토마쿠스는 스파르타를 공격하기 위하여, 아테네에 가 있던 아라투스를 본국으로 돌아오도록 불렀다. 그러나 아라투스는 스파르타를 공격하는 것은 중지하는 것이 좋겠다는 편지를 아리스토마쿠스에게 보냈다. 그 당시에 아라투스는 스파르타의 왕 클레오메네스는 용감한 장군이며, 많은 싸움터에서 크게 공을 세운 사람이니, 섣불리 싸움을 거는 것은 대단히 위험하다고 생각했던 것이다. 그러나 아리스토마쿠스는 끝내 자신의 뜻을 굽히지 않았으므로, 아라투스는 할 수 없이 아리스토마쿠스를 따라 싸움터로 나갔다.

팔란티움 근처에서 클레오메네스가 싸움을 걸어 왔을 때, 아리스토마쿠스는 스파르타 군과 싸우기를 원했으나, 아라투스는 그를 말려서 전투를 벌이지 않도록 했다. 그러자 리디아데스는 아라투스의 행동에 대하여 마구 욕설을 퍼부었다. 그러나 아카이아 사람들은 다음해에 리디아데스와 아라투스가 서로 장군이 되려고 출마했을 때, 리디아데스를 버리고 아라투스를 열두번째 장군으로 선출하였다.

그 해에 아라투스는 리카이움 산 근처에서 클레오메네스 군과 싸우다가 불행하게도 패배하였다. 그래서 밤에 도망치다가 길을 잘못 들어서 그만 행방불명이 된 적이 있는데, 이번에도 지난번과 같이 그가 죽었다는 소문이 나돌았다. 그러나 사실은 무사히 도망칠 수 있었으므로, 아라투스는 소문이 나돌고 있을 때 재빨리 흩어진 군대를 다시 끌어모았다.

그리고 클레오메네스 편을 들고 있던 만티네아 시를 갑자기 공격해서 그 도시를 점령해버렸다. 아라투스는 만티네아 시에 자기의 군대를 머무르게 하면서, 그 도시에 살고 있던 외국인들에게는 시민권을 주었다. 아라투스는 이번 전투에서 비록 졌지만, 승리를 하였더라도 얻기 힘든 커다란 전과를 거둠으로써 아카이아 동맹의 이름을 다시 한 번 천하에 높이 떨쳤다.

그런데 라케다이몬 군이 메갈로폴리스 시를 공격해 왔으므로, 아라투스는 메갈로폴리스 시를 구하기 위하여 급히 달려갔다. 그러나 아라투스는 클레오메네스가 아무리 전쟁을 걸어 와도 좀처럼 이와 맞서 싸우지 않았으며, 오히려 클레오메네스와 싸우겠다고 주장하는 메갈로폴리스 군을 말리고 있었다. 왜냐하면 아라투스는 원래 정식으로 벌이는 싸움에는 자신이 없는 데다가, 병력도 적군보다 훨씬 적었기 때문이었다. 더구나 자기는 이미 나이를 먹을 만큼 먹어서 기력도 기울고 있는데, 젊고 용감한 장군과 맞서 싸우는 것은 대단히 어리석은 일이라고 생각하였다. 클레오메네스가 자기의 이름을 떨치기 위하여 날뛰는 것은 당연하지만, 자기로서는 이미 거둔 영광을 그대로 잘 보존시키는 것만이 무엇보다도 중요한 일이라고 생각했던 것이다.

아라투스는, 경무장부대가 성급하게 쫓아나가서 라케다에몬

군의 진지까지 들어가도 중무장부대를 전진시키지 않았다. 오히려 시냇물 반대쪽에 중무장부대의 진을 치도록 하고는, 절대로 그 시냇물을 건너가지 못하도록 하였다. 그러자 리디아데스는 더 이상 분함을 참지 못하고 아라투스를 마구 비난하고 다녔다. 그는 기병대들을 불러모아 놓고, 목숨을 내걸고 싸우는 경무장부대를 그대로 내버려 두는 것은 결코 옳은 일이 아니므로 그들을 도와 승리를 확실하게 거두자고 외쳤다.

많은 장병들이 리디아데스의 의견에 전적으로 찬성하고 나섰다. 그래서 리디아데스는 그들을 이끌고 나가 적의 우익을 맹렬하게 공격하였다. 이리하여 적이 무너져 달아나자, 리디아데스는 아무런 분별도 없이 멀리까지 적군의 뒤를 쫓아가다가 그만 개울이 많은 과수원 속으로 뛰어들어가게 되었다. 리디아데스는 자기의 이름을 떨치고 싶은 명예심에만 정신이 팔렸던 것이다.

이 곳에서 리디아데스는 클레오메네스의 갑작스러운 공격을 받았다. 여기에 맞서 리디아데스는 용감하게 싸웠으나, 자기의 고향 도시 성문 앞에서 영광스러운 전사를 하고 말았다. 리디아데스가 전사하자, 나머지 부하들은 아라투스의 중무장부대가 진을 치고 있는 시냇물 근처까지 다시 도망쳐 왔다. 그러나 이들의 행동은 충분한 전투준비를 갖추고 있던 중무장부대마저 혼란시켰으므로, 아라투스의 부대는 모두 도망쳐버렸다. 이 일로 아라투스는 용감한 리디아데스를 배신했다는 원성을 듣게 되었다.

이리하여 아카이아 군은 할 수 없이 아이기움으로 후퇴를 시작하였다. 아라투스도 몹시 속이 쓰렸지만, 그들의 뒤를 따르지 않을 수 없었다. 아이기움으로 돌아오자 곧 회의가 열렸는데, 그 회의에서는 아라투스에게 군자금이나 군대를 주지 말것과, 만약 군대가 필요하다면 자기의 돈으로 군대를 사서 쓰도록 결의해버렸다. 그것은 아라투스에게는 참으로 어처구니가 없는 일이었다.

이와 같이 업신여김을 당하자 아라투스는 당장에 장군의 직위를 내놓고 싶었지만, 모든 것을 억누르고 참기로 했다. 그리고 얼마 후에 아라투스는 아카이아 군을 이끌고 나아가서, 클레오메네스의 의붓아버지인 메기스토누스의 군대와 싸워 적병 300명을 무찌르고 메기스토누스를 포로로 사로잡았다.

아라투스는 지금까지 한 해 건너로 장군이 되어 왔으므로, 다음해에 장군이 될 수 있었지만 그는 굳이 이것을 사양했다. 그러므로 그 해에는 아라투스 대신에 티목세누스가 장군이 되었다. 아라투스가 장군직을 사양한 이유가 시민과의 불화 때문이었다는 것은 믿을 만한 가치가 없다. 오히려 진정한 원인은 아카이아 동맹의 정세가 날로 위태롭게 되어갔기 때문이라고 할 수 있었다.

왜냐하면 클레오메네스는 과거와 같이 소극적인 태도를 취하지 않았던 것이다. 그는 토지분배를 하거나 수많은 외국인들에게 시민권을 줌으로써 강력한 정권을 잡았다. 또한 아카이아 군에 대한 공격도 과거와 같이 맥이 빠진 듯한 공격이 아니었다. 그는 이때부터 드러내 놓고 아카이아를 맹렬하게 공격했으며, 자기가 아카이아 동맹의 최고지휘자가 되겠다고 요구하고 있었다. 그러므로 사람들은 아라투스가 장군직을 사양하자, 굉장한 비난을 퍼부었다.

"아라투스가 장군이 되기 싫다는 것은 너무 비겁하다. 마치 선장이 폭풍우를 만나자 자기의 의무를 다른 사람에게 맡기고 편안히 물러서는 것과 같다. 시민이 원하든 원하지 않든, 그는 마땅히 사람들을 구해야 할 자리에 있으면서도 비겁하게 이것을 피하고 있다."

이렇게 말하는 사람도 있었다.

"만약 아카이아 동맹을 감당하기 어렵다면, 아예 클레오메네스에게 권력을 물려주는 것이 올바른 일이 아닌가? 그런데 아라투스는 야만인과 같은 마케도니아 수비대와 손을 잡고 펠로폰네소스를 넘겨주었다. 그리고 아크로코린토스를 일리리아와 갈리아 사람들의 수비대로 가득 채운 것은 어떻게 된 일인가?"

사람들의 비난은 이것만이 아니었다.

"아라투스가 무력과 정책으로 마음대로 주무르고 지배하였으며 자기의 비망록 속에서도 그렇게 욕설을 퍼붓던 무리들을, 이제는 동맹군이라는 허울 좋은 이름으로 반기면서 받아들였으니 그것이 될 말인가? 그리고 아라투스가 말하는 것처럼 클레오메네스가 전제군주로서 법을 무시하고 있다 하더라도, 그래도 그는 스파르타 사람이며 같은 헤라클레스의 후손인 것이다. 그러므로 우리 그리스에 태어난 것을 최대의 영광으로 생각하는 사람이라면, 마케도니아의 가장 위대한 사람보다도 오히려 스파르타의 가장 천한 시민이 장군으로 뽑히는 것이 더욱 떳떳하고 마땅하다고 여길 것이다. 뿐만 아니라 클레오메네스는 아카이아 군의 장군이 되겠다고 요구한 대가로, 아카이아의 이름을 바다에서나 땅에서 더욱 떨침으로써 그 은혜에 보답하겠다고 약속하지 않았느냐? 그러나 안티고노스는 해군과 육군의 총사령관으로 선언되어도 이것을 거절하다가, 아크로코린토스를 뇌물로 받은 뒤에야 비로소 승낙했으니, 그것은 마치 아이소프 이야기에 있는 사냥꾼과 같지 않으냐? 안티고노스는 아카이아가 사신을 보내거나 의회의 결의문을 보내도 거절하더니, 코린트 성에 수비대를 두고는 우리가 볼모를 보내서 스스로 밥이 되기만을 기다렸던 것이 아니고 무엇이냐?"

아라투스는 이와 같이 쏟아지는 비난들에 대해서 자기의 사정을 말하며, 되지도 않는 변명을 하였다. 그러나 폴리비우스의 기록에 의하면, 클레오메네스를 두려워하던 아라투스는 그전에 이미 안티고노스와 몰래 손을 잡고 있었다. 그리고 메갈로폴리스 사람들을 시켜서, 아카이아에 안티고노스를 불러들일 계획을 추진했다고 한다. 이것은 메갈로폴리스가 클레오메네스의 끊임없는 침략을 받아온 데 대한 원한을 품고 있다는 사실을 잘 알고, 그것을 이용한 것이라고 한다.

필라르쿠스의 역사책에서도 이와 비슷한 이야기가 전해지고 있다. 그것은 폴리비우스도 그 내용을 증명하고 있으므로 분명한 일이라고 할 수 있다. 만약 필라르쿠스만 이러한 이야기를 전했다면, 아마 아무도 그것을 믿지 않았을 것이다. 왜냐하면 필라르쿠스는 클레오메네스를 지지하는 사람이었기 때문이다. 그리고 그가 쓴 역사책은, 역사책이라기보다 오히려 재판소에서 변호사가 변호를 하듯이, 항상 아라투스를 욕하고 클레오메네스만을 두둔하면서 변명하고 있었기 때문이다.

아카이아 군은 클레오메네스에게 만티네아를 빼앗겼다. 뿐만 아니라 헤카톰바이움 근처에서 벌어진 전투에서도 크게 패배하게 되자, 더 이상 싸울 용기를 잃고 말았다. 그래서 그들은 마침내 클레오메네스에게 사람을 보내서, 부디 아르고스로 돌아와서 아카이아 군을 지휘해달라고 요청했다.

이리하여 클레오메네스가 본국을 떠나 군대를 거느리고 레르나를 지나고 있다는 소식이 들리자, 아라투스는 몹시 두려워졌다. 그래서 아라투스는 클레오메네스에게 미리 사람을 보내서, 300명의 군대만 데리고 동맹군으로 와달라고 부탁했다. 그리고 그 안전을 보장하기 위해 볼모를 보내겠다는 말을 덧붙였다.

그러나 클레오메네스는 이것이 자기를 업신여기고 깔보는 것
이라고 하면서 대단히 노여워하였다. 그는 곧 군대를 이끌고
다시 본국으로 돌아가서 아라투스에게 비난하는 편지를 보냈
다. 그러자 이번에는 아라투스도 참지 못하고, 반박의 편지를
써 보냈다. 두 사람은 서로 욕설을 쏟다 못해, 나중에는 상대
편 아내의 행실까지 들추어 내면서 추잡한 욕을 서로에게 퍼부
었다.

이런 일이 있은 다음에, 클레오메네스는 더 이상 분함을 참
지 못하고 마침내 아카이아 동맹에게 정식으로 선전포고를 하
였다. 이와 때를 같이하여 시키온 시가 반란을 일으키도록 하
고 이것을 점령하려는 계획을 꾸몄다. 이 계획은 거의 성공하
는 듯했으나 그만 실패로 돌아가고 말았다. 그러자 클레오메네
스는 군대를 다른 곳으로 돌려 아카이아 군이 이미 버린 펠레
네 시를 점령하였다. 그리고 뒤를 이어서 페네우스와 펜텔레움
도 빼앗았다.

그 후에 아르고스 시도 겁을 먹었던지 스스로 클레오메네스
군의 휘하로 들어갔으며, 플리아시아는 스파르타 군이 와서 머
물 수 있도록 승낙해주었다. 이리하여 아카이아는 일찍이 정복
했던 것을 거의 다 잃어버릴, 위태로운 고비에 서 있게 되었
다. 이렇게 펠로폰네소스 반도 전체가 어지럽게 되자, 각 도시
에서는 아카이아 동맹으로부터 떨어져 나오도록 시민들을 선동
하는 사람들이 많아졌다.

그리하여 시키온과 코린트 사람들까지도 몰래 클레오메네스
와 연락을 하였으며, 그와 손을 잡는 사람들이 조금씩 늘어났
다. 그들은 자기 도시의 지도자가 되려는 야심을 갖고 있었으
므로, 오래 전부터 나라 사정에 불만이 많았다.

아라투스는 절대적인 권력을 가지고 있었으므로, 적어도 시

키온 시에서 그런 배신행위를 하는 사람들은 모조리 체포하여 사형시켰다. 그리고 코린트 시에서도 그렇게 하려고 하자, 아카이아의 지배를 받기 싫어하는 사람들은 분함을 이기지 못하고 들고일어났다.

그들은 아폴론 신전에 모여서, 아라투스를 죽이거나 잡아서 가둔 다음에 반란을 일으키자고 결의하였다. 그리고 아라투스를 그들 앞으로 나오도록 요구하였다.

이 요구를 전해 들은 아라투스는 말고삐를 끌고 그들 앞에 나타났다. 그러나 아라투스의 얼굴에서는 조금도 그들을 의심하는 기색을 찾아볼 수가 없었다. 몇 사람이 앞으로 뛰어나와서 아라투스에게 욕설을 퍼부어도, 아라투스는 차분한 목소리로 그들을 바라보면서 자리에 앉도록 권했다. 그리고 너무 흥분하여 고함을 지르지 말도록 당부하고, 문간에 서 있는 사람들에게는 안으로 들어오라고 하였다. 그리고는 마치 말을 맡길 사람을 찾기라도 하듯이 천천히 앞으로 나갔다. 이리하여 슬그머니 그 곳을 나온 아라투스는, 도중에서 코린트 사람들을 만나자 태연스럽게 모두 아폴론 신전으로 가라고 말했다.

이리하여 코린트 사람이 아무런 눈치도 채지 못하는 사이에 성 가까이까지 다가간 아라투스는, 이 곳에서 번개같이 말등에 올라탔다. 그리고 성을 지키는 군대의 사령관 클레오파테르에게 뒷일을 부탁하고, 그 곳을 빠져 나갔다. 아라투스는 그 당시에 겨우 부하 30명을 거느리고 시키온 시로 달아났다. 그 밖의 군대는 코린트에 남아 있다가 저절로 흩어지고 말았다.

코린트 사람들은 뒤늦게 아라투스가 달아난 것을 알고 급히 뒤쫓아갔으나, 이미 때가 늦어서 도저히 잡을 수가 없었다. 그들은 어쩔 수 없이 클레오메네스를 불러들이고, 코린트 시를 그에게 맡겨버렸다. 그러나 클레오메네스는 코린트 시를 얻은 기쁨보다도, 오히려 아라투스를 잃은 것에 대하여 더욱 분하게 여겼다.

바닷가에 있는 아크테 사람들도 자신들의 도시를 클레오메네스에게 맡겼으므로, 그의 병력은 실로 엄청나게 커졌다. 그래서 클레오메네스는 마침내 두려운 것이 없게 되어서 아크로코린토스 성을 공격하기로 결심하였다. 이리하여 그는 성 주위에 진지를 만들고, 그 속의 군대를 포위하였다.

아라투스가 시키온 시로 돌아오자, 많은 아카이아 사람들이 그에게 몰려왔다. 그들은 정무회의에서 아라투스를 절대적인 권리를 가지는 장군으로 선출하였으며, 호위대를 만들어 그를 보호하였다.

아라투스는 지금까지 33년이라는 세월 동안 동맹국을 이끌어 오면서, 그 명예나 지위가 그리스에서 가장 으뜸 가는 사람이었다. 그러나 지금은 그 모든 것이 모래성처럼 무너지고, 오직 시키온 시만을 의지하여 살아나갈 방법을 찾으려고 노력하게 되었다. 이런 점으로 미루어보면, 참으로 아라투스의 운명이 기구하다고 하지 않을 수 없다. 아라투스는 아이톨리아에게 도움을 청했으나 보기 좋게 거절당했다. 그리고 아테네 사람들은 아라투스를 동정하고 있었지만, 에우클레이데스와 미키온의 반대로 도와주기를 거절했다.

아라투스는 코린트에 집과 땅을 가지고 있었다. 그런데 코린트를 점령한 클레오메네스는, 그의 부하들이 아라투스의 집과 땅을 절대로 건드리지 못하도록 하였다. 그리고 아라투스의 부하들을 불러서, 모든 것은 아라투스의 것이니 잘 보살피라고 당부하였다. 또한 재산목록에 대한 회계보고서를 만들어서 아라투스에게 보내주라고 하였다.

클레오메네스는, 처음에는 아라투스에게 트리필루스를 보내

다가 나중에는 자기의 의붓아버지인 메기스토누스를 보내서, 여러 가지 선물 외에도 해마다 12탈렌트를 보내겠다고 제안하였다. 이것은 1년에 6탈렌트씩 보내겠다고 하였던 이집트의 프톨레마이오스 왕의 제안보다 갑절이나 되는 돈이었다. 그리고 여기에 따른 클레오메네스의 요구는 오직 아카이아의 장군이 되는 것과 코린트의 성을 점령하는 것이라고 하였다. 그러자 아라투스는, 자기는 정치를 하고 있는 것이 아니라 정치를 받고 있는 사람이라고 겸손하게 대답했다.

마침내 클레오메네스는 군대를 이끌고 아라투스가 있는 시키온 시로 달려가서 3달 동안이나 포위를 계속하였다. 아라투스는 온 힘을 기울여서 그들을 막으면서, 코린트 성을 내준다는 조건으로 안티고노스의 도움을 청하는 것에 대해 혼자서 오랫동안 생각해보았다. 왜냐하면 안티고노스는 그 이외의 조건으로는 도저히 자기들을 도와줄 것 같지 않았기 때문이었다.

아카이아 사람들은 아이기움에서 정무회의를 열었다. 그리고 그 정무회의에 아라투스가 참석하도록 요청했다. 그러나 클레오메네스 군이 포위하고 있는 시키온 시를 빠져 나가야 하기 때문에, 회의참석은 몹시 힘드는 일이었다. 게다가 시민들은 자기들을 지켜달라고 아라투스를 붙들고 애원하였던 것이다. 여자들과 어린아이들까지도 아라투스를 붙잡고 울면서 우리의 아버지, 우리의 보호자라고 부르면서 그가 떠나는 것을 말렸다.

그러나 아라투스는 그들을 진정시킨 후, 말을 타고 부하 10명과 그의 아들을 데리고 바다 쪽으로 달려나갔다. 바닷가에서 대기 중인 배를 타고 그는 아이기움의 정무회의 장소로 떠났다. 그 곳에서 열린 정무회의에서는, 안티고노스의 도움을 청하고, 그 대신 그에게 코린트 성을 주기로 결의했다. 그와 함께 아라투스는 자기 아들을 볼모로 안티고노스에게 보냈다. 이 소식을 전해 들은 코린트 사람들은 몹시 화를 내었다. 그래서 그들은 코린트에 있는 아라투스의 집과 땅을 모조리 빼앗은 다음, 클레오메네스에게 선물로 보내버렸다.

안티고노스는 아라투스의 요청을 받아들여 마케도니아의 보병 2만 명과, 기병 1만 1천 명을 거느리고 아라투스를 찾아왔다. 아라투스는 아카이아 동맹군의 고급장교들을 거느리고, 적을 피하기 위해 배를 타고 페가이로 가서, 안티고노스를 반갑게 맞이하였다.

그러나 아라투스는 안티고노스와 마케도니아 군을 완전하게 믿을 수 없었다. 그것은 자기가 이렇게 이름을 떨치게 된 것도 안티고노스를 적으로 삼아 그에게 커다란 해를 입혔기 때문이었으며, 정치적으로 유명해진 것도 모두 안티고노스를 공격한 덕분이었다는 사실을 잘 알고 있었기 때문이다.

그러나 나라 사정이 너무나 위태로운데다가, 권력을 가진 사람은 그때 사정을 따라가게 마련이라는 사실을 아라투스는 누구보다도 잘 알고 있었다. 그렇기 때문에 모든 것은 그저 운명에 맡기는 수밖에 다른 도리가 없다고 생각하였다.

하지만 안티고노스는 아라투스가 찾아오자 정중한 태도로 인사를 나누었으며, 따라온 일행에게도 친절하게 대해주었다. 그리고 아라투스를 거듭 만나는 동안, 그가 어질고 공정하며 슬기로운 사람이라는 것을 알게 되었으므로, 안티고노스는 마음을 털어놓고 친하게 지냈다. 아라투스는 정치적으로만 그에게 커다란 힘이 된 것이 아니라, 한가로울 때에도 다른 누구보다 좋은 친구가 되어주었던 것이다.

그러므로 안티고노스 왕은, 아라투스가 비록 나이는 젊어도 그 덕과 인격이 높아 왕의 친구로서 조금도 나무랄 점이 없다고 생각하였다. 나아가서 아카이아 사람들 중에서 아라투스가 가장 뛰어나며, 자기 신하들보다도 더욱 위대하다고 여겼다.

이것은 과거에 아라투스가 신에게 감사의 제사를 드릴 때 나타났던 징조에 들어맞은 일이었다. 아라투스가 짐승을 제물로 바칠 때의 일이었다. 그 짐승의 간 속에는 이상하게도 똑같은 두 개의 쓸개주머니가 달려 있었다. 그 당시에 이것을 보았던 점술가는, 아라투스와 오랜 적이었던 사람이 머지 않아서 서로 가장 친한 친구가 될 징조라고 말했다.

그러나 그 당시 아라투스는 점술가의 말을 대수롭지 않게 여겼다. 왜냐하면 아라투스는, 점술가나 예언자의 말보다는 분별 있는 생각과 이치를 따져보는 것에 더 의지하였기 때문이다.

전쟁이 유리하게 진행되자, 안티고노스는 코린트에서 축하연을 열고 많은 사람들을 초대하였다. 아라투스와 나란히 상좌에 앉아 있던 안티고노스는 담요를 가져오도록 하면서, 아라투스를 보고 춥지 않으냐고 친절하게 물었다. 아라투스는 몸을 움츠리면서 과연 대단한 추위라고 대답했다. 그러자 안티고노스는 아라투스를 보고 자기 곁으로 다가와서 앉으라고 권했다. 이윽고 부하가 담요를 갖고 돌아오자, 안티고노스는 담요를 가지고 두 사람의 무릎을 덮었다. 아라투스는 문득 옛날 제사를 드릴 때 나타났던 그 징조가 생각났으므로, 한 번 크게 웃고는 그것을 안티고노스에게 말했다. 그러나 이것은 나중에 있었던 일이다.

이리하여 아라투스는 안티고노스와 서로 신의를 지킬 것을 굳게 약속한 다음, 적군을 공격하기 위하여 앞으로 나갔다. 그들은 코린트 시 근처에서 여러 번 적과 맹렬한 전투를 벌였다. 하지만 클레오메네스는 더욱 단단한 진지를 만들었으며, 코린트 시민들은 철저하게 아라투스 군의 공격을 방어하였다.

이때 아라투스의 친구였던 아르고스 사람 아리스토텔레스로 부터 뜻밖의 심부름꾼이 찾아왔다. 심부름꾼이 가지고 온 정보 는, 아라투스가 마케도니아 군 약간을 거느리고 아르고스로 들 어오면 시민들은 틀림없이 클레오메네스에게 반란을 일으킬 것 이니, 아라투스는 손쉽게 성공할 수 있다는 기별이었다. 아라 투스는 이 정보를 안티고노스에게 알려주었다. 안티고노스도 좋다고 찬성했다. 그래서 아라투스는 1천5백 명의 군대를 얻어 가지고, 급히 배를 몰아서 에피다우로스로 달려갔다.

아르고스에서는 아라투스가 도착하기 전에 이미 시민들이 반 란을 일으켜, 클레오메네스의 수비대를 성 안으로 몰아 넣었 다. 이 정보를 들은 클레오메네스는, 만약 아르고스를 적에게 빼앗기게 되면 본국으로 돌아갈 길이 영영 막혀버리기 때문에, 코린트를 포기하고 아르고스로 서둘러 달려갔다.

클레오메네스는 아라투스보다 먼저 도착할 수 있었으므로, 처음에는 어느 정도 전과를 거두었다. 그러나 아라투스가 쳐들 어오고 그 뒤를 따라서 안티고노스가 다가왔으므로, 위기를 느 낀 클레오메네스는 그만 만티네아로 도망쳐버렸다.

이렇게 하여 모든 도시는 다시 아카이아 군의 손으로 들어가 게 되었다. 그리고 안티고노스는 아크로코린토스 성을 다시 점 령하였다. 이어서 아라투스는 아르고스 사람들이 자기를 장군 으로 선출해주자, 전제군주와 그를 따르던 부하들의 재산을 모 두 빼앗아서 안티고노스에게 선물로 바치도록 하였다. 그리고 켄크레아이에서 아리스토마쿠스를 사로잡아 고문을 한 끝에 잔 인하게도 바다에 던져서 죽였다.

이 사건 때문에 아라투스는 시민들로부터 많은 욕을 먹었다. 사람들은,

"아리스토마쿠스는 절대로 악한 사람이 아니다. 인격도 높고

과거에 아라투스와 오래도록 가깝게 지냈으며, 아라투스의 말
을 듣고 전제군주의 권세를 내놓고 아르고스를 아카이아 동맹
에 가입시킨 사람이다. 그러한 아리스토마쿠스를 아라투스가
인정도 법도 무시하고 잔인하게 죽였다는 것은 도저히 용서할
수 없는 일이다."
라고 하여 비난을 퍼부었던 것이다.

그러자 많은 도시들도 아라투스의 잘못을 지적하면서,

"아라투스는, 코린트 시가 마치 이름도 없는 초라한 마을인
것처럼 안티고노스에게 쉽게 넘겨주었다. 그리고 안티고노스가
오르코메노스 시를 점령하고 자기의 수비대를 그 곳에 두어도,
아라투스는 반대하지 않고 가만히 보고만 있었다. 뿐만 아니라
어떠한 편지나 어떠한 사절단도 안티고노스의 승낙 없이는 다
른 왕들에게 보낼 수 없다는 것을 아카이아가 결의하도록 했
다. 그리고 마케도니아 군에게 급료와 식량을 대어주었으며,
안티고노스에게 아첨하기 위해서 제물을 차려 놓고 종교의식이
나 축하행렬, 또는 경기대회를 강제로 열도록 하였다. 그리고
아라투스의 본국인 시키온의 시민들은, 아라투스의 손님 자격
으로 방문한 안티고노스를 시의 성문까지 마중 나가서 맞이하
였다."
고 마구 비난하였다.

그러나 이것은 아라투스가 이미 안티고노스에게 정권을 빼앗
겼다는 사실을 전혀 모르고 하는 소리였다.

아라투스는 이제 자기 것이라고는 혀밖에 남아 있지 않았다.
그러나 그 혀조차도 자기 마음대로 움직이지 못하는 딱한 처지
였던 것이다. 아라투스는 안티고노스의 여러 가지 행동으로 마
음이 상해 있었는데, 그 예로 동상문제를 들 수 있다.

그 당시에 안티고노스는 이미 없애버렸던 아르고스의 모든

전제군주들의 동상을 다시 세웠다. 그리고 코린트의 아크로코린토스 성을 빼앗은 영웅들의 동상은 아라투스 것만 남기고 모두 없애버렸다. 아라투스는 다른 영웅들의 동상도 그대로 보존시켜달라고 간절하게 요청했지만, 안티고노스는 끝내 이 부탁을 들어주지 않았다.

그리고 아카이아 군이 만티네아에서 하였던 행동도 그리스 사람으로서는 차마 하지 못할 것들이었다. 아카이아 군은 안티고노스의 도움을 받아 만티네아를 점령하자, 그 지도자와 이름 있는 사람들을 모조리 죽여버렸다. 나머지 사람들도 더러는 팔아버리거나, 더러는 사슬에 묶어서 안티고노스의 본국인 마케도니아로 보냈으며, 여자와 어린것들은 모두 노예로 만들었다. 더욱 심한 것은 이렇게 사람을 노예로 팔아서 만든 돈의 3분의 1은 아카이아 군이 나누어 가지고, 3분의 2는 마케도니아 군에게 바쳐진 일이었다.

이 행동은 적에게 보복하기 위한 것이었다고 변명할 수도 있다. 왜냐하면 아무리 억울한 일이 있었다고 하더라도 같은 국민, 같은 민족에게 그런 잔인한 짓을 한다는 것은 야만적인 행위지만, 시모니데스의 말처럼 마음이 괴롭고 노여움에 찬 사람을 달래는 것으로는 다소 효과적이라고 이해될 수도 있기 때문이다.

그러나 그 뒤에 다시 만티네아에서 행한 아라투스의 행동에 대해서는 어떠한 이유를 대더라도 도저히 변명할 여지가 없다. 왜냐하면 안티고노스가 이 도시를 아르고스 사람에게 넘겨주었을 때였다. 정무회의에서는 그 곳에 이민도시를 건설하기로 결정하고, 아라투스를 그 도시의 창설자로 선출하는 동시에 장군으로 천거하였다. 그러자 아라투스는 이 도시를 이제는 만티네아라고 부르지 말고 안티고네아라고 불러야 한다는 법령을 선포하였던 것이다.

그리하여 '아름다운 만티네아'라는 옛 기억은 영영 사라져버리고, 오늘날까지도 도시의 파괴자이며 시민을 학살한 사람의 이름으로 불리고 있다. 그리고 이렇게 된 원인은 모두 아라투스에게 있다고 말할 수 있다.

그 후에 클레오메네스는 셀라시아 전투에서 크게 패배하자, 스파르타를 버리고 이집트로 도망쳤다. 그리고 안티고노스는 온갖 친절과 환대를 아라투스에게 베푼 후, 마케도니아로 돌아갔다. 안티고노스는 그 곳에서 병으로 앓아 눕게 되자, 아들인 필리포스를 펠로폰네소스로 보냈다. 안티고노스는 필리포스가 아직 어렸으므로, 아라투스의 도움을 받아 여러 도시와 교섭하면서 아카이아 동맹과 친교를 맺으라고 당부했다. 아라투스도 진심으로 필리포스를 환영하고 반갑게 대우하였다. 그러므로 매우 만족스러워진 필리포스는 아라투스와 그리스에 대해서 호감을 지니게 되어, 본국에 돌아간 뒤에도 그리스를 위해 무엇인가 한 가지 영광된 일을 해야겠다는 염원과 야망에 가득 차게 되었다.

안티고노스가 죽자 아이톨리아 사람들은 아카이아 사람들의 게으름과 타락된 생활을 깔보기 시작했다. 그것은 어느 정도 사실이라고 할 수 있었다. 아카이아 사람들은 외국의 보호를 받는 데 길들여져 있어서 마케도니아에만 의지하였으며, 규율은 모두 무너지고 훈련도 제대로 하지 않았다. 이 틈을 타서 아이톨리아 사람들은 펠로폰네소스로 쳐들어갔다. 그들은 파트라이와 디메를 점령하고, 다시 메세네 지방으로 들어가서 마구 노략질을 하였다.

이 소식을 전해 들은 아라투스는 도저히 분함을 참을 수 없었다. 그 당시에는 티목세누스가 장군으로 있을 때였는데, 곧

임기가 다 되었으므로 그 직위를 내놓게 되었다. 그 뒤를 이어
서 아라투스가 다시 장군으로 선출되었다. 아라투스는 메세네
를 구하기 위해서, 정해진 기일이 아직도 5일이나 남아 있었지
만 앞질러서 장군의 직위에 올랐다.

아라투스는 즉시 아카이아 군을 끌어모았다. 그러나 그들은
지금까지 훈련도 제대로 받지 않았으며, 긴장도 풀려 있었으므
로 사실 전쟁을 할 수 있는 힘도, 전쟁을 해야겠다는 생각도
별로 가지고 있지 않았다. 그러므로 아라투스는 적과 싸워 크
게 패배하고 말았다. 사람들은 아라투스가 너무 서둘러서 전쟁
을 하였기 때문에 진 것이라고 비난하였다. 그러자 아라투스는
그만 풀이 죽고 용기마저 꺾여버렸다. 그러므로 이번에는 적을
공격할 수 있는 좋은 기회가 왔어도 그냥 내버려 두었다.

일이 이렇게 되자 아이톨리아 군은, 펠로폰네소스가 좁다는
듯이 제멋대로 돌아다니면서 온갖 행패와 약탈을 저질렀다. 그
러자 아카이아 동맹은 또다시 마케도니아의 도움을 받기로 결
정하고 필리포스를 그리스로 불러들였다. 그들은 필리포스가
아라투스에 대해 존경과 굳은 믿음을 가지고 있기 때문에, 모
든 일을 그들이 원하는 대로 훌륭하게 처리해줄 것이라고 여겼
다. 그렇기 때문에 조금도 망설이지 않고 필리포스를 불러들였
던 것이다.

필리포스는 아펠레스와 메갈레아스와 그 밖의 다른 신하들의
조언을 잘 들었다. 그런데 그들은 필리포스 왕에게 아라투스를
너무 믿지 말라고 충고하였다. 왜냐하면 그들은 아라투스의 반
대파들과 손을 잡고 있었기 때문이다. 그들은 에페라투스를 지
지하여 아카이아 동맹의 장군으로 당선시키기 위하여 힘을 썼
다. 그러나 아카이아 사람들은 에페라투스를 대수롭지 않게 여
기고 있었다. 아라투스 역시 도와주지 않았기 때문에, 에페라

투스는 장군으로 선출될 수가 없었다.

그제서야 필리포스는 자기의 잘못을 깨닫게 되었다. 그래서 자진해서 아라투스와 화해하고, 아라투스가 시키는 대로 모든 일을 처리하였다. 그 결과, 필리포스의 명성과 권세 그리고 정치는 크게 발전했다. 그래서 왕은 아라투스를 절대적으로 신임하게 되었다. 이리하여 아라투스는, 그가 민주정치를 육성하는 아버지였던 것처럼 왕정을 위해서도 좋은 아버지라는 것을 온 천하에 입증시켰다.

필리포스 왕의 행동 속에는 아라투스의 지식과 성격이 많이 반영되어 있었다. 자기를 배신하였던 라케다이몬을 너그럽게 처리한 일이라든지, 크레타 섬에서 찾아온 사람들과 만나서 이야기를 나눈 것만으로 며칠 사이에 그 섬 전체를 자기의 지배 아래 두게 된 일이라든지, 아이톨리아 군과 싸워서 빛나는 승리를 거둔 일 등에는 아라투스의 충고가 들어가 있었다. 그리고 필리포스는 그 충고를 달게 받아들여서 그대로 잘 행했다고 한다.

이와 같이 필리포스 왕과 아라투스의 사이가 가까워지자, 왕의 신하들은 아라투스를 몹시 시기하게 되었다. 그들은 숨어서 은밀하게 아라투스를 해친다는 것은 별로 효과가 없다고 생각했다. 그래서 그들은 드러내 놓고 아라투스에게 덤벼들기로 했다. 그들은 잔치자리나 사람이 많이 모인 자리에서 아라투스에게 트집을 잡아 모욕을 주거나, 손님들 앞에서 그의 욕을 마구 퍼부었다. 한번은 저녁 잔치가 끝나고 자기의 천막으로 돌아가는 아라투스에게 돌을 던지기도 했다.

왕은 이러한 행패를 전해 듣자, 노여움을 참지 못하고 신하들에게 20탈렌트의 벌금을 물게 했다. 그러나 신하들은 조금도 뉘우치지 않고 여전히 아라투스를 귀찮게 굴었으므로, 나중에는 그런 사람들을 잡아서 모두 사형에 처하였다.

그러나 필리포스 왕은 거듭해서 커다란 성공을 거두게 되자, 여러 가지 욕심과 야심이 그의 마음 속에서 파도처럼 일어나기 시작했다. 다시 말하자면 지금까지 억누르고 있던 필리포스의 악한 본성이 차츰 밖으로 드러나기 시작한 것이다. 그리하여 필리포스 왕은 아라투스 아들의 아내를 몰래 범하기도 했는데, 이 사실은 오랫동안 아무에게도 들키지 않았다. 그것은 왕이 아라투스의 집에 묵으면서 극진한 대접을 받고 있었기 때문이었다. 또한 그는 그리스 사람들을 지독하게 대하였으며, 아라투스를 없애려고 기회를 엿보고 있었다.

이때 메세네가 반란을 일으켰으므로, 아라투스는 그것을 진압하기 위하여 그 곳으로 떠났다. 그러나 필리포스 왕은 아라투스보다 하루 먼저 메세네에 도착해서는 내란에 더욱 불을 붙여 놓았다. 그는 그 곳의 귀족들을 불러 놓고는 시민들의 폭동을 억누르고 그들을 벌줄 수 있는 아무런 법률이 없느냐고 물어보더니, 다음에는 시민의 대표자들을 불러서 귀족들의 독재를 거꾸러뜨릴 무슨 좋은 방법이 없겠느냐고 물었던 것이다. 귀족들은 필리포스의 말에 용기를 얻어 반란의 주동자들을 공격하였다. 또한 시민들은 시민들대로 용기를 내어 200명에 가까운 귀족들을 죽였다.

필리포스 왕은 이런 방법으로 메세네 사람들끼리 서로 죽이게 하였다. 이러고 있을 때 아라투스 부대가 도착했다. 아라투스는 피비린내나는 참혹한 사건에 몹시 슬퍼하였으며, 그의 아들 아라투스 2세도 필리포스를 책망하였다. 아라투스 아들은 필리포스 왕을 흠모하고 있었으나, 이 일이 생기자 다음과 같이 말하였다고 한다.

"왕께서는 이제 더 이상 아름다운 사람으로 보이지 않습니

다. 그런 짓을 하셨으니, 모든 인간 중에서도 가장 추한 사람
으로만 보입니다."

아라투스 아들이 무슨 말을 하여도 필리포스 왕은 조용히 앉
아 있었으나, 몹시 노여워하고 있는 것 같았다. 그래서 아라투
스 아들이 계속 이야기하는 동안에, 그는 몇 번 큰 소리로 호
통을 쳤다.

그러나 아라투스에게는 자신의 성질을 죽이고, 그의 말을 좋
은 충고로 해석하는 것처럼 일부러 꾸며 보였다. 그리고 마치
어떠한 노여움도 잘 참는 사람이라는 것처럼 행동하면서 아라
투스의 손을 다정하게 잡았다.

그들은 이토마타스 산을 향하여 걸어갔다. 그것은 제우스 신
에게 제사를 지내고, 지형을 관찰하기 위해서였다. 이 산은 전
쟁을 하는 동안에는 아크로코린토스 못지 않게 중요한 장소였
다. 여기에 수비대를 두고 지키기만 하면, 그 근처의 모든 나
라는 기를 펴지 못하였을 뿐만 아니라, 쉽게 적에게 무너지지
도 않을 중요한 요새였다.

그러므로 필리포스 왕은 이 산으로 올라간 다음, 신들에게
제물을 갖추어서 제사를 지냈다. 신관이 제물로 썼던 황소의
내장을 가지고 오자, 왕은 그것을 두 손에 받아 들고 아라투스
와 파로스 사람인 데메트리우스에게 보여주었다. 그리고 내장
에 나타난 징조가, 이 성을 자기가 계속 점령하라고 나타났는
지 그렇지 않으면 메세네 사람들에게 돌려주라고 나타났는지를
물어보았다.

이 말에 데메트리우스는 웃으면서 이렇게 말했다.

"왕께서 점쟁이 정도의 정신을 가지고 계시다면, 마땅히 이
성을 돌려주셔야 합니다. 그렇지만 왕자다운 정신을 가지고 계
시다면, 황소의 두 뿔을 굳게 잡고 지키셔야 합니다."

황소라는 말은 펠로폰네소스를 가리키는 말이었다. 그러므로 만약 필리포스가 메세네와 아크로코린토스 두 성을 가지고 있으면, 어느 누구도 앞으로 나설 수 없다는 뜻이었다.

아라투스는 한참 동안이나 그들의 말을 잠자코 듣고 있었다. 그러나 왕이 이번에는 아라투스의 의견을 듣고 싶다고 재촉하였으므로, 그는 이렇게 말했다.

"크레타 섬에는 높은 산이 많습니다. 그리고 보이오티아와 포키스에는 암초들이 많으며, 아카르나니아의 바닷가나 산골에도 훌륭한 성채들이 많습니다. 그러나 왕께서는 그런 곳들을 점령하지 않으시더라도, 그 나라의 국민들은 왕의 명령을 잘 따르며 섬기고 있습니다. 도적들은 흔히 높은 산이나 험한 낭떠러지에 살고 있으나 왕의 튼튼한 성채는 신의와 사랑으로 무장되어 있습니다. 이러한 신의와 사랑은 왕을 위해서 크레타 섬의 바닷길을 열어주고 펠로폰네소스를 장악하도록 하였습니다. 그리하여 젊은 나이에 이미 크레타의 주인이 되시고, 이 펠로폰네소스의 사령관이 된 것입니다."

이렇게 아라투스가 계속 말하고 있는데, 왕은 내장을 신관에게 돌려준 다음, 아라투스의 손을 잡고 이렇게 말했다.

"자! 이제 우리는 돌아갑시다."

마치 필리포스 왕은 아라투스의 그 말에 제 정신이 들고, 메세네의 자유를 빼앗지 않기로 결정한 것 같았다.

아라투스는 왕과 그런 일이 있고 난 다음부터, 차츰 왕을 멀리하기 시작했다. 그 뒤에 필리포스 왕이 에피루스를 치려고 할 때였다. 왕은 아라투스에게 같이 가자고 했으나, 그는 사양하고 집에 남아 있었다. 왕과 관계하는 모든 일은 오직 불명예뿐이라고 생각했기 때문이었다.

왕은 바다에서 로마 군과 싸웠으나, 창피스러울 정도로 많은

함대를 잃어버렸다. 이처럼 자신의 계획이 무너지자, 왕은 할
수 없이 펠로폰네소스로 돌아왔다. 그리고 전처럼, 메세네 사
람들을 속여서 짓밟으려고 했으나 그만 실패하고 말았다. 그러
자 왕은 이번에는 아예 내놓고 그 나라를 공격하여 처참하게
짓밟았다.

아라투스는 필리포스 왕과의 관계를 완전히 끊어버렸다. 왜
냐하면 아라투스는 그제서야 필리포스 왕이 자기의 며느리와
몰래 관계를 맺었다는 비밀을 알게 되었기 때문이다. 이 사실
을 알게 되자 아라투스는 몹시 분노하였으나, 아들에게는 아무
런 말도 하지 않았다. 아라투스에게는 왕에게 복수할 수 있는
아무런 힘도 없었던 것이다.

지금까지 너그럽고 착한 청년처럼 행동하던 필리포스는, 여
자를 좋아하는 무도한 폭군으로 변했다. 이것은 필리포스의 성
질이 결코 달라졌기 때문이 아니었다. 다만 지금까지 나타내기
를 두려워했던 악한 본성을 바깥으로 드러낸 것에 지나지 않았
다. 왜냐하면 아라투스에 대한 필리포스의 감정이 처음부터 두
려움과 존경이 섞인 것임이 최근의 행동으로 명백해졌기 때문
이다.

필리포스는 아라투스를 죽이기로 결심했다. 아라투스가 살아
있는 동안에는 인간으로서 멋진 자유를 도저히 누릴 수가 없을
것만 같았기 때문이다. 더구나 독재자로서의 즐거움을 맛본다
는 것은 어림도 없는 노릇이었다. 그렇다고 무턱대고 무력을
써서 아라투스를 죽일 수는 없었다. 그것은 필리포스 왕에게는
너무도 두려운 일이었다.

그래서 필리포스는 마침내 자기의 심복이었던 타우리온 장군
을 시켜서 아라투스를 죽이도록 했다. 그리고 아무도 모르게
죽일 수 없다면, 자기가 없는 틈을 타서 독약을 먹여 죽이라고

했다. 그래서 타우리온은 일부러 아라투스에게 접근하여, 마침내 독약을 먹일 수 있었다. 그런데 이 독약은 그 효과가 당장 나타나는 것이 아니었다. 독약을 먹으면 처음에는 가벼운 열이 오르고 기침이 나오다가, 차차 몸이 약해져서 마침내 숨을 거두는 것이었다.

아라투스는 이 사실을 잘 알고 있었다. 그러나 이것을 사람들에게 알린다고 하더라도 자기에게 별다른 소득이 없다는 것을 깨달았다. 그래서 아라투스는 대수롭지 않은 병에 걸린 것처럼 행동하면서, 이 비밀을 아예 감추고 있었다. 그러다가 친구가 찾아왔을 때, 많은 양의 피를 토하게 되었다. 이것을 본 친구가 깜짝 놀라자, 아라투스는 이렇게 말했다.

"오, 케팔론이여! 이것은 내가 왕을 사랑한 값이라네."

아라투스는 아이기움에서 세상을 떠나게 되었다. 아라투스가 아카이아 동맹의 열일곱번째 장군으로서 일하던 때였다. 아카이아 사람들은 아라투스가 이룩한 업적에 알맞은 장례식을 성대히 치르고, 그의 공을 새겨 넣은 기념비를 세우기를 원했다. 그러나 시키온 사람들은, 아라투스가 만약 시키온 이외의 땅에 묻히면 큰일이라고 생각하였으므로, 아카이아 사람들을 설득하여 마침내 그의 시체를 넘겨받았다.

그런데 시키온에서는 어떤 사람이든지 성벽 안에 묻혀서는 안 된다는 법률이 있었다. 이 법률에는 깊은 종교적 관념이 깃들여 있었다. 그러므로 그들은 델포이에 사람을 보내서, 아폴론 신의 뜻을 듣기로 했다. 그런데 그 사자는 다음과 같은 답을 가지고 왔다.

말하라, 시키온이여. 몇 번이고 구함 받은 너.
우리는 아라투스를 어디에 묻어주어야 하는가?

그 몸 위에 덮이기를 싫어하는 흙이 있다면,

혹은 그 몸이 누운 밑이기 때문에 무겁다고 화를 내는 흙
이 있다면,

저 하늘과 바다와 이 땅까지도

길이길이 욕을 하면서 미워할 것이다.

신의 말씀이 전해지자, 아카이아의 모든 사람들은 기쁨을 참
지 못했다. 특히 시키온 시민들의 기쁨은 이루 말할 수 없었
다. 그들은 이 신탁을 나라의 기쁨으로 돌리면서, 아이기움으
로부터 아라투스의 시체를 모시고 돌아왔다. 그들은 엄숙한 행
렬을 지으면서, 아라투스의 시체를 시키온 시내로 옮겨 놓았
다. 사람들은 화관을 쓰고 하얀색 옷을 입고는, 노래를 부르고
춤을 추면서 그 행렬의 뒤를 따라갔다.

그리고 시내의 가장 좋은 곳에, 나라를 구한 영웅 아라투스
의 시체를 모셨다. 아라투스의 무덤은 아라티움이라고 부르게
되었으며, 오늘날까지도 그대로 남아 있다.

시키온 시는 해마다 두 번씩 제물을 갖추어 엄숙한 제사를
지내고 있다. 그 제사의 하나는, 아라투스가 시키온 시를 전제
군주로부터 해방시켰던 다이시우스 달의 제5일에 행하는데, 소
테리아라고 한다. 아테네 사람들은 그 달을 안테스테리온이라
고 하며, 2월의 뜻으로 쓰고 있다. 다른 하나의 제사는 아라투
스의 생일날에 지냈다. 이 제사는 지금까지도 전해지고 있다.
처음의 제사는 제우스 소테르 신의 신관이 집행하고, 나중의
생일제사는 아라투스 신전의 신관이 하얀 바탕에 자줏빛 무늬
가 있는 머리띠를 두르고 집행한다.

제사를 집행할 때에는 가수들이 하프 가락에 맞추어 노래를
부른다. 공립훈련소 소장은 청소년들을 이끌고 행렬의 선두에

서고, 그 뒤에는 화관을 쓴 정무위원들이 따른다. 그리고 많은 시민들도 이 행렬에 참가한다. 이 행사의 일부는 오늘날까지도 종교적인 행사가 되어서 그대로 남아 있다. 그러나 오랜 세월이 지나는 동안, 아라투스를 위한 이 행사는 차츰 그 자취가 사라져 가고 있다.

아라투스의 일생과 그의 성격에 관해서 역사책이 전하는 바는 이상과 같다. 아라투스의 아들 역시, 천성이 잔인하고 간악한 필리포스 때문에 독약을 먹어야만 했다. 그 독약은 참으로 묘한 효과를 나타내는 것으로, 먹고 죽는 것이 아니라 정신을 흐리게 하고 때로는 까닭없이 화를 내게 하며, 싸움을 즐기게 만들고 또 창피스러울 만큼 여자를 좋아하도록 만들었다. 그러므로 그는 젊은 나이에 죽었지만, 그 죽음은 불행이 아니라 오히려 고생으로부터 해방된 기쁨이라고도 할 수 있을 것이다.

그러나 필리포스는 호의와 우정을 베푼 사람을 배반하고 불신한 대가를 비싸게 지불해야 했다. 필리포스는 로마 군과 싸워서 여지없이 패배하고 완전히 항복을 하였다. 이리하여 필리포스는 그 광대하던 땅을 모두 빼앗겼으며, 배는 겨우 5척만 남기고 약탈당했다.

그는 1천 탈렌트의 배상금을 물어주고, 사랑하는 아들까지 볼모로 보내게 되었다. 마침내 필리포스는 마케도니아 본토와 거기에 따른 아주 좁은 땅만을 겨우 차지하게 되었다.

이런 신세가 되었지만, 필리포스의 악한 천성은 미친 듯이 날뛰었다. 그는 자기의 가장 가까운 신하와 친척들을 끊임없이 사형시켰으므로, 나라는 두려움과 원한으로 가득 차게 되었다. 그러나 이러한 불행 속에서도 단 하나 다행스러운 일은, 아름다운 덕과 커다란 공을 세운 훌륭한 왕자가 있다는 일이었다. 그런데 로마 사람들은 필리포스의 아들이 사람들로부터 존경받

고 있다는 사실을 시기하여, 마침내 그의 아들까지도 죽여버렸
다. 그리고 필리포스 왕국을 페르세우스에게 물려주었다.

전하는 바에 의하면, 페르세우스는 필리포스의 적자가 아니
라, 여자 재봉사와의 사이에서 태어난 서자라고 한다. 그 뒤에
페르세우스는 로마의 파울루스 아이밀리우스에게 사로잡혀서
그의 개선식장으로 끌려갔다. 그리하여 안티고노스의 가문은
영원히 막을 내리게 되었다. 그러나 아라투스의 후손들은 시키
온과 펠레네에서 대대로 이어 내려와 오늘날까지 이르고 있다.

아르타크세르크세스

기원전 437년~359년

아르타크세르크세스 1세는 페르시아의 역대 왕 중에서 가장 너그럽고 어진 왕으로 유명하였다. 그리고 아르타크세르크세스의 오른손이 왼손보다 더 길었으므로, 그에게는 '길다란 손을 가진 왕'이라는 별명이 붙었다. 아르타크세르크세스는 크세르크세스 왕의 아들이었다.

여기에서 내가 기록하고자 하는 왕인 아르타크세르크세스 2세는, 흔히 '기억력이 좋은 왕'이라는 별명이 있었으며, 아르타크세르크세스 1세의 손자였다. 아르타크세르크세스 1세의 딸 파리사티스는 다리우스와 결혼하여 4명의 왕자를 두었는데, 첫째아들은 아르타크세르크세스, 둘째 아들은 키루스, 나머지 두 왕자는 오스타네스와 옥사트레스였다. 둘째 아들이었던 키루스의 이름은 옛날의 키루스라는 왕의 이름을 그대로 빌린 것이었으며, 페르시아 어로 '태양'이라는 의미를 가지고 있다.

크테시아스는 말하기를, 아르타크세르크세스의 처음 이름은 아르시카스였다고 한다. 또한 역사가 디논의 주장에 따르면 오아르세스였다고도 전한다. 그러나 크테시아스는(그의 책들은 온갖 괴상하고 터무니없는 이야기들로 가득 채워져 있지만), 왕과 태후 그리고 왕비와 왕자들의 의사로 일하면서 오랫동안 왕을 모신 사람이었으므로, 왕의 이름을 알지 못했을 것이라고는 생각되지 않는다.

아르타크세르크세스의 동생 키루스는 어릴 때부터 고집쟁이인데다가 과격한 성질을 가지고 있었다. 그러나 그의 형 아르타크세르크세스는 이와는 반대로, 모든 일에 있어서 온건하고 조용하였으며 침착한 편이었다. 아르타크세르크세스는 부모의 뜻을 받들어 아름답고 착한 여자와 결혼을 하였다. 그런데 결혼을 한 후에 부모가 그 여자를 못마땅하게 여기게 되었지만, 여기에 굴하지 않고 자신의 아내를 끝까지 보호하였다. 어떤 일로 다리우스 왕은 며느리의 친정 오빠에게 사형을 내리게 되자 그 동생인 며느리마저 사형시키기로 결심하였던 것이다. 그러나 아르시카스는 어머니의 발 앞에 엎드려 눈물로 애원함으로써 아내를 살려 낼 수 있었다.

아르시카스의 어머니였던 파리사티스는 아르시카스보다도 둘째 아들 키루스를 더욱 사랑하였기 때문에, 키루스가 왕위에 오르기를 원했다. 왕이 중병을 앓고 있을 때, 키루스는 파리사티스의 부름을 받고 자기가 일하던 해안지방에서 왕궁으로 급히 돌아왔다. 그는 왕궁으로 되돌아오면서 자기가 분명히 다음 왕위를 물려받을 것이라는 커다란 희망에 차 있었다.

그의 어머니 파리사티스 왕비는 키루스를 위해 그럴듯한 주장을 내세웠다. 그것은 오래 전에 크세르크세스 왕이 데마라투스의 의견을 받아들여서 주장한 것과 비슷하였다. 말하자면 아르시카스는 다리우스가 평범한 신하에 지나지 않았을 때 태어났으나, 키루스는 이미 다리우스가 왕이 된 다음에 태어났다는 것이다. 그렇기 때문에 키루스가 첫째왕자인 것과 다름이 없다고 주장하였다. 그러나 다리우스 왕은 파리사티스 왕비의 의견을 받아들이지 않았다.

그래서 장남인 아르시카스가 정식으로 왕위를 물려받았으며 이름도 아르타크세르크세스라고 고쳐 부르게 되었다. 그러므로 키루스의 모든 꿈은 깨지고, 그는 여전히 리디아의 장군과 해안지방의 사령관으로 머무르게 되었다.

다리우스 왕이 세상을 떠나자, 아르타크세르크세스는 파사르가다이 지방으로 행차하였다. 그 곳의 신전에서 정식으로 대관식을 올릴 예정이었던 것이다. 그런데 이 곳에는 아테네 신과 비슷한 전쟁의 여신을 모시는 신전이 있었다. 새로 왕이 될 사람은 이 신전 안으로 들어가서, 몸소 옷을 벗지 않으면 안 되었다. 그리고 옛날 키루스 대왕이 왕이 되기 전에 입었던 그 옷으로 갈아입고 무화과로 만든 과자를 먹은 다음, 투르펜틴 나무(테레빈 나무) 열매를 씹고 한 그릇의 우유를 마시도록 되어 있었다. 그 밖에 어떤 의식이 있는지에 대해서는 함께 참석하는 사람 외에는 아무도 모른다.

아르타크세르크세스가 의식을 올리려고 하는데, 티사페르네스가 어떤 신관을 데리고 들어왔다. 이 신관은 키루스 왕자가 어렸을 때 페르시아의 국립훈련소에서 철학을 가르친 사람이었다. 이 사람은, 키루스가 신전 안에 숨어 있으며 아르타크세르크세스가 옷을 갈아입으려고 할 때 그를 암살하려 한다고 말해주었다. 그는 자기의 제자가 왕이 되지 못하는 것에 무척 실망하고 있었으므로, 이 사람이 전하는 키루스에 관한 이야기는 믿지 않을 수가 없었다.

이 신관이 비밀을 알려주었기 때문에 일을 꾸미던 키루스가 사전에 잡혔다고 주장하는 사람도 있고, 실제로 키루스가 신전 안에 숨어 있다가 신관에게 발견되어서 잡히게 되었다는 설도 있다.

어쨌든 아르타크세르크세스가 키루스를 사형시키려고 하자, 파리사티스 왕비는 그를 꼭 껴안고 목과 목을 서로 대고 자기 머리카락으로 친친 묶어 놓았다. 그리고 아르타크세르크세스에게 눈물을 흘리면서 애원하였으므로 겨우 그 죄가 용서되었다. 이리하여 키루스는 다시 자기가 다스리던 해안지방으로 되돌아갈 수 있었다. 그러나 왕이 되려고 하는 마음을 완전히 버린 것은 아니었다. 그는 일이 실패하여 붙잡혔다가 용서받게 된 것을 분하게 여기면서, 왕이 되겠다는 야망을 더욱 굳게 하였다.

어떤 사람은 키루스가 자기 형에게 반란을 일으킨 것은, 수입이 적어서 생활하기에 곤란하였기 때문이라고 말한다. 그러나 이것은 사실이 아니다. 왜냐하면 만약 키루스의 생활이 정말 곤란했다면, 그의 어머니가 얼마든지 생활비를 대줄 수 있었기 때문이다. 오히려 크세노폰이 말하는 것처럼, 키루스는 사방에서 많은 인원의 군대를 끌어모아 친구나 친척들에게 맡겨 놓고 있었으며, 그들을 충분히 먹일 만큼의 많은 재산을 가지고 있었던 것도 사실이다.

키루스는 전쟁준비를 하는 동안, 자신의 계획이 드러나게 될까 봐 용병들을 한 곳으로 모으지는 않았다. 다만 여러 가지 구실을 붙여 각지에다 군대를 모아 놓고는, 자신의 대리자를 보내서 그 용병들을 각각 통솔하게 하였다. 왕과 함께 생활하고 있던 파리사티스는, 아르타크세르크세스 왕이 키루스에게 가지고 있는 의심을 풀도록 하기 위하여 갖은 노력을 다하였다.

키루스도 아르타크세르크세스 왕에게 겸손하고 충성스러운 태도로 자주 편지를 올렸다. 키루스는 편지를 쓸 때마다, 때로는 아르타크세르크세스 왕이 은혜를 베풀어주기를 바라기도 하

고, 때로는 티사페르네스에 대한 욕을 써 보내기도 했다. 그것
은 마치 자기가 왕에게 불평이 있는 것이 아니라, 티사페르네
스가 자기를 시기하고 있기 때문에 서로 다투고 있는 것처럼
보이게 하기 위해서였다.

아르타크세르크세스 왕은 원래 타고난 성품이 너그러운 사람
이었다. 그래서 시민들은 아르타크세르크세스 왕의 인품과 덕
망을 존경하였다. 아르타크세르크세스 왕이 왕위에 오른 당시
에는, 아르타크세르크세스 1세에 못지 않은 어진 왕으로 보였
다. 아르타크세르크세스는 모든 사람을 대할 때 언제나 반가워
하고, 분에 넘칠 정도로 후하게 상을 베풀었으며, 죄를 지은
사람이라고 할지라도 결코 벌주기를 좋아하지 않고, 무엇을 바
치는 자와 원하는 자를 다 같이 좋게 대했다. 그리고 아무리
보잘것없는 물건을 누가 바치더라도 몹시 기뻐하였다.

오미세스라는 사람이 유난히 커다란 석류를 아르타크세르크
세스에게 바쳤을 때에는 이렇게 말했다.

"정말 신기하구나. 내가 이 사람에게 작은 도시를 맡기면,
이내 커다란 도시로 만들겠군!"

아르타크세르크세스 왕이 지방을 두루 돌아다니면서 정사를
살피고 있을 때였다. 아르타크세르크세스가 가는 곳마다 많은
시민들이 신기한 물건을 왕에게 선물로 바쳤다. 그러나 가난한
농부는 아르타크세르크세스 왕에게 드릴 것이 아무것도 없었
다. 그래서 강으로 달려가더니, 두 손으로 물을 떠다가 아르타
크세르크세스 왕에게 바쳤다. 아르타크세르크세스 왕은 대단히
기뻐하면서, 그 사람에게 금으로 만든 잔 1개와 1천 다리크의
돈을 사례로 주었다.

한번은 라케다이몬 사람 에우클리다스가 매우 건방진 태도로
아르타크세르크세스 왕에 대한 연설을 몇 차례 하자, 그는 고

관을 시켜서 이렇게 전했다.

"그대는 하고 싶은 말을 다 하는 것이 좋다. 그러나 반드시 이 사실을 기억해야 한다. 나는 하고 싶은 것은 무엇이든지 말할 수 있으며, 또한 행동도 할 수 있다."

아르타크세르크세스 왕이 사냥 나갔을 때의 일이다. 테리바주스라는 사람이 아르타크세르크세스 왕에게 다가오더니, 왕의 옷이 찢어졌다고 알려주었다. 아르타크세르크세스 왕이 어떻게 하면 좋겠느냐고 그에게 물었더니, 테리바주스는 이렇게 대답했다.

"전하! 다른 옷으로 갈아 입으시고, 그 찢어진 옷을 제발 저에게 주십시오."

아르타크세르크세스 왕은 이 말에 다음과 같이 대답했다.

"좋다! 그것이 소원이라면 이 옷을 벗어주지. 그러나 테리바주스, 자네는 절대로 이 옷을 입지 말도록 하라."

아르타크세르크세스 왕은 이렇게 말하면서, 입고 있던 그 옷을 벗어서 테리바주스에게 주었다. 그러나 테리바주스는 다른 뜻이 있었던 것이 아니라, 원래 지각이 없고 경솔한 사람이었기 때문에 아르타크세르크세스 왕이 그 곳을 떠나자 곧 왕의 옷을 입었다. 그리고 아르타크세르크세스 왕처럼 금목걸이를 두르기도 하고 여자들의 패물을 붙이기도 하면서 거리를 돌아다녔다. 그것은 물론 법에 어긋나는 일이었기 때문에, 다른 신하들은 모두 못마땅하게 여기면서 눈살을 찌푸렸다. 그러나 아르타크세르크세스 왕은 너그럽게 웃으면서 이렇게 말했다.

"그 패물을 목에 걸고 있으니 귀여운 여자처럼 보이고, 그 옷을 입고 있으니 어쩐지 바보처럼 보이는구나. 그러나 너를 탓하지는 않을 것이다. 그냥 그렇게 하고 돌아다니도록 하거라."

페르시아에서의 예법으로는 아르타크세르크세스 왕이 식사를 할 때, 어머니가 상석에 앉고 정식으로 결혼한 왕비가 아랫자리에 앉았으며, 그 밖의 다른 사람은 아무도 자리에 앉지 못하도록 되어 있었다. 그러나 아르타크세르크세스 왕은 오스타네스와 옥사트레스의 두 동생과도 같이 앉아서 식사를 하게 하였다.

시민들이 아르타크세르크세스 왕에 대하여 가장 고맙게 여기는 것 중의 하나로 다음과 같은 일이 있다. 그것은 스타티라 왕비가 행차할 때면 타고 가는 마차의 발을 걷고 지나가는 일이었다. 왕비는 시민들이 절을 하며 그녀에게로 가까이 다가오는 것을 허락하였으므로 시민들의 평판이 매우 좋았던 것이다.

그러나 혁신을 좋아하는 사람들은, 페르시아는 나라가 너무 넓고 크기 때문에 용감하고 대담하며, 전쟁을 좋아하고 우정을 소중히하는 영리한 키루스 왕자가 필요하다고 공공연하게 떠들었다. 따라서 키루스는 자기가 다스리고 있는 시민들은 물론, 다른 지방의 시민들도 틀림없이 자기를 지지해줄 것이라고 믿었다.

이리하여 키루스는 라케다이몬에 편지를 보내서, 자기를 도와달라고 요청했다. 키루스는 만약 군대가 걸어서 온다면 말을 줄 것이고, 말을 타고 오면 전차를 줄 것이며, 밭을 가졌던 자에게는 마을을 주고, 또 마을을 다스렸던 자에게는 도시를 다스리도록 해주겠다고 약속하였다. 그리고 자기의 부하가 되는 자에게는 급료를 수량으로 하나씩 세어서 주지 않고, 말로 되어서 주겠다고 약속하였다. 그와 동시에 그 편지에서 자기 자신의 자랑도 많이 늘어놓았다. 자기는 형보다도 뛰어난 용기를 가진 철학자이자 현인이다. 뿐만 아니라 형보다 술도 더욱 잘 마신다. 그러나 형은 말을 타고 사냥도 못 할 정도며, 나라가 위태로울 때에는 제대로 왕의 자리에도 앉아 있을 수 없는 겁쟁이라고 하면서 형의 욕을 마구 늘어놓았다.

라케다이몬 사람들은 키루스의 편지를 읽자 두루마리 편지 하나를 클레아르쿠스에게 보내서, 모든 일은 키루스의 명령에 따르라고 말했다. 이리하여 키루스는 돈으로 구입한 그리스 군대 1만 3천 명과 자기의 군대를 합친 대군을 지휘하면서, 아르타크세르크세스 왕을 치려고 진군을 시작했다. 키루스는 이 전쟁의 목적에 대해서 여러 가지로 변명했다.

이 반란은 즉시 아르타크세르크세스 왕에게 알려졌다. 티사페르네스가 직접 왕에게 달려가서 이 사실을 보고했던 것이다. 사정이 이렇게 되자, 왕궁은 발칵 뒤집히게 되었다. 아르타크세르크세스 왕은, 파리사티스를 반란의 주동자로 보고 그녀와 가까운 자들을 모두 역적으로 몰았다. 그 당시에 왕비 스타티라는 파리사티스를 원망하며 이렇게 말하였다.

"어머님께서 그렇게 믿으시던 자식인데, 이것이 어떻게 된 일입니까? 형님이 되는 아르타크세르크세스 왕의 생명을 노렸을 때에도 어머님께서 그렇게도 애원하기에 그대로 살려 두었더니, 끝내 이런 전쟁을 일으켜서 멸망의 길에 몰아넣으려고 하는 것을 보십시오."

이 말을 들은 파리사티스는, 오히려 스타티라 왕비에게 앙심을 품었다. 그리하여 워낙 성질이 드세고 복수심이 강한 파리사티스는, 스타티라 왕비를 죽이기 위해 음모를 꾸미기 시작하였다.

그런데 디논은, 파리사티스가 전쟁이 계속되고 있는 동안에 스타티라 왕비를 죽였다고 전하고 있으나, 크테시아스는 전쟁이 끝난 뒤에 죽임을 당했다고 전하고 있다. 이와 같은 두 가지 주장 가운데 크테시아스가 전한 말이 옳다고 믿고, 이 이야기를 펼쳐 나가기로 하겠다. 왜냐하면 이 사건이 일어났을 때 그 곳에 함께 있었던 크테시아스가 날짜를 모른다고는 생각할 수 없기 때문이다. 크테시아스의 책에는, 역사적인 사실을 떠나서 소설처럼 꾸민 곳이 여러 군데 있다. 그러나 그 사건을 직접 바라본 크테시아스가 날짜까지 바꾸어서 써야 할 아무런 이유가 없는 것이다. 이런 점으로 미루어볼 때, 디논의 말보다 크테시아스의 말이 더욱 믿을 수 있다고 할 수 있다.

키루스 군이 밀려오자, 아르타크세르크세스 왕에게는 수많은 소문과 보고가 들어왔다. 그러나 아르타크세르크세스 왕은 마주 나가서 키루스와 전투를 벌이지 않고 여전히 페르시아에서 머물고 있었다. 아르타크세르크세스 왕은 나라 안의 각지에서 군대가 모여들기를 기다리고 있었던 것이다. 아르타크세르크세스 왕은, 깊이와 폭이 열 길이나 되고 길이가 400퍼얼롱이나 되는 커다란 참호를 파고 있었다. 아르타크세르크세스 왕은 키루스 군이 이 참호를 넘어서 바빌론으로 다가올 때까지 조용히 기다리고 있었다.

아르타크세르크세스 왕이 전쟁을 하지 않고 망설이고 있자, 테리바주스가 앞으로 나가서 말했다. 테리바주스는 아르타크세르크세스 왕에게 최초로 충고를 한 사람이었다고 전해진다.

"대왕께서는 적보다 몇 배나 되는 강력한 군대를 가지고 있습니다. 그리고 키루스 군보다 작전을 잘 세우고 용맹하기도 한 장군과 병사들을 많이 거느리고 있습니다. 그러나 대왕께서는 전쟁을 피하면서, 메디아와 바빌론 그리고 수사까지 모두 버리고, 멀리 페르시스까지 옮겨 가는 것은 커다란 잘못이라고 생각합니다."

테리바주스의 말을 듣자, 아르타크세르크세스 왕은 키루스 군을 무찌르기로 굳게 결심하였다.

그리하여 아르타크세르크세스 왕이 90만이나 되는 대군을 거느리고 앞으로 나오자, 키루스 군은 겁을 집어먹었다. 키루스 군은 지금까지 아르타크세르크세스 왕의 군대를 얕잡아보고 있었던 것이다. 그렇기 때문에 엄청난 규모의 군대를 본 키루스의 반란군은 아우성을 치면서 대혼란을 일으켰다. 그래서 키루스 군은 전투대형으로 고치기조차 어려울 정도였다.

게다가 아르타크세르크세스 왕의 대군은 질서 있게 조용히 진군하였기 때문에, 이 광경을 지켜본 그리스 군은 그 무서운 규율에 모두 놀라지 않을 수 없었다. 그리스 군은 이렇게 많은 군대라면 질서 없이 고함이나 지르면서, 대열도 헝클어뜨린 채 제멋대로 밀려올 것이라고 생각했던 것이다. 아르타크세르크세스 왕은 전차부대를 선두에 내세워, 양군이 서로 맞부딪치기 전에 먼저 그것으로 적을 공격하여 혼란을 일으키려고 하였다.

이 전투는 많은 역사가들이 자세하게 기록하고 있는데, 그 중에서도 크세노폰의 기록이 가장 상세하다. 크세노폰이 쓴 글을 읽고 있으면, 그 글이 생생하게 살아 있어서 그 당시의 전투광경을 마치 눈으로 보는 듯하다. 그의 긴박감 넘치는 묘사는, 독자로 하여금 온갖 정감을 불러일으켜서, 자신이 전쟁의 여러 가지 위험에 처한 듯한 느낌을 준다. 따라서 필자가 이 자리에서 자세히 쓴다는 것은 어리석은 일이므로, 다만 크세노폰이 생략한 것 가운데에서 여기에 기록할 만한 것을 쓰고자 한다.

아르타크세르크세스 왕이 이끄는 군대와 키루스의 군대가 서로 만난 곳은 바빌론에서 약 500퍼얼롱 가량 떨어진 쿠나크사였다. 전투가 아직 시작되기도 전에 클레아르쿠스는 키루스에게, 이번 전투는 무척 위험하므로 뒤쪽에 가 있으라고 말했다.

하지만 키루스는 이렇게 대답했다고 전해진다.

"무슨 말을 하는 것인가, 클레아르쿠스? 제국을 얻으려고 싸우는 나에게, 그럴 가치도 없는 인간처럼 가만히 있으라는 말인가?"

키루스는 위험을 무릅쓰고 무작정 적진으로 쳐들어갔기 때문에, 마침내 커다란 실수를 하게 되었다. 그리고 클레아르쿠스도 키루스와 같은, 아니 그보다 더욱 커다란 잘못을 저질렀다. 그는 자기가 거느린 그리스 군대를 이용하여 아르타크세르크세스 왕이 있는 적의 주력부대를 공격하려 하지 않고, 다만 적에게 포위되는 것만을 두려워했다. 그래서 그는 자기 군대의 우익을 이끌고 강가에 진을 쳤던 것이다.

이처럼 자신의 안전만을 찾고 편안히 잠자기만을 원했다면, 아예 전쟁터로 나오지 않았던 것이 더욱 좋았을지도 모른다. 클레아르쿠스는, 키루스가 페르시아 왕의 자리에 오를 수 있도록 도와주기 위하여, 바다로부터 10만 퍼얼롱이나 멀리 떨어진 이 곳까지 무장한 채 행진해 왔다. 그러므로 자기 군대에게 급료를 지불하고 자기에게 명령을 내리는 장군을 위해, 그가 승리할 수 있는 위치로 나아가 최선을 다해 공격하는 것이 무엇보다도 떳떳한 일이라고 하겠다.

그러나 클레아르쿠스는 비겁하게도 오직 자기 한 몸의 안전만을 생각하고 가만히 앉아 있었다. 이것은 마치 눈앞의 위험이 두려워서 원정계획을 배반해버린 행동이라고 말할 수 있다. 왜냐하면 아르타크세르크세스 왕을 호위하고 있던 호위병 중에는 그리스 군의 공격을 막아 낼 만한 사람이 한 사람도 없었기 때문이었다.

만약 그 당시에 그리스 군이 아르타크세르크세스 왕의 호위병을 공격했더라면, 어렵게 싸울 것도 없이 손쉽게 무찌를 수 있었을 것이다. 그렇게 되면 아르타크세르크세스 왕은 분명히 죽음을 맞았거나 도망쳤을 것이며, 키루스는 빛나는 승리를 거두고 원하던 왕위에 오를 수 있었을 것이다. 그러므로 이 전투에서 키루스가 전사하고 그의 계획이 실패하게 된 책임은 키루스 자신에게 있는 것이 아니라, 클레아르쿠스가 지나칠 정도로 조심한 데에 있다고 할 수 있다.

클레아르쿠스 군은 오직 안전만을 생각했으므로 아르타크세르크세스 왕의 군대와 너무 멀리 떨어진 곳에 진을 쳤다. 그리하여 아르타크세르크세스 왕은 그들과 싸우던 적군이 무너졌어도 그 사실을 전혀 모르고 있었다. 이제 이 싸움에서 이미 키루스가 전사를 했으니, 만약 클레아르쿠스가 승리를 거두게 되더라도 아무런 소용이 없는 것이 되어버렸다.

키루스는 매우 눈치가 빠른 사람이었으므로, 처음부터 클레아르쿠스 군을 중앙으로 돌려서 진을 치도록 하려고 했다. 그러나 클레아르쿠스는 아무런 염려도 하지 말라고 장담하고는 이처럼 모든 것을 엉뚱하게 망쳐버렸던 것이다.

그리스 군은 적을 손쉽게 무찌르고 멀리까지 추격하였다. 키루스는, 명마였지만 고집이 매우 센 사나운 말을 타고 있었다. 크테시아스가 전하는 바로는 그 말의 이름은 파사카스였다. 그렇게 되자 카두시아 사람들의 지도자 아르타게르세스가 마주 달려나와서 키루스를 보고 호통을 쳤다.

"이 의롭지 못하고 어리석은 녀석아! 거룩하신 아르타크세르크세스 대왕의 이름을 더럽혀도 분수가 있지! 그리스의 나쁜 놈들을 이끌고 악의 길에 오르다니, 페르시아의 재물을 훔치기 위해서인가? 어찌하여 너의 왕이시며 너의 형님이 되시는 아르타크세르크세스 대왕을 해치려고 드느냐? 아르타크세르크세스 대왕의 천만대군은 어느 누구나 훌륭한 장수들이다. 이 녀석아, 어디 맛 좀 보아라. 아르타크세르크세스 대왕을 만나기 전에, 네 녀석의 머리가 먼저 바닥에 뒹굴게 될 것이다."

아르타게르세스는 말을 마치자마자, 키루스에게 창을 던졌다. 그러나 키루스의 갑옷이 너무나 단단하였으므로, 그를 꿰뚫지 못하고 창은 이내 튕겨 나왔다. 키루스는 아무런 상처도 입지 않았으나, 너무 세게 창을 맞았기 때문에 안장 위에서 몸이 크게 흔들렸다.

아르타게르세스가 달아나려고 말을 되돌리는 순간, 이번에는 키루스가 그에게 창을 던졌다. 키루스가 던진 창은 아르타게르세스의 목에 깊이 박혔다. 모든 역사가들이 아르타게르세스가 키루스 때문에 전사했다고 기록하였다.

그러나 키루스의 전사에 관하여 크세노폰은 너무 간단하게 써 놓았다. 그는 이 전투를 직접 목격한 사람이 아니었으므로 그럴 수밖에 없었을 것이다. 그래서 이 자리에서는 디논과 크테시아스의 책에 적힌 이야기를 대충 간추려서 이야기하기로 한다.

디논의 말을 들어보면, 키루스는 아르타게르세스를 죽인 다음 그 기세를 몰아서 아르타크세르크세스 왕의 호위부대를 맹렬히 공격하였다. 그래서 아르타크세르크세스 왕의 말까지 창으로 찔러, 왕은 말에서 굴러떨어졌다. 그런데 테리바주스가 급히 아르타크세르크세스 왕에게 달려와서 그를 부축해 일으키고는, 다른 말에 태우면서 이렇게 말했다.

"대왕이시여! 오늘의 일을 기억하시기 바랍니다. 도저히 잊을 수 없는 날입니다."

키루스는 말에게 박차를 가하면서, 아르타크세르크세스 왕을 공격하였다. 키루스가 세번째로 거듭 달려들자, 아르타크세르크세스 왕도 드디어는 몹시 화를 내게 되었다.

"죽음은 오히려 너에게 어울리는 것이다."

아르타크세르크세스 왕은 이렇게 말하면서, 키루스에게 달려들었다. 키루스는 빨리 아르타크세르크세스 왕을 죽여야 한다는 생각으로, 자신에게 겨누어져 있는 창도 아랑곳하지 않았다. 아르타크세르크세스 왕은 잡고 있던 창을 키루스에게 던졌다. 이때 아르타크세르크세스 왕의 모든 호위병들도 일제히 창을 던졌다. 마침내 키루스는 땅으로 굴러 떨어져 죽었다. 이렇게 해서 아르타크세르크세스 왕 자신이 직접 키루스를 죽였다고 한다.

그러나 다른 이야기를 들어보면, 카리아 출신의 어떤 장병이 키루스를 죽였다고 한다. 카리아 사람에게는 나중에 아르타크세르크세스 왕이 그 공을 표창하면서, 외국으로 원정을 나갈 때면 금으로 만든 수탉이 달린 창을 들고 군대의 선두에서 행진하는 영광을 주었다고 한다. 이것은 카리아 사람들이 투구에 수탉의 깃을 붙이고 다녔기 때문이었다. 그러므로 페르시아 사람들은 카리아 사람들을 수탉이라고도 불렀다.

그런데 크테시아스가 전하는 이야기를 간추려보면, 그 내용은 다음과 같다. 키루스는 아르타게르세스를 죽인 다음, 말을 아르타크세르크세스 왕이 있는 곳으로 몰아세우자, 왕도 키루스에게 다가섰다. 그들은 서로 아무런 말도 주고받지 않았다.

키루스의 친구였던 아리아이우스가 먼저 아르타크세르크세스 왕에게 창을 던졌다. 그러나 창은 아르타크세르크세스 왕을 빗나갔다. 그 다음에 아르타크세르크세스 왕이 키루스에게 창을 던졌다. 키루스도 역시 창을 맞지 않았으나, 그 대신에 키루스의 친구였던 사티페르네스가 맞아 그 자리에서 즉사하였다.

이것을 본 키루스는 화가 치밀어서 다시 아르타크세르크세스 왕에게 창을 던졌다. 그 창은 아르타크세르크세스 왕의 가슴막이 갑옷을 뚫고, 2인치나 되는 깊은 상처를 주었다. 부상당한 아르타크세르크세스 왕은 말에서 굴러떨어졌다. 이 광경을 본 아르타크세르크세스 왕의 호위병들은 겁이 났으므로, 아우성을 치면서 모두 도망을 쳤다.

아르타크세르크세스 왕은 다시 일어나서 겨우 몇 사람의 호위병을 데리고 가까운 언덕으로 피했다. 아르타크세르크세스 왕은 그 곳에서 지친 몸을 쉬었다. 그 당시에 불과 몇 사람의 부하만이 아르타크세르크세스 왕을 모시고 있었는데, 그 중에는 크테시아스도 끼여 있었다.

그런데 키루스는 사나운 말이 마구 날뛰는 바람에 아르타크세르크세스 왕이 이끄는 부대 사이로 들어가게 되었다. 그러나 사방이 이미 어두워지고 있었으므로, 아르타크세르크세스 왕의 병사들은 그가 누구인지 잘 몰랐다. 키루스의 호위병들도 사방으로 흩어져서 키루스를 찾아보았으나, 어디로 갔는지 도무지 알 수가 없었다.

승리에 흠뻑 취해서 온몸에 용기가 치솟은 키루스는, 적진 속을 마구 헤쳐 나가면서 페르시아 말로, 한 번도 아니고 세 번씩이나 이렇게 외쳤다.

"길을 비켜라, 건방진 녀석들아 ! 길을 비켜라."

키루스의 호통소리를 듣자, 더러는 길을 비켜섰다. 그러나 워낙 많은 병사들로 붐비고 있었기 때문에, 키루스가 쓰고 있던 원뿔 모양의 투구가 그만 바닥에 떨어졌다. 그런데 미트리다테스라는 페르시아의 젊은이가 그 곁을 지나가다가, 그가 누구인지도 모르고 창을 던져서 키루스의 관자놀이를 꿰뚫었다.

순식간에 붉은 피가 흐르고, 키루스는 정신을 잃으면서 그만 말에서 굴러떨어졌다. 주인을 잃어버린 말은 미친 듯이 싸움터에서 마구 날뛰었다. 이때 안장에 깔았던 피묻은 헝겊이 떨어지는 것을 보고, 미트리다테스의 전우들이 이것을 주웠다.

  이윽고 키루스가 다시 정신을 차리자, 그 곳까지 따라온 키
루스의 호위병들이 다른 말에 태워서 안전한 곳으로 모셔 가려
고 하였다. 그러나 키루스는 말을 탈 수 있는 힘조차 없다고
하면서 걸어가겠다고 했다. 키루스는 호위병들의 부축을 받으
면서 간신히 걸어갔다. 눈앞이 어두워지면서 다리가 휘청거렸
으나, 키루스는 자신의 승리를 굳게 믿고 있었다. 왜냐하면 키
루스가 걸어갈 때, 도망치던 적군들이 키루스에게 왕이라고 부
르며 제발 살려달라고 애원하였기 때문이었다.

  그런데 아르타크세르크세스 왕의 군대를 따라다니며 천한 일
을 하던 가난한 카우니아 사람 몇 명이, 그들과 함께 뒤섞이게
되었다. 그들은 키루스의 군대가 자기편인 줄 잘못 알고 다가
왔던 것이다.

  그러나 잠시 후에 그들은 어둠 속에서, 갑옷 위의 전포가 아
르타크세르크세스 왕의 군대가 입는 하얀색이 아니라 붉은색임
을 보고 이내 적군이라는 사실을 알게 되었다. 그래서 그 가운
데 한 사람이 키루스의 뒤에 숨어 있다가 창으로 찔렀다. 창은
키루스의 무릎에 꽂혀서 다리의 힘줄을 끊었다. 키루스는 그
자리에 힘없이 쓰러지면서 관자놀이가 돌에 부딪혀서 숨지게
되었다. 둔한 칼로 목을 베는 것처럼 지루한 이야기지만, 이것
이 크테시아스가 전하는 이야기이다.

  마침 아르타시라스가 말을 타고 그 곳을 지나다가, 통곡하고
있는 호위병들을 보았다. 그는 가까이 다가가서 호위병 가운데
낯이 익은 한 사람에게 이렇게 물어보았다.

  "파리스카스! 전사한 사람이 누구이길래, 모두 이렇게 슬퍼
하고 있소?"

  "아르타시라스 님! 우리의 주인 키루스 전하를 몰라보십니
까?"

아르타시라스는 뜻하지 않은 기쁜 소식을 듣고 깜짝 놀랐다. 그는 호위병들을 일단 위로하면서, 시체를 잘 지키라고 명령했다. 그리고 번개처럼 말을 달려서 아르타크세르크세스 왕을 찾아갔다.

아르타크세르크세스 왕은 싸움에서 패배한 줄 알고 낙심하고 있었다. 게다가 상처는 아프고 목이 몹시 말랐다. 이때 아르타시라스가 얼굴에 웃음을 머금고 다가오더니 자기가 키루스의 시체를 확실히 보고 왔다고 아르타크세르크세스 왕에게 보고하였다.

이 소식을 들은 아르타크세르크세스 왕은, 처음에는 그 곳으로 직접 가보겠다고 하면서 아르타시라스에게 안내하라고 했다. 그러나 그리스 군들이 아직도 아르타크세르크세스 왕의 군대를 공격하고 있다는 소문이 들렸으므로, 어쩔 수 없이 몇 사람을 보내서 직접 보고 오도록 했다.

그래서 30여 명의 장병들이 횃불을 들고 그 곳으로 출발했다. 그러는 동안에도 아르타크세르크세스 왕은 목이 말라서 죽을 지경이었다. 이 광경을 보다 못해서, 사티바르자네스가 물을 구하러 달려나갔다. 그러나 이 곳에는 한 방울의 물도 없었다. 사티바르자네스는 사방을 이리저리 헤매다가, 우연히 천한 카우니아 사람을 만나게 되었다.

그 사람은 가죽부대에 한 되 가량의 더러운 흙탕물을 가지고 있었으므로, 어쩔 수 없이 이것이나마 얻어다가 아르타크세르크세스 왕에게 바쳤다. 아르타크세르크세스 왕이 그 물을 다 마시자, 사티바르자네스는 물맛이 나쁘지 않았느냐고 왕에게 물었다. 그러자 아르타크세르크세스 왕은 이렇게 대답했다.

"지금까지 이렇게 향기롭고 맛있는 술이나 물은 마셔본 일이 없다."

그리고 아르타크세르크세스 왕은 하늘을 바라보면서 이렇게 기도했다.

"하늘이시어, 제가 만약 이 물을 보낸 사람을 찾아서 은상을 베풀 수 없다면, 간절하게 원하니 그 사람에게 복과 영광을 내려주소서."

이러고 있을 때, 조금 전에 보냈던 30여 명의 부하들이 달려왔다. 그들은 모두 승리의 기쁨을 얼굴에 나타내면서, 그 소식이 과연 틀림없는 사실이었다고 알려주었다. 그러는 동안 많은 군사들이 모여들었으므로 아르타크세르크세스 왕은 새로운 용기를 얻어서 많은 횃불과 등불로 앞을 밝히면서 그 곳으로 달려갔다.

그들이 키루스의 시체가 있는 곳으로 달려갔을 때는, 페르시아의 풍습대로 키루스의 오른손과 머리는 이미 잘린 다음이었다. 아르타크세르크세스 왕은 키루스의 머리를 가져오라고 명령했다. 그리고 숱이 많은 그 머리채를 잡아들고, 아직까지도 믿지 못해서 도망치려는 자기 군대에게 보여주었다. 그들은 깜짝 놀라면서 아르타크세르크세스 왕에게 경배를 드렸다. 잠시 동안에 7만 명의 군대가 모였으므로, 아르타크세르크세스 왕은 그들을 데리고 진영으로 돌아갔다.

다음날 아침이 되어 아르타크세르크세스 왕이 싸움터로 나올 때에는, 40만 명의 병사를 거느리고 있었다고 크테시아스는 말하고 있다. 그러나 디논과 크세노폰의 기록을 보면, 그보다 훨씬 더 많았다고 한다. 그리고 크테시아스가 아르타크세르크세스 왕에게 보고한 전사자 명부에 의하면 전사자는 9천 명이었으나, 자기의 생각으로는 2만 명 정도였다는 것이다. 이것까지는 좋다고 하더라도, 이 두 가지 설에 덧붙여 한 마디 말해야 할 것이 있다.

크테시아스는 자신이 자킨투스 사람인 팔리누스와 그 밖의 몇 사람과 함께 아르타크세르크세스 왕의 사신 자격으로 그리스를 방문했다고 기록하고 있는데, 이것은 터무니없는 말이다. 왜냐하면 크세노폰은 크테시아스가 페르시아 왕의 신하로 있었다는 것을 잘 알고 있었다. 또한 크테시아스에 관해서 쓰기도 했으며, 그가 쓴 것을 읽기도 한 사람이었다.

따라서 만약 크테시아스가 자기의 말대로 그런 중대한 사명을 띤 사신들의 통역관 자격으로 그리스를 방문했다면, 크세노폰이 팔리누스의 이름만 기록하고 그의 이름을 기록하지 않았을 이유가 없다. 크테시아스는 원래 허영심이 많은 사람이었다. 그는 라케다이몬 사람들과 클레아르쿠스의 찬미자였다. 그러므로 그의 책에서 스파르타와 클레아르쿠스를 칭찬할 때마다, 반드시 자기도 그 당시에 어떤 일을 함께 맡고 있었다는 듯이 자기 이름을 그 속에 반드시 기록하였다.

전쟁이 끝나자 아르타크세르크세스 왕은, 키루스에게 죽임을 당한 아르타게르세스의 아들에게 훌륭한 선물을 내려주었다. 그리고 크테시아스를 비롯한 다른 신하들에게도 후한 상을 주었다. 또한 아르타크세르크세스 왕에게 물을 보낸 카우니아 사람을 찾아서 많은 재물을 주었다. 이 사람은 원래 가난하고 미천한 사람이었지만, 물 한 그릇을 바친 정성으로 부자가 된 셈이었다.

그리고 죄를 저지른 사람들에게는 깊이 생각해서 알맞은 벌을 주었다. 그 당시에 아르바케스라는 메디아 사람이 있었다. 이 사람은 치열하게 싸움이 벌어지고 있을 때, 키루스 편이 유리한 것을 보고 도망쳤다가 키루스가 전사하자 다시 아르타크세르크세스 왕의 군대로 되돌아온 사람이었다. 아르타크세르크세스 왕은 이 사람을 위험스러운 반역자로 다루지 않고, 다만 여자처럼 겁이 많아서였을 것이라고 여기면서, 천박한 기생을 등에 업고 하루 종일 거리에 서 있도록 하였다. 그리고 키루스 군에게 넘어갔다가 다시 돌아왔으면서도 뻔뻔스럽게 반란군 2명을 죽였다고 허풍을 떤 사람에게는 거짓말을 한 혓바닥에 바늘 3개를 꽂아 두도록 했다.

아르타크세르크세스는 자기가 키루스를 죽였다고 모든 사람들이 믿어주기를 바랐다. 그리고 사람들이 그렇게 말해주기를 원했다. 그래서 아르타크세르크세스 왕은 가장 먼저 키루스에게 상처를 입힌 미트리다테스에게 값진 선물을 보냈다. 그리고 그 선물을 가져가는 전령에게 이렇게 말하도록 하였다.

"키루스의 안장에 깔았던 헝겊을 주워서 나에게 바쳤기 때문에, 나는 이 상을 그대에게 내리노라."

키루스의 무릎을 찔렀던 카리아 사람도 아르타크세르크세스 왕에게 상을 요구하였다. 그러자 아르타크세르크세스 왕은 그 사람에게도 역시 후한 상을 보내면서, 전령에게 이렇게 말하도록 하였다.

"기쁜 소식을 나에게 전해준 데 대한 2등상으로 이것을 그대에게 내리노라. 키루스가 죽은 것을 가장 먼저 나에게 보고한 사람은 아르타시라스였으며, 그 다음이 바로 그대였다."

미트리다테스는 매우 억울하게 생각했지만, 아무런 불평도 못 하고 그만 그 자리에서 물러갔다. 그러나 카리아 사람은 불쌍하게도 인간이 가지고 있는 약점에 지고 말았다.

아르타크세르크세스 왕이 내린 상을 보자, 그는 매우 화가 났다. 카리아 사람은 자기의 분수에 넘치는 상을 타고 싶었다. 그래서 그 상을 받지 않겠다고 거절해버렸다. 그리고 키루스를 죽인 것은 바로 자기라고 떠들고 다니며, 그 당시의 목격자들을 붙들고 억울하다고 하소연하였다. 그리고 그 공을 분하게도 다른 사람에게 빼앗겼다고 울부짖으면서 항변하였다.

이 말이 아르타크세르크세스 왕의 귀에 들어가자, 왕은 더 이상 노여움을 참지 못하고 당장 카리아 사람의 목을 베어서 가져오라는 명령을 내렸다. 그러나 옆에 있던 파리사티스가 이렇게 말했다.

"무엄한 카리아 사람에게 내리는 벌로는 너무 가벼운 것 같습니다. 함부로 그러한 말을 한 사람에게 마땅한 벌을 내리겠으니, 나에게 맡기시오."

그래서 아르타크세르크세스 왕은 카리아 사람을 파리사티스에게 넘겨주었다. 그러자 파리사티스는 사형집행인에게 시켜서 카리아 사람을 밧줄로 묶도록 하였다. 그리고 열흘 동안이나 무서운 고문을 한 다음, 눈알을 빼내고 귀에다 구리를 녹인 것을 부어 넣어서 죽였다.

미트리다테스 역시 며칠 뒤에 자신의 어리석음으로 해서 애처로운 죽음을 맞이했다. 미트리다테스는 아르타크세르크세스 왕과 파리사티스 그리고 그들의 호위병들이 참석하는 성대한 잔치에 초대를 받았다. 그래서 그는 아르타크세르크세스 왕으로부터 받은 옷과 금으로 만든 패물들을 갖추고 그 잔치자리에 나왔다. 술잔이 돌자, 가장 세도가 높은 호위병이 미트리다테스에게 말을 건넸다.

"오, 미트리다테스여! 정말 굉장한 옷차림이군요. 이것이 모두 아르타크세르크세스 대왕께서 내리신 것인가요? 목걸이와 팔찌가 어쩌면 이렇게도 좋을까? 그리고 그 허리띠는 도대체 값이 얼마나 되는지 짐작조차 하지 못하겠군요. 아르타크세르크세스 대왕께서는 당신에게 많은 은혜를 내렸어요. 온 세상 사람들이 부러워하고 있으니까!"

이 말을 듣자 술기운이 돌기 시작한 미트리다테스는 이렇게 대답했다.

"스파라미제스여, 무슨 소리입니까? 그 날 내가 세운 공을 따지자면 이 정도로는 어림도 없소. 그것은 굉장히 힘들었던 그 전투가 있던 날, 아르타크세르크세스 대왕께서도 직접 보셨던 일입니다."

그러자 스파라미제스는 부드럽게 웃으면서 이렇게 말했다.

"미트리다테스여! 결코 그대가 지나친 상을 받았다는 것은 아닙니다. 그러나 미트리다테스여! 술에 취하면 바른 말을 한다는 속담이 있지 않소? 어디 한번 들어봅시다. 말 등에서 떨어진 헝겊을 주워서 아르타크세르크세스 대왕에게 드린 공보다 더욱 커다란 공이라는 것은 도대체 어떤 것입니까?"

호위병이 이렇게 물었던 것은 정말 그 까닭을 몰라서 물었던 것이 아니었다. 그것은 미트리다테스의 허영심에 부채질을 해서, 많은 사람들 앞에서 술에 취한 그가 지각없는 소리를 하도록 만들자는 계략이었다.

미트리다테스는 아무런 조심성도 없이 이렇게 말했다.

"엉뚱한 이야기는 그만두시오. 나는 말안장을 주워서 아르타크세르크세스 왕에게 바친 것이 아닙니다. 솔직하게 말하자면, 키루스를 죽인 사람은 아르타크세르크세스 대왕이 아니라 바로 나였소. 그 당시에 내가 아르타크세르크세스 대왕처럼 창을 엉뚱하게 하늘로 던질 사람입니까? 나는 절대로 그런 일이 없습니다. 내가 던진 창은 한치도 틀리지 않고 키루스의 관자놀이에 맞았습니다. 그렇게 되자 키루스는 땅바닥에 굴러떨어졌소. 진실을 말하자면 키루스는 내가 죽인 것입니다."

이 말을 듣고 있던 모든 사람들은, 미트리다테스가 얼마 후면 죽을 것이라고 생각하면서, 고개를 숙이고 묵묵히 있었다. 그때 잔치를 베풀었던 주인이 앞으로 나서면서 말했다.

"미트리다테스여 ! 아르타크세르크세스 대왕의 만수무강을 빌면서 마음껏 술을 마시고 음식을 먹도록 합시다. 우리에게는 너무나 벅찰 것 같은 그런 이야기는 그만두도록 합시다."

그 뒤에 스파라미제스는 미트리다테스가 하였던 말을 파리사티스에게 모두 알려주었다. 그리고 파리사티스는 다시 아르타크세르크세스 왕에게 이 말을 전했다. 아르타크세르크세스 왕은 자기가 한 말을 거짓말로 만들 뿐만 아니라, 이번 전투에서 가장 자랑스러운 부분을 미트리다테스가 망쳐 놓는다고 하면서 노여움을 참지 못했다. 왜냐하면 아르타크세르크세스 왕은, 그리스나 아시아를 비롯한 모든 세상 사람이 자기와 키루스가 맞붙어 싸울 때, 비록 자기는 부상을 입었지만 동생인 키루스를 죽였다는 사실을 믿도록 하고 싶었기 때문이다.

그래서 아르타크세르크세스 왕은 마침내 미트리다테스를 배에 태워서 사형시키라고 명령했다. 그 사형은 다음과 같은 방법으로 집행되었다. 서로 들어맞는 2개의 작은 배를 만들어, 그 하나에 죄인을 눕힌 후 다른 배 하나로 뚜껑을 덮는다. 그리고 두 배를 꽁꽁 묶는다. 하지만 죄인의 머리와 두 손은 구멍을 뚫어서 밖으로 내놓는다. 그런 다음에 죄인에게 음식을 주는데, 만약 음식을 주어도 먹지 않으면 두 눈을 찔러서 억지로 먹도록 한다. 이것을 먹인 다음에는, 벌꿀과 우유를 섞어서 죄인의 입에다 쏟아 넣는다. 그리고 얼굴에도 온통 찐득찐득하게 발라 둔다. 죄인은 해를 보고 누워 있는데, 파리떼가 새까맣게 날아와서 죄인의 얼굴에 달라붙는다. 그리고 죄인이 배 안에 누었던 오줌과 똥에는 자연히 구더기가 생기게 된다. 그렇게 되면 구더기는 죄인의 창자까지 기어들어가서 살을 파먹게 된다. 이리하여 죄인이 죽었을 때, 비로소 배의 뚜껑을 벗긴다. 미트리다테스는 결국 17일 동안이나 그런 고생을 겪다가 죽었다.

그러나 파리사티스가 원수를 갚고 싶어하는 사람이 아직도 한 사람 남아 있었다. 그것은 아르타크세르크세스 왕의 호위병이었던 마사바테스였다. 마사바테스는 사랑하는 아들 키루스의 머리와 손을 잘랐던 사람이었다. 그러나 마사바테스는 무척 조심성이 많았으므로, 그녀에게 좀처럼 잡힐 기회를 주지 않았다. 그래서 파리사티스는 그가 걸려들도록 계획을 세웠다.

파리사티스는 원래 영리한 여자였으며, 주사위놀이에서는 그 재주를 따를 만한 사람이 없을 정도로 대단한 솜씨를 가지고 있었다. 그녀는 전쟁이 벌어지기 전에도 자주 아르타크세르크세스 왕과 주사위놀이를 하였다. 그리고 전쟁이 끝난 다음에도 아르타크세르크세스 왕과 화해를 하고, 여러 가지 놀이와 내기를 했다. 그리고 아르타크세르크세스 왕의 말동무가 되어서 그의 말을 열심히 들어주었다. 또한 아르타크세르크세스 왕에게 다른 여자도 얻어주면서, 될 수 있으면 왕과 왕비 스타티라와의 사이를 떼어 놓으려고 노력하였다. 왜냐하면 파리사티스는 스타티라 왕비를 어느 누구보다도 미워했고, 자기와 맞먹는 권력을 누구에게도 주고 싶지 않았기 때문이었다.

어느 날, 아르타크세르크세스 왕이 심심해하며 주사위놀이를 하고 싶어하자, 1천 다리크를 걸고 내기를 하자고 말했다. 처음에 그녀는 일부러 주사위놀이에서 지고는 약속한 대로 1천 다리크의 돈을 아르타크세르크세스 왕에게 주었다. 그리고 돈을 잃어서 몹시 분하다는 눈치를 보이면서, 이번에는 호위병 한 사람을 걸고 주사위놀이를 하자고 졸랐다.

왕은 이번에도 기꺼이 어머니의 청을 들어주었다. 그리하여 호위병 중에서 서로가 가장 아끼는 5명을 제외하고는, 이긴 사람은 상대편에서 아무나 골라 가질 수 있기로 하였다.

그들은 곧 주사위놀이를 시작하였다. 파리사티스는 마음을 가다듬고 주사위를 던졌다. 행운도 그녀를 따르고 있었다. 그래서 그녀는 주사위놀이에서 승리를 거두게 되자, 처음의 조건대로 아르타크세르크세스 왕이 제외한 5명 이외의 호위병 중에서 마사바테스를 요구하였다.

파리사티스는, 아르타크세르크세스 왕이 미처 눈치채지 못하는 사이에 마사바테스를 잡아서 산 채로 껍질을 벗기고, 몸은 3개의 말뚝에 꽂아 놓고 껍질은 따로 걸어 두게 했다. 이 일로, 아르타크세르크세스 왕은 대단히 슬퍼하면서 화를 내었다.

그러나 파리사티스는 비웃는 표정으로 아르타크세르크세스 왕을 바라보면서 이렇게 말했다.

"늙은 호위병 한 명을 잃은 것을 가지고 그렇게 화를 내다니, 아르타크세르크세스 왕의 마음은 그렇게 좁은 것입니까? 나는 1천 다리크의 돈을 잃어버리고도 화를 내지 않습니다."

아르타크세르크세스 왕은 어머니에게 속은 것이 몹시 분했으나, 더 이상 말하지 않고 지나쳐버렸다. 그러나 왕비 스타티라는 이번 일에 몹시 노여워했다. 스타티라 왕비는 키루스의 명복을 빌기 위하여, 아르타크세르크세스 왕에게 가장 충성스러운 호위병을 제물로 바친 것은 인도적으로나 법률상으로나 도저히 용서될 수 없는 일이라고 못마땅하게 생각하였다.

그 뒤 티사페르네스는, 속임수를 써서 클레아르쿠스와 그 밖의 여러 장군들을 잡아 족쇄를 채워서 아르타크세르크세스 왕에게 보냈다. 이리하여 그들은 감옥에 갇히게 되었다. 크테시아스가 전하는 바에 의하면, 클레아르쿠스는 자기에게 머리를 빗기 위한 빗이 있었으면 좋겠다고 말했다는 것이다. 그래서 빗을 얻어주었더니, 클레아르쿠스는 머리를 다 빗고 매우 고마워하면서, 그가 끼고 있던 반지를 자기에게 주었다고 한다. 이

것은 스파르타에 있는 자기 친구와 친척들이 이 반지를 봄으로
써 크테시아스가 자기의 은인임을 알 수 있게 하려는 뜻이라고
하였다. 그 반지에는 한 무리의 카리아티데스가 무용을 하고
있는 그림이 새겨져 있었다.

처음에는 클레아르쿠스와 함께 갇혀 있는 장병과 포로들이,
클레아르쿠스에게 가는 음식을 훔쳐 먹고 본인에게는 아주 조
금밖에 주지 않았다고 한다. 그래서 크테시아스는 클레아르쿠
스에게 보다 많은 음식을 따로 주었다고 한다. 크테시아스는,
이렇게 감옥에 갇힌 포로들을 후하게 대할 수 있었던 것은, 그
들을 구해주려고 노력하던 파리사티스의 절대적인 후원이 있었
기 때문이라고 말한다.

클레아르쿠스에게는 날마다 음식 외에도 고기가 배달되었다
고 한다. 파리사티스는 그 고기 속에 작은 칼을 숨겨서 클레아
르쿠스에게 들여보내주라고 말했다고 한다. 그것은 클레아르쿠
스가 아르타크세르크세스 왕에게 애처로운 죽임을 당하기 전
에, 그 칼로 미리 자살할 수 있도록 해주기 위해서였다.

그러나 크테시아스는 그 일이 너무나도 끔찍하였기 때문에,
그것만은 차마 하지 못했다고 스스로 말하고 있다. 그런데 아
르타크세르크세스 왕은 어머니의 간절한 요청을 받아들여서,
클레아르쿠스를 살려주겠노라고 약속했다. 그러나 그 뒤에 아
르타크세르크세스 왕은 왕비 스타티라의 간절한 말을 듣고, 메
논을 제외한 모든 사람에게 사형을 내렸다.

이런 일이 벌어진 다음부터, 파리사티스는 왕비를 죽이기 위
하여 그 기회를 노리고 있었다고 크테시아스는 전하고 있다.
그러나 파리사티스가 왕위를 이어나갈 자기 손자들의 어머니인
왕비를, 다만 그러한 이유 하나 때문에 죽였을 것이라고는 생
각되지 않는다. 크테시아스의 역사책에 적혀 있는 이런 이야기

는 모두 연극처럼 재미있게 꾸미기 위한 것이고, 그 자신이 클
레아르쿠스를 존경하고 있었기 때문에 일부러 지어 낸 것으로
보인다.

왜냐하면 크테시아스는 말하기를, 모든 장군들이 사형받은
다음, 그 시체를 들짐승이나 날짐승들이 뜯어먹도록 그냥 내버
려 두었을 때라고 한다. 클레아르쿠스의 시체만은 세찬 바람이
일어나 흙으로 덮이고, 며칠 뒤에는 그 위에 아름다운 숲이 우
거졌다. 그러므로 아르타크세르크세스 왕은 신들의 사랑을 받
고 있던 클레아르쿠스를 죽인 것을 몹시 후회하였다는 것이다.
크테시아스는 이와 같이 터무니없는 내용들을 적어 놓고는, 우
리에게 그것을 믿도록 하려고 했다.

파리사티스는 스타티라 왕비를 오래 전부터 시기하면서 미워
하고 있었다. 그녀는, 자기의 세도는 아르타크세르크세스 왕의
존경에서 얻은 것이지만, 왕비 스타티라의 세도는 왕의 사랑과
믿음에 깊이 뿌리박고 있다고 생각했다. 그래서 파리사티스는
자기의 목숨을 걸고서라도, 이 왕비를 죽여야 하겠다고 굳게
결심하였다.

그녀에게는 기기스라는 시녀가 있었다. 그녀는 기기스를 무
척 사랑하고 있었다. 그녀가 독약을 만들 때, 기기스가 도움을
주었다고 디논은 주장하고 있다. 그러나 크테시아스의 말에 의
하면, 기기스는 우연히 그것을 알고 있었을 뿐이며 실제로 독
약을 먹인 것은 벨리타라스라고 한다. 또한 디논은 그 사람이
멜란타스였다고 말하고 있다.

그 사이에 파리사티스와 왕비는 서로 화해를 했다. 그래서
그들은 서로 만나기도 하고 서로 식사도 함께 하였다. 하지만
한번 사이가 벌어진 그들은 좀처럼 서로를 믿지 못했다. 겉으
로는 친한 것처럼 꾸미면서도, 속으로는 여전히 시기하고 경계

를 하였다. 식사를 할 때에도 미덥지 못해서, 같은 그릇에 담긴 음식만을 골라서 먹었다. 그런데 페르시아에는 창자 속에 똥이 들어 있지 않고, 비곗덩어리가 채워진 새가 살고 있었다. 사람들은 이 새를 바람과 이슬만을 먹고 산다고 생각하여, 그 이름을 '린타케스'라고 불렀다.

크테시아스가 전하는 바에 의하면, 파리사티스는 한쪽에다 독을 바른 작은 칼로 이 새를 두 조각으로 나누면서, 칼에 묻어 있던 독을 새의 살에 발랐다. 그리고 독이 묻은 것은 왕비 스타티라에게 주고, 독이 묻지 않은 쪽은 자기가 먹었다는 것이다. 그러나 디논은, 새를 잘라서 그 독이 묻은 것을 왕비에게 준 것은 파리사티스가 아니라 멜란타스였다고 한다. 독이 묻은 새고기를 먹은 스타티라 왕비는 무서운 통증과 경련을 일으키게 되었다. 그리고 자신이 독약을 먹었다는 사실을 알게 되었다.

왕비가 죽자, 아르타크세르크세스 왕은 어머니를 의심하였다. 그는 어머니의 성품이 몹시 잔인하고, 어느 누구보다도 복수심이 강하다는 사실을 잘 알고 있었던 것이다. 아르타크세르크세스 왕은 사건을 철저히 조사하기 시작했다. 왕비의 시체를 해부하고, 그 날 식탁에 같이 앉아 있던 어머니의 시녀들을 모조리 잡아다가 심한 고문을 했다.

사정이 이렇게 되자, 파리사티스는 기기스를 오랫동안 자기 방에 숨겨 두고 밖으로 내보내지 않았다. 그러다가 하루는 기기스가 집으로 돌아가겠다고 했으므로, 파리사티스는 어두운 밤에 기기스를 보내기로 하였다. 그러나 아르타크세르크세스 왕은 이 사실을 미리 눈치채고, 돌아가는 길에 사람을 숨겨 두었다가 기기스를 잡아오도록 해서 마침내 사형에 처했다.

그런데 페르시아에서는 독약을 먹여서 사람을 죽인 죄인은,

편평한 돌 위에다가 죄인의 머리를 올려놓은 후 다른 돌로 머리를 눌러서 죽였다. 기기스도 이런 형벌을 받고 죽었다.

아르타크세르크세스 왕은 이런 일이 있은 후에, 어머니와 한 마디도 말을 건네지 않았다. 하지만 어머니에게 벌도 주지 않았다. 다만 어머니가 바빌론 성으로 떠나기를 원하자 그 곳으로 보낸 다음 유폐시켰다. 그리고 어머니가 살아 있는 동안에는 절대로 바빌론으로 가지 않겠다고 말했다. 아르타크세르크세스의 집안 싸움은 이와 같았다.

아르타크세르크세스 왕은 키루스와의 싸움에서 승리를 거두고 왕위를 유지하려고 애썼던 것처럼, 키루스를 따라온 그리스 군사들을 손에 넣기 위하여 갖은 방법과 노력을 기울이고 있었다. 그러나 그리스 군사들은 키루스와 모든 장군들을 잃으면서도, 왕궁을 한 번 휩쓴 다음 멀리 도망치고 말았다.

그들은 페르시아 왕과 그 왕국에는 황금과 아름다운 여자들이 놀랄 만큼 많이 있지만, 다른 점에서는 단순한 구경거리에 지나지 않으며 아무런 소용도 없는 진열품에 불과하다고 세상에 알려주었다.

그러므로 그리스의 모든 국민은 새로운 용기를 얻고, 페르시아 왕국을 깔보게 되었다. 특히 라케다이몬 사람들은, 이런 시기에 소아시아에 있는 그리스 동포를 페르시아의 지배로부터 해방시켜서 페르시아의 모욕적인 대우에 보복하지 않는 것을 이상하게 생각했다.

그래서 스파르타는 팀브론과 데르킬리다스를 장군으로 삼아서 두 차례에 걸쳐 페르시아를 공격하도록 하였다. 그러나 두 장군이 이렇다 할 큰 성과를 거두지 못했으므로, 그들은 아게실라우스 왕에게 이 전쟁을 맡겼다. 아게실라우스 왕은 바다를 건너서 소아시아에 상륙하자마자 활동을 개시하였다. 그는 즉

시 커다란 전과를 올리기 시작했다. 그는 티사페르네스 군과
치열하게 싸워서 무찌르고, 많은 그리스의 이민도시로 하여금
페르시아에 반기를 들도록 하였다.

사정이 이렇게 되자 아르타크세르크세스는, 그리스 군을 무
찌르기 위하여 어떤 작전이 좋을까 하고 생각하였다. 이때 아
르타크세르크세스 왕에게는 실로 묘한 방법 하나가 머리에 떠
올랐다. 그는 곧 티모크라테스에게 많은 돈을 주어서 그리스로
보냈다. 티모그라테스는 그 돈으로 그리스 여러 도시의 많은
정치가들을 유혹하여 스파르타와 전쟁을 하도록 만들었다.

티모크라테스의 행동은 예상 밖으로 그 효과가 대단했다. 그
리스의 여러 도시들은 동맹을 맺고 하나로 뭉쳤으며, 펠로폰네
소스는 대혼란을 겪게 되었다. 그러므로 스파르타의 장관들은
소아시아에 나가 있던 아게실라우스 왕과 그 군대를 다시 불러
들였다.

전하는 바에 의하면, 그 당시에 아게실라우스 왕은 소아시아
로부터 물러갈 준비를 하면서 자기 친구들에게 이렇게 말했다
고 한다.

"아르타크세르크세스 왕은 궁수 3만 명을 가지고 나를 소아
시아에서 내쫓고 있다."

아르타크세르크세스 왕이 그리스 여러 도시의 정치가들에게
주었던 페르시아 돈에는 활을 쏘는 군사의 그림이 새겨져 있었
는데, 이것을 빗대어서 한 말이다.

아르타크세르크세스는 아테네 사람 코논을 불러들여, 파르나
바조스와 함께 해군사령관으로 임명한 후 라케다이몬 해군을
무찌르도록 하였다. 코논은 아이고스포타미의 전투가 끝난 다
음, 키프로스 섬에서 평범한 시민으로 살아가고 있었다. 코논
은 자기의 안전만을 위해서가 아니라, 마치 태풍이 지나가고

바다가 잔잔해지기를 기다리듯이 정세가 변하기를 조용히 기다리고 있었다.

그 당시에 코논은 자기에게는 뛰어난 전술이 있으나 군대가 없고, 이와 반대로 페르시아 왕에게는 많은 군대가 있지만 그 것을 이용할 훌륭한 장군을 가지지 못한 것을 보고, 계획을 세워서 아르타크세르크세스 왕에게 제출했다. 그는 이 계획서를 가져가는 사람들에게, 되도록이면 왕에게 직접 제출하지 말고 크레타 사람인 제노 혹은, 멘다이아 사람인 폴리크리투스의 손을 거쳐서 올리도록 하라고 지시했다. 그리고 만약 두 사람이 없어서 만나지 못할 때에는 크테시아스에게 맡기라고 당부하였다.(제노는 왕실의 무용단장이며, 폴리크리투스는 의사로 일하고 있었다.)

결국 이 계획서는 크테시아스에게 무사히 전달되었다. 크테시아스는 그 계획서를 뜯어 보고, 자기 의견을 거기에다 덧붙여서는 그것을 아르타크세르크세스 왕에게 바쳤다고 전한다. 크테시아스는 그 편지에다 '해안에 관한 일은 크테시아스가 커다란 도움이 되므로, 부디 그를 나에게 보내주십시오'라는 내용을 써 넣었다고 한다. 그러나 크테시아스 자신은 결코 자기가 그런 것이 아니라, 아르타크세르크세스 왕 자신이 그를 대표로 뽑아서 보냈다고 하면서 자랑하고 있었다.

아르타크세르크세스는 코논과 파르나바조스를 보낸 크니도스의 해전에서 커다란 승리를 거두었다. 이리하여 라케다이몬 해상의 패권을 빼앗음으로써, 그리스 전체를 페르시아 편으로 끌어들이게 되었다. 그리고 아르타크세르크세스는 자기 뜻에 따라 유명한 안탈키다스 평화조약을 맺었다.

안탈키다스는 스파르타 사람 레온의 아들이었다. 그러나 그는 이 조약을 맺을 때 페르시아 왕의 이익을 위해 크게 활약했

다. 그는 라케다이몬이, 아시아에 있는 모든 그리스 이민도시
와 해안의 모든 섬들을 페르시아 왕에게 넘겨주는 일에 찬성하
도록 만들었다. 이것은 곧 아르타크세르크세스 왕이 내세운 평
화조약이기도 했다. 그러므로 말이 평화조약이지, 사실은 그리
스 전체에 대한 커다란 수치인 동시에 모욕이었다. 이것은 지
금까지 경험한 어떤 패전의 결과보다도 수치스러운 조약이 아
닐 수 없었다.

디논의 말에 따르면, 아르타크세르크세스 왕은 스파르타 사
람이라고 하면 무조건 자기의 원수이며, 가장 파렴치한 사람들
이라고 생각했다고 한다. 그러나 안탈키다스가 페르시아로 왔
을 때에는 실로 극진히 대우했다. 그런 예는 아주 많지만, 한
가지만 들어보겠다.

어느 날 저녁 아르타크세르크세스 왕은 잔치가 끝난 다음,
화관 하나를 집어들고 가장 귀한 향유에 적셔서 안탈키다스에
게 주었다. 옆에 있던 모든 사람들은 아르타크세르크세스 왕이
이런 영광을 베푸는 것을 보고 모두 깜짝 놀랐다. 그런데 안탈
키다스는 아르타크세르크세스 왕으로부터 그런 대우를 받기에
적당한 인물이었다. 그는 페르시아의 사치에 젖어, 스파르타의
영웅 레오니다스나 칼리크라티다스 등의 이름을 더럽히는 행동
을 적지 않게 저질렀던 것이다.

어떤 사람은 이렇게 탄식했다.

"아! 그리스의 운명은 몹시 슬프구나! 스파르타 사람은 모
두 메디아 사람이 되어가고 있으니…….."

이 말을 들은 아게실라우스 왕은 이렇게 대답했다.

"아닙니다. 오히려 지금 페르시아 사람이 스파르타 사람이
되어가고 있는 것입니다."

하지만 이렇게 재치 있는 말을 하더라도, 위에서 앞한 수치

스러운 조약을 도저히 부정할 수는 없었다. 스파르타 왕국이 결정적으로 권세를 잃어버린 것은 레우크트라 전투에서 패배한 다음이었다. 그러나 그보다 앞서 이 수치스러운 조약을 맺으면서부터 서서히 무너져내렸다고 할 수 있다.

스파르타가 그리스에서 주인 노릇을 하고 있을 때에는 아르타크세르크세스 왕은 안탈키다스를 왕의 손님이요, 왕의 친구라고 부르면서 극진하게 대우하였다. 그러나 스파르타가 레우크트라 전투에서 지고, 나라의 체면이 여지없이 땅에 떨어졌을 때에는 그 대우가 달라졌다.

전쟁에서 패배한 아게실라우스 왕이, 돈이 아쉬워지자 이집트로 가서 돈을 받고 전쟁을 하고 있을 때였다. 안탈키다스가 다시 찾아와서 도움을 요청했지만, 아르타크세르크세스 왕은 대단히 쌀쌀하게 그 청을 거절하였다. 그리하여 본국으로 돌아간 안탈키다스는, 사람마다 자기를 비웃는데다가 장관들 또한 두려웠기 때문에 굶어서 자살을 하였다고 한다.

그 뒤에 아르타크세르크세스 왕을 찾아서 테베로부터 이스메니아스가 사절단으로 방문하고, 또한 레우크트라 전투에서 승리를 하였던 펠로피다스도 찾아왔다. 그런데 펠로피다스는 아르타크세르크세스 왕에게 페르시아식의 경배를 하지 않고 자기 위신을 잘 지켰다. 그리고 이스메니아스는 아르타크세르크세스 왕에게 절을 하라고 강요하자, 일부러 반지를 땅에 떨어뜨렸다. 그리고 그 반지를 줍기 위하여 허리를 숙이면서 경배하는 시늉으로 고개를 숙여 보였다.

그 당시에 아테네 사람 티마고라스는, 비밀정보를 비서관 벨루리스를 통해 아르타크세르크세스 왕에게 알려주었다. 이 정보를 듣고 아르타크세르크세스 왕은 매우 기뻐하면서, 1만 다리크의 돈을 그에게 상으로 내려주었다. 그리고 그가 우유를

많이 마셔야 하는 병에 걸렸을 때에는 젖소 80마리를 주었을
뿐만 아니라, 그리스 사람은 그런 물건을 만들지 못할 것이라
는 듯이 침대와 가구를 주면서 그것들을 다룰 하인까지 붙여주
었다.

그리고 그가 떠날 때에는 친절하게도 가마에 태워서 멀리 해
안까지 보내주었다. 물론 그가 왕궁에 머물고 있을 때에는 성
대한 잔치가 베풀어졌다. 그 잔치가 너무나 성대하였으므로,
아르타크세르크세스 왕의 동생 오스타네스는 티마고라스에게
이렇게 말했다.

"티마고라스여! 제발 이 잔치를 잊지 마시오. 당신에게 아
무런 까닭도 없이 이러한 대접을 하지는 않습니다."

이것은 잔치를 베풀어주는 아르타크세르크세스 왕의 은총을
고맙게 생각하라는 그런 단순한 뜻이 아니었다. 그것은 티마고
라스가 자기 민족을 팔아먹은 것을 비꼬는 말이었다. 아테네로
돌아간 티마고라스는, 다른 나라 왕으로부터 뇌물을 받았다는
죄로 사형당했다.

아르타크세르크세스 왕은 여러 가지로 그리스 사람들에게 커
다란 해를 끼쳤다. 그러나 오직 한 가지, 그리스 사람들을 기
쁘게 하였던 일이 있었다. 그것은 그리스 사람들이 가장 미워
하던 원수 티사페르네스를 잡아서 사형시킨 일이었다. 아르타
크세르크세스 왕이 티사페르네스를 죽이게 된 데에는 어머니인
파리사티스의 힘이 컸다.

그때 아르타크세르크세스 왕은 어머니에 대한 노여움을 풀고
화해를 청하였다. 태후의 지혜와 용기는 정치를 하는 데에 커
다란 도움이 될 것 같았으며, 더구나 지금은 사이가 더 나빠질
것도 없었다. 그래서 아르타크세르크세스 왕은 어머니를 다시
왕궁으로 불러들였다.

이리하여 다시 왕궁으로 돌아오게 된 파리사티스는 아르타크세르크세스 왕의 비위를 거스르지 않기 위하여 무척 노력하였다. 그리고 아르타크세르크세스 왕이 원하는 일이라면 무엇이든 반대하지 않았다. 아르타크세르크세스 왕도 어머니의 청이라면 무엇이든지 들어주었다. 그러므로 어머니는 다시 전처럼 커다란 세도를 부리게 되었다.

그녀는 아르타크세르크세스 왕이 자신의 두 딸 가운데 하나인 아토사를 몹시 사랑하고 있다는 사실을 잘 알고 있었다. 그리고 태후가 무서워서 아르타크세르크세스 왕은 감히 사랑한다는 기색을 밖으로 나타내지 못하고, 숨기고 있다는 것까지 알게 되었다.

어떤 역사가들은, 그 당시에 이미 아르타크세르크세스 왕은 그 소녀와 몰래 관계하고 있었다고 전하고 있다. 파리사티스는 이러한 사실을 알게 되자 그 소녀를 전보다 더욱 귀여워하는 것처럼 보이도록 하면서, 아르타크세르크세스 왕을 만날 때마다 이 소녀의 마음씨와 미모를 칭찬하면서 참으로 좋은 왕비감이라고 말했다. 그리고는 마침내 아르타크세르크세스 왕에게, 그녀와 정식으로 결혼해서 법률적으로 정당한 아내라는 것을 선언하도록 권유하였다.

그리고 덧붙여서 말하기를, 그리스 사람들의 도덕이나 풍습으로 보면 깜짝 놀랄 만한 일이지만, 페르시아에 있어서는 왕이 곧 법이요, 선과 악을 가리는 최고의 판정자이기 때문에 아토사를 아내로 맞이하더라도 조금도 부끄러운 일이 아니라고 용기를 주었다. 이리하여 아르타크세르크세스는 마침내 아토사를 왕비로 맞아들였다. 쿠마 사람 헤라클레이데스를 비롯한 몇몇 역사가들은, 아르타크세르크세스 왕이 아토사뿐만 아니라 아메스트리스라는 자기의 작은 딸과도 결혼을 했다고 단언하고 있다. 그러나 여기에 대한 이야기는 뒤로 미루기로 한다.

아토사는 아르타크세르크세스 왕과 결혼을 해서 많은 사랑을 받으면서 살던 중 흉측한 문둥병에 걸리게 되었다. 그러나 아르타크세르크세스 왕은 조금도 아토사를 싫어하지 않았다. 아르타크세르크세스 왕은 아토사를 위하여 많은 신들 가운데에서 오직 헤라만을 섬겼다.

아르타크세르크세스는 이 신전으로 찾아가서 몸소 손으로 땅을 짚고 엎드려 빌었다. 그리고 다른 한편으로는 여러 지방의 관리들과 신하들에게도 명령을 내려서, 헤라 신전에 제물을 바치도록 하였다. 왕궁에서 헤라 신전까지 가는 약 16퍼얼롱의 길은, 금과 은과 비단과 그것을 싣고 온 말로 가득 채워질 정도였다.

그 뒤에 아르타크세르크세스 왕은 파르나바조스와 이피크라테스 두 장군을 보내서 이집트를 치도록 하였다. 그러나 두 장군의 사이가 서로 좋지 못했기 때문에 전쟁은 그만 실패하고 말았다. 그리고 카두시아를 칠 때에는, 아르타크세르크세스 왕 스스로가 30만 명의 보병과 1만 명의 기병대를 거느리고 직접 쳐들어갔다.

그러나 이 나라는 원래 산이 험하고 안개가 심해서, 씨를 뿌려서 거두는 곡식이라고는 전혀 없었다. 다만 배와 사과 같은 열매가 있을 뿐으로, 이 나라에는 이런 열매를 식량으로 하는 사납고 용감한 민족이 살고 있었다. 그러므로 이 곳에서는 먹을 것을 전혀 구할 수 없는데다가 밖에서 실어올 수도 없었다. 따라서 장병들은 어쩔 수 없이 짐을 싣고 온 짐승들을 잡아먹으며, 간신히 목숨을 이어갔다. 이렇게 먹을 것이 귀하고 보니, 당나귀 한 마리가 자그마치 60드라크마 이상으로 팔렸다. 그렇기 때문에 아르타크세르크세스 왕의 식사도 변변하지 못했다. 타고 온 말도 거의 다 잡아먹고, 이제 겨우 몇 마리만이 남아 있을 뿐이었다.

이런 위태로운 고비에 처해 있을 때, 테리바주스가 아르타크세르크세스 왕과 그 군대를 구해 냈다. 테리바주스는 본국에 있을 때에는 커다란 공을 세워서 아르타크세르크세스 왕의 사랑을 받기도 하고, 때로는 지각없는 행동을 많이 해서 변변하지 못한 지위에 있을 때도 많았다. 그런데 그 당시에 테리바주스는 비록 초라한 지위에 있었지만 커다란 공을 세운 것이다. 그가 세운 업적을 간추려서 적어보기로 한다.

이 곳의 카두시아 사람들은 두 명의 왕을 섬기고 있었는데, 그 두 왕은 각기 자기의 군대를 거느리고 다른 곳에서 진을 치고 있었다. 테리바주스는 아르타크세르크세스 왕에게, 이들 두 왕을 속이자는 자기 계획을 설명한 뒤 승낙을 얻어 냈다. 그리하여 자기는 두 명의 카두시아 왕 가운데 한 왕을 찾아가고, 또 다른 왕에게는 자기 아들을 보냈다. 그리고 이들은 각각 그 왕들에게, 저 쪽 왕은 벌써 아르타크세르크세스에게 사신을 보내어 그들끼리만 평화조약을 맺으려 한다고 무슨 비밀이라도 일러바치는 것처럼 말했다.

이어서 그들 부자는 두 명의 왕에게 이렇게 말했다.

"따라서 왕께서 먼저 조약을 맺는 것이 현명한 일이라고 생각합니다. 만약 왕께서 그렇게 하신다면, 소신이 모든 일에 협력하여 드리겠습니다."

이 말에 두 명의 왕은 그대로 속아버렸다. 그리고는 서로 다른 왕보다 자기가 먼저 페르시아 왕과 평화조약을 맺기 위해서, 그들이 돌아갈 때에는 자기의 사신을 같이 보냈다. 다시 말하자면 한 사람은 테리바주스를 따라오고, 다른 한 사람의 사절은 테리바주스의 아들을 따라왔던 것이다.

하지만 이러한 계획을 꾸미는 데에는 상당한 시일이 걸렸으므로, 여러 사람들이 테리바주스를 믿을 수 없는 사람이라고 비난하였다. 그러므로 아르타크세르크세스 왕도 그만 용기가 꺾여서, 그들의 말을 믿기 시작했다. 그리고 테리바주스에게 속은 것을 무척 후회하였다.

그러나 테리바주스와 그의 아들은 각각 사신 한 사람씩을 데리고 돌아왔으므로, 아르타크세르크세스 왕은 그들과 쉽게 휴전조약을 맺을 수 있었다. 이리하여 테리바주스는 크게 이름을 떨치고, 아르타크세르크세스 왕을 따라 귀국하면서 다시 높은 지위에 앉게 되었다.

이 전쟁을 통해서 아르타크세르크세스 왕은 참으로 좋은 교훈을 보여주었다. 그것은 비겁함과 나약함은 덕이 없고 비천한 그 사람의 성품에서 생기는 것이지, 결코 흔히 생각하듯이 쾌락적이고 호사스런 생활에서 오는 결과가 아니라는 것이었다. 왜냐하면 아르타크세르크세스 왕은 언제나 황금 등으로 장식하고 있어 그를 치장하는 장식품의 값만 1만 3천 탈렌트나 되었지만, 그는 군대에서 가장 낮은 병사들과 비교해서 결코 뒤지지 않는 힘든 노동과 고생을 참고 견뎠던 것이다. 한 나라의 왕이면서도 다른 부하들과 같이 말고삐를 끌면서, 등에는 화살통을 메고 왼팔에는 방패를 들고 언제나 군대의 선두에서 험한 산길을 걸어갔다. 아르타크세르크세스 왕이 이렇듯 같이 고생하는 것을 보고, 모든 장병들은 용기를 내서 그의 뒤를 따라 하루에 200퍼얼롱 이상의 거리를 행군할 정도였던 것이다.

그들은 마침내 아르타크세르크세스 왕의 별궁에 도착하였다. 그러나 그 별궁은 황무지에 서 있었으므로, 나무라고는 오직 별궁 정원에 심어 놓은 정원수밖에 없었다. 날씨가 몹시 추웠기 때문에 아르타크세르크세스 왕은, 그 정원에 서 있는 나무가 아무리 좋은 것이라고 하더라도 아끼지 말고 베어서 불을 피운 다음, 얼어붙은 몸을 녹이라고 명령했다.

하지만 부하들은 정원에 서 있는 나무가 너무나도 크고 아름다웠기 때문에, 감히 그것을 베어 내지 못했다. 아르타크세르크세스 왕은 직접 도끼를 집어들고 가장 크고 아름다운 나무를 쓰러뜨렸다. 그때서야 부하들도 나무를 베어서 불을 피우고, 그 날 밤을 편안하게 지냈다.

아르타크세르크세스는 이번 원정에서 많은 병사와 군마의 대부분을 잃었다. 아르타크세르크세스 왕은 전쟁의 손해와 실패 때문에 시민들의 멸시를 받을 것이 두려웠다. 특히 귀족들이 어떻게 나올지 무서웠다. 그래서 아르타크세르크세스는 많은 귀족들을, 더러는 화가 나서 죽이고 더러는 두려워서 죽였다.

두려움이라는 것은, 대부분의 왕들이 가지는 가장 잔인한 감정이다. 이와 반대로 믿음이라는 것은, 인정이 많고 의심을 품지 않는 마음에서 생긴다. 이것은 들짐승의 경우도 마찬가지라고 할 수 있다. 길들이기 어려운 짐승은 겁이 많으면서 놀라기 쉬운 짐승이다. 그리고 고등한 동물일수록 자신이 생겨서, 인간이 가까이 다가가면 거기에 대응하려고 하는 법이다.

아르타크세르크세스 왕도 이제는 노경으로 들어서게 되었다. 왕자들은 제각기 여러 신하와 귀족들과 손을 잡고, 서로가 왕국을 차지하기 위하여 다투고 있었다. 공정한 신하들은 아르타크세르크세스가 왕위를 이어받았듯이, 가장 나이가 많은 장남 다리우스가 마땅히 왕위를 이어받아야 한다고 생각했다.

다리우스에게는 아주 열정적이고 성질이 사나운 오쿠스라는 동생이 있었다. 그런데 이상하게도 그를 지지하는 신하들이 많았다. 오쿠스는 신하들과 손을 잡고 아토사의 마음을 움직이기 위하여 많은 노력을 기울였다. 왜냐하면 오쿠스는 아토사를 이용해서 아르타크세르크세스가 자기를 왕세자로 정하도록 만들 계획이었던 것이다. 오쿠스는 아토사에게, 아르타크세르크세스 왕이 세상을 떠나면 둘이 결혼하여 함께 왕국을 물려받자고 말했다. 아직 아르타크세르크세스 왕이 살아 있었지만, 오쿠스와 아토사는 이미 깊은 관계에 있다는 소문도 나돌았다.

그러나 아르타크세르크세스 왕은 전혀 그 사실을 모르고 있었다. 그리고 오쿠스의 엉뚱한 희망을 빨리 버리게 하기 위하여 고민하고 있었다. 오쿠스가 삼촌 키루스처럼 전쟁이나 내분을 일으켜 나라를 어지럽게 만들까 봐 두려웠던 것이다. 그래서 아르타크세르크세스 왕은 마침내 25세의 다리우스를 왕위 계승권자로 정하고, 티아라를 쓰도록 하였다. 페르시아에서는 왕세자가 되면, 자기를 책봉한 사람에게 한 가지 하사품을 요청하는데, 왕은 그것이 자기의 영토 안에 있는 것이라면 그것을 왕세자의 소원대로 반드시 주어야 한다는 법률과 습관이 있었다.

다리우스는 아스파시아를 달라고 요청하였다. 아스파시아는 지난날에 키루스가 가장 사랑하던 애첩이었으며, 지금은 아르타크세르크세스의 여자가 되어 있었다. 아스파시아는, 이오니아의 포카이아 시에서 자유인의 딸로 태어난 교양을 갖춘 여자였다.

아스파시아가 처음으로 키루스를 만났을 때의 일이다. 키루스는 저녁 식탁에 앉아 있었다. 아스파시아는 다른 여자들과 함께 키루스 앞으로 불려나갔다. 다른 여자들이 모두 키루스 옆에 앉자, 키루스는 그녀들과 함께 장난을 하면서 자기 마음대로 마구 떠들었다. 그러나 아스파시아만은 별다른 말도 없이 곁에 가만히 서 있기만 하고, 키루스가 불러도 가까이 다가가지 않았다.

그래서 키루스의 시종들이 달려들어서 억지로 그녀를 끌어 내려고 하자, 아스파시아는 이렇게 말했다.

"어느 분이든지, 저의 몸에 손을 댄다면 반드시 그 일을 뉘 우치게 될 것입니다."

그러므로 그 자리에 앉아 있던 모든 사람의 눈에는 아스파시 아가 예의를 모르고 교양이 없는 천한 여자로 보였다. 그러나 키루스만은 아주 기분이 좋은 듯이 환한 웃음을 띠고 있었다. 그러더니 아스파시아를 그에게 데리고 온 사람을 향하여 이렇 게 말했다.

"자네가 데리고 온 여자들 중에서 이 여자만이 가장 고상하 고 귀부인다운 기품을 가졌네. 어떤가? 자네 눈에도 그렇게 보이지 않는가?"

그래서 아스파시아를 알게 된 키루스는 어느 여자보다도 그 녀를 극진하게 사랑하였다. 그러므로 모든 사람들은 아스파시 아를 '지혜로운 여자'라고 불렀다. 그러나 키루스가 싸움터에서 전사하자, 아스파시아도 다른 전리품과 함께 사로잡혀서 아르 타크세르크세스 왕이 있는 곳으로 끌려왔다.

왕자 다리우스가 아스파시아를 달라고 요청하자, 아르타크세 르크세스 왕은 무척 화를 내었다. 원래 페르시아 사람들은 무 척 질투가 심해서, 여자들을 끊임없이 감시하면서 쾌락을 찾는 다. 그렇기 때문에 그 여자가 아르타크세르크세스 왕의 후궁인 경우에는, 어느 누구라도 가까이 접근해서 함부로 말을 건네는 것은 물론, 행차할 때 그 마차 앞을 건너가거나 그 곁을 지나 가기만 해도 곧바로 사형에 처해진다.

아르타크세르크세스 왕은 특히 여자를 좋아하였다. 그리하여 자기의 딸이었던 아토사를 왕비로 삼았을 뿐만 아니라, 360명 이나 되는 아름다운 후궁을 데리고 있었다. 하지만 다리우스가

아스파시아를 달라고 요청하자, 아르타크세르크세스 왕은 아스
파시아가 자유민의 딸이니 본인의 의사를 직접 물어서 결정하
자고 하였다. 아스파시아 본인이 원한다면 다리우스에게 주기
로 하지만, 만약 본인이 원하지 않는다면 어쩔 수 없다고 주장
했다.

　그래서 아르타크세르크세스 왕은 아스파시아를 불러다가 직
접 물어보았다. 그러나 아스파시아는 아르타크세르크세스 왕의
기대와는 달리 다리우스를 선택하였다. 사정이 이렇게 되고 보
니, 아르타크세르크세스 왕도 어쩔 도리가 없었다. 아르타크세
르크세스 왕은 처음의 약속대로 아스파시아를 다리우스에게 주
었다. 법률이 이렇게 되어 있었기 때문에 아르타크세르크세스
왕도 어쩔 수 없었던 것이다.

　그러나 아르타크세르크세스 왕은 그 후에 다시 아스파시아를
찾아다가 엑바타나에 있는 여신 아르테미스, 다시 말하자면 아
나이티스 신전의 신녀로 보냄으로써 남은 일생을 쓸쓸히 지내
도록 만들었다. 아르타크세르크세스 왕이 이렇게 한 것은 다리
우스 왕자를 은근하게 징벌하려는 생각이었다. 이 일로 다리우
스는 몹시 화를 내었는데, 그것은 다리우스가 아스파시아를 그
토록 사랑하였기 때문이거나 아니면 아르타크세르크세스 왕으
로부터 모욕을 받았다고 생각하였기 때문일 것이다.

　다리우스가 화를 내는 것을 본 테리바주스는, 이것을 좋은
기회라고 여기고 옆에서 그를 부추겼다. 테리바주스도 이것과
같은 일을 아르타크세르크세스 왕으로부터 당했기 때문이었다.
아르타크세르크세스 왕에게는 딸이 많았는데 그 가운데 아파마
는 파르나바조스에게, 로도구네는 오론테스에게, 그리고 아메
스트리스는 테리바주스에게 주기로 각각 약속이 되어 있었다.
이리하여 처음의 두 딸은 정해진 대로 결혼식을 올렸다. 그런

데 테리바주스에게 주기로 약속했던 아메스트리스는 아르타크
세르크세스 왕 자신이 직접 결혼을 해버렸다. 그 대신에 막내
딸 아토사를 주겠다고 말했지만, 이 아토사도 이미 앞에서 이
야기한 바와 같이, 아르타크세르크세스 왕이 자기의 아내로 만
들어버렸다. 그러므로 테리바주스는 아르타크세르크세스 왕에
대하여 화해할 수 없는 커다란 원한을 품게 되었다.

테리바주스는 어느 때에나 조심성이 없고 지각이 없어서 몹
시 덤벙거리는 사람이었다. 그렇기 때문에 그는 이 왕국에서
가장 높은 신하가 되었는가 하면, 거만을 부려서 금방 관직이
없어지고, 어떤 때에는 이름조차 묻혀버리기도 했다. 이렇게
되면 조용히 참거나 점잖게 앉아 있지 못하고, 더욱 미친 개처
럼 설치고 덤벙거렸다.

그러므로 테리바주스는 젊은 왕자에게 마치 타는 불 속에 장
작을 던지는 구실을 하였다. 테리바주스는 언제나 왕자의 뒤를
따라다니면서 이렇게 부채질을 하였다.

"스스로 티아라를 쓰고 다니지만, 성공을 다져 놓지 않는다
면 무슨 소용이 있겠습니까? 더구나 오쿠스가 여자의 힘을 빌
려서 왕이 되겠다고 여러 가지 재주를 부리고 있는데, 이렇게
가만히 앉아 있으면 어떻게 합니까? 아르타크세르크세스 왕은
지금도 마음이 흔들리고 있지 않습니까? 그런데 다리우스 전
하께서는 틀림없이 자신이 왕위를 물려받을 것으로 생각하고
가만히 있다니, 그것은 참으로 어리석은 일이라고 생각합니다.
그리스에서 굴러 들어온 여자 한 명을 사랑한 나머지 페르시아
에서는 도저히 어길 수 없는 신성한 국법까지도 무시하시는 분
이, 가장 중대한 약속은 지켜줄 것이라고 어떻게 믿습니까?
오쿠스가 왕관을 얻지 못하는 경우와, 전하가 왕이 되려다가
되지 못하는 경우는 전혀 다릅니다. 오쿠스는 신하로 살아가면

서 얼마든지 행복하게 지낼 수 있습니다. 그러나 다리우스 전하께서는 이미 왕자가 되신 몸입니다. 그렇기 때문에 왕관을 얻지 못하면, 목숨을 버릴 수밖에 없는 딱한 운명에 놓여 있다는 사실을 분명히 깨달아야 합니다."

다리우스에게 있어서 테리바주스의 이런 말들은, 모두 거센 불을 지르는 것이었다.

간사한 말은 귀에 빨리 들어간다.

이러한 소포클레스의 시에는 진리가 담겨져 있다. 왜냐하면 나쁜 곳으로 우리를 인도하는 길은 평탄하고 미끄러워서 누구나 내려가기가 쉬운 것이다.

페르시아 왕국의 광대한 영토와 다리우스가 오쿠스에 대하여 품고 있는 질투심은, 부추김질하는 테리바주스에게 많은 자료를 공급하여주었다. 여기에다가 아스파시아를 빼앗긴 분함도 뒤섞여 있었으니, 다리우스는 마음이 흔들리는 것을 막을 수가 없었다.

그리하여 다리우스는 테리바주스의 말을 따르게 되었으며, 많은 사람들이 그들의 계획에 참여하였다. 그러나 이러한 음모는 불행하게도 아르타크세르크세스 왕의 호위병에게 발각되고 말았다. 그 호위병은, 다리우스의 무리들이 어느 날 밤에 아르타크세르크세스 왕의 침실로 들어가서 잠을 자고 있는 왕을 죽이려 한다고 보고하였다.

아르타크세르크세스 왕은 이 보고를 듣고 너무나 끔찍스러운 일이어서, 어떻게 처리해야 좋을지 몰랐다. 아르타크세르크세스 왕은 그런 중대한 보고를 듣고 가만히 앉아 있을 수도 없었으며, 그렇다고 해서 호위병의 말을 아무런 증거도 없이 그대로 믿을 수도 없었다. 그래서 아르타크세르크세스 왕은 한 가지 계획을 세웠다. 아르타크세르크세스는 호위병을 시켜서, 그 음모자들의 뒤를 따라다니며 수상한 행동이 있는지 없는지 동정을 살피도록 명령했다. 그러는 동안, 아르타크세르크세스 왕은 침대 뒤의 벽을 뚫어서 문을 만든 다음, 그것을 장막으로 가려 두었다.

어느 날 몇 시에 일이 벌어질 것이라고 호위병으로부터 보고를 받은 아르타크세르크세스 왕은, 그 시간에 침대에 드러누워서 음모자들을 기다렸다. 그리고 안으로 들어온 음모자들이 누구인가를 모두 알 수 있을 때까지 일어나지 않았다. 음모자들이 칼을 뽑아 들고 다가오자, 아르타크세르크세스는 비로소 일어나서 재빨리 옆방으로 몸을 피했다. 그리고 문을 닫으면서 호위병들에게 소리질렀다.

음모자들은 자기의 얼굴을 아르타크세르크세스 왕에게 들킨 데다가 암살계획도 실패하자, 그들은 각기 다른 살 길을 찾아서 뿔뿔이 도망을 쳤다. 그들은 도망치면서 테리바주스와 그의 친구들에게도 빨리 달아나라고 권했다. 그러나 테리바주스는 아르타크세르크세스 왕의 호위병들에게 그만 포위를 당했다. 테리바주스는 여기에 맞서 용감하게 싸워 많은 병사들을 죽였으나, 마침내 멀리서 날아온 창에 맞아 죽음을 맞이하였다.

다리우스와 그의 자식들은 재판에 회부되어서 법정으로 끌려나왔다. 그러나 아르타크세르크세스 왕은 직접 재판에 나오지 않고 대리인을 보내 고발하도록 했으며, 서기에게 명하여 판사들의 관결을 기록하도록 하였다. 이리하여 다리우스는 만장일치로 사형이 언도되어, 어느 감옥에 갇히게 되었다. 얼마 후에 호출을 받은 사형집행인은 날카로운 면도 칼을 들고 나타났다. 그 칼을 이용해서 죄인의 목을 베는 것이 페르시아 법으로 되어 있었다. 그러나 형장으로 들어오던 사형집행인은 얼굴을 감추고 다시 달려나가면서, 차마 왕자의 목을 자르지는 못하겠다고 울부짖었다.

밖에 서서 이것을 지켜보고 있던 법관들은, 자기의 맡은 임무를 다하라고 사형집행인에게 호통을 쳤다. 어쩔 수 없이 사형집행인은 다시 안으로 들어와서 왼손으로 다리우스의 머리를 잡아서 얼굴을 바닥으로 향하게 한 다음, 날카로운 칼로 목을 베었다.

어떤 역사책을 보면, 다리우스는 아르타크세르크세스 앞에서 사형선고를 받았다고 한다. 사형선고가 내려지자 다리우스는 아르타크세르크세스 왕의 발 앞에 엎드리면서 살려달라고 빌었으나, 아르타크세르크세스 왕은 화를 벌컥 내면서 옆구리에 차고 있던 칼을 뽑아서 다리우스를 찔러 죽였다고 한다.

아르타크세르크세스 왕은 법정으로 나와서 해를 보고 절을 한 다음, 시민들에게 이렇게 선언했다고 한다.

"페르시아의 시민들이여! 이제는 안심하고 집으로 돌아가서 여러 동포들에게 전하라. 위대한 오로마스데스 신께서 정의와 도덕에 어긋난 역적들에게 복수를 내리셨다고."

이리하여 음모사건은 끝나게 되었다. 사정이 이렇게 되자, 오쿠스는 아토사의 힘을 믿고 커다란 기대를 가지게 되었다. 왕위를 이어받을 수 있는 꿈이 바로 눈앞에 다가온 듯한 느낌이었다.

그러나 오쿠스는 아리아스페스 왕자와, 두번째 왕자인 아르사메스가 아직까지도 남아 있다는 것이 무척 두려웠다. 왜냐하면 시민들은 아리아스페스가 다음 왕위를 이어받을 수 있는 왕세자로 책정되기를 원하고 있었기 때문이었다. 아리아스페스는 오쿠스보다 나이가 많을 뿐만 아니라, 온화하고 공명정대하며 마음씨가 착했던 것이다.

아르사메스는 매우 총명하여 아르타크세르크세스 왕의 특별한 사랑을 받고 있었다. 그래서 오쿠스는 두 명의 왕자를 모두 죽여버릴 생각을 품게 되었다. 오쿠스는 원래 음흉하고 잔인한 성질을 가진 사람이었다. 그래서 오쿠스는 아르사메스와 아리아스페스를 잔인하고 음흉한 계획을 세워 죽이려고 굳게 결심하였다.

오쿠스는 아리아스페스에게 자신의 호위병을 보내서, 마치 무슨 비밀이라도 말하는 것처럼 아르타크세르크세스 왕이 그를 죽이기 위하여 기회를 노리고 있다는 말을 하도록 했다. 그리고 아리아스페스를 죽이더라도, 평범하게 죽이지 않고 아주 잔인한 방법으로 죽이려 한다고 거짓말을 하였다. 그래서 자신이 위기에 처해 있다고 믿게 된 아리아스페스는, 두려움과 절망을 견디지 못하고 그만 독약을 마시고 자살해버렸다.

아르타크세르크세스 왕은 아리아스페스가 자살했다는 보고를 듣고 매우 슬퍼하였다. 그러나 그는 너무 늙었기 때문에 그 원인에 대하여 분명하게 밝히려고 하지 않았다. 이런 일이 벌어진 다음부터, 아르타크세르크세스 왕은 아르사메스를 더욱 사랑하게 되었다. 아르타크세르크세스 왕은 어느 누구보다도 이 왕자를 가장 아끼고 믿었기 때문에, 모든 일을 함께 의논하고 처리했다. 그러나 오쿠스는 사정이 이렇게 되자, 무작정 시간을 끌 수가 없었다. 마침내 오쿠스는 테리바주스의 아들 아르파테스에게 아르사메스를 암살하도록 시켰다. 이 일이 벌어지고 있을 때, 아르타크세르크세스 왕은 이미 너무나 늙어서 겨우 목숨만 붙어 있었다. 그러나 아르사메스가 죽었다는 소식을 듣자, 그 슬픔을 참지 못하고 마침내 아르타크세르크세스 왕도 숨을 거두고 말았다.

아르타크세르크세스 왕은 94세까지 살았으며, 62년 동안이나 정사를 보살폈다. 아르타크세르크세스 왕은 오쿠스에 비하면 아주 온화하고 인자한 통치자였다고 생각한다. 오쿠스는 그 이전의 페르시아 왕들보다도 더욱 잔인무도한 왕이 되었기 때문이다.

갈 바

기원전 5 ? ~기원 69년

"병사를 움직일 때에는 돈과 쾌락을 탐내는 자를 뽑아서 쓰는 것이 가장 좋다. 그러면 그들은 자신들의 욕망을 채우기 위하여 목숨을 걸고 싸운다."

이것은 아테네의 장군 이피크라테스가 언제나 입버릇처럼 하던 말이다. 그러나 많은 사람들은, 군대에서 가장 중요한 위치를 차지하고 있는 병사는 사람의 몸과 마찬가지로 머리에 복종을 해야 건전한 상태라고 할 수 있지, 제멋대로 행동해서는 안된다고 생각하였다.

그러므로 파울루스 아이밀리우스가 마케도니아 군의 지휘권을 잡았을 때, 부하들이 너무 말이 많고 모두 지휘관이라도 된 것처럼 말참견을 하였기 때문에 다음과 같은 군령을 내렸다고 한다.

"병사들은 민첩한 손과 예리한 무기를 유지하는 일에 마음을 기울여야 한다. 그 밖의 모든 것은 장군에게 맡겨라."

철학자 플라톤은 아무리 훌륭한 통치자나 장군이라고 하더라도, 시민이나 군대가 스스로 일치하여 복종하지 않으면 아무런 소용이 없다고 하였다. 플라톤의 의견에 따르면 복종의 미덕이

라는 것은, 통제하면서 사람들을 다스리는 미덕과 마찬가지로
철학적인 깊이와 고귀한 성품이 없으면 생겨나지 않는다.

플라톤은 이러한 생각을 확인시키기 위하여 여러 가지 실례
를 어디에서든지 끌어올 수 있지만, 특히 네로 황제가 죽은 후
에 로마 사람들 사이에서 일어났던 대혼란은 그 두드러진 예라
고 주장하였다. 그 당시에는 분별력 없이 날뛰는 로마 제국의
군대보다 더 무서운 것은 아무것도 없었다고 한다.

알렉산드로스 대왕이 죽은 뒤에 마케도니아 군대가 무질서하
게 행패부리는 것을 본 데무아데스는, 그 군대를 눈이 빠진 외
눈박이 거인 키클롭스에 비유했다. 네로가 죽은 다음에 로마
정부가 입었던 참화는, 하늘과 싸우는 거인족의 전쟁과 비교할
수 있을 것이다. 세상은 여러 조각으로 갈라져서 서로 이리 쫓
기고 저리 쫓기다가 마침내 자멸을 하게 되었다. 그것은 누가
황제가 되느냐 하는 야심 때문이었다기보다도, 탐욕스러운 병
사들이 날뛰어서 일어난 일이라고 할 수 있었다. 그들은 못 위
에 못을 박아 넣는 것처럼, 어떤 사람을 황제로 선출한 다음
다시 폐위시키고는 또 다른 사람을 황제로 선출했던 것이다.

디오니시우스는 페라이의 알렉산드로스가 10달 동안이나 테
살리아의 왕으로 있다가 암살된 것을 가리키면서, 그는 연극
속의 왕이라고 평가한 일이 있었다. 그러나 로마에 있는 황제
의 궁전 팔라티움은 그보다도 더욱 짧은 동안에 4명이나 되는
황제를 맞이하고 다시 떠나보내고는 하였던 것이다. 마치 뒤에
나오는 사람을 위해 왕좌를 양보하는 것처럼, 무대를 지나가면
서 영원히 사라졌던 것이다.

불행한 로마 사람들에게 단 하나 만족스러운 일은, 그들을
억누르던 폭군들이 그에 알맞은 형벌을 받는 것을 지켜보는 것
이었다. 그들은 서로를 처참하게 죽이고 있었다. 가장 먼저 죽

음을 맞은 사람은, 로마의 황제를 폐위하면 행복한 결과가 얻어진다고 주장했던 사람이다.

사태가 이미 절망적이라고 생각한 궁성수비대의 장군 님피디우스 사비누스는, 네로 황제가 이집트로 망명하려는 계획을 세우자, 티겔리누스의 협력을 받아 군대를 설득시켜서 네로가 벌써 황제의 자리에서 물러난 것처럼 갈바를 로마의 새로운 황제로 선언하도록 했다. 그리고 호위병들에게는 7천5백 드라크마, 지방에서 주둔하고 있는 군단에게는 1250드라크마를 병사에게 나누어주겠다고 약속했다.

로마의 황제가 상금으로 주는 돈이라고 하더라도, 그것은 꽤장히 많은 금액이었다. 네로 황제처럼 시민들을 억압하면서 거두어들이지 않는다면, 그 어느 황제도 모을 수 없는 엄청난 액수였던 것이다. 이러한 약속은 폭군 네로 황제를 무덤으로 보냈지만, 갈바 역시 죽임을 당하도록 만들었다. 로마 군대는 그 상금을 받기 위하여 네로를 죽였으며, 그 돈이 자신의 손으로 들어오지 않게 되자 갈바도 죽였던 것이다. 로마 군대는 처음에 약속했던 돈을 줄 수 있는 사람을 찾고 있었다. 그러나 그토록 탐내던 돈을 갖기도 전에 배신과 반란으로 스스로 망해버렸다.

그 당시에 벌어졌던 특수한 관계의 정변을 모두 기록한다면, 그것은 너무나도 힘든 일이라고 할 수 있다. 그러므로 나는 본래의 목적대로 붓을 들어서 다만 황제들이 어떠한 행동을 하였으며, 또 어떠한 대가를 지불하게 되었는가에 대해서만 쓰기로 하겠다.

술피키우스 갈바는, 평범한 시민에서 로마 제국의 황제 자리에 올랐던 사람들 가운데에서 가장 큰 부호였다고 알려져 있다. 갈바는 명성이 높은 세르비우스의 가문에서 태어났다. 그

리고 항상 자신이 자랑처럼 내세우던 카툴루스와 인척관계에
있었다. 카툴루스는 정치에서 물러나 다른 사람에게 권력을 양
보하고 있었다. 하지만 덕행과 명성이 당대의 제일로 꼽히는
훌륭한 로마 시민이었다. 갈바는 아우구스투스 황제의 부인 리
비아와도 친척간이었다. 아우구스투스 황제가 갈바를 집정관으
로 임명한 것도 이런 관계에서 비롯된 것이다.

갈바는 게르마니에서 군대를 지휘하여 커다란 공을 세웠던
적이 있었으며, 리비아 총독을 지낼 때에도 훌륭한 업적을 쌓
아 다른 사람과 비교할 수 없을 만큼 많은 칭찬을 받았다고 전
해진다. 갈바는 조용한 생활을 좋아하였으며, 무척 간소하게
지냈다. 일상생활은 규율과 절제를 존중했으나, 황제가 되면서
부터는 그것 때문에 악평을 듣게 되었다.

네로 황제가 명망이 높은 신하를 두려워할 줄 모르고 있던
시절에, 황제는 갈바를 스페인 총독으로 임명했다. 갈바는 성
격이 온화하고 나이도 많았으므로, 결코 지각없는 행동은 하지
않을 것이라고 생각했던 것이다.

스페인 총독으로 임명된 갈바는, 네로 황제가 파견한 신하들
이 황제의 권위를 내세우면서 시민들을 잔인하게 괴롭혀도 그
들을 도울 수 있는 방법이 없었다. 네로 황제의 신하들은 소송
을 제기하면서, 많은 사람들의 재산을 빼앗았다. 이런 모습을
지켜보면서 갈바는, 자기도 다른 사람들과 마찬가지로 네로의
학대를 받고 있는 사람이라고 얘기하는 정도의 손쉬운 위로밖
에 할 수 없었다.

네로 황제를 욕하는 풍자시가 각지에 널리 퍼져서 노래로 불
리고 있어도, 갈바는 그것을 금지시키지 않았다. 그리고 로마
황제의 신하들이 화를 내더라도, 시민들을 처벌하지 않았다.
그리하여 스페인 시민들로부터 상당히 많은 존경을 받게 되었

다고 한다.

갈바가 스페인 총독으로 임명된 지도 벌써 8년이 흘렀다. 갈바가 그 지방의 권력을 장악하고 그 곳에 있는 사람들과 친해졌을 때, 갈리아 지방의 여러 군대를 통솔하고 있던 장군 유니우스 빈덱스가 네로 황제의 폭정에 대하여 반란을 일으켰다. 그 반란을 일으키기 전에, 빈덱스는 갈바에게 편지를 보냈다. 하지만 갈바는 거기에 찬성도 반대도 하지 않았으며, 네로에게 그 사실을 알리지도 않았다. 이러한 편지는 다른 지방의 총독들에게도 전달되었는데, 그들은 이 편지 내용을 네로 황제에게 알리고 그 계획을 무너뜨리기 위하여 노력했다. 하지만 그들도 나중에는 반란에 가담하였다.

마침내 빈덱스는 네로 황제에게 선전포고를 한 후 갈바에게 편지를 보내서, 자기가 도와줄 테니 로마 제국의 새로운 황제가 되어 갈리아 지방을 맡아달라고 부탁하였다. 그리고 갈리아 지방에는 이미 10만 대군이 무장하고 있고, 필요하다면 다시 대군을 모을 수 있다고 덧붙였다.

편지를 받자 갈바는 믿을 수 있는 장병들을 모아 놓고 그 문제에 대한 의견을 물어보았다. 어떤 사람은 이 반란에 대해 로마의 민심이 어떻게 움직이는지, 그리고 어떤 변화가 일어나는지 그것을 지켜본 다음에 결정을 하자고 주장했다. 그러나 호위부대를 지휘하던 티투스 비니우스는 자신에 넘치는 목소리로 다음과 같이 말했다.

"무엇 때문에 망설이는 것입니까? 네로 황제에 대해서 충성을 계속하느냐 하지 않느냐를 의논하는 것부터, 우리가 벌써 충성을 잃었다는 것을 말하는 것입니다. 네로는 우리의 적입니다. 따라서 우리는 갈리아 지방을 다스리고 있는 빈덱스의 원조를 거절할 수 없습니다. 만약 그렇지 않고 네로 황제에게 충성하는 마음이 있다면, 폭군 네로를 몰아내고 갈바 장군을 새로운 황제로 받들겠다는 말을 한 빈덱스의 죄를 물어서 그를 공격해야 합니다."

그래서 갈바는 노예를 해방시키는 날을 정해서 주위에 널리 알렸다. 그러자 이 사건에 관련된 이미 여러 가지 소문을 들은 많은 사람들이 혁명을 기대하고 갈바에게 몰려들었다. 그리고 바로 그 날 갈바가 나타나서 높은 연단으로 올라가자, 군중들은 갈바를 황제라고 부르면서 소리 높여 환호했다. 그러나 갈바는 군중들이 황제라 부르는 것을 가로막고, 다만 네로의 악행을 비난하면서 네로의 폭정으로 죽어 간 여러 명사들을 추도하였다. 그리고 이어서 자신은 황제의 칭호를 받지 않고, 로마의 원로원과 시민의 한 사람으로서 자기 한 몸을 나라를 위해 바치겠다고 하면서 연설을 마쳤다.

빈덱스가 갈바를 황제로 추대한 것이 아주 현명한 일이었다는 것은, 네로 자신의 행동으로도 증명된다. 네로는 빈덱스를 경멸하고 있었기 때문에 갈리아 군의 반란을 별다른 문제로 삼지 않았다. 그러나 갈바가 반란을 일으켰다는 소식을 듣는 순간(그 당시에 네로는 목욕을 마친 다음, 아침을 먹고 있었다.) 깜짝 놀라서 밥상을 뒤집어버릴 정도였다.

그러나 로마의 원로원이 갈바를 공적(公敵)으로 결의하자, 네로는 신하들에게 자신감을 보여주기라도 하려는 것처럼 이렇게 농담하였다.

"이것은 아주 좋은 기회란 말이야. 나는 갈리아 지방에서 무슨 소득이 없는가 하면서 기다리고 있었다. 그런데 스페인 총독 갈바가 공적으로 인정되었으니, 이제는 그의 재산을 팔아서 사용해도 상관이 없게 되었군."

이리하여 네로는 갈바의 재산을 모두 팔아버렸다. 이 소식을 전해 들은 갈바는 스페인 지방에 있던 네로의 재산을 모조리 몰수한 다음, 경매에 부쳐버렸다.

그 당시에 많은 사람들도 네로를 배반하고 갈바의 편에 가담하였다. 아프리카에 있던 클로디우스 마케르와 갈리아 지방에 있던 게르만 군 사령관 비르기니우스 루푸스는 자기 자신이 생각하는 대로 행동하면서 그들과 합세하지 않았다. 그러나 두 사람의 의견도 일치하지는 않았다.

잔인하고 욕심이 많았던 마케르는 많은 사람들을 죽여서 재산을 강제로 빼앗았다. 그러므로 마케르는 군대의 지휘를 포기하는 것이나, 그것을 유지하는 것이나 모두가 자신에게는 안전하지 못하다는 사실을 깨닫고 주저하였던 것이다. 루푸스는 가장 강력한 군대를 지휘하고 있었으므로, 그의 부하장병들로부터 여러 번이나 황제라고 불렸다. 그리고 황제의 자리에 오르라는 강력한 권고를 받고 있었다. 하지만 루푸스는 언제나 여기에 대하여 다음과 같이 대답하였다.

"나는 결코 그런 명예를 받지는 않겠다. 그리고 로마의 원로원이 선정하는 사람 이외에는 어느 누구도 용서하지 않겠다."

이러한 사태는 처음부터 갈바를 몹시 괴롭히고 있었다. 그러다가 빈덱스와 비르기니우스 루푸스의 군대는 서로 싸우게 되었다. 그 싸움에서 빈덱스는 갈리아 지방에 있는 부하 2만 명을 잃어버린 다음, 스스로 자살하고 말았다. 그리고 전투에서 승리를 거둔 비르기니우스에 대해서는, '비르기니우스 군대는 그를 새로운 황제로 받들려고 하지만 그는 네로의 휘하로 돌아갈 것이다'라는 소문이 떠돌았다.

여기에 몹시 당황한 갈바는 비르기니우스에게 편지를 보내서, 로마 제국의 보전과 시민의 자유를 위하여 힘을 합치자고 청하였다. 그 뒤 갈바는 부하 참모들과 함께 스페인에 있는 클루니아 시로 물러가서는, 지금 벌어지고 있는 정세에 대응할 만한 적당한 방책도 없이 황제의 자리를 다투려고 했던 지난 날을 후회하면서 조용히 시간을 보내고 있었다.

여름이 시작되던 어느 날 저녁, 갈바가 해방시켜주었던 노예 이켈로스라는 사람이 로마에서 찾아왔다. 그는 로마에서 이 곳까지 7일 동안이나 쉬지 않고 달려왔다고 하였다. 이켈로스는 갈바가 묵고 있는 집을 알아 내자, 많은 노예들을 밀쳐버리고 곧바로 갈바의 방으로 들어갔다. 그리고 갈바에게, 네로가 아직 살아 있는 동안에도 공식적인 자리에 얼굴을 나타내지 않았기 때문에 군대와 시민 그리고 원로원은 갈바를 로마의 새로운 황제로 선언했다고 하였다. 그리고 그 일이 있고 얼마 되지 않아서 네로가 죽었다고 했다.

"나는 그 말을 듣고 처음에는 도저히 믿지 못했습니다. 하지만 나의 두 눈으로 네로의 시체를 분명히 보았으므로, 이렇게 즐거운 소식을 전하기 위하여 급히 달려왔습니다."

이 소식은 갈바의 명성을 더욱 높여주었다. 로마에서 겨우 7일 동안에 이 곳까지 달려왔다는 이켈로스의 속도는 약간 의심스러웠지만, 많은 사람들은 이 소식이 사실이라고 믿었다.

그들은 갈바의 집 앞으로 몰려들었다. 이틀 후에 티투스 비니우스가 다른 사람과 함께 갈바를 찾아와서, 원로원의 명령을 자세하게 전해주었다. 이런 공로를 인정받아서 비니우스는 높은 관직에 임명되었다. 그리고 이켈로스에게는 금반지를 끼도록 하는 명예가 허락되었으며, 마르키아누스라는 이름이 새롭게 지어졌다. 그 다음부터 마르키아누스는 해방노예들 중에서 가장 높은 지위를 차지하게 되었다.

그러나 로마에서는 님피디우스 사비누스가 단번에 나라의 전권을 장악해버리고 말았다. 사비우스는 갈바의 나이가 이미 73

세였기 때문에, 가마를 타고 로마로 들어오기 전에 죽을 것이라고 생각했던 것이다. 게다가 로마 군대는 오랫동안 자기가 지휘하고 있었으며, 지금은 많은 돈을 주기로 약속까지 되어 있었다. 그러므로 병사들은 사비우스를 은인으로 여기고 있었으며, 갈바를 빚쟁이로 생각하였다. 그리고 그 빚을 받을 수 있는 사람은 님피디우스밖에 없다고 믿었던 것이다.

님피디우스는 이러한 이해관계를 따져보고, 지금까지 자기 동료였던 티겔리누스에게 강제로 그 관직을 내놓게 하였다. 그리고 집정관이나 정무위원을 지냈던 유명한 사람들을 자기 집으로 초대해서 성대한 잔치를 베풀었다. 그러나 이 초대에는 갈바의 이름을 사용하고 있었다. 다른 한편으로는 군대를 매수하여, 님피디우스가 살아 있는 동안에는 계속 로마의 장관으로 임명되기를 원한다는 청원서를 갈바에게 제출하도록 했다.

로마의 원로원이 님피디우스를 나라의 은인이라고 존경하면서 명예를 주고, 날마다 그를 찾아와서 명령을 듣고, 모든 법률과 명령은 그의 이름으로 공포하였으므로, 님피디우스는 무척 오만해졌다. 사정이 이렇게 되자, 그를 따르는 사람들도 두려움을 느끼게 되었다.

그 당시에 집정관들은 원로원에서 결정한 결의문을 갈바 황제에게 보낼 때에는, 도장을 찍어서 만든 여행허가서를 사절단에게 주었다. 그러면 사절단은 이 여행허가서를 보임으로써 각 도시에서 여행에 필요한 말이나 마차 등을 제공받을 수 있었다. 여기에 대해서도 님피디우스는 그 허가서에 자기의 도장을 찍지 않았다는 것과, 사절단으로 자기 부하들을 보내지 않았다는 것을 몹시 불쾌해 하였다.

그래서 님피디우스는 집정관들을 문책하려고 했으나, 그들이 먼저 사과해 왔기 때문에 노기를 풀었던 일까지 있었다. 님피디우스는 시민의 환심을 얻는 데 급급했기 때문에 그들이 네로 황제의 신하들을 때려 죽여도 모르는 척하였다. 예를 들어 검투사 스피클루스는 네로의 동상 밑에서 질질 끌려 다니다가 공회장에서 맞아 죽었다. 또한 시민을 검거하는 일에 깊숙이 관계하였던 아포니우스는 시민들에게 붙잡혀 돌을 가득 실은 마차에 깔려 죽었다. 그 밖에도 수많은 사람들이 비참한 죽임을 당했다. 하지만 그 중에는 아무 죄 없는 사람들도 끼여 있었다. 그러므로 성격과 인품이 로마에서 가장 위대하다고 알려진 마우리스쿠스는 이것을 보다 못해, 마침내 원로원에서 이렇게 말했다.

"이런 식으로 나가면, 머지않아 시민들이 네로의 부활을 두려워하게 될 것이다."

님피디우스는 계획대로 일이 진행되고 있어서, 자신의 목적이 달성되는 것도 머지않았다고 믿었다. 그래서 님피디우스는 그가 티베리우스 황제의 후계자 카이우스 카이사르의 아들이라는 소문이 나돌 때, 이것을 거부하지 않았다. 카이사르 황제는 청년 시절에 님피디우스의 어머니와 가까이 지냈다는 것이다. 님피디우스 어머니는 카이사르 황제가 해방시켰던 노예 칼리스투스의 딸로서 바느질에 재주가 있었는데, 소문처럼 아름답지는 않았다. 하지만 카이우스가 그 여자와 가까이 지냈다고 하더라도, 그것은 님피디우스가 태어난 다음의 일이었다.

님피디우스는 자신이 검투사 마르티아누스의 아들이라고 믿었다. 그리고 자기가 원하기만 하면, 그렇게 불리게 될 것이라고 생각했다. 이 검투사는 뛰어난 사람으로, 님피디우스 어머니가 몹시 사랑하고 있었다. 님피디우스의 외모는 그 사람과 아주 비슷하였다.

님피디우스는 네로를 죽인 것이, 오직 자기 한 사람의 공이라고 주장하였다. 그리고 자기가 얻은 명예와 부도 그 공에 비한다면 그렇게 만족스러운 것은 아니라고 말하였다. 님피디우스는 그 밖에도 네로의 시체를 화장하는 불이 채 꺼지기도 전에, 네로의 총애를 받던 스포루스를 자기 아내처럼 취급하여 포파이아라는 이름으로 불렀다. 그러면서 님피디우스는 자신이 황제의 자리에 올라야 한다는 야심을 품기 시작했다. 당시에 로마의 원로원 의원이나 귀부인들 중에서는 은밀하게 님피디우스를 돕고 있는 사람들도 있었다. 님피디우스는 자신의 친구 겔리아누스를 스페인으로 파견하면서, 그 곳의 정세를 살피도록 하였다.

한편 갈바로서는 네로가 죽은 뒤에 모든 일이 순조롭게 진행되고 있었지만, 한 가지 불안한 일은 비르기니우스 루푸스의 태도가 분명하지 않다는 것이었다. 비르기니우스는 수많은 정예부대를 가지고 있었을 뿐만 아니라, 빈덱스에게 승리를 거둔 명예도 있었다. 게다가 로마 제국에 반란을 일으키려고 했던 갈리아 지방에 평온을 되찾는 데에도 커다란 역할을 하였던 것이다.

그런데 그때까지 비르기니우스는 로마의 황제를 선출하는 권리는 원로원에 있다고 말해 왔는데, 네로가 죽은 것이 확실하다는 것을 알게 된 그의 부하들은 비르기니우스에게 황제가 되라고 강요하였다. 그리고 어떤 호민관은 칼을 뽑아들고 비르기니우스의 막사로 들어가서 로마 제국의 황제가 되겠느냐, 그렇지 않으면 이 칼을 받겠느냐고 협박까지 할 정도였다.

이때, 비르기니우스의 부하였던 군단장 파비우스 발렌스가 갈바에게 충성을 맹세하였으며, 그 뒤를 이어서 로마로부터 갈바를 황제로 임명한다는 원로원의 결의가 전해져 왔다. 비르기니우스는 자기 부하들에게 갈바를 황제로 인정한다는 선서를 하도록 하였다. 그렇게 되자 갈바는 비르기니우스의 자리를 물려받도록, 플라쿠스 호르데오니우스를 비르기니우스에게 보냈다. 그래서 비르기니우스는 군대를 그에게 넘겨주고, 자기는 예를 갖춰 로마로 향하는 갈바를 도중에서 맞이하였다.

갈바 일행은 갈리아 지방에 있는 나르보 시 부근에 도착하였다. 그들은 여기에서 로마의 원로원이 보낸 사람들과 만나게 되었다. 그들은 갈바를 맞이하여 축사를 한 다음, 로마 시민들이 애타게 기다리고 있으니 될 수 있으면 빨리 도착해야 한다고 청했다.

새로운 황제 갈바는 겸손한 태도로 그들과 이야기를 나누었다. 그리고 향연을 베풀 때에도 님피디우스가 보내준 네로 황제가 쓰던 종과 호화로운 그릇들을 쓰지 않고 자기 것을 사용하였다. 이러한 행동으로 갈바는, 허영심이 조금도 없는 훌륭한 인격자라고 하는 호평을 받게 되었다. 그러나 얼마 있지 않아서 비니우스는, 소박한 시민처럼 행동하는 것은 경우에 어긋나는 일로 당연히 로마의 황제로서 지녀야 할 위엄을 나타내야 한다고 주장하였다. 비니우스는 갈바에게 네로 황제의 복식을 사용하도록 하고, 향연을 열 때에는 황제의 호화로움을 잃지 않도록 해야 한다고 납득시켰다. 이렇게 하여 비니우스는 갈바를 허수아비로 만들고 자기 마음대로 주무르면서, 다른 사람이 생각하지도 못할 많은 죄악을 범하기 시작했다.

비니우스는 욕심이 무척 많을 뿐만 아니라, 여자들에 관한 추문도 떠돌고 있는 사람이었다. 비니우스가 청년 시절에 칼비시우스 사비누스를 따라 처음으로 출정했을 때, 사령관 부인의 행실이 단정하지 않다는 것을 알게 되자 그 부인을 병사처럼 옷을 입힌 후 밤을 이용하여 막사로 이끌고 들어왔다. 그리고 로마 인이 '프린키피아'라고 부르는 사령관의 막사에서 잠을 자다가 들킨 일이 있었다. 이 죄로 카이우스 카이사르는 비니우스를 감옥에 집어 넣었는데, 불행하게도 황제가 죽게 되어서 석방되었다.

그 뒤에 클라우디우스 카이사르 황제의 만찬에 초대받았을 때, 비니우스는 은잔을 몰래 훔친 일이 있었다. 이 말을 들은 클라우디우스 황제는 비니우스를 다시 초대한 다음, 하인들에게 일러서 그의 앞에는 은그릇 대신 질그릇을 놓도록 하였다. 클라우디우스 황제는 그런 사람에게 화를 내는 것은 어리석은 일이라고 생각하면서, 점잖게 비니우스의 죄를 깨우쳐주고 비웃었던 것이다.

님피디우스는 갈바의 동정을 살피기 위하여 스페인으로 보냈던 겔리아누스가 돌아오면서부터 심한 불만에 빠졌다. 그것은 갈바가 코르넬리우스 라코를 궁성 호위지휘관으로 임명하였으며, 비니우스가 몹시 총애를 받고 있었기 때문이었다. 겔리아누스는 엄격한 감시를 받고 있었기 때문에, 갈바 황제에게 감히 다가갈 수조차 없어서 이야기를 나눌 수 있는 기회를 만들 수가 없었다고 보고하였다. 그러므로 님피디우스는 로마에 주둔하고 있는 장병들을 모아 놓고 이렇게 말했다.

"갈바는 착하고 점잖은 노인이다. 그러나 갈바는 자기의 뜻대로 무슨 일을 한 적이 없고, 언제나 비니우스나 라코가 시키는 대로 행동하고 있다. 그러므로 제군들은, 우리가 미처 알지 못하는 사이에 티겔리누스에게 병권을 빼앗겼던 잘못을 두 번 다시 되풀이하지 않도록 해야 한다. 그리고 우리의 진영에서 대표자를 뽑아 갈바 황제에게 보내서, 그들 두 사람을 멀리하도록 하면, 우리는 로마에 도착할 무렵에는 보다 커다란 환영을 받게 될 것이다."

그러나 장병들은, 갈바와 같은 노장에게 측근을 멀리해라 가

까이해라 하는 것은 실례가 되며 우스꽝스러운 이야기라고 하
면서, 그의 제안에 찬성하지 않았다. 만약 갈바가 처음으로 군
대를 지휘하는 청년이라면 그런 말을 할 수 있겠지만, 사정이
그렇지 않다고 하면서 반대하였던 것이다.

그러자 님피디우스는 방법을 바꾸어서, 이번에는 갈바를 놀
라게 할 만한 여러 통의 편지를 썼다. 그것은 다음과 같다.

로마의 치안은 아직까지도 완전히 회복되지 않았으며, 도
시는 동요하고 있다. 클로디우스 마케르가 아프리카로부터
실어 오는 곡물의 출항을 금지시켰다. 또한 게르마니의 여러
군단에 폭동의 징조가 있으며, 시리아와 유다이아 지방으로
부터도 비슷한 보고가 날아오고 있다.

그러나 갈바는 님피디우스의 이런 보고를 별로 믿지도 않고,
님피디우스의 의견에 귀를 기울이는 것 같지도 않았다. 그러므
로 님피디우스는 갈바가 로마에 도착하기 전에 자기가 황제가
되려는 계획을 실행에 옮기기로 했다. 그때 님피디우스의 충실
한 친구였던 안티옥 사람 클로디우스 켈수스는, 생각이 깊고
분별력 있는 사람은 님피디우스를 황제라고 부르지 않는다고
하면서 말렸다. 하지만 그 당시에 갈바를 비웃는 사람도 많았
다. 그 중에서도 폰토스 왕 미트리다테스와 같은 사람은 갈바
의 대머리와 주름잡힌 얼굴을 비웃으면서, 그 노인이 로마 시
민 앞에 나타나면, 그들은 이런 황제를 추대한 것을 치욕이라
고 생각할 것이라고 주장하였다.

결국 그들은 밤 12시에 님피디우스를 군영으로 데리고 가서
황제라고 선언하기로 하였다. 그러나 그 날 저녁 수석 호민관
안토니우스 호노라투스는 부하를 모아 놓고 이렇게 말했다.

"그들은 아무런 까닭도 없이 여러 번이나 행동을 바꾸고 있
으니, 일정한 목적이 없는 것 같다."

이어서 그는 부하들과 자기 자신을 책망하면서 이렇게 덧붙
였다.

"우리가 네로 황제를 배반한 것은 네로의 악행이 너무나 크
기 때문에 마땅한 일이었다. 그러나 갈바는 네로처럼 자기 어
머니나 아내를 죽인 사람은 아니다. 그리고 그 어느 때에도 신
성한 황제의 지위를 더럽힌 적이 없다. 우리가 네로를 배반한
이유는, 네로가 이집트로 망명한다고 님피디우스가 우리를 선
동했기 때문이다. 그런데 이제 우리는 네로뿐만 아니라, 갈바
까지도 죽이려고 하는 것인가? 천한 님피디아의 아들 님피디
우스를 황제로 모시고, 훌륭한 집안에서 태어난 리비아의 아들
갈바를 죽여야 하는가? 아니다. 오히려 님피디우스에게 정당
한 형벌을 주고, 갈바를 옹호하여 우리의 충성을 다하는 것이
마땅한 일일 것이다."

이 연설이 끝나자, 모든 병사들은 찬성의 뜻을 나타내었다.
그리고 그들은 다른 장병들에게도 새로운 황제에게 충성을 다
하자고 하였다. 그래서 군대의 대부분은 그의 의견을 따르게
되었다.

님피디우스는 군영 안에서 시끄러운 소리가 들리자, 횃불을
비추면서 안으로 들어왔다. 님피디우스의 손에는 연설을 하기
위한 초고가 들려 있었다. 그 원고는 킨고니우스 바로가 쓴 것
으로서, 님피디우스는 이미 그것을 외고 있었다. 님피디우스는
성문 가까이 다가서다가, 성문마다 굳게 닫혀 있고 성 위에는
무장한 병사들이 서 있는 것을 보고 두려움을 느꼈다. 하지만
님피디우스는 성문 가까이 걸어가서 이렇게 말했다.

"너희는 여기에서 무엇을 하고 있는 것이냐? 누구의 명령으

로 무장을 하고 있는 것인가?"

성을 지키고 있던 병사들은 일제히 함성을 지르면서 갈바를 황제로 모신다고 소리쳤다. 그리고 님피디우스와 그의 부하에 게도 갈바 만세를 외치라고 강요하였다. 성문을 지키던 파수병 들은 문을 열어 님피디우스와 그의 부하 몇 사람을 성 안으로 들어오도록 하였다. 그리고 님피디우스가 성 안으로 들어서자, 투창으로 공격을 하였다. 님피디우스의 앞에 서 있던 셉티미우 스가 방패로 날아오는 투창을 막았다. 그러나 이번에는 더욱 많은 병사들이 칼을 뽑아들고 다가왔다. 님피디우스는 병사의 숙소에 들어가서 숨었지만, 그 곳까지 쫓아온 병사들이 님피디 우스의 목을 베고 말았다. 그리고 그 시체를 끌어다가 울타리 를 쳐 놓고, 다음날 아침 시민들에게 구경시켰다.

갈바는 님피디우스가 이렇게 죽었다는 보고를 받자, 이렇게 말했다.

"님피디우스의 편을 들었던 자들은 스스로 자살을 하라. 그 렇지 않으면 모두 사형에 처하라."

그래서 사형을 받은 사람 중에는 님피디우스의 연설문을 써 주었던 킨고니우스 바로와, 앞에서 말한 미트리다테스와 같은 사람도 끼여 있었다. 그러나 이러한 갈바의 처사는 로마 법에 는 어긋나지 않았지만, 유명한 사람들을 재판도 없이 함부로 사형에 처했다고 해서 많은 사람들로부터 나쁜 평을 들었다. 로마 시민들은 갈바가 지금까지 행해져 왔던 정치와는 전혀 다 른, 좋은 정치를 해줄 것이라고 기대하고 있었던 것이다. 그렇 기 때문에 그들이 받은 실망도 대단히 컸다.

그리고 집정관 페트로니우스 투르필리아누스가 단지 네로 황 제에게 충성했다는 이유만으로 죽임을 당한 것에 대하여 시민 들은 상당히 분개하게 되었다. 시민들의 불만은 이것만이 아니

었다. 아프리카에서 마케르를 죽이고 게르마니에서 폰테이우스
를 죽였던 것은, 그들이 대군을 거느리고 있는 장군이어서 반
란을 일으킬 것이 두려웠다는 나름대로의 이유를 댈 수 있을
것이다. 그러나 힘없는 투르필리아누스를 변명할 기회조차 주
지 않고 죽인 것은, 갈바가 처음에 약속한 중용과 정의를 실행
했다고 할 수는 없는 일이었다. 이러한 행동으로 로마 시민들
은 갈바를 비판하고 있었다.

갈바가 로마에서 25퍼얼롱 정도 떨어진 곳까지 다가왔을 때,
무질서한 해군의 무리가 길을 가로막았다. 그들은 과거에 네로
가 육군 군단으로 개편했던 사람들이었다. 그들은 조잡한 무리
처럼 갈바의 뒤를 바싹 따르면서, 새로운 황제를 맞이하기 위
하여 로마에서 찾아온 사람들이 갈바에게 접근하지 못하도록
하면서 자기들의 청을 들어줄 것을 요구했다.

"우리에게 군기를 주시오."

"머무를 수 있는 막사를 주시오."

그들은 이렇게 떠들고 있었다. 갈바는 나중에 이 문제를 결
정할 것이니, 지금은 어서 물러가라고 하였다. 그들은 새로운
황제가 자기들의 제안을 거절하는 것으로 알아듣고, 계속 소란
을 피우면서 따라왔다. 그 중에는 성급하게 칼까지 뽑아든 사
람도 있었다.

갈바는 이것을 보자, 기병대에게 그들을 쫓아버리도록 명령
하였다. 그들은 뿔뿔이 흩어져서 도망을 쳤으나 어떤 사람은
그 곳에서, 또 어떤 사람은 쫓겨 달아나다 죽었다.

갈바가 로마에 들어올 때, 이렇게 피와 시체 속을 지나온 것
은 상당히 불길한 징조였다. 그리하여 지금까지 갈바를 나이
많고 힘없는 노인이라고 경멸하던 사람들도 공포와 두려움을
갖게 되었다.

갈바는 전에 네로가 신하들에게 상금을 후하게 주면서 호화롭게 지냈던 풍습을 고치기 위하여 온갖 수단을 동원하였다. 그러나 그의 처사 역시 지나친 것이었다고 할 수 있었다. 왜냐하면 사치를 금한 것까지는 좋았으나, 적당한 예의라고 할 만한 것까지도 지키지 않았기 때문이다. 유명한 음악가 카누스가 황제를 위해 만찬석상에서 연주했을 때였다. 여기에 만족한 갈바는 지갑을 가져오도록 하더니 음악가에게 금화 몇 닢을 주었다. 그리고 이것은 국고에서 주는 것이 아니라 자기의 사재에서 주는 것이라고 말하였다.

또한 배우나 씨름꾼들에게는 과거에 네로가 주었던 상금에서 10분의 1을 제외한 나머지는 모두 반환하라고 명령했다. 그러나 그런 직업을 가지고 있는 사람들은, 생활하면서 아무런 생각 없이 돈을 낭비하는 사람들이기 때문에, 갈바에게 반환할 수 있는 돈은 아주 조금밖에 남아 있지 않았다. 일이 그렇게 되자 갈바는 그 돈을 누구에게 주었는지에 대하여 모두 조사하도록 하였다. 그래서 여기에 관련된 사람이 대단히 많아지게 되었다. 이것은 무척 귀찮은 일이었으므로, 많은 사람들이 불만을 늘어놓았다.

갈바의 평판은 아주 나빠지게 되었으며, 비니우스는 시민들로부터 증오를 한 몸에 사게 되었다. 비니우스는 갈바를 부추겨서 비루하고 인색한 사람으로 만들어 놓고는, 자기 자신은 탐욕을 부릴 대로 부리면서 아주 사치스럽게 지냈다.

헤시오도스는 다음과 같이 노래하고 있다.

술통을 열면 처음부터 끝까지 철저하게 마셔라.

비니우스는 자기를 총애하는 황제가 이미 늙어서 앞날이 많이 남아 있지 않았으므로 처음부터 끝까지 자신의 행운을 단번에 즐겼으며, 힘이 미치는 대로 이 기회를 이용하려고 하였던 것이다. 이리하여 갈바는, 양쪽에서 비난을 듣게 되었다. 그 하나는 비니우스가 황제의 이름을 팔아서 행하는 죄악 때문에 듣는 비난이었고, 다른 하나는 갈바 자신이 정당한 행위를 하려고 해도 비니우스가 이것을 방해하거나 더럽혔기 때문에 듣는 비난이었다.

네로 황제를 받들던 자들을 처벌할 때의 일이 그 한 가지 예라고 할 수 있었다. 갈바가 헬리오스, 폴리클레투스, 페티누스 그리고 파트로비우스와 같은 간악한 사람들을 사형시켜서 시장으로 끌고 다니게 했을 때, 시민들은 미칠 듯이 기뻐하면서 신들도 좋아할 것이라고 환호하였다. 더구나 네로의 폭정을 조장하였던 티겔리누스를 처벌하는 것은, 신이나 사람이나 모두가 바라는 일이라고 외쳤다. 그러나 티겔리누스는 비니우스에게 많은 뇌물을 줌으로써 형벌을 면할 수 있었다.

하지만 트루필리아누스와 같은 사람은 네로 황제와 같은 폭군에 대하여 혐오를 나타내지 않았다는 이유만으로 죽임을 당했다. 그러나 네로를 폭군으로 만들어 놓고 사치를 누리다가, 마침내 스스로 타락해버린 황제를 배신한 티겔리누스에 대해서는 관용을 베풀어주었던 것이다. 그것은 비니우스에게 부탁하기만 하면, 무엇이든지 가능하다는 사실을 보여주는 것이었다. 따라서 비니우스를 만족하게 할 만한 뇌물만 있으면, 어떤 일이라도 실망할 필요가 없다는 것을 알리는 광고이기도 했다.

그러나 로마의 시민들은 극장이나 경마장에 구름처럼 몰려들어서 사악한 티겔리누스를 잡아다가 사형시키라고 소란을 피웠으므로, 이것을 가라앉히기 위하여 갈바 황제가 직접 앞으로 나서지 않으면 안 될 지경에까지 이르게 되었다. 갈바는 로마 시민들을 설득하기 위하여 이렇게 말했다.

"티겔리누스는 오랫동안 병을 앓고 있었다. 그러므로 목숨이 길지 않은 사람에게 처형을 강요함으로써 새로운 황제가 잔인하다는 이름을 남기도록 하는 일은 막아야 한다."

이렇게 해서 시민들은 완전히 조롱당했으며, 티겔리누스는 성대한 잔치를 벌여서 자기의 무사함을 축하하고, 갈바 황제의 은혜를 감사하면서 신들에게 제물을 바쳤다. 비니우스는 황제와 함께 식사를 한 다음, 과부가 된 자기 딸을 데리고 티겔리누스의 잔치에 참석했다. 티겔리누스는 비니우스에게 감사하다는 말을 하면서 25만 드라크마의 예물을 바쳤다. 그리고 자기의 애첩을 시켜서, 그녀가 걸고 있던 15만 드라크마짜리 목걸이를 벗어서 비니우스의 딸에게 주도록 하였다.

이런 일이 있은 다음부터 갈바는 아무리 정당한 일을 해도 비난만을 듣게 되었다. 빈덱스와 함께 반란을 일으켰던 갈리아 지방 사람들에 대한 처리가 그 좋은 예라고 할 수 있다. 갈바는 그들에게 세금을 적게 부과하고 로마의 시민권까지 주었으나, 그들은 이런 은혜는 황제가 준 것이 아니라, 비니우스가 뇌물을 탐낸 결과라고 생각했던 것이다.

이리하여 시민들은 새로운 황제를 싫어하기 시작했다. 또한 군대는 갈바가 처음에 약속했던 상금은 아직도 받지 못했지만, 네로가 주었던 것만큼은 갈바도 줄 것이라고 기대하면서 얼마 동안 참고 있었다. 하지만 그들이 속았다고 불평한다는 말을 듣고도, 갈바는 장군다운 기상을 자랑하면서 이렇게 말했다.

"나는 모든 군대를 모집하였을 뿐이며, 결코 군대를 매수하지 않는다."

이 소리를 들은 모든 병사들은 분함을 참지 못했다. 왜냐하면 갈바는, 그들에게 마땅히 주어야 할 돈도 제대로 주지 않으면서, 앞으로 올 황제들에게도 똑같은 행동을 하도록 나쁜 예를 만든다고 생각했기 때문이다.

그러나 병사들의 가슴 속에서 타오르는 반항의 열기는, 아직 겉으로 나타나지는 않고 있었다. 갈바에 대한 다소의 개인적인 존경심이 그들을 자제시켰으며, 혁명을 일으킬 만한 사건 또한 없었으므로 그들은 분함을 억누르고 있었던 것이다.

한편 비르기니우스의 부하였다가, 지금은 플라쿠스의 지휘를 받고 있는 게르마니의 주둔군들은 빈덱스 군을 무찌른 것을 크게 자랑하고 있었다. 하지만 이렇다 할 상금도 받지 못했으므로, 반항심이 생겨서 상관의 명령도 듣지 않게 되었다. 게다가 플라쿠스와 같은 사람은 1년 내내 병을 앓고 있었으며, 군사에 대한 경험마저도 없었기 때문에 병사들은 그를 두려워하지 않았다.

이러한 시기에 모든 군대가 축하행사를 치르게 되었다. 그래서 참모들이 관례에 따라 황제의 건강과 행복을 빌려고 하자, 병사들은 소리를 지르면서 반대의사를 나타냈다. 그래도 참모들이 강제로 의식을 계속하도록 명령하자, 그들은 이렇게 소리쳤다.

"그렇다면 황제로서의 할 일을 제대로 처리하라고 해라."

병사들은 참모들의 명령에 좀처럼 응하지 않았다. 황제의 존엄성을 모독하는 사건은 비텔리우스의 부대에서도 일어났다. 그리고 여러 지방에서도 이것과 비슷한 사건들이 자주 꼬리를 물고 일어났다.

이러한 보고를 들은 갈바는, 마음 속에서 한 가닥 두려움을 느끼게 되었다. 그리고 자기가 이렇게 업신여김을 당하는 것은, 오직 자신이 나이가 많은 늙은이라는 점과, 대를 이을 만한 아들이 없기 때문이라고 생각했다. 그래서 갈바는 인품이 뛰어난 청년을 뽑아서, 자기의 뒤를 잇도록 해야겠다고 결심하였다.

그 당시에 로마에는 마르쿠스 오토라는 청년이 있었다. 오토는 유명한 가문에서 태어났으며, 어린 시절부터 사치스럽고 방탕한 귀공자로 성장하였다. 호메로스는 자신의 시에서 파리스를 아무리 칭찬을 하려고 해도 칭찬할 만한 구실이 없었으므로, 그저 '아름다운 헬레네의 연인'이라고만 말했다고 한다. 이것과 마찬가지로 오토는 다만 포파이아와 결혼한 사람으로만 로마에 알려졌다.

포파이아는 예전에 크리스피누스의 아내로 있을 때부터, 네로 황제가 사랑하던 여자였다. 그 당시에 네로는 아직까지도 아내를 아끼고 있었으며, 어머니도 두려워하고 있었기 때문에 몰래 오토를 중간에 넣어서 포파이아를 설득시키도록 했다. 그만큼이나 네로는, 오토가 돈을 물쓰듯 하면서 난봉을 잘 부리는 것이 마음에 들었는지도 모른다.

그렇기 때문에 오토가 네로를 보고 인색하다고 비웃어도, 네로는 오히려 농담으로만 듣고 서로 친하게 사귈 정도였다. 어느 날 네로는 값진 향수를 자기 몸에 뿌리고, 오토에게도 그것을 조금 뿌려주었던 일이 있었다.

오토는 그 다음날 네로를 자기 집으로 초대하였다. 네로가 저녁 식사를 하고 있었을 때였다. 오토는 갑자기 금과 은으로 만든 많은 파이프를 이용해서 어제와 같은 그 향수를 마치 물처럼 네로에게 뿌려주었다고 한다. 이것은 어제 네로가 자기에게 그 향수를 인색하게도 몇 방울만 뿌려주었던 것에 대한 대응이라고 할 수 있었다. 다시 말하자면 오토는 그런 심술궂은 성격을 지닌 사람이었다.

오토는 네로보다 먼저 포파이아를 만나서, 네로의 사랑을 얻기 위해서는 크리스피누스와 이혼해야 한다고 유혹하였다. 그래서 두 사람을 이혼시킨 후에, 자기의 집으로 데리고 와서 아내로 만들어버렸다. 그 뒤에 오토는 그 여자를 독차지하고 싶었으므로, 네로에게 주는 것을 거절하기에 이르렀다.

포파이아 자신도 이러한 질투심을 싫어하지 않았다고 전해진다. 그리하여 포파이아는 오토가 없을 때에도 네로의 접근을 물리쳤다고 한다. 이것은 오토가 싫어하는 것이 두려워서 그렇게 하였을 것이라는 말도 있고, 또는 어떤 사람이 말하는 것처럼 로마의 황제를 애인으로 가지는 것은 좋지만 결혼을 해서 왕비가 되고 싶어하지는 않았다는 말도 있다.

하지만 네로는 포파이아와 결혼하기 위하여 자신의 아내와 누이동생을 죽일 정도였다. 그래서 오토의 생명도 위험했지만, 다행스럽게도 그는 세네카와 교제를 하고 있었기 때문에, 세네카가 네로 황제를 만나서 간절하게 간청을 하였다. 그 결과 오토는 루시타니아의 총독으로 부임하게 되었다.

그러나 오토는 루시타니아의 총독으로 부임하는 것이 추방을 좋게 부르는 것에 지나지 않다는 사실을 잘 알고 있었기 때문에, 무척 관대하게 시민을 통치하면서 편안한 생활을 하였다.

갈바가 스페인에서 네로에 대하여 반란을 일으켰을 때, 가장 먼저 갈바에게 참가한 사람은 바로 오토였다. 오토는 자기가 가지고 있던 금과 은으로 만든 물건들을 전부 가지고 와서 화폐로 만들도록 하고, 자기 신하 중에서 황제를 섬길 만한 사람을 뽑아 갈바에게 바쳤다.

그리고 다른 점에 있어서도 오토는 갈바에게 충성을 다했으며, 정사를 처리하는 데에 있어서 어느 누구에게도 지지 않는 솜씨를 보였다. 특히 갈바가 로마로 들어올 때에는 여러 날 동안이나 같은 마차를 타고 올 정도로 가까워졌다.

여행을 하는 도중에 오토는 교묘한 이야기와 값비싼 선물로
비니우스를 손에 넣어버렸다. 오토는 계획적으로 언제나 첫째
자리를 비니우스에게 양보하고, 둘째 자리를 차지하는 것으로
만족했다. 둘째 자리에 있으면 귀찮은 일도 없고 질투를 받을
염려도 없었으므로, 오토는 비니우스에게 좋은 자리를 넘겨주
었던 것이다.

그리고 누구든지 청원을 하기 위하여 찾아오는 사람이 있으
면 오토는 되도록 친절하게 대했으며, 아무런 보수도 받지 않
고 모든 사람의 부탁을 들어주려고 했다. 그리고 병사들을 위
해서는 있는 힘을 다하여 노력하였으며, 때로는 황제를 통해
때로는 비니우스를 통해 그들에게 관직을 주었다. 그리고 어느
때에는 갈바 황제의 사랑을 받고 있어 궁중에서 가장 세력이
큰 이켈로스와 아시아티쿠스의 힘을 빌리기도 하였다.

오토는 가끔씩 갈바를 자기 집으로 초대해서 향연을 베풀었
다. 그럴 때마다 오토는 갈바의 호위병들에게 급료 이외에도
금화 한 닢씩을 나누어주었다. 이것은 외면적으로는 갈바에게
존경의 뜻을 나타내는 것 같았지만, 사실은 갈바를 깊은 함정
에 빠뜨리는 것이었다. 이렇게 해서 오토는 군대의 인기를 끌
게 되었다.

그래서 갈바 황제가 후계자에 대한 의논을 하자, 비니우스는
오토를 추천했다. 그러나 이것도 이미 계산된 일로서 만약 갈
바가 오토에게 황제 자리를 물려준다면 오토는 비니우스의 딸
과 결혼하기로 이미 합의가 이루어져 있었다.

하지만 갈바는 모든 행동에 있어서 자기 자신보다도 국가의
이익을 더 생각하였으므로, 그 당시에도 자기가 좋아하고 싫어
하는 것보다 로마 시민의 평화를 첫째 목적으로 삼았다. 갈바
는, 오토의 사치스러운 성격과 낭비하는 버릇을 잘 알고 있었

기 때문에, 개인 재산의 계승자로 삼는 것조차 원하지 않았을 것이다. 오토는 이미 500만 드라크마의 빚더미에 빠져서 허덕거리고 있었던 것이다.

그러므로 갈바는 비니우스의 말을 가만히 듣고 있었다. 갈바는 그 자리에서 아무 대답도 하지 않고, 그 결정을 연기하기로 했다. 그러나 갈바는 스스로 집정관 자리로 물러나왔고, 비니우스를 자신의 동료로 임명했으므로, 로마 시민들은 새해에는 계승자가 발표될 것이라고 기대하였다. 그리고 로마 군대는 그 자리를 오토가 이어받게 되기를 몹시 원하고 있었다.

하지만 갈바가 이 문제를 결정하지 못하고 있는 동안에, 게르마니에 있는 군대가 반란을 일으켰다. 로마 군대는 모두 자기들이 기대했던 상금을 받지 못한 것에 대하여 갈바에게 커다란 불만을 품고 있었지만, 그 중에서도 게르마니의 여러 군대는 특히 불만이 컸다. 왜냐하면 그들의 사령관이었던 비르기니우스 루푸스를 아무런 명예도 주지 않고 파면시켰기 때문이다. 그리고 빈덱스에게 가담했던 사람들에게는 모두 상을 주었으며, 빈덱스의 힘만으로 로마의 황제가 된 것처럼 그에게만 감사하면서 빈덱스의 추도식 때에는 총독의 예우를 해주었다고 떠들었다.

이런 불평들이 군대 안에서 떠돌고 있을 때, 새해 1월 1일을 맞아서 사령관 플라쿠스는 지난 해와 마찬가지로 병사들을 모아 놓고 황제에게 충성을 맹세하는 식을 올리려고 하였다. 하지만 병사들은 갈바의 동상을 쓰러뜨리고, 원로원과 시민에 대한 충성만을 선서하고서 식장을 나가버렸다. 참모들은 통제할 수 없는 병사들을 보면서, 이런 상태가 계속되면 폭동이 일어나지 않을까 두려워하였다. 그런데 참모 한 사람이 앞으로 나서면서 병사들에게 연설을 하기 시작했다.

"병사 여러분! 만약 우리가 지금 사령관의 명령을 받들지 않고, 사령관을 버린다면 어떻게 되겠습니까? 갈바에게 등을 돌린다는 것은, 모든 복종과 지배를 거부한다는 것이 아닙니까? 지금의 사령관 플라쿠스는 갈바의 영향을 받고 있을 뿐입니다. 그렇기 때문에 플라쿠스를 받드는 것은 아무런 소용도 없는 짓입니다. 그러나 게르마니의 사령관 비텔리우스는 여기에서 하루 정도 걸리는 거리에서 주둔하고 있습니다. 비텔리우스의 아버지는 로마의 감찰관이었으며, 3번이나 집정관이 되었고, 클라우디우스 카이사르 황제의 동료였습니다. 그 사람이 가난하다고 해서 사람들이 악평하고 있는 것은, 그 사람의 정신이 맑고 깨끗하며 욕심이 적다는 증거입니다. 우리는 그 사람을 추대하도록 합시다. 그리고 스페인 사람, 또는 루시타니아 사람보다도 우리가 황제를 선출하는 일에 뛰어나다는 것을 보여주도록 합시다."

이러한 연설에 대하여 찬성과 반대를 결정하기도 전에, 어떤 기마병이 그 자리를 조용히 빠져나가서 비텔리우스에게 이 소식을 전해주었다. 그 당시는 이미 밤이었기 때문에, 비텔리우스는 많은 참모들을 불러서 대접을 하고 있는 중이었다. 이 소식은 순식간에 군대 안에 퍼지고 말았다. 다음날에는 군단을 지휘하고 있던 파비우스 발렌스가 기병의 대부대를 거느리고 비텔리우스를 찾아와서, 황제의 자리에 오른 것을 축하한다고 말했다.

지금까지 비텔리우스는 정치의 중임을 맡는 것은 싫다고 하면서, 황제로 추대되는 것도 거절해 왔었다. 그러나 점심에 많은 음식과 포도주를 마신 덕택으로 기분이 좋아진 비텔리우스는 마침내 그 청을 받아들였다. 그 대신에 황제라는 이름을 사양하고, 부하들이 지어서 바친 게르마니쿠스라는 이름을 쓰기로 했다.

그렇게 되자 플라쿠스 휘하의 여러 군대도 로마의 원로원에
충성을 다하겠다고 하던 맹세를 취소하고, 비텔리우스를 황제
로 모시면서 그의 어떠한 명령에도 복종할 것을 맹세했다.

비텔리우스는 게르마니에서 버젓이 로마 황제로 선포되었다.
이 소식을 듣게 되자, 갈바는 후계자 선정을 더 이상 망설일
수가 없게 되었다. 갈바는, 어떤 신하들은 돌라벨라를 위하여
움직이고 있고 대부분의 사람들은 오토를 추천하고 있다는 사
실을 잘 알고 있었지만, 그들은 염두에도 두지 않았다. 그리고
아무에게 알리지 않고 조용히 피소를 불러들였다.

피소는 네로에게 죽임을 당한 크라수스와 스크리보니아의 아
들이었다. 피소는 품성이 올바르고 덕행에 뛰어난 청년이었다.
그렇기 때문에 피소의 아름다운 모습은 근엄하면서도 장중했
다. 갈바는 이 피소를 데리고 군영으로 들어가서 로마의 황제
이자 제국의 계승자로 선언하려고 하였다.

하지만 갈바가 궁전을 떠날 때부터 공교롭게도 여러 가지 좋
지 못한 징조가 나타났다. 그리고 갈바가 군대의 진영에서 연
설하고 있는데, 갑자기 천둥이 울리면서 번개가 로마를 뒤덮고
폭우가 쏟아졌다. 이것은 로마 황제의 계승자를 신들이 좋아하
지 않으며, 또한 그 결과도 좋지 않을 것이라는 사실을 미리
알려주었던 것이라고 생각된다.

병사들은 이런 때에도 상금을 주지 않는다고 하면서 불만스
러운 태도로 험악한 인상을 나타내고 있었다. 그러나 피소의
의연한 태도에는 감탄하는 마음을 감출 수가 없었다. 피소는
로마 황제의 은총을 입은 특별한 대우에 감격했으면서도 마음
의 평정을 잃지 않았으며, 말소리나 태도에도 조금도 다른 기
색을 나타내지 않았다.

오토는 자기 기대와는 다른 결과가 나타났으므로, 원한과 분함을 그의 얼굴에 분명하게 드러내고 있었다. 오토는 갈바의 뒤를 이어나갈 유일한 후보자로 지정되어 있었는데, 갈바가 이것을 갑자기 바꾸어버린 것은 자기를 미워하거나 못마땅하게 여기는 증거라고 생각했다. 그러므로 자신의 미래를 생각할 때 몹시 두렵고 걱정스러웠다. 그리하여 오토는 피소에 대한 미움과 갈바에 대한 원망과, 그리고 비니우스에 대한 분노를 느끼면서 로마로 돌아갔다.

그러나 오토의 주위에 있던 간사한 점쟁이들은 그에게, 황제가 되는 희망과 계획을 중단하지 말라고 말했다. 프톨레마이오스는 이런 예언을 하였다.

"네로 황제는 오토를 죽이지 않았다. 오히려 네로 황제가 먼저 죽고, 오토가 황제의 직위에 오를 것이다."

프톨레마이오스는 그 당시의 점술을 가리키면서, 점술의 절반은 이미 그대로 들어맞았으니, 이제 나머지 절반도 들어맞을 것이라고 주장하였다. 그러나 오토의 마음을 가장 아프고 분하게 만들었던 것은, 은밀하게 그를 찾아와서 불운을 위로하고 동정하는 사람들이었다.

그들은 님피디우스와 티겔리우스를 지지하던 사람들이었는데, 지금은 세상에서 버림받아 비참하게 지내고 있었다. 그들은 오토의 상처받은 마음을 이용하여 갈바에게 복수할 마음을 품게 하려고 오토를 부추겼던 것이다.

이런 사람들 가운데에는 베투리우스라고 하는 부장과 바르비우스라는 전령이 있었다. 그들은 전령과 척후의 임무를 맡고 있었다. 두 사람은 오토의 해방노예 오노마스투스와 함께 여러 군대를 찾아다니면서 돈과 좋은 조건 등으로 그들을 매수하였다. 로마의 군대는 이미 썩을 대로 썩어 있었고, 갈바에게 배반할 구실만 찾고 있던 시기였기 때문에, 그들을 매수하는 것은 무척 쉬운 일이었다. 만약 군대가 이렇게 썩어 있지 않았더라면, 모든 군대를 반란에 가담하도록 하는 데에 겨우 나흘이 걸렸다는 것은 도저히 불가능했을 것이다.

피소를 로마 황제의 후계자로 정한 다음, 나흘째 되던 날에 갈바는 암살을 당했다. 계승자를 정한 날까지 합해서 엿새가 되는 날, 다시 말하자면 1월 15일에 갈바는 처참한 죽임을 당했던 것이다.

그 날 아침에, 갈바 황제는 궁전에서 많은 신하들을 모아 놓고 신에게 제물을 바치고 있었다. 그런데 제물의 내장을 검사하고 있던 제관 움브리키우스가 분명하지 않은 말로 이렇게 말했다.

"이것은 혼란이 일어날 징조입니다. 갈바 황제의 생명을 노리는 음모가 있습니다."

오토의 의도는 이미 신의 신탁에 나타나 있었던 것이다. 그당시에 오토는 갈바의 뒤에 서 있었다. 그래서 움브리키우스가하는 말을 모두 듣고 있었기 때문에, 오토의 얼굴은 공포로 어쩔 줄을 모르고 있었다.

그런데 오토의 해방노예 오노마스투스가 그 곳으로 달려와서, 건축기사가 집으로 찾아와서 기다리고 있으니 빨리 돌아오라고 말했다. 이것은 오토에게 병사들이 기다리고 있다는 것을 알려주는 암호였다. 그래서 오토는, 낡은 집을 구입했는데 그것을 판 사람에게 수리를 시키기 위해서 지금 건축기사를 만나야 한다는 거짓말을 하고 그 장소를 빠져 나왔다. 그리고 티베리우스 관을 지나서 시민이 집회하는 광장으로 들어간 다음, 금색 기둥이 서 있는 곳까지 달려갔다. 이 기둥은 로마를 향하는 모든 도로의 종점이었다.

여기에서 오토를 맞이한 병사는 23명에 지나지 않았다고 전한다. 오토는 호화로운 풍류생활에 빠져 있었지만 그의 천성은 위험에 대하여 무척 대담했으며, 비록 몸은 나약했으나 그 기상만은 꿋꿋했다고 한다. 그러나 광장에 모인 장병의 수가 너무 적었기 때문에 주저하지 않을 수 없었다. 그러자 장병들은 오토가 어물거리지 못하도록 칼을 뽑아 들면서, 가마를 에워싸고 군영으로 급히 들어갔다.

오토는 가마 안에서 여러 번이나 이렇게 말했다.

"나의 운이 막혔구나!"

지나가던 행인들은 그들의 모습을 보고 놀라기보다는, 오히려 이렇게 적은 숫자로 대사를 이룬다는 것은 어려운 일이라고 하면서 길을 멈추고 배웅하였다. 그러나 광장을 지나가는 동안, 그와 같은 수만큼의 병사가 참가했다. 또한 달려가는 도중에 4사람, 5사람 자꾸만 그 수가 불어났다. 그들은 칼을 뽑아 든 채, 오토를 황제라고 부르면서 군영으로 달려갔다.

영문의 수비를 지휘하고 있던 마르티알리아스는 갑작스런 사건에 깜짝 놀라면서, 감히 그들을 막지 못하고 문을 열어주었다. 그들이 문 안으로 들어서자, 누구 하나 반항하는 사람이 없었다. 음모에 참가하지 않은 사람들은 벌써 반란군에게 포위되어 있었다. 그러므로 그들은 처음에는 몹시 두려워했지만, 나중에는 반란군의 설명을 듣고서 그들 역시 반란군으로 참가하다.

오토가 반란을 일으켰다는 소식은, 얼마 있지 않아서 팔라티움 궁전에 있는 갈바에게 전달되었다. 아직까지도 제관이나 제물이 그 곳에 여전히 남아 있었다. 그러므로 제물의 내장에 나타났던 미신적인 징조를 믿지 않았던 사람들도, 이 기별이 전해지자 신의 위력에 놀라지 않을 수 없었다.

그러는 사이에 벌써 로마의 시민들이 무리를 지어서 밀물처럼 몰려오고 있었다. 이것을 보자 비니우스, 라코 그리고 갈바의 해방노예는 칼을 뽑아 들고 갈바 황제를 지켰다. 피소는 궁성을 지키는 호위병들에게 충성을 다하라고 외쳤다. 그리고 용감하기로 이름난 마리우스 켈수스를 급히 보내서, '비프사니안 관'이라고 불리는 곳에 주둔하고 있는 군대만이라도 갈바 황제 편으로 끌어들이도록 노력하였다.

갈바는 일이 이렇게 진행되자, 궁전을 나가서 시민들에게 호소하는 것이 어떨까 생각하고 그 의견을 물어보았다. 켈수스와 라코는 그것이 반드시 필요한 방법이라고 찬성하면서, 여기에 반대하는 비니우스를 호되게 나무랐다.

그런데 갑자기 오토가 군영 안에서 죽임을 당했다는 소문이 들려 왔다. 그리고 잠시 후에 다소 이름이 알려져 있는 율리우스 아티쿠스가 칼을 뽑아 든 채, 갈바 황제의 적을 죽였다고 외치면서 안으로 뛰어들었다.

아티쿠스는 들고 있던 칼을 갈바 황제에게 직접 보여주었다.

갈바는 아티쿠스를 보면서 이렇게 물어보았다.

"누구의 명령으로 오토를 죽였느냐?"

그 당시에 아티쿠스는 갈바 황제에게 충성을 맹세한 의무와 직분으로 그렇게 했다고 대답했다. 그러자 사람들은 일제히 함성을 지르면서 아티쿠스를 칭찬하였다.

갈바는 너무나도 감격적인 일이었기 때문에, 제우스 신에게 감사의 제사를 드리기 위하여 가마를 타고 궁전을 나섰다. 갈바는 로마 시민들에게 자기의 안전을 보여주고 싶었던 것이다. 그러나 광장까지 나가자, 마치 바람의 방향이 갑자기 달라진 것처럼, 전과는 전혀 반대의 소문이 들려왔다. 오토가 군영을 점령하고 그 지배자가 되었다는 것이다. 그렇게 되자 광장에 모였던 사람들 속에서 엇갈린 목소리가 흘러 나왔다.

"어서 궁전으로 돌아가십시오!"

"두려워하지 말고 앞으로 나가십시오!"

갈바 황제의 가마는 마치 성난 바다에 떠 있는 조각배처럼, 이리저리 흔들리고 있었다. 바로 그때였다. 사나운 기병대가 돌격해 오고 있었으며, 뒤를 이어서 중무장을 하고 있는 병사들이 나타났다.

"폐위된 황제를 죽여라!"

그들은 이렇게 외치면서, 파울루스 도로에서 달려들었다. 이것을 본 시민들은 이리저리 흩어졌다. 그러나 시민들은 무서워서 도망친 것이 아니었다. 앞으로 일어날 흥미로운 광경을 구경하기 위하여 광장의 높은 장소, 기둥이 늘어서 있는 꼭대기와 같은 좋은 자리들을 차지하기 위하여 서둘러 달려갔던 것이다.

아틸리우스 베르길리오가 광장에 세워 놓은 갈바의 동상을 쓰러뜨린 것을 신호로 하여, 투창이 일제히 갈바 황제의 가마를 향해 날아갔다. 그러나 황제가 투창이 맞지 않자, 그들은 칼을 뽑아 들고 달려들었다. 황제를 위해 저항하는 사람은 1명밖에 없었다. 그 사람은 셈프로니우스 덴수스라고 하는 백부장이었다. 그는 갈바 황제를 위하여 치열하게 싸우다가 장렬한 죽음을 맞이하였다.

그 날의 태양이, 수만 수천 명이나 되는 로마 시민들 중에서 로마 제국의 명성에 어울리는 행동을 하였다고 본 것은 셈프로니우스 덴수스 한 사람뿐이었다. 셈프로니우스 덴수스는 갈바 황제로부터 특별한 은총을 받았던 일도 없었지만, 단지 용감하게 충성하고자 하는 일념만으로 갈바 황제의 가마를 지켰던 것이다.

셈프로니우스 덴수스는 우선 병사들에게 벌을 줄 때 사용하는 포도덩굴로 만들어진 채찍을 휘두르면서, 갈바 황제에게 가까이 다가오지 말라고 외치면서, 공격하는 사람들에게 뛰어들었다. 그리고 반란군과의 거리가 가까워지자, 칼을 뽑아 들고 한참 동안이나 난투를 벌이다가 드디어 땅에 쓰러졌다.

갈바의 가마는 라쿠스 쿠르티우스라는 연못 근처에서 뒤집히게 되었다. 반란군은 갑옷을 입고 바닥에 쓰러진 갈바 황제에게 달려들어서 칼을 휘둘렀다. 갈바는 목을 내밀면서 이렇게 말했다.

"로마 사람들을 위하는 일이라면, 여기를 찔러라."

갈바는 다리와 팔에 칼을 맞은 다음, 마침내 목을 찔려서 숨을 거두었다. 갈바 황제를 죽인 것은, 제15군단의 카무리우스라는 병사였다고 많은 사람들이 믿고 있다. 그러나 어떤 사람들은 그것이 테렌티우스, 또는 레카니우스, 또는 파비우스 파불루스였다고 말한다. 파불루스는 갈바 황제의 목을 잘랐을 때, 그가 대머리였기 때문에 들고 가기가 어려워서 자기의 옷을 벗은 다음, 싸 가지고 갔다고 한다. 그렇게 되자 함께 가던 병사들은, 그의 용감한 행동을 널리 알리라고 외쳤다. 파불루스는 마치 바코스의 축제에 참가한 것처럼, 그의 온건한 황제였고 최고의 제관이자 집정관이었던 늙은 황제의 머리를 창 끝에 꽂아서 높이 쳐들고 다녔다. 갈바의 피는 줄줄 흘러내려서 자루를 적셨다고 한다.

파불루스는 갈바의 머리를 오토에게 가져갔다. 오토는 이렇게 말했다고 한다.

"병사 여러분! 이것만으로는 아무것도 아닙니다. 어서 피소의 머리를 나에게 가져오시오."

오토의 말이 떨어지기 무섭게, 병사들은 피소의 머리를 가져왔다. 피소가 부상을 당하고 도망치는 것을, 무르쿠스라는 병사가 뒤쫓아가서 베스타 신전 앞에서 죽였다고 하였다. 비니우스도 처참한 죽임을 당했다. 하지만 비니우스 역시 갈바를 쓰러뜨리는 음모에 참가한 사람이었기 때문에 이렇게 소리쳤다.

"나를 죽이는 것은, 오토의 의사에 어긋나는 일이다!"

그러나 비니우스의 고함은 아무런 소용이 없었다. 라코 역시 죽임을 당했다. 병사들은 상금을 받기 위하여 그들의 머리를 모조리 오토에게 가지고 갔던 것이다.

　　적을 죽였다는 사람은, 1천 명이나 되지만
　　아무리 세어보아도, 7구의 시체구나.

아르킬로쿠스는 이렇게 노래하고 있지만, 이 음모에 참가하지 않은 사람들도, 죽은 사람의 피를 자기의 손과 칼에 바르고 오토에게 청원서를 내어서 상금을 요구하였다.

군영으로 찾아온 마리우스 켈수스가 갈바를 지지하도록 병사들을 격려했다고 많은 사람이 고소를 하였다. 그들은 켈수스를 사형에 처해야 한다고 요구하였다. 하지만 오토는 켈수스를 죽이고 싶지 않았다. 그렇다고 병사들의 요구를 단번에 거절하는 것도 좋지 않았으므로, 오토는 '지금 켈수스는 조사할 것이 많기 때문에 나중에 죽일 것이다'라는 구실을 붙여서 물리쳤다. 그리고는 가장 믿을 수 있는 친구에게 켈수스를 잘 보살펴주도록 당부했다.

이런 일들이 벌어진 다음, 로마의 원로원 회의가 즉시 열리게 되었다. 원로원 의원들은 마치 오토가 신이라도 된 것처럼 그에게 충성을 맹세했다. 오토는 갈바에게 충성을 맹세한 다음, 그 충성을 깨뜨린 사람이었다. 로마의 원로원에서는 오토에게 카이사르와 아우구스투스라는 호칭을 바쳤다.

그 사이에도 집정관의 옷을 입은 시체는 거리에 쓰러져 있었다. 죽은 사람의 머리는 쓸모가 없었으므로, 그들은 비니우스의 머리를 그의 딸에게 2천5백 드라크마에 팔고, 피소의 머리는 그의 아내 베라니아에게 주고, 갈바의 머리는 파트로비우스의 시종들에게 주었다.

그들은 황제의 머리에 온갖 모욕을 가한 다음, 오토의 명령대로 사형된 시체를 버리는 세소리움에 던져버렸다. 그리고 갈바의 시체는 오토의 허가를 얻어서 프리스쿠스 헬비디우스가 옮겨 갔으며, 갈바의 해방노예 아르기우스가 바위 속에 묻어주었다.

이것이 갈바의 전기다. 갈바는 가문으로나 재산으로나 그 당시의 로마에서는 따를 만한 사람이 없었다. 5대의 황제를 섬겼으며 위대한 명성을 떨치고, 부귀에 있어서는 당대의 어느 누구도 능가할 사람이 없을 정도였다. 그리고 갈바는 실제적인 무력과 권세로써가 아니라, 그의 명성만으로 네로 황제를 쓰러뜨렸다.

네로의 폐위를 준비하던 사람들 중에서, 어떤 사람은 누가 보더라도 로마의 황제가 될 만한 자질이 없었으며, 또 어떤 사람은 자기 자신이 그럴 만한 인물이 아니라고 생각하였다. 그러나 갈바가 황제의 호칭을 받아 빈덱스에게 그 이름을 빌려주자 지금까지의 폭동은 내란이라고 부르게 되었다.

그리고 갈바는 제위를 스스로 탐낸 것이 아니라, 황제의 제위가 자기를 필요로 하였던 것이라고 굳게 믿고 있었다. 그러므로 갈바는 님피디우스와 티겔리누스가 매수를 해 놓은 군대를, 과거의 스키피오나 파브리키우스 또는 카밀루스가 다스렸던 당시의 로마 군단처럼 훌륭하게 만들려고 결심했던 것이다.

갈바는 여러 군대들을 과거의 그런 명장들과도 같은 정의를 가지고 지배하려고 했다.

그러나 나이가 많아서 기력을 잃어버린 다음에는 모든 것을 비니우스와, 라코와, 해방노예들에게 맡기지 않을 수가 없었다. 그리고 그들은 정치를 하면서 자신의 이득에만 눈이 어두워져 있었다. 다시 말하자면 갈바는 네로와 비슷한 길을 걸었던 것이다. 그러므로 갈바의 죽음을 슬퍼하는 사람은 많았지만, 그가 죽은 뒤에 그의 정치를 그리워하는 사람은 단 한 사람도 없었다.

오 　 토

기원 32년 ~ 69년

새로운 황제 오토는 아침이 밝아오자, 카피톨로 올라가서 신에게 제물을 바쳤다. 그런 다음에 마리우스 켈수스를 불러서 이렇게 당부하였다.

"켈수스, 내가 당신을 석방하였던 일을 잊어버리지 마시오."

여기에 대한 켈수스의 대답은 비굴하지도 않았으며, 그렇다고 해서 오토의 은혜를 모르는 것도 아니었다. 켈수스는 이렇게 대답하였다.

"나에게 죄가 있다면, 그것은 갈바 황제에게 충성한 일입니다. 하지만 내가 갈바 황제로부터 개인적인 은혜를 받았던 일은 없기 때문에 그것은 오히려 나의 결백을 증명하는 것이 됩니다."

그 자리에 모였던 사람들과 오토 황제는 켈수스의 의연한 태도에 무척 감탄했다. 그리고 주위에 있던 병사들도 갈채를 보냈다. 로마의 원로원에서 오토는 온화하고 대중적인 말투로 연설하기 위하여 노력하였다. 그 해의 얼마 동안 오토는 집정관의 직위도 함께 겸직하도록 되어 있었다. 하지만 집정관 자리를 비르기니우스 루푸스에게 양보하고, 네로 황제와 갈바 황제가 임명하였던 집정관들도 그대로 유임시켰다. 그리고 나이 많고 신망도 높은 사람들은 제관이라는 영광스러운 자리에 앉도록 하였다.

네로에게 추방당했다가 갈바에 의해 다시 돌아오게 된 원로원 의원들에게는, 그들이 몰수당했던 재산 중에서 아직까지 팔리지 않은 것은 즉시 돌려주었다. 그러므로 귀족이나 관리들은, 인정을 모르는 사람이 정권을 잡았다고 두려워하던 처음의 우려와는 달리, 그들에게 인자한 미소를 짓는 정권에 대하여 희망을 걸게 되었다. 그리고 티겔리누스에게는 정당한 벌이 내려졌으므로, 모든 로마의 시민들은 몹시 만족해했으며, 그들은 오토를 더욱 지지하고 존경하게 되었다.

티겔리누스는 로마 시민들이 그에게 바라고 있는 처벌이 언제 자기에게 내릴 것인가 고민하면서 몹시 두려워하고 있었다. 티겔리누스는 여러 번이나 고치기 어려운 중병에 걸려서 고생하고 있었다. 하지만 여자를 좋아하는 그의 본성만은 버리지 못했기 때문에, 마지막 순간까지 추잡한 행동을 하였다. 그러므로 지각 있는 사람들은 그것만으로도 지독한 형벌이라고 생각하면서, 티겔리누스는 여러 번 사형당한 것과 마찬가지라고 생각했다.

그러나 대부분의 사람들은, 그렇게 많은 사람을 죽인 죄인이 아직까지도 햇빛을 보고 있다는 것은 참으로 용서할 수 없는 유감스러운 일이라고 하면서 분함을 참지 못했다.

이리하여 오토 황제는 티겔리누스를 불러오도록 명령했다. 티겔리누스가 시누에사 근처의 해안에서 그를 기다리고 있던 배를 타고 도망갈 계획을 세우고 있었을 무렵이었다. 티겔리누스는 처음부터 거액의 돈을 주고, 오토 황제의 사신을 매수하려고 하였다. 그러나 그것이 아무런 효과도 없다는 사실을 알

게 되자, 마치 사신이 벌써 그의 의견을 받아들인 것처럼 값비
싼 선물을 주면서, 면도할 동안만이라도 좋으니 잠시만 기다려
달라고 간청하였다. 오토 황제의 사신은 어쩔 수 없이 그것을
허락하였는데, 그 틈을 타서 티겔리누스는 날카로운 면도칼로
자살하고 말았다.

오토는 시민들이 원하는 것이라면, 반드시 그들에게 정당한
만족감을 주었다. 하지만 자기 자신에 대해서는 어떤 손해가
있더라도 태연하게 그것을 받아들였다. 그래서 처음에는 시민
의 뜻을 받아들이기 위하여, 도시의 극장에서 네로라고 불러도
조용히 앉아 있었으며, 어떤 사람들이 네로의 조상을 여러 사
람이 보는 곳에 세워 두어도 아무런 간섭을 하지 않았다.

클루비우스 루푸스의 말에 따르면, 황제의 친서에는 오토의
이름과 함께 네로의 이름이 덧붙여 있었다고 말했다. 그러나
오토는 이러한 일이 시민들의 감정을 상하게 한다는 것을 깨닫
고, 즉시 중지시켰다.

오토가 이러한 방침으로 정권을 수립하자, 용병들은 동요의
빛을 나타내면서, 그에게 귀족계급을 의심하고 탄압하도록 하
기 위하여 노력하였다. 그들이 진정으로 오토 황제의 안전을
걱정했는지, 그렇지 않으면 그것을 구실로 삼아서 소요나 전쟁
을 일으키려고 했는지 모를 일이었다.

그 당시에 오토 황제는 제17연대를 오스티아에서 이동시키도
록 하라는 명령을 내렸다. 밤이 깊어지자 크리스피누스는 필수
품을 모으고 무기를 짐차에 모두 실었다. 그런데 소란 피우기
를 좋아하는 병사들이 소리쳤다.

"크리스피누스는 지금의 정권에 커다란 불만을 품고 있다.
로마의 원로원 역시 오토 황제에 대해 어떤 음모를 계획하고
있다. 이 무기는 바로 황제를 해치기 위한 것이지, 황제를 위

한 것은 아니다."

　이런 소문이 널리 퍼지자, 많은 병사들은 그 말을 믿고 흥분하면서 폭동을 일으켰다. 어떤 사람들은 무기가 실려 있는 짐차를 밀고, 어떤 사람들은 크리스피누스를 비롯하여 반항하는 백부장 2명을 죽였다. 그리고 모든 병사들은 무장을 하면서 소리를 질렀다.

　"황제를 위해 일어서자!"

　그들은 서로를 격려하면서 로마로 행진했다. 그들이 로마 시내로 들어갔을 때, 오토는 80여 명의 원로원 의원들을 초대해서 만찬을 베풀고 있는 중이었다. 이러한 소식을 듣자, 그들은 황제의 적을 한꺼번에 몰살시킬 수 있는 절호의 기회라고 외치면서 궁성으로 들어갔다. 그렇기 때문에 시내는 사나운 병사들에게 약탈당할 것을 두려워하며 공포에 떨고 있었다.

　오토가 연회를 베풀고 있던 궁전은 커다란 혼란에 빠져들었다. 밀려오는 병사들을 보면서 오토도 무척 놀랐다. 그것은 오토가 원로원 의원들의 신변을 걱정하고 있었기 때문이 아니었다. 그 중에서 몇 명은 부인을 동반하고 있었는데, 오토는 원로원 의원들로부터 음모의 장본인으로 의심받게 되지나 않을까 걱정했기 때문이었다. 원로원 의원들은 아무런 말도 없이 공포에 질린 눈빛으로 오토를 지켜보고 있었다.

　오토는 호위대의 참모들을 시켜서, 궁성으로 난입하는 장병들을 설득시키도록 당부했다. 그리고 그 틈을 타서 원로원 의원들을 뒷문으로 도망치도록 했다. 원로원 의원들이 다 나간 후 그 자리에 들어온 병사들은 이렇게 소리쳤다.

　"황제의 적들은 어디에 있습니까?"

　오토는 긴 의자 위에 서서 연설을 하였다. 오토는 이제까지의 사정을 설명하였던 것이다. 그러나 병사들은 여전히 흥분을 가라앉히지 못했으므로 마침내 오토는 뜨거운 눈물을 흘리게 되었다. 그제서야 궁성으로 들어온 병사들은 의원들을 죽이기를 단념했다.

다음날 아침에 오토 황제는 군영으로 찾아가서 병사들에게 1250드라크마의 상금을 주었다. 그리고 그들이 오토의 안전을 위하여 보여주었던 열성에 대하여 감사의 인사를 하면서 이렇게 말했다.

"병사들 속에는 음모자가 섞여 있습니다. 그들은 내가 베푸는 사랑과 너그러움을 시기하고 있을 뿐만 아니라, 여러분의 충성도 오해를 받도록 하고 있습니다. 나는 그 못된 음모자를 단죄하는 일에 여러분의 많은 협력을 청하고자 합니다."

그리고 오토는 여러 병사들의 찬성을 얻은 다음, 단지 두 사람을 참수하는 것만으로 만족하였다. 오토의 행동에 대해서는 군대 전체에서 한 사람도 반대하는 사람이 없었다.

이러한 행동은 오토로부터 기대할 수 없었던 것이었으므로, 어떤 사람들은 감사와 신뢰하는 마음으로 오토를 바라보았다. 다른 사람들은 전쟁이 눈앞으로 다가와 있었기 때문에, 오토가 로마 시민의 지지를 얻기 위하여 일부러 관대하게 대했다고 평가하였다.

바로 그 무렵, 비텔리우스가 스스로 황제라고 칭하면서 게르마니의 지배권을 잡았다는 보고가 전해졌으며, 여러 지방에서 전령이 찾아왔다. 그러나 이런 나쁜 소식만 전해진 것은 아니었다. 판노니아, 달마티아, 모이시아에 있는 군대들은 오토를 지지한다고 발표하였다. 그리고 시리아와 유다이아의 정예부대를 거느리고 있는 무키아누스와 베스파시아의 두 장군도 로마 황제로 오토를 지지한다는 편지를 보내 왔다.

이러한 편지를 받은 오토는 큰 용기를 얻게 되었다. 그래서 오토는 급히 비텔리우스에게 편지를 보냈다. 오토는 그 편지에서, 비텔리우스가 게르마니의 지배자라는 직분으로만 만족하겠다면, 거액의 돈과 함께 그가 평생을 편안하게 지낼 수 있도록 한 도시를 제공하겠다고 제안했다.

처음에는 비텔리우스도 오토의 제안을 정중하게 받아들이는 것 같았다. 그러나 곧 오토를 비난하게 되었으므로, 두 사람 사이에는 차마 입에도 담을 수 없는 독설이 가득 찬 편지가 오고 가게 되었다. 하지만 서로를 비난하는 것은 무의미하고 우스꽝스러운 일이었다. 왜냐하면 그 둘은 서로를 비난할 처지가 못 되었기 때문이다. 그들은 어느 쪽이 더욱 사치스러우며 나약하고 군사에 대한 경험이 없으며, 누가 더 많은 빚을 안고 있는가 하는 등의 문제를 따지고 있었다.

그 당시에 여러 가지 괴상한 일과 징조가 나타났다고 하지만, 어느 누구도 여기에 대하여 확실하게 얘기하고 있지 않다. 그리고 책에 기록되어 있는 것을 보아도 그 내용이 여러 가지로 엇갈려서 믿을 수가 없지만, 모든 사람이 직접 목격한 것은 카피톨에서 일어났던 사건이었다.

카피톨에는 전차를 타고 있는 승리의 여신상이 세워져 있는데, 그만 단단하게 쥐고 있던 말고삐가 떨어져버렸다. 끈을 쥐는 힘이 신에게서 사라졌던 것이다. 다음으로는 티베르 강 속에 있는 어떤 섬에다가 세워 두었던 카이우스 카이사르의 동상이 지진이나 바람도 없이 자신의 가슴이 가리키고 있는 방향을 서쪽에서 동쪽으로 바꾸었던 것이다. 이것은 베스파시아누스와 그를 따르는 무리들이 스르로 황제라고 선언했을 무렵에 생긴 일이라고 한다.

그 밖에도 일반시민이 흉조라고 생각한 것은 티베르 강이 넘친 것이었다. 그 당시에는 예년과 마찬가지로 강물이 가장 많왔던 시기였으므로 홍수의 위력도 대단했으며, 물의 양도 일찍이 들어보지 못할 정도로 많았다. 그러므로 로마 시민이 당했던 재산의 피해는 굉장한 것이었으며, 로마의 대부분이 물 속에 잠기게 되었다. 특히 곡물시장이 침수를 당해서 여러 날 동안이나 심한 기근으로 고생하게 되었다.

그런데 비텔리우스의 부하 장군 카이키나와 발렌스가 알프스를 점령했다는 기별이 들어왔다. 오토 황제는 우선 돌라벨라를 아퀴눔 시로 파견해서 병사들의 사기를 올려주도록 하였다. 돌라벨라는 귀족의 신분으로 병사들과 음모를 꾸미고 있다는 의심을 받고 있었는데, 오토는 그가 두려웠는지 로마에서 멀리 보냈다.

그리고 오토 황제 자신이 출정할 때, 그를 따라가는 문관으로는 루키우스도 끼여 있었다. 루키우스는 비텔리우스의 동생이었지만, 황제는 그에게 아무런 불쾌함이나 호의도 보이지 않았다. 오토 황제는 비텔리우스의 부인과 어머니를 위해서는, 그들이 안심하고 지낼 수 있도록 많은 배려를 하였다.

오토는 플라비우스 사비누스를 로마의 총독으로 임명했다. 그는 베스파시안과 형제였는데, 네로 황제 시절에도 같은 지위에 있었으나 갈바 때문에 면직을 당했었다. 그러므로 오토가 다시 그를 임명한 것은, 네로를 추억하기 위해서 명예를 준 것인지, 그렇지 않으면 그의 형제를 중요한 위치에 임명함으로써 베스파시안에 대해 신임한다는 뜻을 보이기 위해서였는지에 대해서는 지금도 알 수 없다.

오토는 이탈리아의 포 강과 인접한 브릭실룸까지 다가와서, 그 곳에 머무르고 있었다. 오토는 마리우스 켈수스, 수에토니우스 파울리누스, 갈루스 그리고 스푸리나 등의 장군들에게 군대의 지휘를 맡겨 앞으로 전진하도록 하였다. 그들은 모두 싸움에 익숙한 명장들이었으나, 부대병사들이 그들의 지휘를 듣지 않고 황제의 명령만을 듣겠다고 하였으므로, 더 이상 통제할 수가 없어서 작전계획을 세울 수가 없었다.

군대의 규율에 있어서는, 적군도 그들보다 나은 것은 아니었다. 적군의 병사들도 똑같은 이유로 오만하게 행동하였으며, 장군들의 명령에 복종하지 않았다. 하지만 적군은 전쟁경험이 많았기 때문에 어려움을 잘 참고 견디었다. 그러나 오토의 군대는 오랫동안 편안한 생활에만 젖어 있어서 전쟁을 잘 알지 못하고 있었다. 그들은 대부분의 시간을 극장이나 놀이나 환락만으로 세월을 보내던 사람들이었다. 그러므로 오토 황제의 군대는 아주 허약하다고 할 수 있었다. 그러나 그 결점을 감추기 위해서 거만과 허풍만 치고 있었다. 예를 들면 어떤 임무를 처리할 수 있는 능력이 없어도, 그런 일을 하는 것은 수치스러운 일이라고 변명을 늘어놓는 것이었다.

하지만 이러한 형편을 무시하고, 스푸리나 장군은 병사들에게 강제로 어떤 임무를 맡겼기 때문에 병사의 태반을 죽인 일도 있었다. 그들은 심한 욕설을 스푸리나 장군에게 퍼부으면서, 오토 황제의 이익을 해치고 황제에게 모반하는 사람이라고 비난했다. 뿐만 아니라 그들 가운데 어떤 사람은 밤에 술을 마시고 스푸리나의 천막으로 뛰어들어가서는, 오토 황제에게 달려가 보고할 예정이니 그 곳으로 갈 수 있는 여비를 내놓으라고 협박까지 할 정도였다.

따라서 이 군대가 플라켄티아에서 적군으로부터 당한 모욕은, 얼마 동안 오토 황제나 스푸리나 장군을 위하여 도리어 좋은 결과를 가져왔다. 왜냐하면 비텔리우스 군대는 성 밑까지 밀고 들어와서는 성 위에 모여 있는 오토의 군대에게 갖은 욕설을 퍼부었던 것이다.

"너희들은 아무것도 모르는 광대요, 춤이나 추는 사람이다. 운동경기나 구경하고 있는 사람들이 바로 너희들이다. 전쟁이 어떤 것인지 아무것도 모르는 허수아비들! 갈바와 같이 무장도 하지 않은 늙은이를 죽이고, 그것을 커다란 승리라고 자랑하지만, 우리처럼 진정한 군대를 만나면 오금도 펴지 못하고 벌벌 떨고만 있는 녀석들이다."

이런 모욕을 당한 그들은, 더 이상 참을 길이 없어서 스푸리나 장군의 발 아래 꿇어엎드리면서, 전투명령을 내려달라고 요구하였다. 그리고 어떠한 위험이나 괴로움이라도 마다하지 않겠다고 맹세했다. 그러므로 비텔리우스 군이 그 도시를 점령하기 위하여 공성용 기계까지 동원하여 맹렬한 공격을 하였지만, 스푸리나 군은 용감히 싸워서 적군을 물리쳤다. 적군은 많은 사상자를 내고 뒤로 물러났다. 이리하여 이탈리아에서 가장 이름나고 화려한 이 도시를 안전하게 지킬 수 있었다.

오토의 부하장군들은 비텔리우스의 부하장군들보다, 여러 도시에서나 시민들에게 행패를 훨씬 덜 부렸다고 전해진다. 비텔리우스의 부하 가운데 카이키나 같은 사람은 로마 시민의 말씨도 복장도 사용하지 않고, 오만한 이방인 같은 모습으로 후리후리한 키에 언제나 승마복을 입고 소매가 길다란 갈리아 인의 복장으로 로마의 참모와 문관들을 대했다. 그의 아내도 화려한 옷을 입고 말에 올라서, 잘 훈련된 호위기병대를 거느리며 카이키나를 따라 싸움터에 나왔다.

파비우스 발렌스는 욕심이 많은 사람이었기 때문에, 적군으로부터 많은 재물을 빼앗거나 동맹군으로부터 뇌물과 선물을 아무리 받아도 만족할 줄을 모르는 사람이었다. 그는 플라켄티아 전투에 나올 때에도, 도중에서 재물을 빼앗느라고 전투에 늦어졌다고 한다.

카이키나는 플라켄티아에서 격퇴를 당하자, 이번에는 다른 부유한 도시 크레모나를 공격하기 위하여 달려갔다. 그러는 동안에 안니우스 갈루스는 플라켄티아를 지키는 스푸리나 군을 응원하기 위하여 전진하고 있었는데, 이미 적군이 크레모나 시로 옮겨 갔다는 소식을 듣고는 군대를 다시 그 곳으로 급히 돌렸다. 그리고 적군의 진영과 가까운 곳에 진을 쳤는데, 많은 병사들이 뒤를 이어서 따라왔으므로 그 기세가 대단하였다.

카이키나는 수목이 울창한 곳에 강대한 보병부대를 숨겨 두고 기병대를 앞으로 전진시켜서, 적군이 돌격을 해 온다면 일부러 도망치는 것처럼 가장하면서 보병부대가 숨어 있는 곳까지 적군을 유인하려고 하였다. 그러나 도망친 그의 부하가 켈수스에게 밀고해주었으므로, 켈수스는 강력한 기병대를 이끌고 조심스럽게 그 복병을 포위하여 완전히 격파했다.

만약 진지에 있던 보병부대까지 재빨리 달려나왔더라면, 카이키나 군은 여기에서 완전히 전멸당했을 것이다. 그러나 파울리누스가 너무 늦게 도착했기 때문에, 그와 같은 유명한 장군이 터무니없이 신중했다는 비난을 듣게 되었다. 그러므로 장병들은 파울리누스를 배반자라고 하면서 오토에게 고발하고, 대승리가 그의 손 안에 있었지만, 지휘를 잘못해서 승리를 놓쳐버렸다고 떠들었다.

오토 황제는 병사들의 말을 들으면서, 겉으로는 그들을 믿는 것처럼 하였지만, 내심으로는 아무것도 믿지 않았다. 그래서 자기 동생 티티아누스를 호위대 지휘관 프로쿨루스와 함께 싸움터로 내보냈지만, 실제에 있어서는 프로쿨루스가 사령관이었다. 그리고 켈수스와 파울리누스는 오토 황제의 친구이자 군대의 고문이라고 불렸지만, 실제로는 아무런 권리도 없었다.

그 무렵 적군의 내부에도 내분과 소요가 잇달아 일어났으며,

특히 발렌스가 이끌고 있는 부대에서는 그 사정이 더욱 심했다. 그들은 카이키나의 복병이 당했다는 슬픈 소식을 듣고, 그곳에서 전사한 수많은 전우를 도와서 적군을 무찌를 수 있는 기회를 주지 않았다고 몹시 화를 내었다. 그리고 발렌스를 돌로 때려서 죽이려고 하였다. 사정이 이렇게 되자, 발렌스는 간신히 부하들의 노기를 풀게 하고는 카이키나 군대와 합쳤다.

그 당시에 오토는 크레모나 시 근처에 있는 작은 도시 베드리아쿰의 진지에 도착했다. 오토는 이 곳에서 군사회의를 소집하였다. 프로쿨루스와 티티아누스는, 동맹군이 최근에 승리를 거두고 한창 그 기운이 왕성한 시기라고 주장하면서, 지금 결전을 벌이는 것이 좋겠다고 하였다. 그들은 갈리아에 있는 비텔리우스가 도착할 때까지 기다릴 필요도 없다고 주장하였다.

그러나 파울리누스는 이 의견에 반대하고 나섰다.

"적군은 지금 전군을 거느리고 전선에 집중해 있기 때문에, 후속부대가 없습니다. 그러므로 교전을 서두름으로 해서 적에게 기회를 주지 마시고, 새로운 기회가 오기를 기다리는 것이 좋을 것입니다. 모이시아와 판노니아에서 현재의 병력보다 비슷한 규모의 원군이 오고 있습니다. 군대의 사기가 이렇게 왕성한데, 원군이 오면 한층 투지가 더할 것입니다. 그리고 아군은 필수품이 충분히 공급되고 있으므로, 전투를 지연하더라도 아무런 지장이 없습니다. 그러나 적군은 너무 깊숙이 들어왔으므로, 머지않아 물자가 떨어져서 괴로움을 당할 것입니다."

마리우스 켈수스는 파울리누스의 의견에 찬성했다. 다만 안니우스 갈루스는 그 당시에 말에서 떨어져 부상을 당했기 때문에, 이 회의에 참석하지 못하고 있었다. 그래서 오토는 편지를 보내서 그 의견을 물어보았다. 안니우스 갈루스는 '모이시아로부터 행군을 하고 있는 원군을 기다려야 한다'라는 대답을 하였다. 그러나 오토는 이런 의견에 따르지 않고, 즉시 전쟁을 하자는 사람들의 의견을 받아들였다.

오토가 이렇게 결정을 내린 데에는 여러 가지 이유가 있었다. 가장 중요한 이유로는, 오토의 호위부대가 이제 경험하기 시작한 엄격한 군율에 싫증을 느끼고 로마의 환락가에서 누리던 평화로운 생활을 그리워하여 즉시 전쟁할 것을 열심히 주장했기 때문이다. 그들은 앞으로 달려나가서 싸우기만 한다면 단번에 적군을 무찌르고 개선할 수 있을 것이라고 상상했던 것이다.

오토 자신도 확실하지 않은 장래에 기대를 거는 태도를 취하고 싶지 않았던 것이다. 그것은 사치와 타락 속에서 오래 살아온 결과로, 닥쳐올 위험에 대하여 신중하게 계획해야 하는 인내력을 잃고, 위험을 너무 무서워하여 눈을 감고 절벽을 뛰어내리는 기분으로 모든 일을 운명에 맡겼던 것이다. 이것은 오토의 비서였던 수사가 세쿤두스가 하였던 말이다.

다른 설에 의하면, 그 당시에 두 무리의 군대가 협동하여 일치된 행동을 취하자는 운동이 일어나고 있었다고 전하는 사람도 있다. 만약 양군이 서로 일치할 수 있다면, 가장 경험이 많은 장군들에게 황제를 뽑도록 하고, 그것이 안 된다면 로마의 원로원에게 황제를 뽑는 대권을 주자는 약속이 되어 있었다는 것이다. 이것은 어느 정도 사실이라고 믿을 수 있다. 오토 황제나 비텔리우스는 말과 실제가 맞지 않는 사람들이므로, 군대 안에서 순수하고 유능하며 정신이 건전한 사람들이 그러한 계획을 마음에 품었던 것은 당연했을 것이다.

로마 시민은 과거에 술라냐 마리우스냐 혹은 카이사르냐 폼페이우스냐 하고 서로 싸워서, 피비린내를 풍겼던 일을 몹시 슬퍼하고 있었다. 그러므로 그들은 두 번 다시 그런 사건을 되풀이하여, 비텔리우스의 탐욕과 무절제, 혹은 오토의 방종과 나약을 국비로 유지하는 것은 참을 수 없는 수치라고 생각하고 있었다. 마리우스 켈수스는 이러한 생각으로 적군과 타협이 될 때까지 싸움을 지연시키고자 했는데, 오토는 그 계획을 방해하기 위해서 정세를 극단으로 몰고 갔다고도 한다.

군사회의가 끝나자, 오토는 다시 브릭실룸으로 돌아갔다. 이것은 오토의 실수라고 할 수 있었다. 오토 황제가 돌아가지 않고 그 곳에 있었더라면, 장병들은 그의 칭찬을 받고 그에게 존경을 나타내기 위하여 열심히 싸웠을 것이다. 게다가 오토는 자기의 호위병으로, 전군 중에서 가장 용감하고 믿을 수 있는 기병과 보병들을 뽑아서 데리고 갔으므로, 군대의 힘을 무척 감퇴시켰다.

이것과 거의 시기를 같이하여, 포 강 가에서 양쪽의 군대 사이에 부분적인 전투가 벌어졌다. 카이키나 부대가 가교공사를 하면서 강을 건너오려고 하자, 오토의 군대가 그것을 방해하려고 했던 것이다. 그리하여 도저히 적을 물리칠 수 없다는 사실을 알게 된 오토의 군대는 몇 척의 작은 배에 유황과 건초와 횃불을 실어서, 공사 중인 적군의 가교를 불태우려고 하였다.

하지만 갑자기 강바람이 세차게 불어와서 작은 배가 모조리 타버리고 말았다. 처음에는 검은 연기가 솟아오르더니 얼마 있지 않아서 불길을 뿜었으므로, 오토의 군대는 강물로 뛰어들거나 배가 뒤집히게 되면서 커다란 소란을 일으켰다. 그들은 죽거나 적군에게 사로잡혀 웃음거리가 되어버렸다. 게르마니 군은, 강 속의 작은 섬에 머무르고 있던 오토의 부대와도 싸워서 많은 사상자를 내도록 만들었다.

이런 소식은 베드리아쿰에 있던 오토의 군사들을 크게 자극하였다. 그들은 이러한 소식을 듣자, 즉시 전열을 가다듬었다.

이리하여 프로쿨루스는 군대를 이끌고 50퍼얼롱의 거리를 전진한 다음 진영을 갖추었다. 하지만 아무런 경험이 없었기 때문에, 물을 얻기 힘든 곳에 자리를 잡았다.

다음날이 되자, 그는 100퍼얼롱의 거리를 행군한 다음 적군을 공격하기 위한 준비를 하였다. 하지만 파울리누스는 이 계획에 반대하였다. 적군은 이미 충분한 휴식과 무기를 갖추고 전투준비를 하고 있는데, 동맹군은 먼 길을 행군한데다가 짐을 실은 짐승과 군대를 따라다니는 비전투원이 한 곳에 뒤섞여 있기 때문에 공격하는 것은 불리하다고 말했다.

장군들의 의견이 이렇게 서로 엇갈리고 있을 때, 누미디아 출신의 전령이 말을 타고 달려와서, 오토의 명령을 전달했다. 오토의 명령은 다음과 같은 것이었다.

"더 이상 지체하지 말고, 전투를 시작하라!"

그래서 그들은 어쩔 수 없이 싸우기로 결정하고 전진하기 시작했다.

이러한 보고를 받은 카이키나는 무척 놀라서 강가에 있던 진지를 버리고 군영으로 급히 물러갔다. 병사들이 전투준비를 하고 발렌스의 명령에 따라 자기 부서로 돌아가는 동안, 정예 기병대가 먼저 적군을 맞이하였다.

오토의 전진부대는 아무런 근거도 없는 소문에 속아서, 적군의 지휘관들이 항복할 것이라고 믿고 있었다. 그러므로 적군과의 거리가 가까워지자, 그들을 '병사 여러분'이라고 친절한 말투로 인사를 했다. 그러나 적군은 무척 화를 내면서 도리어 욕설을 퍼부었다. 그러므로 친절하게 인사를 건넸던 병사들은 몹시 실망했을 뿐만 아니라, 인사를 하지 않았던 다른 병사들에게 의심을 사게 되었다. 이것이 싸움이 시작되자마자 벌어진 첫번째 혼란이었다.

그 뒤의 전투는 어떤 작전에 따라 움직인 것이 아니었다. 짐을 나르는 일꾼들이 장병들 속에 뒤섞여 있어서 커다란 소동이 일어났다. 지형도 전투의 혼란에 부채질을 하였다. 개울이 여기저기에 흩어져 있고 굴곡도 심했기 때문에, 혼란은 이루 말할 수가 없었다.

두 진영의 군사들 중에서 행동하기 편리한 들판으로 나가서 전투대형을 취한 것은 2개 군단밖에 없었다. 비텔리우스 진영의 '약탈'이라는 이름을 가지고 있는 군단과, 오토 진영의 '구원자'라는 이름을 가지고 있는 군단이었다. 이리하여 2개 군단이 서로 맞서 전투를 벌였는데, 오토의 군대는 힘이 세고 용감했으나 전투경험이 없었고, 비텔리우스의 군대는 전투경험은 많았으나 이미 혈기가 사라진 병사들이었다.

처음 공격에서 오토의 군대는 적군을 크게 무찔러, 선두에 나선 적들을 거의 다 죽이고, 독수리를 그려 넣은 군기도 빼앗았다. 그러나 다음 번에는 비텔리우스 군대가 오토의 군단사령관 오르피디우스를 죽이고 많은 군기를 빼앗았다.

로마 군단 중에서 가장 추태를 보인 것은 황제의 호위부대였다. 그들은 적과 채 만나기도 전에 정신없이 도망을 쳐서 대열을 짓고 있는 병사들이 있는 곳으로 달아났다. 이러한 행동은 군대의 대열에 커다란 혼란을 가져왔다. 하지만 오토의 부대 중에는 자기와 맞선 적군을 무찌르고 이긴 적군들 사이를 헤치면서 진지로 돌아온 부대들도 적지 않았다.

오토 군의 장군들 가운데, 프로쿨루스와 파울리누스는 감히 진지로 돌아오지도 못하고 도망을 쳤다. 그들이 이끌던 병사들이 지휘를 잘못해서 그렇게 되었다고 비난했기 때문에 병사들을 피해 다른 길로 달아난 것이다. 싸움에서 패배한 병사들을 다시 모아서 베드리아쿰 시로 돌아온 것은 안니우스 갈루스뿐이었다. 그는 부하들의 용기를 북돋기 위하여, 이번 전투에는 승패가 없었으며 부분적으로는 크게 이긴 것이라고 격려했다. 그러나 마리우스 켈수스는 여러 참모들을 모아 놓고, 국가의 이익을 먼저 생각해달라고 하면서 다음과 같이 말했다.

"이렇게 많은 로마 사람들의 피를 흘리게 했으니, 오토 황제 자신이 아무리 용감하더라도 더 이상 무엇을 하겠다는 생각은 못 할 것입니다. 카토나 스키피오도 로마의 자유를 위해 싸웠습니다. 그러나 그들은 파르살리아에서 패배한 다음, 카이사르에게 굴복하지 않고 다시 아프리카에 가서 전쟁을 계속했기 때문에 많은 용사들의 피를 흘리게 했다는 비난을 면치 못했습니다. 사람은 누구나 운명의 지배를 받아들이는 법입니다. 우리는 어떠한 어려운 처지에 있더라도 조리에 맞는 행동을 해야 할 것입니다."

켈수스의 의견은 많은 참모들의 찬성을 얻었다. 그들이 장병들의 마음을 떠보자, 모두 평화를 원하고 있다는 것을 알 수 있었다. 그래서 티티아누스도 강화사절을 파견하도록 명령했다. 그리하여 켈수스와 갈루스가 대표자가 되어 발렌스와 카이키나를 만나 협의하기로 결정했다.

켈수스와 갈루스는 적진으로 가는 도중에 적의 백부장 몇 사람을 만났다. 그들은 자기 부대가 이미 베드리아쿰 시를 향하여 진군하고 있다고 하면서, 휴전이 될 수 있는지 제안을 해보라는 사령관의 명령을 가지고 왔다는 것이었다. 두 사람은 자신들을 카이키나의 본진까지 안내해달라고 요청했다.

그러나 켈수스는 적진 가까이 접근하다가 죽을 뻔하였다. 적군의 전위부대 속에는 전에 복병이 되었다가 켈수스에게 패배한 기병대가 있었는데, 그들은 켈수스를 보자마자 함성을 지르면서 달려나왔던 것이다. 그러나 백부장들이 앞으로 나서면서 쿀수스를 둘러싸고 참모들이 이들을 설득하는 동안, 시끄러운 소리를 들은 카이키나가 안에서 나왔다. 그는 곧 기병대를 진정시키고 쿀수스를 친절히 맞이하여 함께 베드리아쿰으로 갔다.

그러는 동안에 티티아누스는 강화사절단을 보낸 것을 후회하면서, 투지가 있는 장병들을 모아 성벽 위에 배치하고 다른 사람들에게도 그들을 지지하도록 명령했다. 그러나 카이키나가 기병대를 거느리고 가까이 다가와서 우정어린 손을 높이 쳐들자, 아무도 여기에 반대하는 사람을 볼 수가 없었다.

성벽 위의 장병들은 환호를 올리기도 하고, 또 어떤 사람들은 성문을 활짝 열고 달려나와서 적군과 손을 잡고 기뻐했다. 이리하여 이들은 모두 비텔리우스에게 충성을 다할 것을 맹세하였다.

이것이 이 전투에 직접 참가했던 대부분의 사람들이 전하는 이야기다. 그러나 그들도 그 당시가 혼란스러웠던데다가 행동에 질서가 없었기 때문에 자세한 것은 알 수가 없다고 말하고 있다. 그 뒤에 필자는 그 당시에 집정관급에 있었던 메스트리우스 플로루스와 이 싸움터를 지나간 적이 있었는데, 그는 오토의 명령으로 어쩔 수 없이 이 전쟁에 참가했었다. 그는 오래된 신전을 가리키면서 이렇게 말했다.

"전쟁 직후에 이 곳을 지나자니, 얼마나 많은 시체가 쌓였는지 저 신전 꼭대기와 닿아 있는 것을 보았습니다. 어떻게 해서 시체가 그렇게 쌓이게 되었느냐고 물어보았지만, 아무도 모른다고 하더군요."

그가 말한 것처럼 내란일 때에는 포로를 잡아도 배상금이 없으므로 다른 전쟁 때보다 많은 사람이 죽게 되지만, 어떻게 되어서 거기에 그런 시체더미가 있게 되었는지 전혀 그 이유를 알 수가 없다.

오토가 처음에 들었던 전투의 승패는 모두가 애매한 소문뿐으로, 이런 경우에는 흔히 생기는 일이었다. 그러나 부상병들이 돌아와서 전쟁에 진 것이 확실하다는 보고를 했을 때, 오토 황제의 친구와 신하들은 그가 용기를 잃지 않도록 하기 위해서 많은 노력을 하였다.

그러나 뜻밖의 일은 장병들이 오토 황제에게 바치는 뜨거운 충성이었다. 오토 황제의 앞길이 절망적이라 생각하고 승리자에게 항복하거나 자기 한 몸의 이해를 구하려고 하는 사람은 한 명도 없었다. 오히려 오토의 문 앞에 모여들어서 황제의 이름을 불렀다. 오토가 모습을 드러내자, 어떤 사람은 그의 손을 잡고 어떤 사람은 엎드려 울면서 자기들을 버리지 말아달라고 애원했다.

그들은 목숨이 있는 동안에는 오토 황제에게 충성을 바치겠다고 하면서, 자기들과 함께 일어나자고 간청했다. 그들의 열정은 대단한 것이었으며, 모두가 그와 비슷한 탄원을 하였다. 어떤 사람은 칼을 뽑아 들면서 이렇게 말했다.

"황제 폐하, 이것을 보십시오. 우리의 충성을 알아주시기 바랍니다. 폐하를 받들기 위하여 이렇게 몸을 버리는 사람도 있습니다."

그는 말을 마친 뒤에, 스스로 목을 찔러서 자살하였다. 이러한 격정의 소용돌이 속에서 오토 황제는 평정을 잃거나 흥분한 태도를 보이지 않았다. 그는 침착하고 조용한 얼굴로 사람들에게 말했다.

"시민 여러분! 여러분이 나에 대하여 이처럼 뜨거운 충성을 보여준 오늘은, 일찍이 이 사람을 황제로 선출해주었던 그 날보다 더욱 기쁜 날입니다. 그러므로 이렇게 많은 용사의 생명을 보전하기 위해, 이 사람의 생명을 바치는 것은 더욱 기쁜 일입니다. 아니, 보다 커다란 만족을 이 사람에게 주기를 거절하지 마십시오. 적어도 이 사람은, 그 점에서는 로마 제국에 알맞은 사람이 되고 싶습니다. 다시 말하자면, 나에게 죽음을 허락해달라는 것입니다. 이 사람은 적의 승리가 완전하거나, 결정적이라고 생각하지 않습니다. 나는 아드리아 해를 향하여 행군하고 있는 모이시아 군이 며칠 안으로 들어온다는 보고를 받고 있습니다. 또한 아시아, 시리아, 이집트의 여러 장소 그리고 유대 인을 토벌하고 있는 군대는 이 사람을 지지한다는 선언을 하고 있습니다. 로마의 원로원은 이 사람과 함께 하고 있으며, 적군의 가족은 우리 손 안에 있습니다. 그러나 슬픈 일은 우리의 적이 바로 로마 인이라는 사실입니다. 한니발, 피로스, 혹은 킴브리 인의 침략에서 로마를 지키는 것이 아닙니다. 이 싸움에서 이기거나, 혹은 지더라도 손해를 입는 것은 우리의 조국입니다. 그것은 커다란 죄악을 저지르는 결과가 됩니다. 다시 말해서 누가 승리를 하더라도 손해가 온다는 것입니다. 깊이 생각해주시기 바랍니다. 이 사람은 제국을 통치하는 것보다 더욱 커다란 명예를 가지고 죽는 것입니다. 왜냐하면 이 사람의 죽음으로 조국의 평화가 확립되고 국가의 복지를 가져올 수 있다면, 그것은 좋은 일입니다. 지금 우리에게는 다른 도리가 없습니다."

말을 마친 다음, 오토는 어떠한 권유나 의견도 듣지 않았다. 그리고 그 곳에 있는 친구와 원로원 의원들에게 작별인사를 하면서 모두 떠나라고 명령했다. 오토는 그 곳에 있지 않았던 여러 사람들 앞으로 유서를 남기고, 로마 군이 돌아갈 수 있는 길목에 있는 여러 도시에는, 그들이 무사히 돌아갈 수 있도록 하라는 명령을 내렸다.

그 뒤에 오토는 자기의 조카 코케이우스를 불렀다. 오토는 자기 조카에게, 비텔리우스의 어머니와 부인을 가족처럼 친절하게 보살펴주었으니 비텔리우스를 결코 두려워하지 말고 살아가라고 일러주었다. 그리고 오토는 그를 아들처럼 생각하면서도 양자로 삼지 않았던 것은, 만약 전쟁에서 이기면 권력을 나누어가질 수 있지만, 패배할 경우 파멸에 말려들도록 하고 싶지 않았기 때문이라고 하면서 다시 이렇게 말했다.

"너의 삼촌이 로마의 황제였다는 사실을 너무 생각하지도 말고, 아주 잊어버리지도 말아라. 이것이 네게 주는 나의 마지막 당부다."

얼마 있지 않아서 바깥이 떠들썩해졌다. 병사들이 집으로 돌아가는 원로원 의원들을 협박하고 있는 것이었다. 이것을 본 오토는 그들의 안전이 걱정스러워서 다시 장병들 앞에 모습을 나타내었다. 하지만 조금 전과 같이 은은하고 온화한 태도가 아니었다. 오토는 분노와 권위를 보이면서, 시끄럽게 구는 사람들은 문 앞에서 물러나라고 명령했다. 그리하여 그들은 순순히 오토의 명령에 복종하였다.

벌써 해가 지고 있었다. 갈증을 느낀 오토는 물을 마신 다음, 언제나 가지고 다니던 2자루의 비수를 뽑아 들고 차분한 마음으로 칼날을 유심히 살펴보았다. 그러다가 그 중에 하나는 버리고, 다른 하나는 옷 속에 감추었다. 그런 다음에 오토는 시종들을 불러다가 돈을 나누어주었다. 그러나 아무렇게나 나누어주는 것이 아니라, 한 사람 한 사람의 공로에 따라 알맞게 차별을 두어서 어떤 사람에게는 많이, 어떤 사람에게는 적게 주었다.

이런 일을 마치자, 오토는 하인들을 모두 내보낸 다음에 침실 밖에서 지키는 사람들에게 들릴 정도로 코를 골면서 깊이 잠들었다. 다음날 아침에 오토는 원로원 의원들의 시중을 들고 있던 해방노예를 불러서, 그들의 안전 여부를 물어보고 모두 무사하다는 사실을 다시 한 번 확인한 다음, 이렇게 말했다.

"너는 병사들과 같이 가는 것이 좋겠다. 그렇지 않으면 다른 사람들이 나의 자살을 거들었다고 하면서 죽일지도 모르기 때문이다."

해방노예가 밖으로 나가자마자, 오토는 두 손으로 비수를 똑바로 세우고 그 위에 몸을 덮쳐서 고통을 나타내는 신음소리 하나 없이 죽었다. 밖에서 지키고 있던 사람들조차 아무것도 모를 정도였다.

얼마 후에 시종들이 이것을 발견하고 통곡하자, 로마의 시내와 군대에서는 오토를 추모하는 소리가 흘러넘쳤다. 군인들은 오토 황제의 침실로 달려들어와, 황제의 자살을 막지 못한 것을 뼈저리게 한탄했다. 적군이 가까이 다가왔지만, 호위대는 황제의 시체 곁을 떠나 도망치려고 하지 않았다.

그들은 황제의 시체를 바로 잡고, 화장할 나무를 쌓은 다음 황제의 관을 그 곳으로 모셨다. 그 관을 운반하는 일에 동참할 수 있었던 사람은 누구나 가장 커다란 영광이라고 생각했다. 그렇게 하지 못한 사람들은 오토 황제의 상처에 입을 맞추기도 하고, 손을 잡아보기도 했다. 이것마저 못 하는 사람은, 관이 지나가는 길가에 엎드려서 목을 놓아 울었다.

나무에 불을 붙이자, 군인들 가운데 몇 사람은 따라나와서 자살하였다. 그들은 평소에 오토 황제로부터 은총을 받았던 사람도 아니었으며, 승리자로부터 받을 학대를 두려워해야 할 어떤 이유가 있는 것도 아니었다. 어느 황제라고 하더라도, 오토만큼의 그런 존경과 충성을 받지는 못했을 것이라고 생각된다. 왜냐하면 오토에 대한 그들의 뜨거운 충성은, 결코 오토의 죽음과 함께 끝난 것이 아니었기 때문이다. 오토 황제에 대한 충성은 그들 가슴 깊이 새겨져서, 그의 뒤를 이은 비텔리우스를 커다란 원수로 생각하게 되었던 것이다. 그 결과에 대한 이야기는 다른 적당한 곳에서 말하고자 한다.

그들은 오토의 장례식이 끝나자, 그 위에 커다란 기념비를 세웠다. 그 기념비의 크기나 거기에 새긴 글은, 지켜보는 사람들에게 어떠한 반감도 안겨주지 않았다. 나도 일찍이 브릭실룸에 갔을 때, 오토 황제의 간소한 기념비와 거기에 새겨진 글을 보았다. 기념비에는 단지 이렇게만 새겨져 있었다.

마르쿠스 오토를 기념하면서 이 비를 바친다.

오토는 겨우 3달 동안 황제의 자리에 올랐으며, 38세에 이 세상을 떠났다. 오토는 살아 있을 때에는 많은 비난을 받았지만 죽은 후에는 대단한 칭찬을 받았다. 왜냐하면 오토는 살아 있을 때, 네로와 같았지만 그 죽음은 고귀했기 때문이었다.

그가 죽은 뒤 병사들은 두 명의 지휘관 가운데 한 명이었던 폴리오가 비텔리우스에게 충성의 맹세를 하라는 명령을 좋아하지 않았다. 그리고 브릭실룸에 남아 있던 원로원 의원들이 로마로 돌아가고 있다는 말을 듣고도 그 발길을 막지 않았다. 한 무리의 무장한 병사들은 비르기니우스 루푸스를 찾아가서, 처음에는 간청하다가 나중에는 강요하다시피 하면서 그가 황제의 자리에 오르거나, 그렇지 않으면 적군과 평화를 맺게 해달라고 하였다.

그러나 비르기니우스는 싸움에서 승리하였을 때에도 받지 않았던 황제의 자리를, 패전한 지금에 와서 받아들인다는 것은 오히려 우스꽝스러운 일이라고 생각했다. 그리고 적군에게 사절로 가는 것도 원하지 않았다. 왜냐하면 비르기니우스가 게르마니 군대의 사령관이었던 당시에, 그들이 원하지 않던 일을 몇 번이나 명령하고 실행하도록 하였기 때문이다. 그리하여 비르기니우스는 병사들을 피해 뒷문으로 도망쳤다. 그것을 알게 된 병사들은 비텔리우스에게 충성을 맹세하게 되었다.

해　설

▨ 사   람

플루타르코스는 자신에 대한 회상록이나 자서전과 같은 기록
문을 전혀 남기지 않은데다가, 그의 저작물을 헌정받은 많은
사람들 역시 누구 하나 그의 전기를 쓴 사람이 없기 때문에 플
루타르코스의 정확한 생년과 사망연도 등을 알 길이 없다. 그
러므로 우리는 그의 여가활동, 학문활동, 그리스에서 지낸 공
직생활, 또 저작활동에 이르기까지의 모든 연대를 그의 저작물
을 살펴봄으로써 나름대로 추측할 수밖에 없다.

그가 태어난 것은 기원 46년경이고, 세상을 떠난 것은 기원
120년경의 일로서, 플루타르코스 스스로가 전기를 기술함에 있
어서도 연대와 기년(紀年)에 관해서는 극히 무관심하였기 때문
에, 현재 자료만으로는 그의 생년과 사망연도를 더 이상 정확
하게 단정하기는 매우 어렵다. 그가 생존해 있던 시기를 로마
황제의 계승순서로 말해보자면, 클라우디우스 황제 때 태어나
서 5현왕의 하나인 하드리아누스 황제가 통치를 시작한 무렵에
세상을 떠난 것이 된다. 하드리아누스 황제 바로 앞의 황제 트
라야누스(재위 98년~117년)가 통치하던 시기는 로마 역사에 있
어 최대의 번영기를 자랑하던 시기였으므로, 플루타르코스는
로마 제국의 평화와 혜택을 마음껏 누리며 생애를 마칠 수 있

었다. 다시 말하면, 이 시대는 '인류가 가질 수 있었던 가장 행복했던 시기'이며, 다행히도 얼마 후에 다가올 제국 내부의 대혼란이 아직 플루타르코스에게는 전연 감지되지 않았던 평화와 풍요로움만이 넘치는 시대였다.

그의 집은 카이로네아 시의 부호였는데, 이 시는 기원전 338년에 아테네와 테베 연합군이 마케도니아 군에게 참패를 당한 유명한 곳으로, 중부 그리스의 보이오티아 서쪽 국경 가까이에 위치하고 있었다. 이것은 그의 증조부 니카르코스 이후의 계보가 그의 작품에서 언급되었기 때문에 알 수 있으며, 조부인 람프리아스는 교양이 풍부했을 뿐만 아니라 기지에 넘치는 화술 때문에 소년 플루타르코스를 매료시키곤 해서 어린 그에게 큰 영향을 주었다. 부친 또한 교양인이었던 것은 확실하지만 그 이름은 전해지지 않고 있는데, 아마도 '아미아리스토불로스'라고 불렸던 것 같다. 그의 어머니 이름도 뚜렷이 명시되어 있지 않으며, 어머니에 관한 언급이 작품 속에 전연 나오지 않는 것으로 보아 일찍 세상을 떠난 것이 아닌가 추측된다.

그에게는 적어도 두 형제가 있었고, 형인 람프리아스는 플루타르코스 못지 않은 박학다식한 사람이었으며, 만년에 델포이의 집정관이 되었다. 그리고 또 하나의 형인 티몬과는 특히 사이가 좋았던 것 같다.

그의 아내 티모크세나는 카이로네아의 이름 있는 집안 출신으로 두 사람 사이에는 아우토플로스, 플루타르코스, 카이론, 소크라로스의 네 아들과 딸 티모크세나가 태어났다. 네 아들 중 둘은 일찍 세상을 떠났으며, 양친이 주옥처럼 귀여워하던 외동딸도 2세를 넘기지 못하고 세상을 떠났다. 그때 그가 아내를 위로하여 쓴 문장이 수필 속에 남아 있는데, 그것에 의하면 아내 티모크세나는 모든 형식적인 행사나 허식을 멀리하고 아이들의 양육에 유모도 쓰지 않고 헌신적으로 모성애를 쏟은 어머니였으며, 플루타르코스에게도 좋은 아내였던 것 같다. 그가 수필에서 여성의 능력을 높이 평가하고, 또 결혼생활의 행복을 인생의 가장 중요한 일이라고 역설하고 있는 것은 이 티모크세나와의 행복한 부부생활에 기인하는 것이라고 생각된다.

세 아이가 일찍 세상을 떠났다는 것은 플루타르코스의 평온한 생활에서 가장 불행한 사건이기는 하였지만 그 반면, 장수한 아들들에 의하여 그의 가문은 적어도 3세기 반에 걸친 긴 세월 동안 크게 번영하였다는 것을 비문 사료(史料)를 통해 알 수 있다.

조부의 피를 이어받은 재기발랄하고 지식욕이 왕성했던 소년 플루타르코스는 학문과 예술의 도시로 알려진 아테네로 유학의 길을 떠났다. 당시 교양인으로서 우선 터득해야 할 것은 수사법에 대한 지식이었다. 그러나 플루타르코스는 후년에 수사학과 같은 피상적인 교양에 대해서는 경멸적인 태도를 보였으며 누구에게 사사하여 그것을 배웠는지도 언급이 전혀 없다. 하지만 수사학의 작문을 연상시키는 수필도 있으며, 나중에도 언급하겠지만 전기를 포함한 전 작품의 문장에는 수사법의 냄새가 다분히 풍기고 있다.

그가 아테네 유학시대의 은사로서 존경했던 사람은, 플라톤 학파의 철학자로서 아카데미 학원의 원장이었던 암모니오스였다. 후년의 플루타르코스가 그리스 철학의 여러 학파에 정통한 윤리학자의 인상을 풍기는 가운데서도 그 중심에 플라톤 사상이 자리하게 된 것은 이 암모니오스의 영향에서 유래한다고 볼 수 있다. 아리스토텔레스 학파, 스토아 학파, 에피쿠로스 학파 등의 사상과 자연과학과 종교에 관한 해박한 지식도 이 유학시대에서 얻어진 것이 확실하지만, 특별히 누구에게 사사하였는지 여부는 도저히 알 길이 없다.

그는 또 젊었을 때 이집트의 알렉산드리아라는 도시를 찾은 적이 있었다. 알렉산드리아는 헬레니즘 문화의 최대중심지였다. 그러므로 옛날부터 이집트 방문은 그리스의 지식인에게는 관광 이상의 큰 의미가 있었기 때문에 플루타르코스에게 이 여행은 당연한 것이었다. 그러나 알렉산드리아에서 무엇을 하였는지에 관해서는 아무런 서술이 없기에 또한 알 길이 없다.

이 밖에도 그리스 본토의 여러 곳으로 여행을 거듭하였다. 특히 아테네에는 몇 번씩이나 찾아갔었기 때문에, 그의 이름이 유명해지자 아테네 시는 그에게 시민권을 주었다. 그러나 그가 했던 많은 여행들 중에서 손꼽아볼 만한 여행은 로마 시를 찾아갔던 것으로, 오늘날의 연구에 의하여 기원 70년대의 말기와 90년대의 초기였다고 추정되고 있다. 즉, 그의 나이로 말하자면 42, 43세경이었다.

이 로마를 찾아갔던 것에 관해서는 그의 〈데모스테네스 전〉에 언급되어 있다. 〈데모스테네스 전〉은 시대적으로 훨씬 앞선 남의 전기인데도, 플루타르코스는 마치 자기 눈으로 직접 보아온 것처럼 큰 변화는 물론 사소한 것에 이르기까지 자세히 적고 있다. 이런 그가 그의 생애에 있어 가장 화려했던 시기에 여행했던 로마 제국 수도 방문에 관하여, 연대나 체재기간도 말하고 있지 않은 것은 참으로 유감스러운 일이 아닐 수 없다. 여기에서 그는 다만 자기가 로마를 위시하여 이탈리아의 다른 도시에 있었을 때에는 정치적인 일과 그에게서 철학을 배우기 위하여 모여드는 사람들에게 방해되어 라틴 어를 공부할 시간이 없었고, 장년기를 훨씬 지나서야 라틴 어 공부를 시작할 수 있었다고 한다.

그렇지만 그는 이미 그리스에서 일류급 문화인으로의 명성을 크게 얻고 있었다. 이런 그가 고향인 카이로네아와 보이오티아, 속령이었던 아카이아의 요망사항을 전달하기 위하여 수도를 방문하였을 때에는, 로마의 상류층 사람들로부터 그리스에서 받은 명성 이상으로 큰 인기와 명예를 얻게 되었다.

앞에서 말한 '정치적인 일'이란, 그 당시가 그리스의 태평시대였으므로 추측해보건대 대단한 것은 아니었으리라고 생각된다. 다만, 플루타르코스가 조국 그리스의 정복자인 로마 인의 수도를 찾아가서 그 곳의 유력자들과 일류 교양인들 사이에 많은 지지와 인기를 얻었다는 것에 매우 중요한 의미가 있다고 생각된다. 또한 그는 로마의 위대성을 일찍부터 인정하고는 있었지만, 이때 비로소 로마 인과 로마의 전통에 대한 친근감이 한층 더 깊어졌던 것 같다.

이리하여 플루타르코스는 로마의 상류층들로부터 많은 존경을 받았으며, 믿을 수 있는 동료들을 얻었다. 그 중에서도 소시우스 세네키오와는 깊은 우정을 맺었다고 하는데, 구체적인 사실은 불분명하다. 《영웅전》 전체를 증정하였다고 추측되는 이 인물이 속령 아카이아의 총독 또는 그 아래의 자리에 있었다는 증거는 없지만 이 당시의 상황으로 보아 매우 있을 법한 일이다. 그는 99년과 107년에 두 번이나 집정관이 되었고 트라야누스 황제의 신임이 가장 두터웠으며, 당시 로마 상류사회의 최고유력자 가운데 한 사람이었다.

이 인물은 철학과 문학에 대한 이해가 깊었으며 그리스 문화를 존경하고 있었기 때문에, 트라야누스 황제에게서 플루타르코스가 존경받는 데 큰 영향을 미쳤을 것이라는 추측은 상당한 근거가 있다. 나중에 좀더 자세히 지적하겠지만 플루타르코스 자신은 로마 제국과 로마 제정에 대하여 완전히 긍정적인 입장에 서 있었다.

그러나 그는 자기가 로마 제국의 지배층에게 발언권이 있다
는 것을 뽐내거나 그와 같은 사실을 자신의 글에서 암시하거나
하는 일이 전혀 없었으므로, 트라야누스 황제와 그와의 관계가
구체적으로 어느 정도였는지는 알 수 없다. 또한 그는 화려한
정치활동은 좋아하지 않는 성격이었다고 생각되는데, 거주지를
학문의 도시 아테네로 옮기지도 않고 그리스에서도 교외의 작
은 도시인, 그의 말을 빌리자면 '그의 이주에 의하여 그만큼 한
층 더 작아진' 도시인 카이로네아에 그대로 사는 데 아무런 불
만도 느끼지 않았다.

후세에 전해진 바에 의하면, 하드리아누스 황제가 119년 그
에게 그리스 통치를 위임했다고도 하며, 그보다 앞서 트라야누
스 황제가 그에게 집정관 자격을 주어 이류리스의 로마 고관들
에게 그의 의견을 들은 다음에 일을 처리하도록 명령하였다고
하는데, 이 말을 글자 그대로 받아들여야 좋을지 어떨지에는
문제가 있다.

이 시대의 제국 내 도시에서는, 일정한 재산이 있는 자가 자
치지역에서 명예직으로서의 임원이 되는 것은 권리인 동시에
의무이기도 하였다. 그렇기 때문에 플루타르코스가 카이로네아
의 수석 집정관직을 비롯하여 그 밖의 조그마한 자리에 앉았던
것은 당연하며 이것에 관해서는 그 자신도 시인하고 있다. 그
런데 그의 전기에서 주목해야 할 것은 그가 만년에 델포이의
최고 신관이 되었다는 사실이다. 그가 직접 이것에 관해 언급
한 사실로부터 추측하여 보면, 플루타르코스는 20년이나 되는
오랜 기간 동안 이 자리에 앉아 있었다고 생각된다.

델포이는 카이로네아로부터 하루쯤 걸리는 거리에 있었는데,
그는 저작활동이나 교육활동을 위해서도 가장 적지였을 아테네
를 버리고 파르나스 산록의, 더군다나 당시 점차 쇠퇴일로에

있던 아폴론의 신탁현장으로 뛰어들었다. 그러고는 최고의 신관직 외에 델포이 인보동맹(燐保同盟)의 역원과 퓨티아의 경기위원장직을 맡아, 고령의 몸으로 델포이와 카이로네아 두 곳을 돌아다니며 바쁘고도 힘든 나날을 보낸 데에는 그 나름대로의 깊은 이유가 있었던 것 같다.

이 점에 관해서는 〈신탁의 쇠퇴에 관하여〉나 그 밖에 델포이와 관계되는 4편(현존은 3편)의 수필이 플루타르코스의 심경을 대변하고 있다. 끝까지 그리스 인이었던 플루타르코스에게 있어 델포이는 대지의 중심이며, 아폴론의 신탁은 진리였다. 그는 신탁에 대한 인심의 이산과 신역(神域)의 황폐를 방지하고 고전기의 번영을 부흥하고자 하는 염원에서, 자신의 명성을 이용하여 그리스 인은 물론 트라야누스 황제를 포함한 로마 인 사이에서 열심히 활동한 결과 부흥사업은 어느 정도 성과가 있었다. 델포이에서 펼친 플루타르코스의 활동내용은, 델포이 출토의 하드리아누스 황제 입상 비명에 새겨져 있으며, 거기에는 인보동맹에 대해서 다음과 같이 적혀 있다.

델포이의 신관 메스트리우스 플루타르코스의 동맹감사시(同盟監事時) 이것을 세운다.

참고로 '메스트리우스'라고 하는 것은 그의 친구였던 로마 인 메스트리우스 폴로루스에서 '메스트리우스'를 딴 것으로, 그에게 로마의 시민권이 부여되었다는 것을 알 수 있다. 또 델포이와 카이로네아 두 시가 인보동맹의 결의에 따라 델포이에 그의 초상을 세웠다는 내용의 2행시가 적힌 석주(石柱)가 출토되었으나 상부의 흉상이 없어진 상태였다. 후에 따로 흉상의 머리라고 생각되는 것이 출토되기는 하였지만 이것이 플루타르코스

초상의 머리 부분인지 여부는 확실하지 않으므로, 우리는 플루
타르코스의 확실한 초상은 아직 알 길이 없다.

▓ 작   품

　빠른 독서, 강한 기억력, 게다가 빠른 속도의 집필 이 세 가지에 있어서 플루타르코스를 능가할 사람은 고금동서를 막론하고 그 어디서도 찾아볼 수 없을 것이다. 전기와 수상록 《윤리론집》으로 크게 구분되어 오늘날까지 전해지고 있는 그의 작품은, 현존하는 서양 고전 가운데서 비교적 많은 양을 남긴 키케로와 비슷한 정도로 많지만, 오늘날 없어진 것까지 합치면 그 저작수는 정말로 경이적이다. 이것은 아직도 남아 있는 '람프리아스 목록'이라고 불리는 그의 전 작품목록을 살펴보면 알 수 있다. 그것은 잘못 알려져서 플루타르코스의 아들인 람프리아스가 만든 것이라고 전해져 왔지만, 오늘날의 연구에 의하면 기원 3, 4세기경 어느 큰 도서관에서 플루타르코스의 저작물을 열거한 것이라고 알려져 있다.

　여기에는 227편이 적혀 있지만 그 중에서 현존하는 것은 83편뿐이다. 이 밖에 이 목록에 실려 있지 않은 현존작품이 18편이 있으며, 그 밖에 현존하지는 않지만 서명 또는 단편만이 알려져 있는 것이 15편 더 있다. 따라서 고대 말에 플루타르코스의 작품이라고 일컬어진 것은 약 260편에 이르고 있었던 셈이지만, 오늘날의 현존작품 속에는 분명히 그의 작품이 아니라고

판정된 것이 포함되어 있으므로 실제로는 약 250편 정도라고
추정된다.

그의 저작내용은 매우 다방면에 걸쳐 있지만, 전기 이외의
대화나 수필 형식의 것은 《윤리론집》이라는 이름으로 총칭되어
있다. 그리고 그 주제는 철학, 종교, 정치, 통속윤리, 심리학,
신학, 자연과학, 문학, 교육, 사학, 수사학의 문제를 다루고
있으며, 거기다 젊었을 때 쓴 것이라고 생각되는 수사술을 과
시한 작품도 몇 편 있다. 이들 중 가장 많은 편수를 차지하는
것은 전기이며, 통속윤리와 철학을 다룬 것이 그 다음을 차지
하고, 그 밖의 것은 양적으로 훨씬 적다. 현존하는 그의 전 작
품이 오늘날 전기(vitae)와 윤리론집(moralia)의 2부로 나뉘는
것도 그 때문이다.

그런데 '람프리아스 목록'과 그 밖에 전해져 내려오는 작품수
와 현존작품을 비교하여 본 경우 전기가 71편 중 50편이 아직
까지 남아 있어 그 비율이 가장 양호한 편이다. 통속윤리적인
작품은 그 절반이 오늘날까지 전해지고 있지만 철학적 내용을
갖춘 것은 대부분 남아 있지 않다. 이것은 주목할 만한 사실로
서 결국 플루타르코스의 수많은 작품 중에서 전기가 가장 인기
가 있었으며, 통속윤리적 수필이 이 뒤를 이었다. 또한 철학자
로서의 그는 높이 평가되지 않았었다는 것을 반영하고 있다고
보아야 할 것이다.

250편의 대부분은 비교적 짧은 문장이다. 그렇다 하더라도
우리는 그의 왕성한 집필력에 경탄을 금할 길이 없다. 그렇다
면 그의 이 왕성한 저작활동은 그의 긴 생애 중 어느 시기에
이루어진 것일까? 이 점에 관해서도 무엇 하나 확실한 것을
알 수 없다. 그러나 오늘날 대체로 통설로 전해지는 바로는,
그의 저작활동은 20대에 시작되었으며 초기에는 수사학에서 배

운 바를 구사하여 문재를 자랑하는 글들을 썼다. 그리고 나중에 밝히겠지만, 그는 그 후에도 수사술을 무시하는 것은 아니었지만 그저 수사만을 위한 문장에 대하여는 경멸하는 태도를 보였으며 내용이 문제인 철학, 윤리, 자연과학 등의 '윤리론'으로 기울었다. 그리고 전기는 만년의 작품이라고 하는 것이 일치된 시각이다.

플루타르코스 집안은 꽤 유복하였던 것 같다. 카이로네아 시가 주는 명예직 같은 것을 그가 마다하지 않고 맡은 것은 확실하지만, 그런 관직은 현대에서처럼 자유로운 독서나 사색의 시간을 가질 수 없을 정도로 바쁜 자리는 아니었다. 그는 그리스 시민 이상으로서 한가(閑暇)한 시간을 가질 수 있었고, 과거에 정치가 독립되어 있던 시대와 같이 군무에 의하여 방해받을 것도 없었다. 가정에서는 정말로 자상한 아버지이고 좋은 남편이었던 그는 자신의 형제, 아이들, 친척뿐만 아니라 그의 따뜻한 인품에 접하고, 넓은 교양에 기초를 둔 재담을 들으려고 찾아오는 많은 친구들을 상대로 하여 좌담할 기회가 많았다. 그는 대단한 독서가이자 박식가였고, 뿐만 아니라 모든 철학의 각 파에도 능통하고 있었지만 그렇다고 해서 현학적인 태도를 보이지는 않았으며, 일상적인 일도 건전한 상식으로 판단하였다.

이러한 그의 인격의 힘에 의하여 카이로네아에 있는 그의 집은 말하자면, 청강료를 받지 않는 서당이라는 친밀감을 주었다. 그리고 그의 '윤리론'은 이러한 이상적인 생활 속에서 씌어진 것이며, 《윤리론집》중 16편은 대화편의 형식을 취하고 있는데, 그것은 그가 가장 존경한 플라톤의 작품을 모방한 것인 동시에 그의 집에서 실제로 이루어진 대화의 냄새를 다분히 풍기고 있다.

■ 《영웅전》

전기적인 작품 중 현존하는 것은, 서로 닮은 데가 있는 그리스와 로마의 인물을 하나씩 짝지은 22쌍의 대비열전과 4편의 단독전기이다. 《영웅전》은 (1) 테세우스와 로물루스 (2) 리쿠르고스와 누마 폼필리우스 (3) 솔론과 포플리콜라 (4) 테미스토클레스와 카밀루스 (5) 페리클레스와 파비우스 막시무스 (6) 알키비아데스와 코리올라누스 (7) 티몰레온과 아이밀리우스 파울루스 (8) 펠로피다스와 마르켈루스 (9) 아리스테이데스와 대(大) 마르쿠스 카토 (10) 필로포이만과 플라미니누스 (11) 피루스와 카이우스 마리우스 (12) 리산데르와 술라 (13) 키몬과 루쿨루스 (14) 니키아스와 크라수스 (15) 세르토리우스와 에우메누스 (16) 아게실라우스와 폼페이우스 (17) 알렉산드로스와 율리우스 카이사르 (18) 포키온과 소(小) 마르쿠스 카토 (19) 아기스와 클레오메네스 및 티베리우스 그라쿠스와 카이우스 그라쿠스 (20) 데모스테네스와 키케로 (21) 데메트리우스와 안토니우스 (22) 디온과 마르쿠스 브루투스 등으로, 이상의 것 중에서 (19)만은 스파르타의 2代의 혁명왕과 로마의 유명한 개혁자 형제를 대비하고 있다. 단독 전기에는 아라투스, 아르타크세르크세스, 갈바, 오토 등의 전기가 있다.

없어진 전기는 《영웅전》에서는 에파미논다스와 스키피오, 단독전기에서는 로마 인으로서의 스키피오 아프리카누스와 아우구스투스, 티베리우스, 크라우디우스, 네로, 카이우스 황제, 비텔리우스, 또 그리스 인으로서는 헤라클레스, 헤시오도스, 핀다로스, 크라테스 등의 전기가 있다.

22쌍의 《영웅전》은 원칙으로는 그 뒷부분에 두 인물의 비교론이 붙어 있다. 그러나 테미스토클레스와 카밀루스, 피루스와 카이우스 마리우스, 알렉산드로스와 율리우스 카이사르, 포키온과 소 카토의 쌍만은 이 비교론이 없다. 그리고 대비된 인물은 예를 들자면 아기스, 클레오메네스와 그라쿠스 형제와 같이 비극적인 개혁자라는 점에서 커다란 공통점을 가지고 있는 경우도 있지만 아리스테이데스와 대 카토처럼 조국을 위한 공적이라는 것 이외에 현저한 공통점이 없는 예도 있고, 인물비교론은 일반적으로 통속윤리적인 설교 냄새가 짙어 그다지 높은 평가를 받지 못하고 있다.

그는 〈테세우스 전〉의 첫머리에서 《영웅전》의 집필이 진전을 보여, 사실(史實) 검토가 곤란한 오랜 고대에까지 소급된 사실을 지적하고 있다. 오늘날의 《영웅전》 교정본에는 전기한 단독전기 4편이 들어 있지만, 플루타르코스는 그리스와 로마의 위인을 대비한 전기를 쓰는 작업을 그의 다른 전기와 수필과는 다르게 큰 일로 생각하고 만년에 혼신의 노력을 다해 집필한 것이 분명하다.

그렇다면 그가 어떠한 동기로 이 일을 계획하였으며, 어떠한 순서로 집필하였는가가 문제가 된다. 플루타르코스는 자서전을 남기고 있지 않으며, 연대관념도 매우 희박하여 엄밀한 의미에서는 역사가라고는 할 수 없으며, 그 교우범위가 광대하였음에도 불구하고 사가들과 친히 논쟁을 교환한 적도 없었던 것 같다.

집필동기는 〈티몰레온 전〉의 첫머리에서 다음과 같이 피력하고 있다.

내가 처음 전기를 쓰기 시작한 것은 남을 위한 것이었지만, 쓰다보니 어느새 나 자신을 위하여 쓰고 있다는 사실을 알게 되었다. 위인들의 덕행을 거울삼아 내 인생을 조절하고 장식해 나가려고 노력하게 된 것이다. 진정으로 전기는 우리 일상생활의 상호관계를 다루는 작업이다. 그러므로 전기란 위인들의 생애를 연구함으로써 그들의 재능과 품성을 알고, 반가운 손님을 맞아 환대하듯이 그 인생의 모든 면을 환대하며, 그들의 행동을 통하여 우리가 알아야 할 가장 고상하고도 가치 있는 모든 것을 뽑아낸 것이다. 아, 우리가 그보다 더 큰 기쁨을 가질 수 있을까? 우리들의 덕성을 함양하는 데 이보다 더 효과적인 수단이 무엇이겠는가?

데모크리토스는 다음과 같이 말하였다. 즉, 우리를 둘러싸고 나타나는 유령들 중에서 길조로 나타나는 유령에게 기도를 올려야 한다는 것이다. 그리고 악이나 불운보다는 우리의 천성에 맞는 선한 유령을 만나도록 해주십사 하고 기도를 올리지 않으면 안 된다고 하였다. 그는 진리가 아닌 주장을 철학 속에서 유도하였으며, 철학을 미신의 영역으로 이끌었다.

그러나 나의 방법은 이와는 다르다. 나의 방법은 역사를 연구하여 기록하는 도중에 얻어지는 인물들을 잘 알게 됨으로써 나의 마음 속에 가장 선하고도 훌륭한 인물들의 상으로 받아들여지는 것을 오랫동안 잊지 말자는 것이다. 이렇게 함으로써 나는 사회에 묻혀 사는 동안에 오염된, 천하고 사악하고 야비한 인생에서 나 자신을 해방시킬 수 있었다.

나에게는 여러 가지 복잡한 생각을 평온무사한 기질로 전
환시켜준 고상한 인물들의 모범이 있다. 이러한 모범으로 내
가 택하려는 사람은 코린트 사람 티몰레온과 아이밀리우스
파울루스다. 이 두 사람은 그들의 덕행뿐만 아니라 성공을
이룬 점에서도 유명하다. 그들이 가장 위대한 업적을 이루는
것이 가능했던 이유는 그들의 신중한 행동 때문이라기보다는
오히려 행운 때문이었을 것이라는 의심을 남겼을 정도니 말
이다. (《플루타르크 영웅전》(제2권) pp.284~285)

라고 적고 있다. 이 '남을 위한'의 남 속에는 소시우스 세네키
오가 끼여 있는 것은 말할 것도 없다. 《영웅전》 속에 이 책을
헌정한 상대로서 그 이름이 나오는 인물은 이 로마 사람뿐이
며, 그것은 〈테세우스 전〉, 〈데모스테네스 전〉, 〈디온 전〉의
첫머리에서 잠깐 보일 뿐이지만 그 당시 상황으로 보아 《영웅
전》 전체가 그에게 바쳐졌을 가능성이 크기 때문이다. 그가 '전
기를 쓰기 시작하였다'는 말은 《영웅전》에만 한정된 것은 아니
었기 때문에 우선 단독전기를 쓰고서 호평을 얻은 후, 자연 그
것에 자극을 받고서 《영웅전》의 계획이 그의 머릿속에서 싹텄
으리라고 생각된다.

그런데 《영웅전》의 집필순서를 현존의 작품으로부터 추측할
수 있는가 없는가가 문제인데, 일단은 '람프리아스 목록'을 따
를 수 있겠지만 실제로는 지금은 없어진 〈에파미논다스―스키
피오〉의 한 쌍이 최초로 집필된 것이 아닐까 하는 추측을 하게
한다. 그것은 조금 전에 예를 든 세 전기에 적혀 있는 소시우
스 세네키오에서 바친 간단한 헌사(獻辭) 정도를, 저자 자신이
스스로 《영웅전》이라고 이름 붙일 만큼 의욕적인 대작품 전체
의 서문이라고는 절대로 생각할 수가 없기 때문이다. 만약 이

헌사가 서문으로 집필되었다고 한다면 반드시 〈에파미논다스
전〉의 첫머리에 이것이 있어야 한다고 추측된다.

《영웅전》의 집필 시작이 에파미논다스에서 출발하였다고 하
는 것은, 수상록의 하나인 〈헤로도토스의 악의에 관하여〉에서
보이는 것처럼 플루타르코스에게는 보이오티아에 대한 강한 향
토애 내지는 편애가 있었으며, 따라서 보이오티아가 낳은 인물
로서 기원전 4세기에 테베의 번영을 이룩한 인격이 고결한 에
파미논다스부터 쓰기 시작하였다고 생각해도 무리가 아닐 것이
기 때문이다. 참고로 에파미논다스와 협력하여 활약한 〈펠로피
다스 전〉은 〈마르켈루스 전〉과 한 쌍이 되어 현존하고 있다.

《영웅전》의 나머지 작품은 〈데모스테네스—키케로〉가 제 5
권, 〈페리클레스—파비우스 막시무스〉가 제10권, 〈디온—브
루투스〉가 제12권이었던 사실이 플루타르코스 자신이 쓴 그 각
편의 서론에서 알 수 있다. 또한 시기적으로는 최초의 전통적
인 간본(刊本)이며 내용으로도 가장 오래 되었을 〈테세우스—
로물루스〉의 머리말에서도 알 수 있는 것처럼 사실은 〈리쿠르
고스—누마 폼필리우스〉의 한 쌍이 가장 늦게 씌어진 것이 확
실하다.

그리고 《영웅전》의 본문 속에는 '이미 ×××의 전기에서 기
록한 것처럼'이라고 언급한 구절이 가끔 등장한다. 이것을 근거
로 하여 집필된 순서를 추정하려는 시도는 여러 문헌학자들이
시도하였던 것 같은데 결국 아무런 성과도 얻지 못하고 있다.
그것은 그다지 중요한 문제는 아니기 때문에 이 이상 언급할
필요도 없을 것이다. 요컨대 《영웅전》을 최초로 거론하고 있는
'람프리아스 목록'에서 들고 있는 순서와 재래의 단본의 배열
순서는 그다지 신빙성이 없다고 보는 것이 타당할 것이다. 또
한 이 대작을 완결지은 후 쓴 발문 같은 것이 어느 전기에도

없는 것으로 보아 그는 죽을 때까지 집필을 계속하였으리라고 생각된다.

현존하는 《영웅전》의 사본은 11세기로 거슬러올라갈 수 있으며, 9~10세기에 전체를 2권으로 나눈 것과 3권으로 나눈 2종이 간행되었다는 것이 오늘날 판명되었다. '람프리아스 목록'과 위에서 든 2종류의 사본을 비교해보면 대비된 1쌍의 인물의 배열 순서가 서로 다름을 알 수 있다.

역자가 대본으로 쓴 영역본은 The Modern Library에 들어 있는 Plutarch: The Lives of the Noble Grecians and Romans, Translated by John Dryden and Revised by Arthur Hugh Glough, 1864이고, 참고로 그리스 원어 및 영어판과 불어판, 독어판의 중요한 것을 소개하면 다음과 같다.

원어판

초판 플로렌스 1517년.

알두스(Aldus)본 베니스, 1519년.

신테니스(Sintenis)본 라이프치히, 1839~1846년.

영어판

토마스 노드(sir Thomas North) 역, 1575년.

이것은 1470년 로마에서 출판된 라틴 어판을 프랑스 인 아미요(Jacques Amyot)가 번역한 것을 옮긴 것. 영국에서 나온 최초의 《영웅전》 번역.

드라이든(John Dryden) 역, 1683~1686년.

사실은 여러 사람의 손으로 된 것. 클라프(Arthur H. Clough)의 개정판, 1864년(역자가 대본으로 쓴 영역본).

랭혼(W. Langhorne) 역, 1770년.

스튜어트·롱(A. Stewart and G. Long) 공역, 1880~1886

년. 개역판, 1924~1929년. 이것은 신테니스본을 원본
으로 삼았다.

페린(B. Perrin) 역, 두 권, 1914~1954.

불어판

Collection des Universités de France 의 **Plutarque**,
Vies. Texte établi et traduit par R. Flacerière, É.
Chambry et M. Juneaux. Tome I 1957-Tome XV
1979(M. Juneaux는 2권까지)이 있다. 이것은 원문에
극히 충실한 번역이다.

Plutarque, Les vies des hommes illustres, traduction de
Jacques Amyot. Texte établi et annoté par Gerard
walter(Bibliothèque de pleiade). 2 Tomes 1959.

이 역문은 아미요의 역문을 존중하고, 다만 철자법을 현
대식으로 고치고 있을 뿐이다. 끝부분에는 영웅전의 번
역에 관한 상세한 문헌표(文獻表)가 붙어 있다.

독어판

C1. Lindskog K. Ziegler의 토이프나판 제1권 재정판(再
訂版), 제1분책(1957년), 동 제2분책(1959년), 제2권
제2분책(1935년), 제3권 제1분책(1915년), 동 제2분책
(1926년).

연구서

플루타르코스의 전기, 그 저작, 사상, 후세에의 영향 등에
관해서는 Pauly-Wissowa-Kroll, Realencyklopädie
der Klassischen Altertumswissenschabt XLI Hal-
band(1951). Sp. 636~962의 K. Ziegler 집필의 Plutar-
chos von Chaironeia.

이 책은 사전의 항목이라고는 할 수 없을 만큼 방대하고

정밀한 논고이다.

Woldemar Graf Uxkull-Gyllenband, Plutarch und die griechische Biographie, 1972.

영어로 된 것으로는,

R. H. Barrow, Plutarch and His Times, Chatto & Windus, London, 1967.

일어판

아오키 이와오 역 《플루타르크 영웅전》 1930년, 생활사.

쓰루미 유스케 역 《플루타르크 영웅전》 1934년, 개조사.

고우노 요이치 역 《플루타르크 영웅전》(이와나미 문고) (전 12권), 1938~1942년.

무라가와 겐타로 외 15인 공역 《플루타르코스 영웅전》(상 중하 3권), (치쿠마 문고), 1987년.

같은 내용은 1966년에 치쿠마 출판사에서 《세계고전문학 전집》(23)으로 나왔다.

국어판

박시인 역 《플루타르크 영웅전》(전 6 권) 을유문화사, 1960~1961년.

외우(畏友) 박시인씨는 1960년부터 1961년에 이르는 2년 간의 세월을 바쳐, 을유문화사에서 《플루타르크 영웅전》(전 6 권)으로 《영웅전》의 완역이라는 대업을 이루었다. 이것은 우리 나라 번역 역사에 있어 특기할 만한 업적이다. 역자도 역필을 하면서 여러 번 낙심하였으며, 장문인데다가 악문인 원문(물론 영문이지만)을 번역할 때 그에 알맞은 역어가 생각나지 않으면 외우의 역어를 빌려 쓰곤 하였다. 이제 여기서 정직하게 고백하여 고인이 된 (1993년 작고) 외우의 용서를 구하는 바이다. 이 자리에

서 사적인 이야기를 하자면 사실 우리 두 사람은 충분한
시간을 바쳐서 인류의 보물인 이 책을 공역하여 개역판
을 내기로 약속했다. 그러나 그가 먼저 세상을 떠나고
나만 혼자 남아 이 대업을 외롭게 전담하여 일을 마치자
니 발문을 쓰는 마음이 착잡하기 이를 데 없다.

▓ 평가의 문제

    플루타르코스의 《영웅전》을 문학사적으로 다루어 평가하려면 그리스 인들 사이에서 그때까지 집필된 전기적 작품의 역사를 회고하지 않으면 안 된다. 그러나 《영웅전》의 계보적 연구는 사실 전문가라 할지라도 극히 어렵고 곤란한 과제라 하지 않을 수 없다. 왜냐하면 기원전 4세기에서 플루타르코스에 이르기까지의 400년에 가까운 헬레니즘 시대의 작품 중에 현존하는 작품은 거의 없기 때문이다. 나중에도 언급하겠지만, 정치가 한창 호황을 누릴 때에는 역사 기술은 발전하여도 개인의 전기는 좀처럼 나오지 않는 경향이 있다.

    이처럼 헬레니즘 시대에도 정치적으로 부흥한 반면, 개인의 전기는 거의 찾아볼 수가 없었다. 그 뒤 전제주의가 쇠퇴하기 시작하는 기원전 4세기로 들어서면서 아테네의 이소크라테스의 〈에우아고라스〉, 크세노폰의 〈소크라테스의 회상〉이니 〈아게실라우스〉니 하는 따위의 전기적인 작품이 없는 것은 아니었다. 그러나 그것들은 작가가 자신과 친한 관계에 있는 인물에 대한 찬사를 쓴 것이 대부분이었으므로, 전기적 요소도 있지만 엄밀한 의미에서 전기라고는 할 수가 없었다. 한편 소요학파 사이에는 철학자의 전기나 그 밖에 '문인전'을 쓰는 경향이 생기게 되었는데, 아리스토텔레스의 제자 중 음악사를 써서 그 이름을 떨친 아리스토클레스의 〈철인전〉은 그 적절한 예이다. 플루타르코스가 가끔 예로 들고 있는 기원전 3세기경의 스미르에 헤르미푸스라는 사람은, 흥미본위의 글을 날조하던 인물로 그가 쓴 문인전은 최저급의 일례라고 알려져 있다.

이 유파는 플루타르코스와 같은 시대에 집필된 로마의 수에토이우스의 《황제전》에 이어진다고 전해진다. 그러나 같은 로마에서도 기원전 1세기부터 기원후 1세기에 걸쳐서의 코르넬리우스 네포스가 쓴 아직 남아 있는 전기와 이 플루타르코스의 전기는 이 계보에는 속하지 않는 아주 완전히 고립된 것이라고 생각하고는 그 성립을 가설적으로 설명한 학자도 있다. 하지만 앞에서 말한 기원전 4세기의 찬사적 작품(頌詞的作品)과 소요학파의 '철인전' 내지 '문인전'으로부터의 영향을 인정하면서 플루타르코스가 다시 독자적인 경지를 개척하였다고 설명하는 학자도 있다. 요컨대 오늘날 남은 자료만을 가지고는 문학사적인 견지로부터의 평가는 극히 곤란하므로 이 이상 서술할 필요는 없을 것 같다.

《영웅전》의 평가는 《영웅전》 그 자체에 의하여 행할 수밖에 다른 방법이 없으며, 다행히도 전기 집필의 정신 내지 그 동기에 관해서는 플루타르코스 자신이 그 태도를 분명히 하고 있다. 우리는 이미 그가 역사를, 자기 수양을 위한 거울로 삼고 있다는 것은 〈티몰레온 전〉의 서두에서 밝히고 있어 잘 알고 있다. 이러한 발언은 그의 다른 전기에서도 거듭 눈에 띈다.

〈페리클레스 전〉의 서론을 보면, 설사 《영웅전》의 작자들이 그 특유한 심리학과 나중에는 그의 직업관까지 개진하면서 우수한 장인의 작품과, 뛰어난 음악과, 아름다운 조각과, 훌륭한 시를 감상하게 하더라도 이들 작자들은 인격적으로 반드시 존경할 수 있는 것은 아니며, 더욱이 작자와 같은 인물이 되고 싶다는 생각은 일어나지 않는다. 이에 반하여 덕성은 그것을 실천함으로써 남에게 그 업적을 감탄케 하는 마음을 일으켜주며, 업적을 이룩한 인물을 선망케 한다고 말하고, 이러한 점 때문에 전기 집필에 희열을 느껴 이 일을 하게 되었다고 말하고 있다. 또 〈데메트리우스 전〉의 서두에서는 기술론을 전개하면서, 대는 소를 대비시킴으로써 그 실체가 드러나듯이 선악론의 악과 선은 서로를 대비시킴으로써 그 정체가 명확히 들어난다고 다음과 같이 지적하였다.

예술과 육체적 감각이 비슷하다는 것은, 오래 전부터 많은 사람들이 인정하고 있는 것이다. 그들이 이렇게 인정한 까닭은, 예술에 있어서나 감각에 있어서나 우리는 서로 반대되는 것을 검토한다는 것에 주목하고 있기 때문이었을 것이라고 생각한다. 그러나 한번 우리의 판단이 정해진 뒤에는, 예술과 감각은 그 쓰이는 곳이 달라진다. 대체로 감각이라는 것은 하얀 빛보다는 검은 빛을 선택하고, 쓴맛보다는 단맛을 좋아하고, 딱딱하고 모난 것보다는 부드럽고 연한 물건을 받아들이는 것과 같은 일만을 하는 것은 아니다. 다만 외부의 인상을 그대로 받아들인 다음, 그 인상을 판단력에게 전달하는 것뿐이다. 그런데 예술은 이것과 다르다. 예술은 명백히 좋은 것을 선택하고 좋지 않은 것을 거부하기 위하여, 오성이 만든 것이다. 따라서 예술이 맡은 본래의 임무는 좋은 것만을 고찰하는 데에 있다. 그러나 때로는 좋지 않은 것을 배척하기 위해서, 그 좋지 않은 것에 대해 고찰하는 경우도 있다.

의사는 우리들을 건강하게 하기 위해서 먼저 질병에 대해

연구하지 않으면 안 된다. 그리고 음악에서도 화음을 만들어
내기 위해선 우선 그 반대인 불협화음이 어떤 것인가를 충분
히 연구해야 한다. 그리고 최고예술은 중용과 정의, 지혜 등
에 관한 판단과 선택을 하려는 행위인 까닭에, 오로지 선과
정의 혹은 좋은 방책에 대해서만이 아니라, 악과 불의 그리
고 나쁜 방책에 대해서도 적용된다. 따라서 악한 행위를 하
지 않았다는 그 단순한 결백성을 칭찬하여서는 안 된다. 엄
밀히 말한다면, 그것은 사실 단순한 진리다. 올바르게 살려
는 사람으로서 어느 누구든 알고 있지 않으면 안 되는 그것
을 모른다면, 무식하다고 아니할 수 없다.

   고대 스파르타 사람들은 제사를 지낼 때, 헬롯들에게 억지
로 많은 술을 퍼먹이고는 잔치자리에 끌고 나와 청년들에게
구경시켰다고 한다. 그것은 술에 취한 주정뱅이란 과연 어떤
것인가를 직접 본보기로 보여주기 위해서였다. 그러나 한 인
간의 도의심을 높여주기 위해 다른 사람들을 타락시킨다는
것은, 인도주의나 사회정의에 도저히 합치될 수 없는 일이라
고 생각된다. 오히려 높은 지위나 권세를 가지고도, 부정에
빠진 나머지 뚜렷한 행적도 없게 된 사람들을 실제 본보기로
인용하는 것은 타당한 일이라고 생각한다. 이제 이 전기에서
도 그와 같은 실제의 본보기를 소개해보고자 한다.

   내가 그렇게 하려는 것은 결코 읽는 이의 감흥이나 기분전
환을 위해서가 아니고, 또 나의 주제에 여러 가지 변화를 주
려는 의도 때문도 아니다. 테베 사람인 이스메니아스는 자기
제자들에게 피리 부는 법을 가르칠 때, 피리를 잘 불어서 들
려주고는 이렇게 말했다. "너희들도 이렇게 불어라." 그리고
다음에는 피리를 잘못 불어서 들려주고는 이렇게 말했다.
"이렇게 불어서는 안 된다." 안티게니다스는 언제나 이런 말

을 하였다. "청년이란 처음에 나쁜 음악을 들려주면, 좋은 음악을 들을 때 한층 더 커다란 기쁨을 느끼게 된다."

이것과 마찬가지로, 나는 '비난받을 만한 악인의 일이라도 모르는 체 지나치지 않는다면, 우리는 더욱더 열심히 그리고 더욱 분발하여 훌륭한 사람들의 생애를 읽고 연구하며 그들을 모방하게 될 것'이라고 생각한다. 이러한 이유로 이 책에서 데메트리우스 폴리오르케테스와 로마의 삼두정치가의 한 사람이었던 안토니우스의 생애를 기록하려고 한다.

위대한 철학자 플라톤은 이런 말을 하였다. "위대한 바탕은 미덕과 함께 악덕을 낳는다." 데메트리우스와 안토니우스는 플라톤의 이 말이 조금도 틀리지 않는다는 사실을 충분히 증명해주는 바가 있다. 데메트리우스와 안토니우스는 모두 여자를 좋아하였으며 방종한 생활을 하였다. 또한 전쟁을 좋아했으며, 선심을 쓰는 데에도 배포가 컸다. 그리고 생활방법은 사치스러웠으며, 그 태도에 있어서는 아주 거만스러웠다. 그들의 비슷한 운명은 비슷했던 성격에서 연유되고 있다. 그들의 일생은 위대한 성공과 큰 불행과의 연속으로서, 강력한 권력을 잡았는가 하면 삽시간에 그 권세가 무너졌으며, 순간적으로 무너졌는가 하면 이상하게도 회복되었다. 뿐만 아니라 죽을 때에도, 데메트리우스는 적에게 잡혀 죽었으며, 또 안토니우스는 적에 잡히게 되자 스스로 자살해버렸다. (《플루타르크 영웅전》(제7권) pp.84~86)

이 글에서 볼 수 있듯이 선은 악과 대비함으로써 그 모습이 더욱 명확하게 드러난다고 하여 플루타르코스는 선을 베푼 영웅의 전기뿐만 아니라 악을 베푼 영웅의 전기를 쓰는 것도 서슴지 않았다. 이 책의 원 제목이 《대비열전》이라는 데서도 알

수 있듯이 필자가 '대비'라는 말을 쓴 것은 그러한 뜻을 염두에
둔 것이라고 하겠다. 그러므로 권력을 장악한 후 사악한 행위
를 저지른 인물전의 한두 쌍을 이 《영웅전》 속에 넣고 있는 것
은 단지 독자를 즐겁게 하고 책에 변화를 주기 위해서가 아니
라, 독자를 선한 생활로 이끌기 위한 것이라고 플루타르코스는
역설하고 있다.

다시 말하면 플루타르코스는 전기문학의 목적을 사실 나열이
아니라 후세를 위한 선의 권유, 그들이 남기고 간 선의 궤적을
후세에 알림으로써 우리의 인류사를 미화하려는 것이었다. 오
늘날 구미의 전기문학의 경향이 바로 플루타르코스의 그것과
똑같음을 볼 때 이미 1900여 년 전에 그러한 생각을 가졌던 그
의 탁견에 다시 한 번 감탄하지 않을 수 없다.

이러한 생각은 비단 필자 하나뿐만이 아니라 이 전기를 읽는
모든 독자들이 공감하는 부분이겠지만, 그 점은 벌써 30여 년
전에 이 《영웅전》의 역간의 대업을 완수한 박시인 씨도 다음과
같이 힘을 주어 역설한 적이 있다. 하도 명문이기에 여기서 다
시 한 번 실어 독자들의 공감을 얻고자 한다.

플루타르코스의 근본이념은 어디까지나 부패와 침체를 모
르는 덕과 이것을 행동으로 발전시키는 용기를 선양함에 있
었다. (《플루타르크 영웅전》(제1권) 서문의 일절)

휴전(6·25 전쟁) 이래 해마다 짙어 가는 어둠 속에서 빛을
그리워하는 이들을 위해 작년(1960년) 3월에 이 펜을 잡은
지 1년 2개월이 지난 오늘 비로소 펜을 놓는다. '내가 이 전
기를 쓰기 시작한 의도는 남을 위하려는 마음에서였는데 막
상 써나가는 가운데 어느덧 내 스스로 기쁨을 느끼며, 여기

에 기록된 사람들의 생애를 거울로 삼아 나 자신의 생활을 조절하여 그대로 살기 위해 모든 노력을 기울이게 되었다.'라고 플루타르코스는 〈티몰레온 전〉 처음에서 말하고 있지만, 나 역시 바로 그와 같은 경험을 하였다. 이 일이 나의 분야라거나 내가 가장 적절한 사람이라고 생각되지는 않았으나, 참되고 바르게 사는 것의 방법으로 자살을 의미할 때에 그것을 지키는 형제들을 두둔하는 뜻에서 시작하였던 것이다. 그러나 일을 진행해 오는 사이에 이 책에서 사귄 이들이 어느덧 나의 스승이 되고 안내자가 되었으며, 또 그 동안에 우리 민족이 구악(舊惡)의 암석(岩石)을 쳐부수고 정의의 샘물을 분출시켜 그 속에서 자유로이 활약함을 보는 기쁨을 가지게 되었다.

　우리는 이기심과 거짓으로 산 권세는 결코 오래 가지 않는다는 것, 또한 사람은 아무리 영리하다 하더라도 신과 사람을 절대로 속일 수가 없으며, 그의 마음의 심저(深底)에 감춘 생각은 시간이 지나면 모든 것이 환하게 드러난다는 것, 따라서 가장 이타적으로 생각하고 행동하는 것이 가장 이기적으로 사는 길이라는 것에 대한 확고한 증명을 이 책에서 보았으며, 우리 자신의 최근 역사에서 다시 생생하게 보았다.

　그러므로 우리 청년들은 소명(昭明)하신 신을 불러 증인으로 삼고 진리와 선으로 형제들을 대하여, 개신된 민족의 새 아침에 힘차고 분주하게 활동하여주기를 희원한다. (《플루타르크 영웅전》(제6권) 서문의 일절)

역사 기술이 실천생활에 직접 영향을 주는 공리성이라는 관점에서 이루어지는 것은, 그리스의 대표적인 사가인 투키디데스나 필리스티우스에게서 볼 수 있다. 그리고 역사학의 시조 헤로도토스의 사풍을 물어적 역사(物語的 歷史)라고 부를 수 있다면, 이 두 사람의 사풍은 실천적 역사(實踐的 歷史)의 범주에 들어간다고 할 수 있다. 플루타르코스의 사풍도 넓은 의미에서는 후자에 넣어도 무관할지 모르지만, 투키디데스의 사풍은 인간성 불변을 전제로 하여 인간의 사회활동의 법칙성을 주장하고 있으며, 필리스티우스에게 있어서는 이 점이 더욱 철저해져 유명한 정체 순환(政體循環)의 사관이 탄생하게 되었다. 그러나 다 같은 역사 기술의 실천적 공리성이라고 해도 플루타르코스는 개인의 덕성 내지는 인격이 모방될 수 있다는 사상이 전제되어 전기가 집필되었다는 점에 주의하지 않으면 아니된다. 이것은 《영웅전》의 기술이 그 통속윤리를 위한 실례 수집이었다는 비판의 소리를 듣게 한 원인이 되기도 하였다.

엄밀하게는 역사가로의 플루타르크는 여러 가지 결함이 있다. 또한 그 자신이 그와 같은 학자가 되려고 노력하지도 않았을 뿐만 아니라, 자기에게는 그만한 자격이 없다는 사실도 스스로 인정하고 있다.

플루타르코스는 〈니키아스 전〉의 서두에서, 투키디데스에게는 '모방을 불허하는' 훌륭한 역사 서술이 있음을 밝히고, 사가 테마이우스처럼 투키디데스를 능가하려는 야심을 품는 과오를 저지르지 않겠다고 고백하고 있다.

필자는 크라수스만큼 니키아스와 좋은 대조가 되는 사람은 없으리라고 생각한다. 크라수스가 파르티아에서 겪은 재난과 니키아스가 시칠리아에서 겪은 그것과는 좋은 대조가 되기 때문이다. 그러나 여기서 투키디데스가 감히 아무도 모방할 수 없을 정도로 아름답고 생생하게 묘사한 사실을 다룸에 있어 그와 문재(文才)를 다투려는 생각은 전혀 없다는 것을 필자는 독자들에게 미리 말해 두고자 한다.

티마이우스는 그가 쓴 사서에서 문채(文彩)에 있어 투키디데스를 능가하고, 역사 속 인물들이 가장 성공을 거둔 육전이나 해전이나 대중 앞에서 한 연설 등을 장황하게 늘어놓음으로써 필리스투스를 하찮은 풋내기 사가로 보이게 하였다. 그것은 또 핀다로스가 그의 시구에서 노래 부른 것처럼,

살같이 달리는 리디아의 수레와 도보로 경주하려는

꼴이 되어 매우 치졸한 사가로 보이게 했고, 디필로스의 시구처럼

시칠리아의 비계로 살찐 둔재

꼴을 만들었다. 따라서 필자는 티마이우스가 범한 어리석은 짓을 되풀이하고 싶은 생각은 추호도 없음을 밝히고자 한다. (《플루타르크 영웅전》(제4권) pp.238~239)

또 〈알렉산드로스 전〉의 서론에는 그가 전기를 서술할 때의 심적 자세가 밝혀져 있어 흥미진진하다.

알렉산드로스 대왕의 업적과 폼페이우스를 멸망시킨 카이사르의 생애를 이 책 속에 기록함에 있어 먼저 독자들의 양해를 구해 두고자 한다. 지금 필자는 인류의 역사를 쓰려는 것이 아니라 한 개인이 시대를 주름잡았던 전기를 쓰려는 것이며, 그 개인의 업적 속에 장점과 결점이 낱낱이 설명된 것

은 아니지만, 사소한 행동이나 말이나 농담 따위가, 때로는 1만 명을 헤아리는 사상자를 낼 정도로 큰 전투를 일으키기도 하고 또는 많은 대도시가 허망하게 쓰러지는 멸망을 가져옴으로써 영웅들의 성격을 더 정확하고 분명하게 나타내주기 때문이다.

화가가 초상화를 그릴 때 성격의 특징을 나타내는 얼굴과 눈의 표정 따위를 자세하고 세밀하게 그리고, 팔 다리와 같은 신체의 다른 부분은 거의 고려하지 않는 것처럼, 필자도 대사업이나 전투상황은 다른 사람에게 맡기고 주인공들의 일상의 언어와 행동을 특히 상세히 그림으로써 그의 생애의 특징을 기술하고자 한다. (《플루타르크 영웅전》(제5권) p. 224)

이와 유사한 주장은 〈키몬 전〉 서두에서도 다음과 같이 되풀이되어 있다.

우리들 또한 감사의 마음을 느끼고 있음은 그들과 다를 것이 없다. 그 사건이 있었던 그때와는 몇 세대 후에 살고 있으나 역시 그의 은혜에 고마움을 느낀다. 그러므로 다만 얼굴이나 모습을 나타내는 데 지나지 않는 초상보다는 글로 그의 인품과 행적을 기록하는 편이 훨씬 더 큰 영광이 되리라고 생각하기 때문에, 루쿨루스의 전기를 기록하여 명사들 틈에 끼이게 함으로써 비교하며 사실에서 빗나가지 않게 하기 위하여 그의 행적을 여기다 기록해보고자 한다. 그의 행적을 기록한다는 것 그 자체부터가 우리들이 감사하고 있다는 충분한 증거가 될 것이며, 그가 행하지도 않은 공적마저 날조하여 그릇된 거짓 전기를 쓴다면 본인 자신이 고맙게 생각하지 않을 것이다.

화가가 아직 어떤 결함이 있는 아름다운 얼굴을 그려야만
할 때 그 결점을 완전히 빼어버리거나 너무도 과장해서 그리
지 않기를 우리는 기대한다. 왜냐하면 두 방법 중 전자의 경
우는 본인의 아름다움을 손상하게 될 것이고, 후자의 경우는
본인을 닮지 않은 그림이 될 것이기 때문이다. 이와 마찬가
지로 결점이 전혀 없는 사람의 전기를 쓰기란 어려우며 실제
에 있어 아마도 불가능한 일일 것이다. 그렇기 때문에 우리
는 고상한 행동은 모두 그 전설을 정확하게 추적하여 완전히
기록해야만 할 것이다. 어떤 인간적인 격정이나 정치적 필요
에 의하여 어떤 실수나 과오를 범한다 하더라도, 그러한 행
동은 사람이 나면서부터 나빠서가 아니고 오히려 어떤 특수
한 덕행의 부족에서 오는 일시적인 잘못이라고 간주하여야
하겠다. 또 어떤 협잡도 없고 비판의 대상이 되지 않을 만큼
그 덕행에 있어 완전한 성격을 만들어 내지 못한 것이 나약
한 천성 탓이라면, 그 이야기들은 우리가 하는 이야기에 넣
지 않아도 좋을 것이다. (《플루타르크 영웅전》(제4권) pp.
124~125)

이러한 생각에 입각하여 글을 썼지만 역사서로서의 《영웅전》
은 여러 가지 결함이 눈에 띈다. 아마도 플루타르코스는 아주
빠른 속도로 자료를 읽고 집필에 들어갔음에 틀림없으며, 충분
한 추고와 수정을 가할 시간적 여유를 가지지 않았기 때문에
많은 전기들 사이의 기사에 불일치와 모순이 생긴 것은 피할
수가 없었을 것이다. 그러나 이보다 더 중요한 것은, 그가 전
승적 자료(傳承的 資料)에 관하여 진실성 유무의 비판을 충분히
거치지 않고 사용하였으며, 단지 '성격묘사'를 중요시하여 '덕
성의 모방'에 유익한 경우에는 무비판적으로 야담 같은 것도 기

록하였다는 것이다. 개인의 언행에 관한 자세한 기술이 때로는 매우 사실적이며, 독자들에게는 확실히 흥미롭고 매력적이기는 하지만 플루타르코스 자신에 의한 지나친 윤색의 흔적이 역력하다. 실제로 그는 항간에 떠도는 전설 같은 것을 그대로 전하기도 했는데, 이런 점으로 이《영웅전》이 일반독자들에게 주는 재미가 배가되는 것은 사실이다.

고대인은 남의 책을 인용할 경우 원문을 그대로만 베끼지 않으면 별로 양심의 가책을 느끼지 않았다고 한다. 플루타르코스의 전 저작물 속에는 철학자, 역사가, 시인, 극작가 등의 글이 인용되었는데 그 양이 막대하다고 하겠다.《영웅전》만 보아도 문헌학자가 조사한 바에 의하면 약 500군데에서 100명 이상의 그리스 인이나 또는 로마 인이면서 그리스 어를 사용한 사가(史家)들의 글을 인용하고 있으며, 약 130군데에서는 40명의 라틴 어 작가들의 글을 인용하고 있다고 한다. 또한 출전은 저자명만 밝히고 서명을 들고 있지 않은 경우가 많으며, 여러 가지 설이 있을 경우에는 누구의 설인지가 밝혀져 있을 뿐이다. 그러므로 주체가 되는 내용을 기술하는 데 있어서는 무엇에 의거하였는지는 전연 알 길이 없다.

더욱이 곤란한 것은 그 많은 저자들의 책은 그 대부분이 오늘날 남아 있지 않다는 것이다. 그리고 플루타르코스 자신이 카이로네아와 같은 소도시에서는 구하기가 어려웠다고 본인도 말하고 있는 것으로 보아, 그가 인용하고 있는 사서는 그가 직접 읽은 것은 아니고 읽은 책에 인용되어 있는 것을 그대로 거듭 인용했을 가능성도 적지 않다. 그리하여《영웅전》의 사료연구라는 문헌학의 과제가 생기게 된다.

당시에 제 1 급 교양인이었던 그가 그리스사에 관하여 헤로도토스, 투키디데스, 크세노폰을 통독하였고, 로마의 고사(古史)

에 관하여 하리카르나소스의 디오니시우스를 통독하였다는 것은 세상이 다 알고 있다. 사서 이외에도 호메로스의 작품은 죄다 암송하고 있을 정도였으므로, 거듭 뛰어난 글귀를 인용하여 자기 문장을 장식하였던 것이다. 동향인이라는 친밀감에서 헤시오도스에도 정통하였고 또 서정시인에도 정통했지만, 그 중에서도 역시 테베 태생의 핀다로스를 가장 사랑하여 그의 시를 가장 많이 인용하였다. 3대 비극시인의 작품에도 그는 친밀감을 가지고 있었다. 철학에서는 그의 사상의 중핵을 이루게 해준 플라톤 사상에 정통하고 있었던 것은 말할 것도 없지만, 아리스토텔레스의 여러 저작물로부터의 인용도 적지 않다. 그 중에는 역사와 관계가 깊은 〈아테네 인의 국제(國制)〉도 있다. 이처럼 플루타르코스의 저작물에는 오늘날 없어진 사서로부터 거듭 인용하였을 가능성이 많다.

그의 시대는 크게 보아서 고전고대의 말기에 가깝고, 그리스 문화사로부터 보면 고전적 시기(기원전 5, 4세기)와 그의 시대 사이에는 문헌학이 크게 발전한 헬레니즘 시대가 가로놓여 있다. 그 사이에 생긴 수많은 문헌 속에는 플루타르코스가 애호하는 위인의 일화를 모은 것도 있어서 그가 그것을 사용하였음을 전문가도 지적하고 있는 바다.

이상과 같이 그의 문헌 이용 방법이나 전해져 내려오는 이야기들에 대한 맹종의 실례는 여기서 필자가 재삼 들 것도 없이 독자 스스로가 《영웅전》을 들추어 보면 도처에서 발견하게 될 것이다. 그 하나하나에 관하여 사료비판을 시도하여 정확한 사실(史實)을 복권시킨다는 것은 전문가라 할지라도 쉬운 일은 아니다.

오늘날의 역사가 기준으로 플루타르코스를 저울질해보았을 때, 그에 대한 평가와 가치는 이 이상 더 누누이 풀이할 필요도 없을 것이다. 그러나 우리는 《영웅전》이 넓은 의미의 사서로서 다루어질 경우 매우 귀중한 자료라는 것을 잊어서는 안된다. 첫째로 무비판이라고는 하지만 《영웅전》은, 다른 사서가 감히 전하지 못하는 것을 우리에게 준 예가 얼마든지 있기 때문이다. 그것은 크건 작건 《영웅전》의 모든 전기에서 말할 수 있는 것으로, 말기 스파르타의 과도기적인 사회현상과 거기서 이루어진 비극적인 사건을 전하는 〈아기스—클레오메네스 전〉은 그 가장 좋은 예가 된다.

　그리고 역사적인 사실과 함께, 그보다 훨씬 앞선 시대의 2류와 3류의 작품이 빈번히 인용되고 있어 그리스의 사학이나 문학을 연구하는 데 귀중한 자료가 된다. 이미 지적한 대로 그것들은 모두 없어져 짧은 인용으로는 그 책의 전모를 알 수는 없지만 오늘날 우리에게 그 문화적 유산으로 남겨졌다고 할 수 있다. 플루타르코스의 왕성한 독서, 그리고 인물의 성격과 거기 나타난 일화에 대한 호기심, 나아가 정전(正傳)이나 속전(俗傳)을 비판 없이 받아들인 순진성이 이러한 결과를 낳게 된 것이다.

　이제까지 우리는 이 《영웅전》을 사서(史書)로 보았을 때의 여러 가지 결점을 고찰하였지만, 이제는 고전으로서의 가치를 고찰해보기로 하자.

　고전을 고전답게 만드는 여러 가지 조건 중에서 후세까지 오랫동안 넓은 독자층을 가지고 있다는 점에서, 이 《영웅전》은 다만 그리스와 로마의 고전일 뿐만 아니라 세계의 고전 중의 제1류에 속한다고 할 수 있겠다. 다만 사상의 독창성, 심오한 점, 문학적 가치라는 척도에서 본다면 어쩔 수 없이 고전 중 3류에 속할 것이며, 만일 그러한 척도가 고전의 유일한 조건이라면 《영웅전》은 고전의 자격을 잃고 있다고도 할 수 있다.

그의 철학사상은 플라톤 사상을 무조건 따르면서도 스토아파, 소요학파에 대한 이해를 가지고 있었으며, 유물론적이자 무신론적인 에피쿠로스파에는 반대하는 입장이었다. 그리고 유일최고신을 인정하면서 그리스 인의 전통적인 다수의 신들의 존재도 부정하지 않고, 미신을 배척하지만 예언과 신탁은 인정한다. 아폴론의 신의(神意)가 무녀 퓨티아에 의하여 인간에게 주어진다는 것을 믿고 있기 때문에 그 자신 또한 델포이의 신관이 되었던 것이다. 신의와 더불어 행운과 불운을 인정하고 있으며, 동시에 인간의 자유의지를 인정한다. 그러나 그것들이 서로 어떠한 관계에 있는가를 심오하고도 예민하게 생각하는 것은 그의 성격에 맞지 않았다.

전기의 사실(史實)을 기록하는 데에서도 볼 수 있는 것처럼, 그는 하나의 뚜렷한 입장에서 명쾌한 결론을 내리고 그 밖의 것은 엄격하게 배척하는 것이 아니라, 철학을 예로 들어 말하자면 플라톤을 중심으로 하는 절충주의였던 것이다. 또한 영혼의 불멸을 인정하고 있는 것 같이 보이나 그의 관심은 오로지 현세의 인간의 행복한 생활, 평범한 사람들 사이의 문제에 있었다.

그의 인품은 따뜻했으며, 그리스와 로마 시민의 윤리의 주축을 이루는 우애정신을 그의 기본 인생관으로 삼고 있었다. 나중에 언급할 그의 환경도 그의 현세긍정의 낙천주의를 낳게 하는 데 큰 힘이 되었다. 깊이보다 넓이를 자랑하는 교양, 반드시 논리적으로 정리되어 있지는 않지만 사람의 마음에 스며드는 따뜻한 처세훈, 그리고 모든 사물에 관한 어린애 같은 호기심, 일부일처제를 옳다고 보면서 성문제도 언급하고 있는 인간미에 넘친 자유분방한 발언, 이것이 그의 수상록이 일반독서인에게 친근감을 주는 요인이며, 그의 전기에서도 마찬가지라고 할 수 있다.

전기에서는 덕성의 거울로서 위인을 다루면서, 위인의 장점
뿐만 아니라 인간으로서 많건 적건 간에 가지고 있는 결점과
실패를 있는 그대로 솔직하게 이야기하면서 따뜻한 필치로 비
판을 가하고 있다. 플루타르코스 자신은 모범적인 가정생활을
보내고, 훌륭한 처세의 신조를 지키면서 헛되이 고결을 뽐내지
도 않고, 도학자연도 하지 않으며, 적절하게 그리스적인 중용
을 지키고 있었다. 그의 인간에 대한 애정은 형제·친구·시민
간의 문제로부터 여성문제에까지 이르러 역사적인 읽을거리로
서도 재미난 수필 〈부덕론(여걸전)〉을 낳았다. 또 그의 애정은
말 못 하는 짐승에까지 이르고 있는 범신론적인 것이었다.

전에도 언급한 대로 《영웅전》은 악덕으로 유명한 인물까지도
취급하고 있다. 《영웅전》이 읽을거리로서 재미난 것은 인간의
약점이──그의 말을 빌리자면 덕성연마의 구실을 하는 셈이
지만──있는 그대로 묘사되어 있는 점에 있다. 그러나 동시
대를 살았던 로마의 수에토니우스가 쓴 《황제전》처럼 황제들의
사생활이나 결점을 폭로하는 취미에 빠지는 짓은 이 플라톤 심
취자에게는 결코 허용되지 않았다.

플루타르코스의 인품이 모든 시대의 사람들에게 친밀감을 주
는 미점(美點)을 갖추고 있었던 것은 분명한 사실이지만, 필자
는 또 다른 하나의 사건에서 그가 '최후의 고대시민'이었던 점
에 깊은 흥미를 느낀다. 그는 곧잘 '최후의 그리스 인'이라는
평을 받았다. 기원 100년 전후라고 하면 그리스는 로마 제국의
지배를 받은 지 이미 오래 되었고, 정치의 독립은 먼 옛날 이
야기가 되어 있었다. 그리스 본토의 쇠퇴는 현저한 인구감소로
나타났으며, 플루타르코스는 〈신탁의 쇠퇴에 관하여〉 대화편에
서 은사 암모니우스의 말을 빌려, 그리스 인구격감이 델포이와

그 밖의 신탁이 쇠퇴하는 결과를 초래했다고 설명하고 있다. 이와 같은 시대에 그리스 철학의 여러 학파에 두루 통달하였으며, 그리스가 낳은 위인의 전기를 지배자가 된 로마 위인들의 전기와 대비시킨 그를 '최후의 그리스 인'이라고 부를 법도 한 일이다.

세계관이나 인생관의 관점에서 그의 따뜻한 심정, 동포애의 정신은 기독교의 그것과 매우 근사한 점을 갖고 있음에도 그가 아직 이 신흥 종교의 가르침, 언젠가는 그리스 문화와 대립해야 할 종교에 관해서는 아무 것도 모른 채, 그저 소문 정도로 알고 있으면서 전연 문제삼지 않았다는 점에서도 그는 어디까지나 철두철미한 그리스 인이었다.

고대시민 중에서도 많은 재산과 시간적 여유를 갖고 시민으로서 이상적인 생활을 보낼 수 있었던 플루타르코스는 고대시민적인 사고방식을 가지고 있었다. 그에게는 인류관계가 최대 관심사였고 박애정신이 금수에까지 이를 정도로 깊었으므로, 무엇보다도 인간이면서도 인간이 아닌 노예의 존재가 가장 곤란한 문제였을 것이다. 특히 그 당시는 고전고대의 노예제도 쇠퇴기에 속한다고 할 수 있었다.

그러나 '람프리아스 목록'에 있는 제목들을 살펴볼 때 사라진 책 속에도 노예에 관한 그의 생각을 밝힌 윤리론은 없는 것 같다. 《영웅전》의 〈리쿠르고스 전〉에서는 스파르타 인들에게 그들의 노예 중에서 헤라클리다이를 가해하려는 위험분자를 찾아내어 은밀히 살해하는 관습이 있었다고 전하고 있을 뿐이어서 누가 그런 제도를 만들었는지는 도저히 알 수 없다. 은밀히 살해하라는 수치스러운 행위는 입법가 리쿠르고스의 제도라고는 믿기 어려우며, 다만 후세에 노예반란이 일어난 후에 생긴 것이라고 보여진다.

고전고대의 시민에게는 토지를 주축으로 하는 재산이 세습되었는데, 낭비에 의하여 그것을 잃는 것은 하나의 악이라고 생각되었다. 플루타르코스의 살림살이는 구체적으로 알 수 없지만 모범적이었으며, 로마공화제 말기에 거액의 재산을 모은 크라수스의 전기 첫머리에서 노예사용을 긍정하면서 중용을 넘는 지나친 부의 축적을 비판하고 있다.

직업에 있어서는 토지와 노예를 소유한 농업을 가장 바람직하게 보았으며, 손재주에 의한 직업은 수공업은 말할 것도 없고 음악 같은 것도 멸시하였다. 상업에 관해서는, 솔론과 같은 사람이 살던 오래 전에는 고전기 이후와는 달리 명문가 사람들도 그것에 종사하였다고 〈솔론 전〉 앞에서 지적하고 있지만 그렇다고 직업으로서 상업을 권장한 의미는 결코 아니었다. 고전고대에서 가장 큰 사회문제는 차금문제(借金問題)였는데, 그것에 관해서는 〈차금의 경계〉라는 짧은 수필에서 다루고 있지만, 그것은 부유층의 사치나 허영을 위한 차금에 반대하는 것에 그치고 있다. 그 자신이 남에게 꾸어준 돈의 이자를 받아 한가한 생활을 하였는지는 현재의 우리로서는 알 길이 없다.

《영웅전》도 그렇고, 수필에서도 마찬가지였지만 플루타르코스에게는 항상 인간이 문제였다. 철학이라고 해도 그것은 실천철학이었고, 따라서 그는 통속적인 윤리에 기울지 않을 수가 없었다. 《윤리론집》이라고 총칭되는 수필집 속에는 순수하게 자연과학적인 것도 있지만, 자연에 대한 태도에 있어서도 그는 어디까지나 고대시민이었다. 애상적인 문장을 즐기기에는 그는 너무나도 그리스적이자 로마적이었으며, 4계절의 변천이나 달빛에 애상을 느끼고서 감상적인 문장을 짓기에는 인간적인 관심이 그에게는 너무나도 컸던 것이다. 이것이 바로 그리스와 로마 시민의 전통이기도 했다.

고전고대의 시민은 원래 무기를 모르는 시민이었고, 또 훌륭한 정치인이기도 했다. 유럽에 있어서 전무후무한 긴 평화가 계속되고, 로마 제국에 의한 징병의 두려움도 없던 시대에 살았던 플루타르코스는, 《영웅전》에서 마치 그 자신이 현장에 있었던 것처럼 전쟁의 모습을 그리고 있지만 전사(戰士)로서의 체험도 없고 전쟁에 의한 궁핍도 몰랐다. 또한 거대한 로마 제국을 지키는 데에는 직업군인으로 편성된 상비군인이 있었기 때문에, 카이로네아의 한 시민인 플루타르코스가 전쟁과 평화의 문제에 깊이 마음을 쓸 필요는 전연 없었다.

그러나 정치문제에서는 사정이 달라진다. 《윤리론집》안에는 위작(僞作)이라고 일컬어지는 〈정체론〉이 있지만 단편에 지나지 않고, 진작(眞作)에서는 노인의 정치활동을 논한 것 외에 〈정치가가 알아야 할 것〉이라는 제목의 장편논문이 있다. 거기에는 그 옛날 정치 독립시대의 위인의 언행이 여러 가지 인용되어 있지만, 그것이 사르디스의 한 청년에게 보낸 교훈을 적은 글이라고 생각할 때 웬일인지 공허감이 느껴진다. 그 중에서 인상에 남는 것은, 로마 인의 그리스 지배를 자명한 것으로 인정하면서 로마 인의 비위를 건드리지 말고 오히려 로마의 유력한 사람의 후원을 얻어서 정치하라고 권하는 것이다. 그는 실제로 폴리피오스와 파이나이티오스가 스키피오의 호의에 의하여 조국에 공헌하고 있다고 지적하고는, 다만 너무 비굴해지는 것은 피하라고 권하였다. 그리고 정치란 결국 완전한 자유를 가지고 있지 않은 지방자치제 임원으로서 활동하는 것에 지나지 않는다고 했다.

이 글이 씌어진 것은 90년대 말 같은데, 저자는 로마 시민권을 이미 얻고 있다고는 하더라도, 일개 그리스 시민의 입장에서 식민지 총독과 같은 높은 지위는 도저히 바랄 수는 없었을

것이라고 말하고 있다. 그러나 그리스에 아직 독립을 위한 반
로마의 움직임이 강하게 남아 있던 폴리비아스의 시대(기원전 2
세기 반경)와, 민중이 로마의 평화와 사치에 젖어 정치적으로는
전혀 무기력한 상태에 빠져 있던 플루타르코스 시대와는 정치
활동의 의미가 크게 다르다.

이러한 관점에서 아테네의 장군으로서 정치와 군사 양면에
걸쳐 활약하였고 추방의 쓴잔마저 마셨던 투키디데스의 《역사》
와, 로마의 힘이 그리스를 잠식해 가고 있던 난국에 정치가로
서 활약하면서 결국 로마의 지중해 통일을 인정하고 그 이유를
역사철학적으로 해명하려고 시도한 폴리비오스의 《역사》를 플
루타르코스의 《영웅전》과 비교하여 보는 것도 무의미한 일은
아닐 것이다.

이들 두 사가가 저서 《역사》에서 주장하는 실천적 사학은 바
로 정치인의 역사 기술로서는 극히 당연하며, 호소력도 가지고
있다. 이에 반하여 《영웅전》에서는 위대한 정치가의 성장과정,
성격, 그 활약이 상세히 기술되어 있고, 극적인 사건, 처절한
전투가 마치 저자가 실제로 그 전투를 목격한 것처럼 묘사되어
있다. 하지만 결국 그것은, 먼 옛날의 이야기를 여러 가지 책
을 많이 읽고 그것을 기억하고 있는 문필가가 관조적으로 묘사
하였다는 인상을 떨쳐버릴 수가 없다. 여기에서도 역사는 거울
이라고 주장되지만 그것은 주로 개인의 덕성 함량을 위한 거울
이었다.

여기서 이미 언급한 바 있는 역사기술 형식으로서의 전기에
관하여 다시 한 번 생각해보고자 한다.

그리스 정치가 한참 번영하였을 때에는 개개의 시민은 제아
무리 유력하다 하더라도 도시공동체의 일원에 지나지 않았고,
역사를 형성해 가는 주체는 아테네 인, 스파르타 인이라는 식

으로 공동체 의식이 강했다. 이러한 사회상황에서는 개인의 전기는 나오기 힘들게 마련이었다. 그러나 마케도니아나 로마에 의하여 정치의 생명인 독립성이 상실되고, 그 역사적 대변동 속에서 강력한 개인이 등장하여 마치 혼자서 역사를 움직여 가는 것처럼 활약하곤 했다.

이와 같은 시대를 거쳐 모든 것이 일단 수습된 후에 조용히 과거를 회고하고 관조한다는 입장에서 플루타르코스의 전기가 태어났다. 이것은 알렉산드로스나 카이사르와 같은 변동기의 영웅들뿐만 아니라 솔론, 페리클레스와 같은 정치가 한창 발달 하였을 때의 시민에까지 이르고 있으며 마침내는 테세우스, 로물루스, 리쿠르고스와 같은 사적 자료로 알 수 없는 전설의 고대 인물들까지도 언급하고 있는 것이다.

플루타르코스의 문장은 한 마디로 말해서 한결같이 난해하고 극히 어렵다. 또한 읽는 데에도 힘이 드는 문장으로, 번역하기에는 여간 힘이 드는 문장이 아니라는 고백을 가끔 내외의 역서 해설에서 읽을 수 있다. 한 마디로 말하면 대표적인 악문으로 간소함이라고는 찾을 길이 없고, 문장의 흐름이 매끄러운 맛이라고는 어디서도 눈에 띄지 않으며, 품위 있는 것과 속된 것이 섞여 있어 매우 혼란스럽다.

플루타르코스는 아마도 향연의 자리에서는 그 따뜻한 인품과 해박한 지식과 교묘한 화술에 의하여 더할 나위 없는 좌담의 명인이었으리라고 상상되지만, 저작하는 데 있어서는 필요 없는 말이 너무 많다는 느낌이 든다. 그 어휘에는 그가 읽은 각 도시의 책에 나오는 특징적인 어휘들과 그의 일상어가 뒤섞여 있으며, 그 사이에 호메로스의 시구나 극시인의 글이 한두 줄 인용문으로 불쑥 그 얼굴을 들이민다. 게다가 또 문장이 너무 길어서 역자의 진땀을 빼게 한다. 짧은 문장이라 할지라도 그 문장이 너무나도 난잡하여 그 번역에 한두 시간이 걸리는 것은 예사이다.

그는 수사학을 공부하여 젊었을 때의 수필에는 수사학의 영향이 짙게 남아 있지만 원래 문장의 수식보다도 내용을 크게 중요시했다. 그러나 오늘날 문헌학자의 연구에 의하면, 모음으로 끝나는 낱말 다음에 모음으로 시작되는 낱말을 중용하는 것을 되도록 피한다는 수사학의 법칙을 그는 엄수하고 있으며, 그런 이유 때문에 어휘의 배치가 통상적인 표현과는 상이한 경우도 있다. 문체에서도 그는 옛날의 아테네 인의 명료하고도 간소한 문체를 이상으로 삼고 있으며, 《윤리론집》 안에는 말이 많은 것을 경고한 한 편의 수필이 있지만 그의 문장은 아무리 보아도 간소하고 매끄럽다고는 할 수 없다.

대단히 박식하기 때문에 수없이 삽입된 비유 속에는 정말로 근사한 것도 있다. 그러나 《영웅전》 속에 가끔 묘한 심리학의 이야기가 나오곤 하는데 '그럴 수가 있나' 하고 머리를 갸우뚱하게 만들 정도로 어색한 것도 많다. 본시 그리스 인의 덕목 중에서 중용이나 절도가 중요시되고 있다는 것을 너무나도 잘 알고 있었을 텐데도 그의 문장은 그것을 전혀 개념치 않고 있다. 플루타르코스의 문장이 이렇게 장문이면서 난잡하게 된 가장 큰 이유는, 빨리 쓰는 데에만 급급하여 쓴 것을 천천히 읽어보고서 수정을 가할 시간적 여유를 가지지 않았기 때문이 아닌가 추측된다.

이렇듯 플루타르코스는 갈고 닦은 문장가라고는 할 수 없지만, 이런 문제점에도 불구하고 그런 위치를 지킬 수 있었던 것은 그가 인간관계를 논할 때면 선의와 따뜻함을 담았기 때문이다. 게다가 진위를 깊게 따지지 않고 풍부한 화제를 구사함으로써 읽을거리를 충분히 제공하여 후세, 특히 근세의 서구에 있어 넓은 층에 걸친 독자를 가질 수 있었던 것이다.

여기에서 그것을 충분히 다룰 수는 없지만 재미있는 것은, 고대 말기에 기독교의 교부가 이 이교사상의 마지막 대표자라고도 할 수 있는 플루타르코스의 작품을 애독했다는 점이다. 그것은 아마도 그의 저작 배경에는 기독교 사상의 영향을 연상케 해주는 인간애가 감추어져 있기 때문이라고 생각된다.

이 경향은 비잔틴 제국에 이어졌지만 서구제국은 중세기 때에는 거의 플루타르코스를 몰랐던 것 같다. 그 뒤 르네상스의 인본주의와 활판본의 탄생, 근대어역의 간행에 의하여 점차 보급되기 시작하였는데, 특히 전생애를 플루타르코스의 번역에 바친 프랑스의 아미요에 의하여 전 작품이 우수한 불역으로 나온 것이 플루타르코스의 보급에 결정적인 활력소가 되었다.

아미요 역의 《영웅전》을 영역한 노드의 영역본에서 자료를 얻은 셰익스피어가 〈줄리어스 카이사르〉와 〈안토니우스와 클레오파트라〉 등의 사극을 쓴 것은 유명한 이야기이다. 또한 17, 18세기에 들어와 플루타르코스를 애독한 것으로 알려진 사람들은 몽테뉴, 몽테스키외, 루소, 프리드리히 2세, 나폴레옹, 괴테, 실러, 베토벤, 프랭클린 등이 있다. 특히 계몽시대부터 프랑스 혁명기까지는 《영웅전》에 나오는 독재자에 반항하여 싸운 사람들의 전기가 특히 인기를 끌었는데, 이때 플루타르코스 본인이 자유의 투사처럼 사람들에게 인식되었다가 얼마 후에 그것이 오해라는 것이 밝혀지기도 하였다. 이렇듯 《영웅전》을 지은 플루타르코스는 유럽에 광범위한 독자층을 갖게 되었고, 《영웅전》을 비롯한 플루타르코스의 여러 작품들은 '고전고대에로의 입문서' 격이 되어 오늘날까지 내려오고 있다. 다만 애독할 때에도 아미요 외에 그 밖의 근대어 역에 의한 경우도 많은 것 같다.

저 《영웅전》에게로 가열된 열기는 역사의 세기라고 일컬어지
는 19세기에 들어서면서 냉각되었지만 그 경향은 현대까지 계
속되고 있다. 프랑스 혁명기의 성취에 대한 반동이라고도 할
수 있지만 근대역사학이 성립됨에 따라 플루타르코스의 무비판
이 새로이 《영웅전》의 평가를 저하시켰고, 또 《영웅전》에서는
영웅이 시대를 만들어 간다는 소박한 사풍(史風)의 인상을 갖
고 있지만, 점차로 시대정신이니 경제법칙이니 민중운동이니
하는 것이 역사서의 결정자라고 보는 사관이 지배적이 되어감
에 따라 시대적 흐름으로 《영웅전》에 대한 평가가 변하게 된
것은 당연하다.

오늘날 덕성 수양의 거울로서 《영웅전》을 펼쳐보고, 처세훈
을 찾아서 《윤리론집》을 읽는 사람의 수가 얼마나 되는지 필자
는 모른다. 그러나 교양인에게는 품격 높은 오락적 읽을거리라
는 의미에서, 플루타르코스는 시대의 변천을 초월하여 장수할
수 있었다. 고금을 통하여 변치 않는 인간성이 그려져 있으며,
기독교나 유교나 불교도 모르는 고전고대인의 사물을 보는 방
법과 사고방법이 그려져 있다는 점에서, 《영웅전》과 《윤리론
집》도 다 같이 기술내용의 진위를 떠나 고전으로서의 가치를
충분히 발휘하리라고 생각한다.

■ 연 표

(1) 이 연표는 《영웅전》에 등장하는 주인공들의 활약연대를 표시하기 위하여 만든 것이다.

(2) 그들에 관해서는 연표에 처음 나올 때 밑줄을 그어 표시하였다.

(3) 전설로 내려오는 인물 테세우스, 로물루스, 리쿠르고스 등은 이 연표에서는 제외되어 있다.

연대	그 리 스	연대	로 마
B.C. 1900년경	그리스 인 (아카이아 인) 발칸 반도 남부로 들어옴.		
1400년경	미케네의 번영기		
1100년경	도리아 인 침입, 혼란의 시대, 소아시아 서안으로 이동 시작, 철기시대 시작	B.C. 1000년경	이타리키가 반도에 침입, 철기시대 시작, 같은 무렵 에토르리아 인도 반도로 들어옴.

			(~800년경).
		800년경	페니키아 인의 카르타고 건설
750년경	그리스 본토의 소아시아 연안에 폴리스 성립, 식민시대 시작 (~550년경)	700년경	남이탈리아와 시칠리아로의 그리스 인의 식민
621	드라콘 법		
594	솔론의 개혁 (~593)		
561	페이시스트라토스의 독재정치 (~527)		
509	크레이스테네스의 개혁 (~507)	508	로마 인들이 에토르리아 인의 왕을 내쫓고 공화정부를 수립
493	테미스토클레스가 집정관이 됨, 피레우스 항 구축	494	파트리키와 프레푸스의 싸움, 호민관 제도 제정
490	제 1 차 페르시아 전쟁, 마라톤 전쟁, 밀티아데스의 지휘		
483	라우니움 은산에서 대광맥 발견, 테미스토클레스가 이 곳의 수익을 함선 건조를 위한 자금으로 쓸 것을 제안		
480	제 2 차 페르시아 전쟁, 텔모피레의 전쟁, 테미		

	스토클레스의 작전 주효하여 그리스 함대 대승을 거둠, 레오니다스 전사, 살라미스 해전		
477	델로스 동맹 성립, 아리스테이데스가 동맹 할당금의 납부사정액을 정함.		
462	페리클레스가 에피아르테스와 결탁하여 아레오파고스 회의의 실권을 탈취, 아테네 민주정치의 전전		
451	페리클레스의 아테네 시민권에 관한 제안, 폴리스의 법 제정 완성	451	12표법의 제정 (~450)
		445	카누레이우스 법 제정, 파트리키와 플레푸스와의 통혼 인정됨.
443	보수파의 영수 투키디데스 조개껍질 재판에 의하여 추방, 그 후 페리클레스가 계속 장군이 되어 아테네의 민주정부를 지도함으로써 소위 '페리클레스 시대' 열림, 아테네의 번성기 (~432)		

431	펠로폰네소스 전쟁 (~404)		
429	아티카에 페스트 만연, 페리클레스 병사		
421	니키아스의 평화		
415	아테네의 시칠리아 원정 (~413), 알키비아데스가 지휘관의 하나로 선출되었으나 신을 모독한 혐의로 소환되자 스파르타로 도주		
413	알키비아데스의 사주를 받은 스파르타가 데켈레아를 점거		
411	400인의 지배		
405	아이고스포타모이의 해전		
404	아테네의 항복, 30인의 독재자, 스파르타의 패권확립		
399	소크라테스의 죽음		
394	코린트 전쟁 (~386)		
		387	켈트 인의 로마 불법침입
377	제2회 아티카 해상 동맹 성립		
371	레우크트라의 전쟁, 에		

	파미논다스의 지휘하에 테베와 스파르타를 격파하고 패권을 확립	367	리키니우스 세크스티우스 법 제정, 플레푸스의 집정관 취임 승인
362	만티네아의 전투, 에파미논다스 전사, 테베 쇠퇴		
359	마케도니아 왕 필리포스 2세 즉위		
340	데모스테네스가 반마케도니아 동맹 결성에 진력, 테베도 자기편에 끌어넣음(~339).	340	라티움 동맹과의 전투(~338), 라티움에 대한 로마의 패권 확립
338	카이로네아의 전투, 마케도니아의 그리스 제패		
337	코린트 동맹 성립		
336	필리포스 왕 암살, 알렉산드로스 즉위		
334	알렉산드로스 아시아 정벌 착수		
333	이소스의 전투		
332	이집트 입성		
331	가우가멜라의 전투. 바빌론이 수사 점령		
327	펀자브 지방 침입(~325)		

324	바빌론 귀환		
323	바빌론에서 알렉산드로스 대왕 병사, 후계자 전쟁 (~286)		
322	데모스테네스의 죽음		
		298	제 3 차 삼니움 전쟁 (~290)
		287	홀텐시우스의 법 제정, 평민회가 정식 민회로서 인정받음, 신분투쟁의 종결
		282	타렌툼과의 전투, 에필스 왕 필로스와도 싸움 (~272), 이탈리아 반도 통일 달성
		264	제 1 차 포에니 전쟁 (~241), 시칠리아 획득, 속령 제도의 창시
244	스파르타 왕 아기스 4세의 개혁 (~241)		
		237	하밀르카르 바르카스와 한니발 부자의 이베리아 경영
227	스파르타 왕 클레오메네스 3세의 개혁 (~222)		
222	세라시아의 전투, 클레오메네스가 이집트로 망명한 후 다음해 자살	218	제 2 차 포에니 전쟁 (~201), 한니발이 이탈리아로 침입

		217	트라시메네스 호반의 전투, 푸라미니우스의 전사, 파비우스 막시무스가 독재관이 됨.
		216	칸네의 전투, 로마 군 또다시 대패
		209	스키피오 아프리카누스가 이베리아로부터 카르타고의 세력을 몰아 냄(~206).
		202	자마의 전투, 스키피오가 한니발을 격파
		201	카르타고의 항복
200	제 2 차 마케도니아 전쟁 (~197), 마케도니아의 그리스 지배 붕괴		
171	제 3 차 마케도니아 전쟁 (~168)	184	폴키우스 카토가 집정관이 됨, 원로원 의원의 탄핵, 스키피오와의 대립
168	퓨도나의 전투, 로마가 마케도니아를 4분함.		
148	마케도니아가 로마의 속령이 됨.	149	제 3 차 포에니 전쟁 (~146)
146	로마 군에 의한 코린트 파괴	146	카르타고의 멸망

해 설 333

134	시칠리아의 노예반란이 아테네와 데로스로 파급	

135	제 1 회 시칠리아 노예 반란 (~132)
133	티베리우스 그라쿠스의 개혁
123	카이우스 그라쿠스의 개혁 (~121)
111	유구르타 전쟁, 마리우스 두각을 나타냄.
104	제 2 회 시칠리아 노예 반란 (~101)
91	동맹자 전쟁 (~89), 로마 시민권이 전 이탈리아에 주어짐, 술라의 대두
88	제 1 차 미트리다테스 전쟁 (~84), 술라가 집정관으로 선출되어 토벌권을 얻음, 술라 군대를 로마 시내에 진주시킴, 내란기의 개막
82	술라가 독재관이 됨 (~79). 세르토리우스 전쟁 (~72), 폼페이우스의 명성이 높아짐.
74	제 3 차 미트리다테스

		46	패주하였다가 암살당함
		46	타프소스의 전투, 카이사르가 원로원파를 격파한 후 독재자로서의 지위를 확보
		44	카이사르가 브루투스 등에게 암살됨
		43	제 2 회 3두 정치 (옥타비아누스, 안토니우스, 레피두스)
		42	필리피의 전투, 브루투스파의 소탕
		36	레피두스의 실각
		31	악티움 해전, 옥타비아누스가 승리를 거둠
		30	안토니우스와 클레오파트라의 자살, 내란의 종결, 옥타비아누스의 치세 (~A.D. 14), 로마 제정의 개막

■ 부　록(Ⅰ)　도량형표

Ⅰ. 길이(거리)의 단위

a. 그리스

도표 1　그리스의 '손가락의 폭'을 기준으로 한 길이의 단위

단 위 명 칭	닥틸 로스	비 　 고
닥틸로스 dactylos	1	손가락 한 개의 폭
콘딜로스 condylos	2	손가락 중앙부의 뼈의 길이
팔라스테 palaste 　(또는 도론 doron)	4	손을 쥐었을 때의 가로폭
디카스 dichas 　(또는 헤미포디온 　　hemipodion)	8	'푸스'의 절반, 반 걸음
리카스 lichas	10	엄지손가락 끝에서부터 집게손가락 끝까지
스피타메 spithame	12	엄지손가락 끝에서부터 새

푸스 pus	16	끼손가락 끝까지 한 걸음(아티카 단위로는 295.7mm)
피그메 pygme	18	팔꿈치부터 손가락 밑까지
피곤 pygon	20	팔꿈치부터 주먹 끝까지
페키스 pechys	24	팔꿈치부터 손가락 끝까지

도표 2 그리스의 '푸스' 기준의 길이의 단위

단 위 명 칭	푸스	비 고
푸스 pus	1	
베마 bema	$2\frac{1}{2}$	보폭(步幅)
오르기이아 orgyia	6	여덟 자
플레트론 plethron	100	약 3미터

※ 그리스에서 길이(거리)의 기본단위는 '푸스'(pus=한 걸음). 약간의 지역차가 있음.

(가) 아티카 단위 295.7mm

(나) 올림피아 단위 320.5mm

(다) 아이기나 단위 330mm

도표 3 그리스의 스타디온을 기준으로 한 길이의 단위

단 위 명 칭	푸스	스타 디온	비 고
스타디온 stadion	600	1	아티카 단위로는 177.4 미터
디아우로스 diaulos	1,200	2	'왕복'의 뜻

| 히피콘 hippikon | 2,400 | 4 | 히포스(말)의 뜻 |
| 파라산게스 parasanges | 18,000 | 30 | 페르시아에서 온 단위 명칭 |

b. 로 마

※ 로마의 길이(거리)의 기본단위는 '페스'(이것은 그리스의 '푸스'와 마찬가지로 '발'을 의미하는 낱말)이며, 296mm. (그리스의 아티카 단위와 거의 같음.)

※ '페스'를 그 하부단위로서 ㈎ 16으로 구분, ㈏ 12로 구분하는 두 방법이 있었다. 전자는 도표 4, 후자는 단위 명칭이 '중량'인 경우의 '아스'──'운키아' 계열과 똑같은 명칭('아스'='페스')이므로 도표 12를 참조할 것.

도표 4 로마의 '손가락의 폭'을 기준으로 하는 길이의 단위

단 위 명 칭	디기투스	비 고
디기투스 digitus	1	'손가락'
팔무스 palmus	4	'팔마 palma(손바닥)에서 온 말
페스 pes	16	(296mm)
팔미페스 palmipes	20	palma 플라스 pes
쿠비투스 cubitus	24	'팔꿈치'의 뜻. 팔꿈치에서 손가락 끝까지

도표 5 로마의 '페스'를 기준으로 한 길이의 단위

단 위 명 칭	페스	비 고
페스 pes	1	
그라두스 gradus	$2\frac{1}{2}$	그리스의 '베마'(보 폭)와 같음
파수스 passus	5	한쪽 발이 땅에서 떨어졌다가 다시 밟을 때까지의 길이
스타디움 stadium	625	그리스의 '스타디온'에서 온 말. 그러나 180미터보다 좀더 길다.
밀리아 파수움 milia passuum		'1,000파수스' 소위 '로마 마일로 약 1.5 킬로미터'

〔플루타르코스의 《영웅전》을 읽을 때의 주의〕

로마 관계의 기사에도 '스타디온'이라고 그리스 단위로 적혀 있으나 그리스의 '스타디온'과 로마의 '스타디움'은 큰 차이가 없다.

Ⅱ. 면적의 단위

a. 그리스

도표 6 그리스의 주요 면적 단위

단 위 명 칭	비 고	헥타르 환산
플레트론 plethron	100푸스 평방	$\frac{1}{10}$ 약(弱) 상당
기에스 gyes	50플레트론	5 약(弱) 상당
스코이노스 schoinos	120푸스 평방	약(約) $\frac{1}{8}$ 상당

b. 로 마

도표 7 로마의 주요 면적 단위

단 위 명 칭	비 고
페스 쿠아드라투스 pes quadratus	1페스 평방의 의미. 길이와 혼동될 우려가 없을 때에는 페스라고 약기
그라두스 gradus	$2\frac{1}{2}$ 페스 쿠아드라투스
파수스 passus	2그라두스(=5페스 쿠아드라투스)
데켐페다 decempeda	2파수스(=10페스 쿠아드라투스)
악투스 actus	12데켐페다(약 $\frac{1}{8}$ 헥타르 상당)
유게룸 jugerum	2악투스(약 $\frac{1}{4}$ 헥타르 상당)
헤레디움 heredium	2유게룸

| 켄투리아 centúria | 100헤레디움(약 50헥타르 상당) |
| 살투스 saltus | 40 켄투리아 |

※ 기본단위는 그리스에서는 플레트론으로, 한 변 100푸스의 정방형의 면적 상당. 푸스의 단위에서 약 9아르 정도. $\frac{1}{10}$ 헥타르 약(弱).

로마의 경우는 악투스로, 한 변 120페스의 정방형의 면적에 상당. 따라서 그리스의 스코이노스와 거의 같다. 유게룸(복수는 유게라 jugera)는 그 2배.

〔플루타르코스의 《영웅전》을 읽을 때의 주의〕

로마의 유게룸에 플루타르코스는 그리스 단위명 플레트론을 쓰고 있다. 양자는 그 단위 수량에 큰 상위가 있음에도 환산은 이루어져 있지 않은 것에 주의. 예를 들면 〈그라쿠스 전〉에서 '500플레트론 이상의 토지 점유를 허락하지 않는다'는 '500유게룸 이상의 토지 점유를 허락하지 않는다'는 뜻.

Ⅲ. 용량의 단위

a. 그리스

도표 8 그리스의 용량 단위

공 통 단 위	키아토스	환산(리터)
키아토스 cyathos	1	0.0456
옥시바폰 oxybaphon	$1\frac{1}{2}$	0.0684
헤미코틸리온 hemicotylion	3	0.1368
코틸레 cotyle	6	0.2736

쿠세스테스 xestes	12	0.5472

고형상물(固形狀物)	코이니쿠스	액상물(液狀物)	쿠세스테스
코틸레 cotyle	$\frac{1}{4}$	쿠세스테스 xestes	1
코이니쿠스 choinix	1	헤미쿠스 hemichus	3
헤미엑톤 hemiecton	4	쿠스 chus	6
헥테우스 hecteus	8	암포레우스 amphoreus	72
메딤노스 medimnos	48	(또는 메트레테스 metretes)	12쿠스

1메딤노스≒52리터(아티카)(스파르타에서는 73리터) : 1암포레우스≒40리터

b. 로 마

도표 9 로마의 용량 단위

공 통 단 위	코클레아르	비　　고
코클레아르 cochlar	1	
키아투스 cyathus	4	그리스로부터 빌려옴. 용량도 거의 같음
아케타불룸 acetabulum	6	
쿠아르타리우스 quartarius	12	
헤미나 hemina	24	0.273리터(그리스의 코틸레와 같음)
세쿠스타리우스 sextarius	48	0.546리터(그리스의 쿠세스테스와 같음)

고 형 상 물	세쿠스타리우스
세쿠스타리우스 sextarius	1
세미모디우스 semimodius	8
모디우스 modius	16

1모디우스≒9리터

1암포라(카두스)≒26리터

액상물	헤미나
헤미나 hemina	1
콘기우스 congius	12
카두스 cadus	96
(또는 암포라 amphora)	8콘기우스
쿨레우스 culleus	20암포라

※ 그리스에서도 로마처럼 보통 '중량'이 아니라 '용량'에 의
하여 계량되었다.

※ 주요 농산물인 (a) 곡물과 (b) 올리브유와 포도주류 가운데
서 전자는 '고형상물 용량 단위', 후자는 '액상물 용량 단
위'로 따로따로 계량되었지만 0.547리터 정도까지의 소량
은 공통 단위의 승목(枡目)으로 계량되었다.

※ 그리스에서 가장 흔히 사용된 단위는 메딤노스와 메트레
테스(혹은 암포레우스, 로마에서는 모디우스와 카두스 혹은 암
포라). 상호 관계는 다음과 같다.

1메딤노스≒6모디우스

1메트레테스≒1.5카두스

〔플루타르코스의 《영웅전》을 읽을 때의 주의〕

로마 관계의 용량은 보통 그리스의 아티카 단위로 환산되어 있다.

예를 들어보면 〈카이사르 전〉에서 '해마다 아테네의 단위로 20만 메딤노스의 곡식과 300만 리트라의 올리브유'라는 기술이 그것이다. 더욱이 300만 리트라'라는 것은 로마의 중량 단위이다.

스파르타의 승목은 아티카 단위와는 달리 1메딤노스=73리터이기 때문에 〈리쿠르고스 전〉을 읽을 때에는 주의할 것.

Ⅳ. 중량의 단위

a. 그리스

도표 **10** 그리스의 중량 단위 (환산수치=그램)

단위명칭	드라크마	아이기나단위		에우보이아 · 아티카단위		코린토스단위
		중	경	중	경	
테트라드라크메 tetradrachme	4	26.88	25.20	34.88	17.44	
트리드라크메 tridrachme	3					8.73
디드라크메 didrachme (또는스타 테르 stater)	2	13.44	12.60	17.44	8.72	5.82
드라크마 drachma	1	6.72	6.30	8.72	4.36	2.91
오볼로스 obolos	$\frac{1}{6}$	1.12	1.05	1.45	0.73	

도표 11 그리스의 주요 중량 단위 호칭의 연관표

단위명칭	오볼로스	드라크메
칼쿠스 chalcus	$\frac{1}{8}$	
테타르테모리온 tetartemorion	$\frac{1}{4}$	
헤미오볼로스 hemiobolos	$\frac{1}{2}$	
오볼로스 obolos	1	$\frac{1}{6}$
드라크메 drachme	6	1
스타테르 stater	12	2
믐 나 mna	600	100
탈란톤 talanton	36,000	6,000

※ 중요 단위는 그리스의 폴리스마다 여러 가지며, 또 때론
   폴리스 내에서 서로 다른 계열의 단위가 병용되곤 하였다.
   주요한 것은 '아이기나 단위'와 '에우보이아, 아티카 단위'
   와 같은 계열이지만 명칭이 서로 다르다.

※ '아티카 단위' 중 '중(重)'은 솔론 당시의 제도이며, '경
   (輕)'에로의 전환은 참주정기(僭主政期)에서 이루어졌고,
   그 이후는 후자가 적용되었다.

※ 헬레니즘 시대가 되자 '아티카 단위'가 그리스의 공통단위
   로 쓰이는 경향을 띠게 되었다.

b. 로 마

도표 12 로마의 '아스'──'운키아' 사이의 중량 단위

단 위 명 칭	운키아	환산(그램)	기호
아스 as 또는 리브라 libra	12	327.45	I

데운크스 deunx	11		S==−
덱스탄스 dextans	10		S==
도드란스 dodrans	9		S=−
베스 bes	8		S=
세프퉁크스 septunx	7		S−
세미스 semis	6	163. 728	S
퀸쿤크스 quincunx	5		==−
트리엔스 triens	4		==
쿠아드란스 quadrans	3		=−
세크스탄스 sextans	2	54. 576	=
세스쿤키아 sescuncia	$1\frac{1}{2}$		Σ−
운키아 uncia	1	27. 288	−

도표 13 로마의 '운키아'――'실리쿠아' 사이의 중량 단위

단위명칭	실리쿠아	환산(그램)	비 고
운키아 uncia	144	27. 288	
세문키아 semuncia	72	13. 644	
두엘라 duella	48		
시킬리엔스 siciliens	36	6. 822	
세크스툴라 sextula	24	4. 548	
드라크마 drachma	18	3. 411	(동 명칭의 아티 카 단위보다 다 소 모자란다.)
세미세크스툴라 semisextula	12		
스크리프툴룸 scriptulum	6	1. 137	

오볼루스 obolus	3	0. 568	(동명칭의 아티카 단위보다 다소 모자란다.)
실리쿠아 siliqua	1	0. 189	

※ 로마의 중량의 기본단위는 '리브라'이며, 일명 '아스'라고도 한다.

※ '아스'는 12로 구분되어 있으며, 그 하나하나가 단위 호칭을 가지고 있다. 최저 단위가 '운키아'이다(도표 12).

※ 그러나 '운키아'는 27.288 그램에 해당하므로 그 이하가 다시 세분되어 있다(도표 13).

〔플루타르코스의 《영웅전》을 읽을 때의 주의〕

　　로마 관계의 중량은 로마의 단위명으로 적혀 있는 것이 보통이다. '리브라'의 그리스명 '리트라 litra'가 따로 사용되어 있지만 그것은 다만 '리브라'를 '리트라'라고 바꿔 말하고 있음에 지나지 않는다.

■ 부록(Ⅱ) 화폐제도

a. 그리스

※ 주화 발행권 소유는 그 국가의 정치적 독립의 상징이기도 하였으므로, 그리스의 여러 정부는 각기 독자적인 화폐를 발행하여 사용하고 있었다.

※ 고전고대에는 현재의 '화폐'에 상당하는 것이 없고, '경화' (硬貨)가 중심이었다. 경화로서 기본적 특질의 하나는 '중량'이다. 따라서 각 정부는 '그들 정부에서 이루어지고 있는 중량 단위에 따라서' 화폐를 발행하고 있었다. 그러나 그리스에서의 중량 단위는 크게 '아이기나 단위'와 '에우보이아, 아티카 단위'의 두 가지로 나누어볼 수 있다. 도표 10을 참조.

※ '중량 단위를 기준으로 하는'이라고 하는 것은 그것과 같은 중량의 화폐를 만든다는 것은 아니다. 화폐는 그 제조 비용을 만들어 낸 화폐에서 공제해야만 하고, 또 국가재정의 사정으로 계획적 감량을 행하면, 예를 들면 동일한 중량의 은괴로부터 보다 더 많은의 은화를 만들어 낼 수 있다(그 밖에 혼화(混貨)와 단위 절상 따위). 따라서 실제의 화

폐는 늘 기준중량 단위보다도 모자란다. 그러나 그리스의
화폐는 기준 단위에 극히 충실하고 순도(純度)도 높았다.

※ 그리스 화폐의 명칭은 그 기준중량 단위의 명칭에 따랐
다. 그렇기 때문에 도표 10과 도표 11이 그대로 화폐 단위
상호간의 관계를 가리킨다.

※ 알렉산드로스 대왕이 화폐 발행을 할 때 '아티카 단위'를
채용하면서부터 헬레니즘 시대 이후 '아티카 단위' 화폐는
동부 지중해에서 일종의 공통적인 화폐로 되어갔다.

※ 그리스 화폐는 보통 은화를 중심으로 한다. 물론 '동화'와
'금화'를 비롯한 여러 가지가 있었지만, 로마에서 보여지는
바와 같은 '청동화'와 '금화'에 대한 가치 비율은 그다지 문
제삼지 않았으며, 또 각 정부의 화폐 단위가 다르다는 문
제도 상거래의 관행에 따라 해결되는 경우가 대부분이었
다.

〔플루타르코스의 《영웅전》을 읽을 때의 주의〕

플루타르코스는 로마의 화폐에 관해서 언급할 때 로마의 화폐 단위
를 그대로 사용하거나 때로는 그리스 단위 명칭으로 표현하고 있다.

로마의 화폐를 그리스 단위 명칭으로 표현하는 데 있어서는, '1데
나리우스'='1드라크마'의 원칙을 따르고 있다. 그렇기 때문에 만일
'탈란톤' 단위가 사용되어 있을 때에는 그리스의 단위 계통으로부터
'1탈란톤'='6,000데나리우스'(혹은 로마의 단위에서 '1데나리우스'=
'4세스틸티우스')='24,000 세스틸타우'라고 환산하면 된다. 다른 경
우도 이와 마찬가지다.

b. 로 마

※ 로마의 화폐사에 관해서는 학설이 여러 가지로 대립하고
있으나 위에서 든 표는 주로 G.F. Hill과 Tenny Frank의
견해에 따라 만든 것이다.

※ 로마가 지중해 동부로 진출하자, 그리스 화폐와의 환산
문제가 생겼으나 '1데나리우스' 은화='1드라크마' 은화로
결정되었다. 후자 쪽이 가치가 다소 높았지만 그것은 로마
의 정치적 우위에 의하여 결정된 것이었다.

도표 14 로마 공화체제에서의 화폐제도 변천의 개요

	금 화	은 화	청 동 화	은화와 청동화의 비율
B.C. 三三O년경		(캄파니아 지방의 주화소에 위탁하여 은화를 만들게 하였다.)	청동화 '아스 as'가 중량단위 '리브라 libra (=327.45그램)'를 기준으로 하여 로마의 주조국에서 제조되었다.	(아마도 120:1)
B.C. 二六九년	(이 무렵부터 B.C. 217년까지 금은의 비율 15:1로 통용되어 있던 것으로	로마의 주화국에서 은화가 중량단위 '스크립툴룸 Sc-riptulum(≒1.	청동화 '아스'의 기준중량 단위가 '리브라'에서 '섹스탄스 sex-tans	'1데리우스' 은화='10아스' 청동화로 제정되었다. 따라서 120:1

생각된다.)	137그램)을 기준으로 만들어졌다. 이 호칭과 단위는 뒤의 (※)을 보라.	(＝54.576그램)'로 절환되었다.		
제一차포에니전쟁말기	(이 무렵, 금 1 아 스〔327.45그램〕가 은화〔100 데나리우스〕에 대응. 그러므로 금：은＝15：1)	'데나리우스'은 화의 실질중량 3.90그램으로 제정되다. 이후 네로 황제 때까지 지켜졌다.		
B.C.二七년	이 무렵, 로마 주화국으로부터 금화가 발행되다. 그러나 임시적인 것으로 B.C. 200년 경 끝났다. 금：은＝17：1	(이것은 '데나리우스' 은화 84매로, 실질중량이 1아스(＝327.45그램)이 되도록 정해진 것.)	청동화 '아스'의 기준중량 단위가 '운키아' uncia(＝27.288그램)으로 절환되었다.	'1데나리우스'＝'16아스'로 제정되다. 따라서 112：1
B.C.一五○년경	(이 무렵 금：은의 비율은 10：1로 된 적도 있었지만 대체로 12：1로 통용되었다.)			이 무렵 청동화의 가치가 상승하여 70：1

B.C. 八九년경	(이 무렵, 로마 황제의 권한으로 술라 sulla 와 폼페이우스 pompeius 에 의한 금화 발행이 있었다.)	B.C. 91년 드루수스 Drusus에 의한 악화 주조. B.C. 85(또는 84)에 옛날로 돌아갔으나 술라 sulla가 악화를 또다시 통용시켰다. 그러나 그의 몰락으로 정상으로 돌아갔다.)	청동화 '아스'의 기준중량 단위가 '세문키아 semuncia(= 13.644 그램)'으로 절환되었다.	청동화의 가치는 B.C. 217년에 비하여 2배의 상승. 따라서 56 : 1
B.C. 四六년경	카이사르 Caesar에 의한 금화 주조. 금화 여기서 비로소 제도화되었고, 이후 로마 화폐제도의 중심이 되었다.			

※ 은화의 명칭과 단위는 중량단위 '스크립툴룸' scriptulum을 기준으로 하여 '데나리우스' denarius= 4스크립툴룸, '퀴나리우스' quinarius= 2스크립툴룸, '세스테르티우스' sestertius= 1스크립툴룸, '빅토리아투스' victoriatus= 3스크립툴룸

※ '1세스테르티우스'에 상당하는 화폐를 '눔무스' nummus라고도 부른다.

✱ 옮긴이 소개

김병철

1921년 개성 출생.

보성전문, 중국 국립중앙대학·대학원 졸업(미국 소설사 전공).

중앙대학교 영문과 교수, 문과대학장 및 대학원장 역임. 문학박사.

한국영어영문학회 회장 역임(1979~1981).

제7회 한국번역문학상, 대한민국학술원상 수상.

저서 : 《헤밍웨이 문학의 연구》, 《한국근대 서양문학이입사 연구》 외.

역서 : 《생활의 발견》, 《누구를 위하여 좋은 울리나》, 《미국의 비극》,
《톰 소여의 모험》, 《아라비안 나이트》, 《포 단편선》 등이 있음.

플루타르크 영웅전 ❽

발행일 | 2022년 6월 10일 초판 1쇄 발행
2023년 7월 25일 초판 2쇄 발행

지은이 | 플루타르코스   **옮긴이** | 김병철
펴낸이 | 윤형두·윤재민   **펴낸곳** | 종합출판 범우(주)
교 정 | 이정가   **인쇄처** | 태원인쇄

등록번호 | 제406-2004-000012호 (2004년 1월 6일)
(10881) 경기도 파주시 광인사길 9-13 (문발동)
대표전화 | 031-955-6900   **팩 스** | 031-955-6905
홈페이지 | www.bumwoosa.co.kr   **이메일** | bumwoosa1966@naver.com

ISBN 978-89-6365-425-6 04890